综合案例赏析

P.149 ▷ 制作新春贺卡

制作要点

1. 设置文本格式
2. 设置表格效果
3. 插入并设置图片样式
4. 填充页面背景
5. 为页面添加边框

P.299 ▷ 制作年销售报表

制作要点

1. 制作销售模板
2. 输入表格数据
3. 以数据条表示销售数据
4. 创建并编辑图表

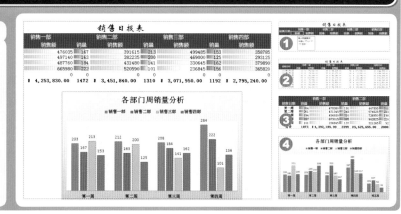

P.381 ▷ 制作城市宣传片

制作要点

1. 添加幻灯片内容
2. 设置幻灯片内容格式
3. 设置幻灯片动画效果
4. 将幻灯片保存为视频文件

➪ 插入剪贴画

➪ 对文档进行分栏

➪ 制作艺术字

➪ 为文档制作首字下沉效果

➪ 自定义制作渐变色彩文本效果

➪ 插入文本链接

➪ 对数据透视表进行排序与筛选

➪ 使用数据条突出显示数据

➪ 为数据透视表应用样式

➪ 突出显示单元格规则

➪ 更改演示文稿的主题

➪ 录制幻灯片演示

➪ 为幻灯片添加图形类对象

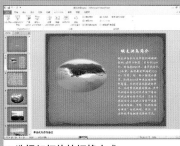

➪ 选择幻灯片的切换方式

➪ 在幻灯片中插入与设置图表

进阶实战案例赏析

➯ 为文档添加水印

➯ 锐化图片

➯ 设置图片的艺术效果

➯ 自定义新项目符号

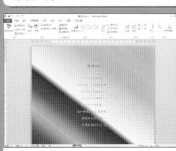

➯ 为文档填充渐变色背景

➯ 修改预设表格样式

➯ 嵌套分类汇总

➯ 插入ActiveX控件

➯ 混合引用

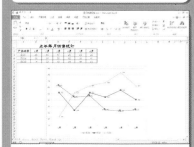

➯ 显示数据标签

➯ 追踪引用和从属单元格

➯ 设置动作路径动画效果

➯ 对幻灯片进行分节处理

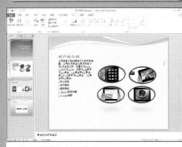

➯ 设置强调动画效果

➯ 为当前幻灯片设置渐变背景

🧰 高手速成案例赏析

↪ 合并字符

↪ 设置文本纵横混排效果

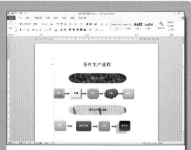
↪ 设置SmartArt形状样式

↪ 在表格中进行运算

↪ 在SmartArt图形中添加与设置形状

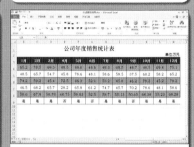
↪ IF()函数的使用

↪ 更改迷你图类型

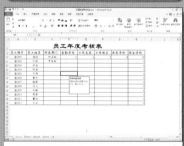
↪ 设置数据有效性

↪ 使用形状样式设置数据系列格式

↪ 为表格填充背景

↪ 将演示文稿创建为讲义

↪ 设置动画的运行方式并排序

↪ 视频文件的添加与编辑

↪ 为幻灯片添加页眉和页脚

↪ 自定义所有幻灯片的背景样式

Office 办公专家 中文版

2010 从入门到精通

安永丽 刘涌 李胜林/编著

 中国青年出版社
中国青年电子出版社
http://www.21books.com http://www.cgchina.com
 中青雄狮

律师声明

北京市邦信阳律师事务所谢青律师代表中国青年出版社郑重声明：本书由著作权人授权中国青年出版社独家出版发行。未经版权所有人和中国青年出版社书面许可，任何组织机构、个人不得以任何形式擅自复制、改编或传播本书全部或部分内容。凡有侵权行为，必须承担法律责任。中国青年出版社将配合版权执法机关大力打击盗印、盗版等任何形式的侵权行为。敬请广大读者协助举报，对经查实的侵权案件给予举报人重奖。

侵权举报电话：

全国"扫黄打非"工作小组办公室　　　　中国青年出版社

010-65233456　65212870　　　　　　010-59521012

http://www.shdf.gov.cn　　　　　　　　E-mail: cyplaw@cypmedia.com　　MSN: cyp_law@hotmail.com

图书在版编目（CIP）数据

Office 2010 中文版办公专家从入门到精通 / 安永丽，刘涌，李胜林编著 . — 北京：中国青年出版社，2010.8

ISBN 978-7-5006-9443-4

I.① O… II.① 安… ② 刘… ③ 李… III.① 办公室 — 自动化 — 应用软件，Office 2010　IV.① TP317.1

中国版本图书馆 CIP 数据核字（2010）第 137170 号

Office 2010中文版办公专家从入门到精通

安永丽　刘涌　李胜林　编著

出版发行：中国青年出版社

地　　址：北京市东四十二条21号

邮政编码：100708

电　　话：（010）59521188 / 59521189

传　　真：（010）59521111

企　　划：中青雄狮数码传媒科技有限公司

责任编辑：肖　辉　沈　莹　张海玲

封面制作：王玉平

印　　刷：北京顺诚彩色印刷有限公司

开　　本：787×1092　1/16

印　　张：24.75

版　　次：2010 年 8 月北京第 1 版

印　　次：2010 年 8 月第 1 次印刷

书　　号：ISBN 978-7-5006-9443-4

定　　价：49.90 元（附赠 1DVD，含语音视频教学）

本书如有印装质量等问题，请与本社联系　电话：（010）59521188 / 59521189

读者来信：reader@cypmedia.com

如有其他问题请访问我们的网站: www.21books.com

"北大方正公司电子有限公司"授权本书使用如下方正字体。

封面用字包括: 方正兰亭黑系列

◎ 软件介绍

Office 2010是微软公司推出的目前市场上最新版的Office办公系列软件，它卓越的文本处理功能、数据分析系统以及超强的动感文稿制作超越了以往各个版本。新增的Word截屏功能、Excel迷你图与切片器功能以及PowerPoint视频编辑功能，更使用户获得空前便捷的办公体验。

◎ 内容简介

本书共20章，全面介绍了Office 2010的基础知识以及Word、Excel和PowerPoint这3大软件的操作知识，囊括了Office 2010的安装、新增功能、主要组件界面和基础操作；Word 2010的基础操作、文本段落设置、图片处理、表格应用；Excel 2010的数据输入、格式设置、公式函数应用、数据分析对比、图表展示；PowerPoint 2010的文稿制作、风格设置、动画效果、放映与发布等知识。

◎ 本书特色

- **阶梯教学**：3大阶段难度渐进，引导读者由浅入深逐步掌握Office 2010精髓知识。
- **实战至上**：基础知识+实战案例，摒弃千篇一律的知识讲解，以实例生动展示知识。
- **办公必备**：300个办公通用案例+1700个行业办公模板，将办公需求摆在第一位。

◎ 超值光盘赠送

- 10小时本书案例多媒体教学
- 300个所有案例原始及最终文件
- 28小时Office公司办公教学视频
- 700个Office 2010+1000个Office 2007常用办公模板
- 80页办公设备维护及Office软件技巧电子书
- 300元超值正版软件
- 一线办公查询软件

◎ 适用人群

本书中的技巧介绍可加深用户应用软件的熟练程度，办公实例可帮助用户灵活应对办公管理，适用于Office 2010的初、中级用户、公司办公人员、即将步入职场的大学生。

本书汇集了大量真实的办公案例和办公常用技巧，本人力求严谨细致，付出了大量时间和心血，但由于水平有限，疏忽纰漏之处在所难免，恳请读者朋友提出建议和批评。

作　者

CONTENTS
目录

Chapter 06 文档的页面布局设置与保护

Chapter 07 Word 2010的高效功能

Chapter 08 综合案例——制作新春贺卡

Chapter 13 数据透视表与数据透视图的使用

入门必备

进阶实战

高手速成

Chapter 14 Excel 2010的高级应用

入门必备

进阶实战

高手速成

Chapter 15 综合案例——制作年销售报表

综合案例

阅读说明

本书知识点根据难易程度划分为入门必备、进阶实战、高手速成和办公实战4个版块，同时附有知识加油站、TIP和知识链接3种丰富的相关知识及操作提示。在学习本书前首先阅读本说明，帮助您高效地学习Office 2010。

入门必备
介绍基础知识和基本操作，为办公实战打下扎实基础。

进阶实战
采用实际案例教学，在学习的同时掌握实际操作技巧。

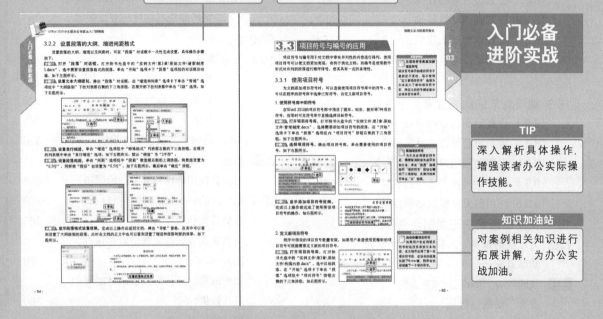

入门必备 进阶实战

TIP
深入解析具体操作，增强读者办公实际操作技能。

知识加油站
对案例相关知识进行拓展讲解，为办公实战加油。

高手速成
挑战最高难度知识要点，轻松打造 Office 办公高手。

办公实战
运用本章要点制作办公实例，系统回顾并拓展学习。

高手速成 办公实战

知识点拨
针对基础知识查遗补漏，完善 Office 系统学习构架。

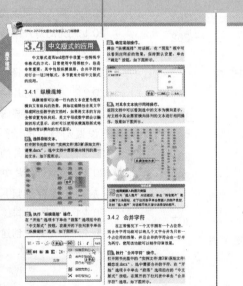

Office 2010概述

CHAPTER
01

Office 2010是微软公司推出的最新办公软件，其中包括Word、Excel、PowerPoint等组件，除了对以前版本的完善外，Office 2010还新增了很多实用功能。本章就对Office 2010的安装、新增功能、基础操作等知识进行介绍，使用户从整体上认识Office 2010。

 知识点

1. 认识Office 2010
2. 安装Office 2010
3. 了解Office 2010新增功能
4. 认识3个主要软件的界面
5. 自定义Word功能区
6. 打开与保存文档

建议学习时间：60分钟

学习内容	学习时间	学习内容	学习时间
认识与安装Office 2010	10分钟	Office 2010的基础操作	10分钟
了解Office 2010十大新增功能	10分钟	观看视频教学并练习	20分钟
认识Office 2010主要组件界面	10分钟		

重点实例

▲ 安装 Office 2010

▲ Word 2010 新增图片艺术效果

▲ PowerPoint 2010 新增幻灯片主题样式

入门必备

1.1 认识与安装Office 2010

使用Office 2010前，首先对该程序的版本、安装要求相关知识进行了解，本节将对Office 2010的版本与安装相关知识进行介绍。

1.1.1 Office 2010版本介绍

Office 2010可支持32位Windows XP系统、32位和64位Vista及Windows 7系统。Office 2010中包括Word、Excel、PowerPoint、OneNote、InfoPath、Access、Outlook、Publisher、Communicator、SharePoint Workspace等组件，除了原有功能外，Office 2010还对图片处理、主题等功能进行了完善，并且新增了屏幕截图、迷你图等新功能，可以使办公人员工作更加得心应手。

1.1.2 Office 2010的系统要求

安装Office 2010时，对CPU与RAM的要求与Office 2007是一样的，但是对于磁盘空间的要求变大了，Office 2010系统要求的具体数据如表1-1所示。

表1-1 Office 2010系统要求表

名　称	最低配置	建议配置
CPU	500MHz	3800MHz以上
RAM	256MB	512MB以上
硬盘空间	3.0G	10G以上
操作系统	Windows XP	Windows Vista或Windows 7

1.1.3 安装Office 2010

微软操作系统并不预装Office 2010，因此在使用前需要用户将其安装到电脑中。安装时，用户可根据需要选择安装的组件和安装的位置等。

步骤01 启动安装程序。 将Office 2010的安装光盘放入电脑光驱，在桌面中双击"计算机"图标，在"计算机"窗口中双击光驱，双击Office 2010的安装程序，如下左图所示。

步骤02 允许程序对计算机的更改。 弹出"用户账户控制"对话框，询问用户是否允许以下程序对此计算机进行更改，单击"是"按钮，如下右图所示。

步骤03 同意许可协议。 弹出Microsoft Office Professional Plus 2010安装窗口，在"阅读Microsoft软件许可证条款"界面中勾选"我接受此协议的条款"复选框，单击"继续"按钮，如下左图所示。

步骤04 选择所需的安装。进入"选择所需的安装"界面，在该界面中选择要安装的方式，单击"自定义"按钮，如下右图所示。

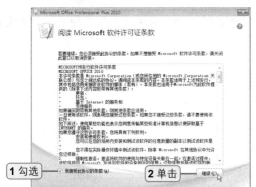

步骤05 选择安装的组件。进入自定义安装界面后，在"安装选项"选项卡的"自定义Microsoft Office程序的运行方式"列表框内进行查看，单击不需要安装组件前的 按钮，在展开的下拉列表中单击"不可用"选项，如下左图所示。

步骤06 切换到"文件位置"选项卡。将所有不需要安装的组件设置为不可用状态，然后单击"文件位置"选项卡标签，如下右图所示。

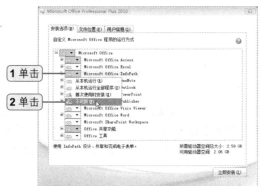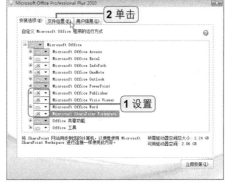

步骤07 设置文件的安装位置。进入"文件位置"选项卡后，在"选择文件位置"文本框中将安装的磁盘更改为D盘，不改变其余设置，单击"立即安装"按钮，如下左图所示，程序即可执行安装操作，在界面中将会显示安装进度。

步骤08 完成安装。Office 2010安装完毕后进入完成界面，界面中显示启动Office 2010的操作步骤，单击"关闭"按钮，如下右图所示，完成Office 2010的安装。

1.2 了解 Office 2010十大新增功能

为了适应用户更多的操作需求，Office 2010提供了很多新增功能，大大方便了办公应用，本节中将介绍其中十项比较实用的新增功能。

1.2.1 自定义功能区

在Office 2010中，可以对功能区中提供的功能进行自定义添加或删除的操作，安装Office 2010后，程序会根据功能的使用程度，为各选项卡添加相应的功能，功能区如下图所示。

在实际的使用过程中，用户可以根据自己的习惯，将一些常用的功能添加到功能区中。下图所示是为"开始"选项卡添加了"基础操作"功能组。

1.2.2 导航窗格

Office 2010提供的"导航"窗格可用于浏览文档标题、浏览文档页面和搜索文档内容，分别如下左、下中、下右图所示。"导航"窗格中包括搜索文本框以及3个选项卡，需要搜索内容时，在搜索文本框中输入需要搜索的内容，程序就会自动执行搜索操作。需要查看文档标题或浏览文档页面时，单击相应的选项标签即可。

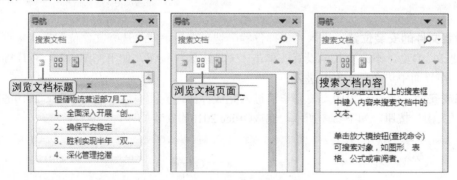

1.2.3 新增设置文本效果功能

Office 2010中新增了文本效果设置功能，在程序中预设了一些文本效果。选中文本后直接选择需要使用的预设样式，然后根据需要对文本的阴影、映像等效果进行编辑即可，应用效果如下左图所示。除了使用预设效果，还可以根据需要对文本效果进行自定义编辑，在"字体"对话框中单击"文字效果"按钮，在弹出的"设置文本效果格式"对话框中根据需要进行设置即可，设置效果如下右图所示。

1.2.4 屏幕截图功能

屏幕截图功能可以将当前的电脑屏幕画面截取到文档中，执行截图操作时可截取全屏画面，如下左图所示，也可以根据需要自定义设置截取范围，如下右图所示，截取画面后，所截图片将自动插入到文档中。

1.2.5 图片艺术效果处理

Office 2010中新增加了标记、铅笔灰度、铅笔素描、线条图、粉笔素描、画图笔划、画图刷、发光散射、虚化、浅色屏幕、水彩海绵、胶片颗粒等22种图片效果，可以使图片的设置效果更加丰富多样，其中"虚化"艺术效果如下左图所示，"纹理化"艺术效果如下右图所示。

虚化艺术效果　　　　纹理化艺术效果

入门必备

1.2.6 图片转换为SmartArt图形

可将图片转换为SmartArt图形的新增功能方便了SmartArt图形的制作，也增加了文档处理的灵活性。将图片插入到文档中后，Word 2010会根据图片容量自动调整图片大小，如下左图所示。将图片转换为SmartArt图形后，Word 2010会根据图形的类型对图片进行裁剪或调整大小，如下右图所示。

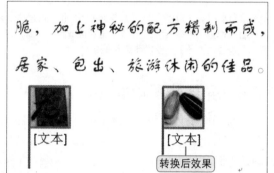

1.2.7 Excel迷你图

迷你图是Excel 2010工作簿中新增的图表类型，它是在单元格背景中显示的微型图表。迷你图与基础数据相关联，并以图表格式（如折线图、柱形图或盈亏图）显示该数据的趋势，迷你图包括折线图、列和盈亏3种类型，其中折线迷你图效果如下图所示。

	A	B	C	D	E	F	G	H	I
1	周销售报告								
2	销售项目	3月4日	3月5日	3月6日	3月7日	3月8日	3月9日	3月10日	图示
3	服装	¥825.00	¥875.00	¥709.00	¥913.00	¥824.00	¥917.00	¥957.00	
4	运动鞋								
5	体育用品								迷你图
6	挂件								
7									

1.2.8 Excel切片器

切片器是Excel 2010工作簿中的新增功能，可以与数据透视表一起对数据进行汇总和分析。一个Excel工作簿中的数据透视表可以创建多个切片器，使用切片器可以对数据进行进一步查看。在切片器中单击需要显示的内容，透视表中即可显示相应数据，如下图所示。

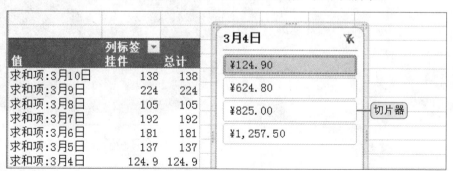

1.2.9 PowerPoint视频编辑功能

虽然以前版本的PowerPoint中也可以添加视频文件，但对视频文件的编辑能力有限。在PowerPoint 2010中，不但可以对视频文件进行剪辑，而且可以对视频文件的初始画面进行重新编辑，对视频文件开始播放以及退出时的淡入、淡出效果进行设置，还可以对视频文件的画面色彩、饱和度等内容进行设置。在PowerPoint 2010中插入视频文件。如下左图所示，可切换到"视频工具-格式"选项卡，对视频文件的形状、边框、效果等内容进行设置，或切换到"视频工具-播放"选项卡，对视频文件进行剪辑、淡化等设置，设置效果如下右图所示。

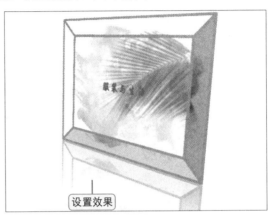

1.2.10 增加幻灯片主题样式

在PowerPoint 2010中新增加了时装设计、波形、极目远眺、茅草等幻灯片的主题样式，大大丰富了幻灯片的样式效果，同时也使用户可以发挥更多创意，制作出更好的幻灯片，其中时装设计主题效果如下左图所示，茅草效果如下右图所示。

TIP

👆 **更多丰富功能**

在Office 2010程序中，还有很多功能在旧版本的基础上进行了丰富，例如图片的处理效果、编号样式、SmartArt图形样式等，这些功能都在原有基础上添加了新内容。由于篇幅关系，本章中不再多做介绍，更多新功能的使用将在以后的章节中依次介绍。

1.3 认识Office 2010三个组件界面

Office 2010中最常用的3个办公组件包括Word、Excel、 Power-Point，为了让用户在以后的操作中能够得心应手，本节先对这3个组件的界面进行介绍。

1.3.1 Word 2010界面介绍

Word 2010的界面主要由功能组、编辑区等内容构成，如下图所示，下面分别对每个区域的名称、作用等因素进行说明，如表1-2所示。

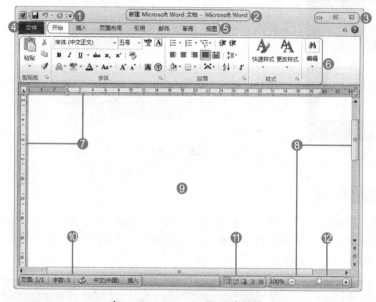

表1-2 Word 2010界面功能表

序 号	名 称	作 用
①	快速访问工具栏	用于放置一些常用工具，在默认情况下包括保存、撤销和恢复3个工具按钮，用户可以根据需要进行添加
②	标题栏	用于显示当前文档名称
③	窗口控制按钮	包括最小化、最大化和关闭3个按钮，用于对文档窗口的大小和关闭进行相应控制
④	菜单按钮	用于打开文件菜单，菜单中包括打开、保存等命令
⑤	选项标签	用于切换选项组，单击相应标签，即可完成切换
⑥	功能区	用于放置编辑文档时所需的功能，程序将各功能划分为一个一个的组，称为功能组
⑦	标尺	用于显示或定位文本的位置
⑧	滚动条	拖动可向上或向左右查看文档中未显示的内容
⑨	编辑区	用于显示或编辑文档内容的工作区域
⑩	状态栏	用于显示当前文档的页数、字数、使用语言、输入状态等信息

（续表）

序 号	名 称	作 用
⑪	视图按钮	用于切换文档的视图方式，单击相应按钮，即可完成切换
⑫	缩放标尺	用于对编辑区的显示比例和缩放尺寸进行调整，缩放后，标尺左侧会显示出缩放的具体数值

1.3.2 Excel 2010界面介绍

Excel 2010与Word 2010的界面既有相似之处，也有不同之处，Excel 2010也有快速访问工具栏、标题栏等组成部分，不同之处在于编辑区等内容，本节只对Excel 2010界面中独有的组成部分进行介绍，如下图所示，各部分的作用如表1-3所示。

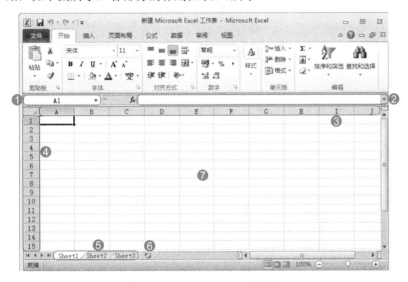

表1-3 Excel 2010界面功能表

序 号	名 称	作 用
❶	名称框	用于显示或定义所选择单元格或者单元格区域的名称
❷	编辑栏	用于显示或编辑所选择单元格中的内容
❸	列标	用于显示工作表中的列，以A、B、C、D……的形式进行编号
❹	行号	用于显示工作表中的行，以1、2、3、4……的形式进行编号
❺	工作表标签	用于显示当前工作簿中的工作表名称，默认情况下标签标题显示为Sheet1、Sheet2、Sheet3，可以进行更改
❻	"插入工作表"按钮	用于插入新的工作表，单击该按钮即可完成插入工作表的操作
❼	工作区	用于对表格内容进行编辑，每个单元格都以虚拟的网格线进行界定

进阶实战·高手速成

1.3.3 PowerPoint 2010界面介绍

PowerPoint 2010主要用于编辑动画演示文稿，它的工作界面包括编辑区、幻灯片窗格、备注栏等部分，如下图所示，窗口中各部分的作用如表1-4所示。

表1-4 PowerPoint 2010界面功能表

序号	名 称	作 用
❶	幻灯片窗格标签	用于预览区的索引，单击即可切换到"幻灯片"窗格
❷	大纲窗格标签	用于切换到"大纲"窗格，单击即可完成操作
❸	备注窗格	用于为幻灯片添加备注内容，添加时将插入点定位在其中直接输入即可
❹	编辑窗格	用于显示或编辑幻灯片中的文本、图片、图形等内容

TIP

Word、Excel与PowerPoint的视图方式

在Office 2010中，Word、Excel与PowerPoint都有几种不同的视图方式，每种视图方式都有各自的特点，下面依次进行介绍。

在Word中有页面视图、阅读版式视图、Web版式视图、大纲视图和草稿5种视图方式。其中页面视图显示的是文档的最终编辑效果，在该视图下可以进行文档编辑，同时它又是打印输出的最终效果；阅读版式视图将会隐藏功能组，以最大的空间显示文档的文字内容；Web版式视图是以网页的外观形式对文档进行查看；大纲视图则会分级显示文档中的内容，用户可根据需要对各级别中的内容进行显示或隐藏；在草稿视图下，除正文内容外文档中的某些元素不会显示出来，例如页眉和页脚。

Excel中包括普通、页面布局和分页预览3种视图方式。而PowerPoint则包括普通视图、幻灯片浏览、阅读视图和幻灯片放映4种视图方式。每种视图方式都有其各自的特点，用户可以根据需要使用。

知识加油站

更改打开幻灯片时的视图方式

打开幻灯片时，程序会默认切换到普通视图下，需要更改幻灯片的默认视图方式时，单击"文件"按钮，在弹出的菜单中单击"选项"命令，弹出"PowerPoint 选项"窗口，单击"高级"选项标签，在"显示"区域内单击"用此视图打开全部文档"框右侧的下三角按钮，在展开的下拉列表中单击要使用的视图方式，如下图所示，然后单击"确定"按钮。这样在新建演示文稿时，程序将使用设置好的视图方式。

1.4 Office 2010 的基础操作

Office 2010中虽然包括很多个组件，但是它们有很多基础操作是一致的，例如对功能区的更改、新建或打开文件等操作，本节就对这些相同的基础操作进行介绍。

1.4.1 自定义功能区

功能区用于放置功能按钮，在Office 2010中可以对功能区中的功能按钮进行添加或删除，本节就以在Word 2010中为功能区添加功能按钮为例，介绍自定义功能区的操作。

01 单击"选项"命令。

启动Word 2010，单击"文件"按钮，在弹出的菜单中单击"选项"命令，如下图所示。

02 选择选项组需要添加的位置。

弹出"Word选项"对话框，单击"自定义功能区"选项，在"自定义功能区"列表框中选择选项组要添加到的具体位置，如下图所示。

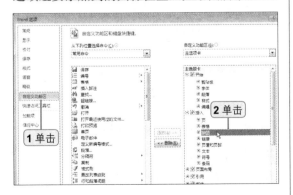

03 新建选项组。

选择需要添加的位置后，单击"自定义功能区"列表框下方的"新建组"按钮，如下图所示。

04 单击"重命名"按钮。

单击"重命名"按钮，如下图所示。

05 输入组名称。

弹出"重命名"对话框，在"显示名称"文本框中输入组的名称，然后单击"确定"按钮，如下图所示。

06 为新建的组添加功能。

在"从下列位置选择命令"列表框中单击需要添加到新建组中的按钮，然后单击"添加"按钮，如下图所示。

高手速成

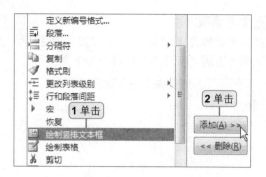

07 完成新建组的设置。

重复上一步骤的操作，再为新建的组添加"文本框"功能，添加完毕后单击"确定"按钮，如下图所示。

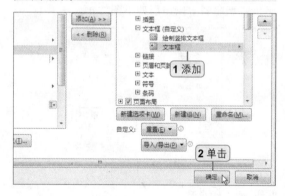

08 显示创建的选项组。

完成自定义设置功能区的操作后返回文档中，切换到"插入"选项卡，即可看到添加的自定义功能组，如下图所示。

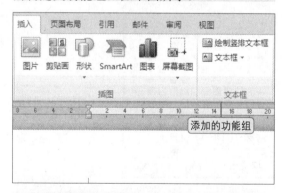

TIP

删除功能组中的功能区

需要删除功能组中的功能区时，在"Word选项"对话框中切换到"自定义功能区"选项卡，在"自定义功能区"列表框中选中需要删除的功能组，单击"删除"按钮，最后单击"确定"按钮，即可完成删除操作。

1.4.2 自定义快速访问工具栏

快速访问工具栏中在默认的情况下包括保存、撤销和恢复3个按钮，用户可以根据需要将其他需要的工具添加到快速访问工具栏中。

01 添加需要的工具。

打开文档后，单击快速访问工具栏右侧的快翻按钮，在展开的下拉列表中单击需要显示的工具选项，如下图所示。

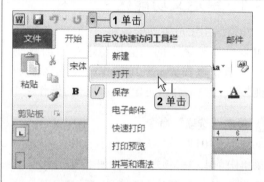

02 显示添加工具效果。

经过以上操作，即可完成为工具栏添加工具按钮的操作，如下图所示。需要取消时，在下拉列表中再次单击该选项即可。

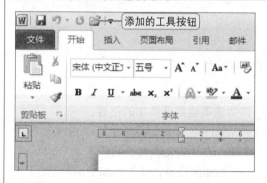

1.4.3 打开文档

打开文档时，可以在电脑中直接打开目标文档，也可以在打开的文档中打开其他文档，下面分别介绍这两种操作方法。

方法一 在电脑中直接打开文档

01 双击目标文档。

通过"计算机"窗口进入文档的保存位置，双击需要打开的文档，如下图所示。

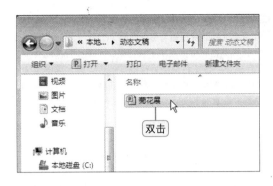

02 显示打开的文档。

经过以上操作后，就可以在相应的程序中将该文档打开，如下图所示。

方法二 在文档中打开其他文档

01 执行"打开"命令。

打开目标文档后，单击"文件"按钮，在弹出的菜单中单击"打开"命令，如下图所示。

02 选择需要打开的文档。

弹出"打开"对话框，进入目标文件所在路径，单击目标文件，然后单击"打开"按钮，如下图所示，即可将所选择的文档打开。

1.4.4 新建文档

新建文档是建立空白的文档，在新建时可以通过多种方法完成操作，本节以在磁盘窗口新建文档为例来介绍新建的操作。

01 执行"新建"命令。

通过"计算机"窗口进入文档的新建位置，右击窗口空白位置，弹出快捷菜单后执行"新建>Microsoft Word文档"命令，如下图所示。

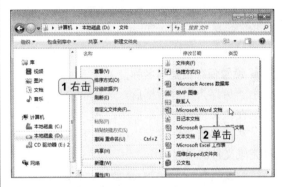

02 显示新建的文档效果。

经过以上操作，即可完成新建文档的操作，如下图所示，双击文档图标即可打开该文档。

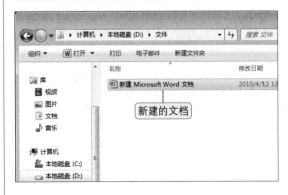

高手速成

1.4.5 保存文档

为了防止文件丢失，在文档的编辑过程中要养成随时保存的习惯，在第一次保存文档时，程序会弹出"另存为"对话框，用于设置文件的保存位置，具体操作步骤如下。

01 **执行"保存"命令。**
需要保存文档时单击"文件"按钮，在弹出的快捷菜单中单击"保存"命令，如下图所示。

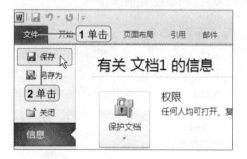

02 **设置保存位置与名称。**
弹出"另存为"对话框后，选择希望保存的路径，在"文件名"文本框中输入文件的保存名称，然后单击"保存"按钮，如下图所示，即可完成文件的保存操作。

1.4.6 关闭与退出文档

将文档编辑完毕后，可以根据需要选择关闭文档或退出文档，关闭文档操作是关闭当前文档，而退出文档操作则是将打开的全部同类型文档关闭。

01 **关闭文档。**
将文档编辑完毕需要关闭时，可单击程序右上角的"关闭"控制按钮，如下图所示，即可完成关闭文档的操作。

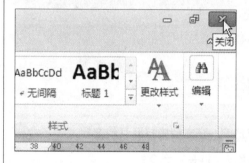

02 **退出文档。**
需要退出文档时单击"文件"按钮，在弹出的菜单中单击"退出"命令，如下图所示，即可将打开的全部文档关闭。

实战
将文档保存为模板

本章对Office 2010软件的安装和基础操作等知识进行了介绍，如果制作的文档在今后将反复使用，可以在保存文档时将编辑制作完成的文档保存为模板，从而减少重复劳动，提高工作效率。下面以Word 2010为例介绍将文档保存为模板的操作步骤。

01 执行"另存为"命令。

打开目标文档后单击"文件"按钮，在弹出的菜单中单击"另存为"命令，如下图所示。

02 设置保存类型与保存位置。

弹出"另存为"对话框，选择保存路径，在"文件名"文本框中输入文件名称，单击"保存类型"列表框右侧的下三角按钮，在展开的下拉列表中选择"Word模板"选项，如下图所示。

03 保存文件。

设置文件的保存路径与类型后，单击"保存"按钮，如下图所示。

04 显示创建的模板效果。

完成保存模板文档的操作后，通过"计算机"窗口进入文件保存的路径，即可看到保存的模板文件，如下图所示。

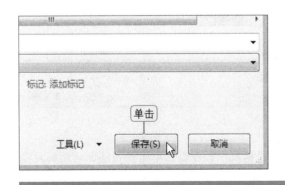

TIP

新建模板文档

将文档保存为模板后，需要新建模板文档时通过"计算机"窗口进入模板文档的保存位置，双击该文件图标，即可新建一个该模板类型的文档。

问答

移动快速访问工具栏·更改Office 2010配色方案·解决Word文档乱码问题·快速显示与隐藏标尺·即点即输功能

Q 如何移动快速访问工具栏？

A 快速访问工具栏只能显示在功能区上方或下方这两个位置，需要移动时单击工具栏右侧的快翻按钮，在弹出的下拉列表中单击"在功能区下方显示"选项，即可将工具栏显示在功能区的下方。在任意选项卡下的空白处单击鼠标右键，在弹出的菜单中选择"在功能区下方显示快速访问工具栏"，也可达到同样的效果。

Q 可以更改Office 2010中3个组件的配色方案吗？

A Office 2010有3种配色方案，分别是银色、蓝色和黑色，在默认情况下显示为银色。需要更改配色方案时，可通过选项窗口进行操作，下面以更改Word 2010为例进行说明。打开目标文档后单击"文件"按钮，在弹出的菜单中单击"选项"命令，弹出"Word 选项"对话框，在"常规"选项面板的"用户界面选项"选项组中单击"配色方案"框右侧的下三角按钮，在弹出的下拉列表中选择需要使用的颜色，然后单击"确定"按钮，即可完成颜色更改操作。

Q 打开文档时出现乱码怎么解决？

A 打开文档出现乱码时，可重新打开该文档，将打开的方式选择为"打开并修复"，具体操作为：在打开的文档中执行"文件>打开"命令，如下左图所示，弹出"打开"对话框后选择需要打开的文件，单击"打开"按钮右侧的下三角按钮，在弹出的菜单中单击"打开并修复"选项，如下右图所示，即可将损坏的文档打开。

Q 如何快速显示与隐藏标尺？

A 打开Word 2010文档后，在水平标尺右侧可以看到"标尺"按钮，单击该按钮即可将标尺隐藏，再次单击该按钮时则将标尺显示出来。

Q 什么是即点即输？

A 即点即输是Word的一项功能，是指在有文字的文档中，将光标指向需要编辑的文字位置后，单击鼠标左键即可进行文字输入。在空白文档中，将光标指向需要编辑文字的位置后双击鼠标左键，即可将插入点定位在该处，输入需要的文字。

文本的简单编辑

CHAPTER 02

由于Word 2010是一款用于处理文字的软件，因此在Word中制作或编辑文档时，一些基础的文本操作就显得尤为重要，例如输入文本、插入特殊符号等内容。本章将对文本的输入、选择文本、复制与剪切文本以及更改文档的输入状态等一系列基础操作进行介绍。

 知识点

1. 插入特殊符号
2. 使用格式刷
3. 选择文本
4. 复制与剪切文本
5. 撤销与恢复
6. 插入与改写文本

建议学习时间：50分钟

学习内容	学习时间	学习内容	学习时间
在文档中输入文本	10分钟	撤销与恢复操作	10分钟
选择文本	5分钟	插入与改写文本	5分钟
复制与剪切文本	10分钟	观看视频教学并练习	10分钟

重点实例

▲ 在文档中插入符号

▲ 选择不连续文本

▲ 使用格式刷复制文本格式

入门必备

2.1 在文档中输入文本

为文档输入文本内容时，可能会涉及到字符、符号等各种内容，输入不同内容时可以通过不同的方法完成输入操作。本节中将以字符、特殊符号、日期和时间的输入为例，介绍在文档中输入文本的操作。

2.1.1 输入普通文本

在文档中输入普通文本时，只需要切换到要使用的输入法，就可以进行输入操作。

步骤01 **选择输入法**。新建一个空白Word文档，单击状态栏中的输入法图标，在展开的输入列表中单击需要使用的输入法，如下左图所示。

步骤02 **输入汉字**。根据所选输入法的输入规则进行输入，需要输入数字时直接按下键盘中的数字按键即可，如下右图所示。

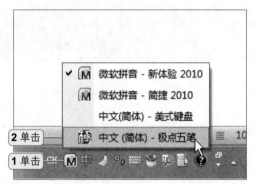

步骤03 **切换到英文输入法**。需要输入英文时可切换到英文输入法后进行输入，由于本例中使用的是极品五笔输入法，所以按下Shift键即可切换为英文输入法，如下左图所示。

步骤04 **输入英文字母**。切换到英文输入法后，直接按下键盘中的字母按键，文档中就会显示相应的英文字母，如下右图所示，需要输入大写字母时，按下键盘中的Caps Lock键，然后按下相应的字母按键即可完成大写字母的输入。

2.1.2 插入特殊符号

虽然在键盘中设置了一些特殊符号，但是如果需要在文档中输入笑脸、手势之类的符号时，就无法通过键盘完成，此时可以通过Word中的"符号"对话框在文档中插入特殊字符。

步骤01 **选择其他符号选项。** 打开附书光盘中的"实例文件\第2章\原始文件\主持人的新年贺词.docx"，将插入点定位在需要插入符号的位置，单击"插入"选项卡下"符号"选项组中的"符号"按钮，在展开的下拉列表中单击"其他符号"选项，如下左图所示。

步骤02 **选择符号的字体。** 弹出"符号"对话框，在"符号"选项卡中单击"字体"下拉列表框右侧的下三角按钮，在展开的下拉列表框中单击webdings选项，如下右图所示。

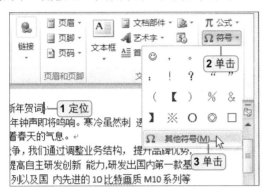
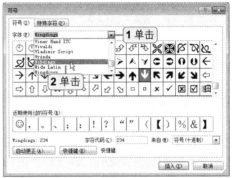

步骤03 **选择需要的符号。** 选择了符号的字体后，在符号列表框中单击需要使用的符号，然后单击"插入"按钮，如下左图所示。

步骤04 **显示插入的特殊符号效果。** 插入完毕后单击"关闭"按钮，关闭"符号"对话框，返回文档中可以看到插入的特殊符号，如下右图所示。

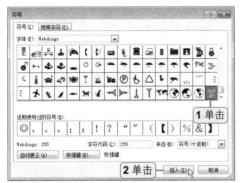

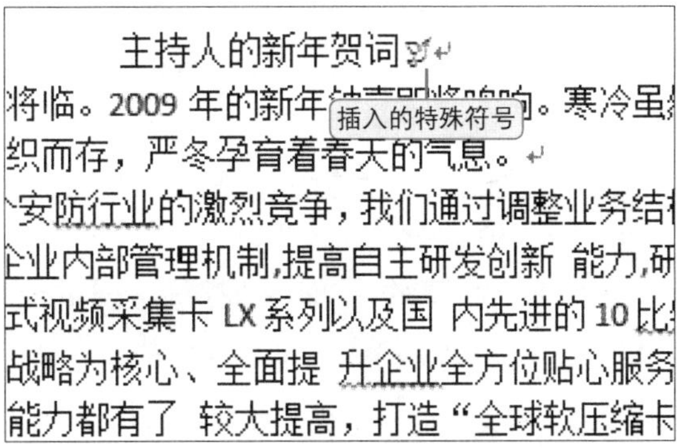

主持人的新年贺词

> 将临。2009 年的新年钟声即将鸣响。寒冷虽织而存，严冬孕育着春天的气息。
> 安防行业的激烈竞争，我们通过调整业务结企业内部管理机制,提高自主研发创新 能力,研式视频采集卡 LX 系列以及国 内先进的10比战略为核心、全面提 升企业全方位贴心服务能力都有了 较大提高，打造"全球软压缩卡

TIP

插入更多符号

需要为文档插入更多符号时，则在插入第一个符号后不要关闭对话框，再次选择需要插入的符号并单击"插入"按钮，直到将所有符号都插入完毕后再单击"关闭"按钮关闭"符号"对话框。

2.1.3 插入自动更新的日期和时间

在文档中手动输入日期或时间后，日期或时间的内容不会随着时间的变化而改变，如果需要插入到文档中的时间有不断更新的功能，可以直接插入日期和时间。

步骤01 **单击"日期和时间"按钮。** 打开附书光盘中的"实例文件\第2章\原始文件\主持人的新年贺词1.docx"，将插入点定位在需要插入日期和时间的位置，单击"插入"选项卡下"文本"选项组中的"日期和时间"按钮，如下页左图所示。

步骤02 **选择需要插入的日期格式。** 弹出"日期和时间"对话框，在"可用格式"列表框中选择合适的日期格式，如下页右图所示。

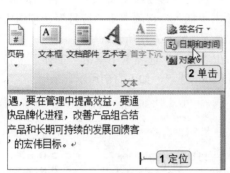

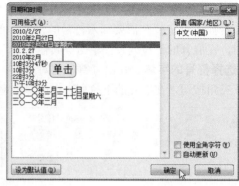

步骤03 **设置自动更新。** 选择要使用的日期格式后，勾选"自动更新"复选框，然后单击"确定"按钮，如下左图所示。

步骤04 **显示插入日期效果。** 返回文档中，完成插入自动更改的日期的操作，如下右图所示，当计算机系统的时间发生变化时，该文档中的日期也会进行相应的更改。

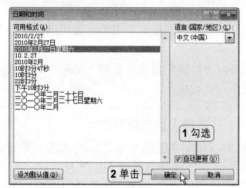

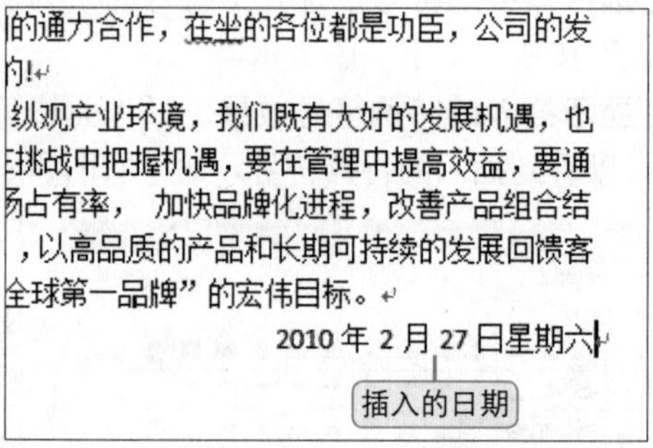

2.2 选择文本

对文本进行编辑时，首先需要选中目标文本，对于单个文字、词组、一行或一段文字、不连续文字等不同内容的文本，选择的方法会有所不同，本节中就对文本的各种选择方法进行介绍。

1. 选择单个文字与词组

选择单个文字时，将插入点定位在需要选择的文字左侧，然后按住鼠标左键向右拖动，即可将该字符选中，如下左图所示。选择词组时，将插入点放置在需要选中的词组，然后双击鼠标左键，就可以将该词组选中，如下右图所示。

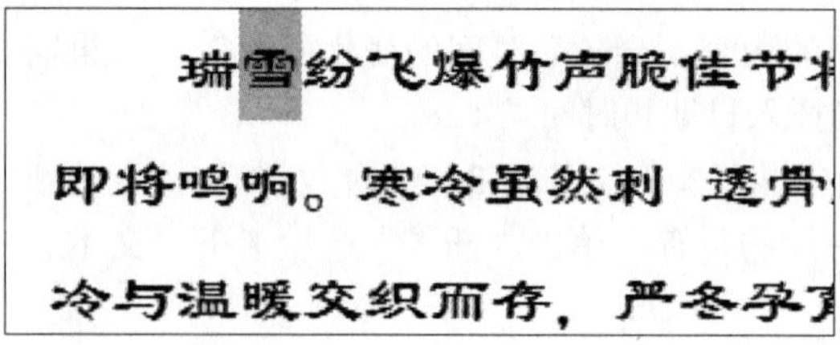

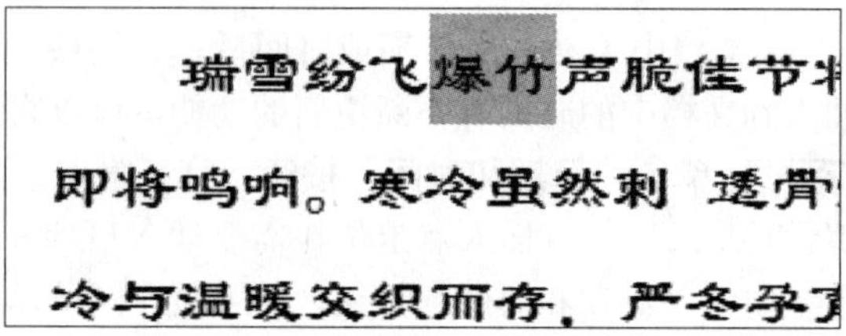

2. 选择一行或一段文本

选择一行文本时，将光标指向该行文本的左侧页边距外，当光标变为♎形状时单击鼠标左键，即可选中该行文本，如下左图所示。选择一段文本时，将光标指向该行文本的左侧页边距外，当光标变为♎形状时双击鼠标左键，即可选中该段文本，如下右图所示。

瑞雪纷飞爆竹声脆
即将鸣响。寒冷虽然刺
单击
温暖交织而存，严
回首 2009 年，面对

瑞雪纷飞爆竹声脆
即将鸣响。寒冷虽然刺
冷与温暖交织而存，严
双击
回首 2009 年，面对

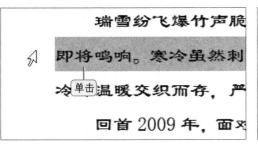

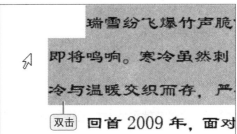

3. 选择整篇文本

选择整篇文本时，按下快捷键Ctrl+A即可完成操作，如下图所示。

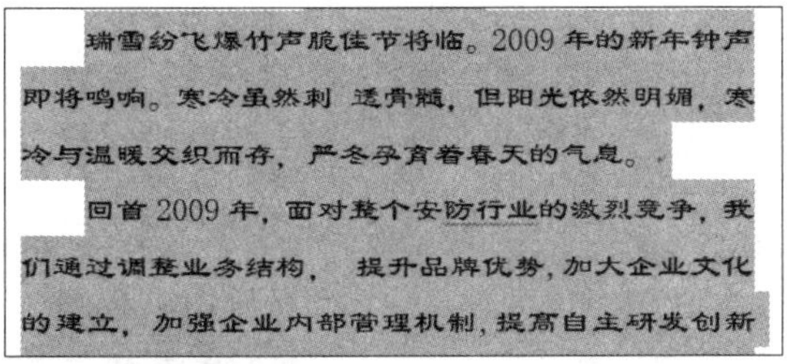

瑞雪纷飞爆竹声脆佳节将临。2009 年的新年钟声
即将鸣响。寒冷虽然刺 透骨髓，但阳光依然明媚，寒
冷与温暖交织而存，严冬孕育着春天的气息。
回首 2009 年，面对整个安防行业的激烈竞争，我
们通过调整业务结构， 提升品牌优势，加大企业文化
的建立，加强企业内部管理机制，提高自主研发创新

知识点拨

使用鼠标选择整篇文本

选中整篇文本时也可以使用鼠标完成操作，将光标指向文档页面左侧页边距外，当光标变为指针形状时三击鼠标左键，就可以将整篇文本选中。

4. 选择不连续的文本

选择不连续文本时，按住Ctrl键的同时按住鼠标左键拖动选中需要的文本，完毕后释放鼠标左键，按照同样的方法反复操作直至所需文本全部被选中，如下图所示。

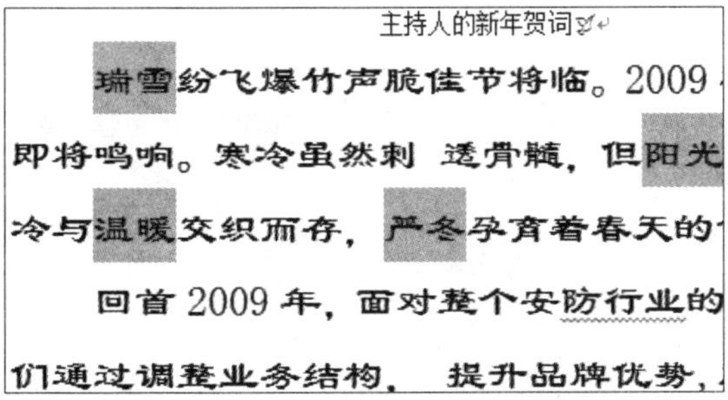

主持人的新年贺词
瑞雪纷飞爆竹声脆佳节将临。2009
即将鸣响。寒冷虽然刺 透骨髓，但阳光
冷与温暖交织而存，严冬孕育着春天的
回首 2009 年，面对整个安防行业的
们通过调整业务结构， 提升品牌优势，

知识点拨

快速选择某一范围内的文本

需要选择某个范围内连续的文本时，将插入点定位在该范围的开始位置处，然后按住Shift键不放单击该范围的结束位置处，就可以完成该范围内文本的选择操作。

5. 选择一列文本

选择一列文本时，按住Alt键的同时按住鼠标左键进行拖动，经过需要选择的列文本，就可以选中该列文本，如下图所示。

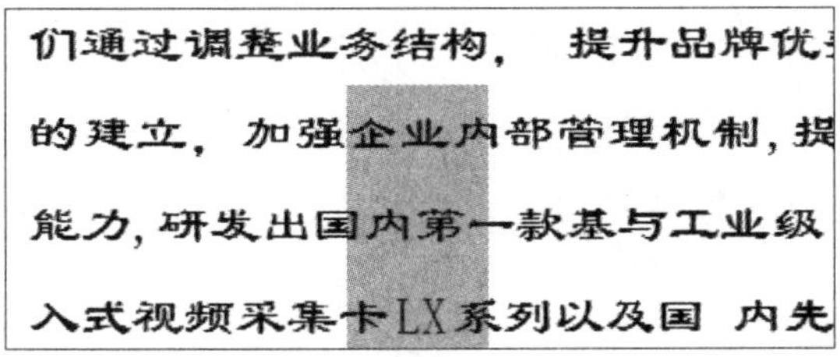

们通过调整业务结构， 提升品牌优
的建立，加强企业内部管理机制，提
能力，研发出国内第一款基与工业级
入式视频采集卡 LX 系列以及国 内先

知识点拨

选择一列文本时的注意事项

选择一列文本时，首先要按住Alt键，然后再选择目标文本，否则无法完成文本的选择。

进阶实战

2.3 复制与剪切文本

需要重复使用文档中的内容或对内容进行移动时，可以使用Word中的复制与剪切功能完成操作。

2.3.1 复制文本

复制文本就是将一个内容再重复制作一份，复制文本内容时可以通过多种方法完成操作，下面介绍两种比较常用的方法。

✎ 方法一 使用快捷菜单命令进行复制

打开附书光盘中的"实例文件\第2章\原始文件\请假制度.docx"，选中需要复制的文本，然后单击鼠标右键，在弹出的快捷菜单中单击"复制"命令，如下左图所示，即可完成文本的复制操作。

✎ 方法二 使用选项组进行复制

选中需要复制的文本，然后单击"开始"选项卡下"剪贴板"选项组中的"复制"按钮，如下右图所示，即可将该文本复制到剪贴板中。

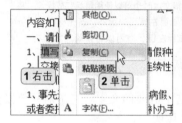 

2.3.2 剪切文本

剪切文本是将文本从一个位置移动到另一个位置，执行该操作时也有多种方法可以使用，下面介绍两种常用的剪切文本的方法。

✎ 方法一 使用鼠标移动

打开目标文档后，选中需要移动的文本，然后按住鼠标左键进行拖动，将其移动到目标位置后释放鼠标左键，如下左图所示，即可完成文本的剪切操作。

✎ 方法二 使用快捷菜单剪切

选中需要剪切的文本，然后单击鼠标右键，在弹出的快捷菜单中单击"剪切"命令，如下右图所示，即可将该文本剪切到剪贴板中。

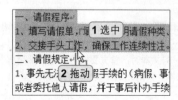 

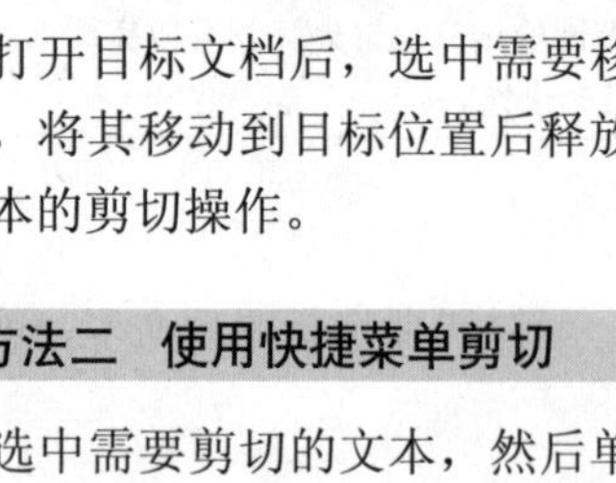

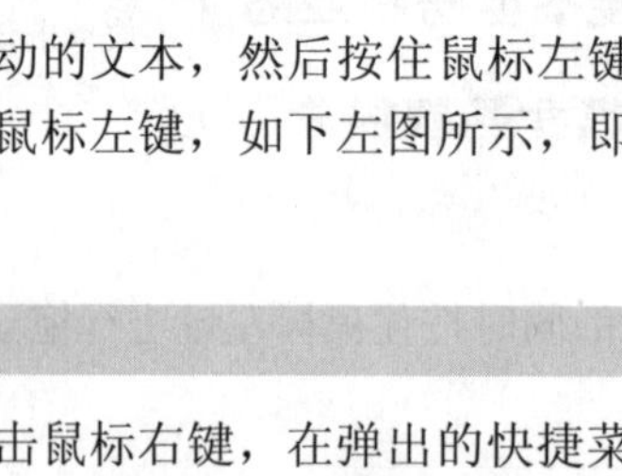

知识加油站

📄 **使用鼠标复制文本**

复制文本时选中目标文本后按住Ctrl键不放，然后拖动复制的内容，如下图所示。

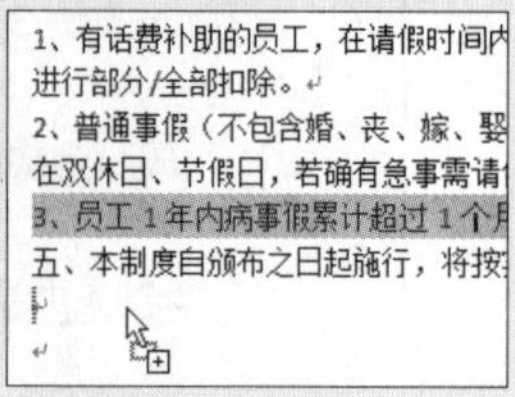

> 1、有话费补助的员工，在请假时间内进行部分/全部扣除。
> 2、普通事假（不包含婚、丧、嫁、娶在双休日、节假日，若确有急事需请
> 3、员工1年内病事假累计超过1个月
> 五、本制度自颁布之日起施行，将按

将复制的内容拖至目标位置后释放鼠标左键，就完成了文本的复制操作，如下图所示。

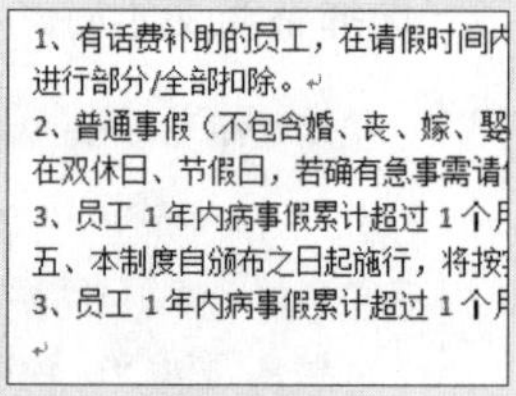

> 1、有话费补助的员工，在请假时间内进行部分/全部扣除。
> 2、普通事假（不包含婚、丧、嫁、娶在双休日、节假日，若确有急事需请
> 3、员工1年内病事假累计超过1个月
> 五、本制度自颁布之日起施行，将按
> 3、员工1年内病事假累计超过1个月

TIP

👆 **复制文本的快捷键**

复制文本时可以选中目标文本，按下快捷键Ctrl+C，这样也可以完成文本的复制操作。

TIP

👆 **剪切文本的快捷键**

剪切文本时可以选中目标文本，按下快捷键Ctrl+X，从而完成文本的剪切操作。

2.3.3　使用格式刷复制文本格式

　　需要单独复制文本的格式时，可通过格式刷来完成操作。为文本复制格式时，可以一次为一处文本应用复制的格式，也可以一次为多处文本应用复制的格式。

✎ 方法一　为一处文本应用复制的格式

步骤01　启用格式刷。 打开附书光盘中的"实例文件\第2章\原始文件\管理制度.docx"，选中要复制格式的文本，在"开始"选项卡中单击"剪贴板"选项组中的"格式刷"按钮，如下左图所示。

步骤02　应用复制的文本格式。 复制格式后光标变为 ▲I 形状时，按住鼠标左键拖动经过需要应用格式的文本，如下右图所示。

步骤03　显示应用格式效果。 经过以上操作，即可完成应用文本格式的操作，拖动鼠标经过的文本就会应用复制的格式，如右图所示。

✎ 方法二　为多处文本应用复制的格式

步骤01　启用格式刷。 打开附书光盘中的"实例文件\第2章\原始文件\科室管理制度.docx"，选中要复制格式的文本，在"开始"选项卡中双击"剪贴板"选项组中的"格式刷"按钮，如下左图所示。

步骤02　应用复制的文本格式。 复制格式后，光标变为 ▲I 形状时，按住鼠标左键依次拖动经过需要应用格式的文本，如下右图所示。

步骤03　为其余文本应用格式。 为第一处文本应用格式后光标仍为 ▲I 形状，即可为下一处文本应用格式，为所有文本应用格式后的效果如右图所示。

2.3.4 粘贴功能的使用

　　将文本复制或剪切后只是将文本转移到剪贴板中，想要将其移动到文档中还需要执行粘贴操作。粘贴时可以根据所选的内容选择适当的粘贴方式。

　　执行粘贴操作时，根据所选的内容格式程序会提供3种粘贴方式，分别为保留源格式、合并格式以及只保留文本，用户可以根据需要选择相应的粘贴方式。下面以只保留文本为例来介绍两种粘贴文本的方法。

方法一　通过快捷菜单命令进行粘贴

步骤01　执行"粘贴"命令。 打开附书光盘中的"实例文件\第2章\原始文件\值班人员职责.docx"，对"协助做好街道防火"一段内容进行复制，然后在需要粘贴到的位置处右击，在弹出的快捷菜单中单击"粘贴选项"组中的"只保留文本"按钮，如下左图所示。

步骤02　显示粘贴效果。 经过以上操作，即可完成只保留文本的粘贴操作，如下右图所示。

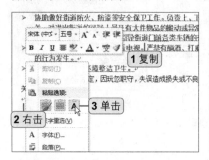

方法二　使用选项组进行粘贴

步骤01　执行粘贴操作。 对"负责值班电话"一段文本进行复制后，将插入点定位在文档的最后一段，单击"开始"选项卡下"剪贴板"选项组中"粘贴"按钮下方的下三角按钮，在展开的下拉列表中单击"粘贴选项"组中的"只保留文本"按钮，如下左图所示。

步骤02　显示粘贴效果。 经过以上操作后，同样可以完成只保留文本的粘贴操作，如下右图所示。

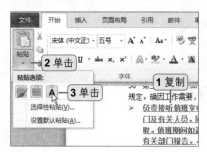

2.3.5 使用剪贴板

剪贴板是一个放置复制内容的窗格，打开剪贴板后可以对剪贴板中的内容进行选择性的复制。

步骤01 打开"剪贴板"任务窗格。 打开附书光盘中的"实例文件\第2章\原始文件\传阅内容.docx"，在"开始"选项卡中单击"剪贴板"选项组的对话框启动器，如下左图所示。

步骤02 粘贴目标内容。 打开"剪贴板"任务窗格后，就可以看到之前复制或剪切的内容，将插入点定位在需要粘贴文本的位置，然后在"单击要粘贴的项目"列表框中单击需要粘贴的内容，如下右图所示，即可将该处文本粘贴到目标位置处。

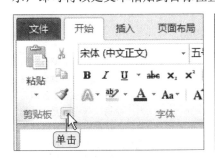

步骤03 粘贴全部文本。 需要将剪贴板内的项目全部粘贴到文档中时，在定位好插入点的位置后单击列表框上方的"全部粘贴"按钮，如下左图所示。

步骤04 显示粘贴效果。 经过以上操作，即可将文本粘贴到文档中，如下右图所示。

☺ 不要轻易做出承诺。承诺的事情就一定要
☺ 　　　一件事情让两个人知道就不再是秘密
☺ 不要说尖酸刻薄的　　　一件事情让两个人
　　代"命令"。　　粘贴的文本
☺ 　　　尽可能用"建议"取代"命令"。

2.4 撤销与恢复操作

撤销功能可以将所执行的操作撤销，恢复功能可以将撤销的操作再恢复回来，本节中就介绍这两个功能的使用。

1. 撤销操作

进行撤销操作可以只撤销当前一步的操作，也可以撤销若干步操作，在Word 2010中，撤销的步数用户可进行自定义。

知识加油站

删除剪贴板中的内容
打开"剪贴板"窗格后，所有复制或剪切的内容都会显示在窗格中。需要删除其中一个粘贴内容时，将光标指向该内容，该内容右侧就会显示下三角按钮，单击该按钮，在弹出的下拉列表中单击"删除"选项即可。如果需要删除"剪贴板"窗格中的全部内容，在窗格中单击"全部清空"按钮即可。

知识加油站

移动"剪贴板"窗格的位置
需要移动"剪贴板"窗格时，将光标指向窗格上方的标题栏，当光标变为十字双箭头形状时，按住鼠标左键进行拖动，将窗格移动到目标位置后释放鼠标左键，即可移动窗格的位置。需要将窗格恢复到原位置时，双击"剪贴板"窗格的标题栏即可。

TIP

撤销与恢复的快捷键
撤销上一步操作时，按下快捷键Ctrl+Z即可完成操作，需要恢复撤销的操作时按下快捷键Ctrl+Y，即可完成恢复操作。

方法一 撤销上一步操作

步骤01 执行撤销命令。 打开附书光盘中的"实例文件\第2章\原始文件\资料室管理制度.docx"，执行一步操作后单击快速访问工具栏中的"撤销"按钮，如下左图所示。

步骤02 显示撤销操作效果。 单击"撤销"按钮后，程序立即将上一步执行的操作恢复为原有效果，如下右图所示。

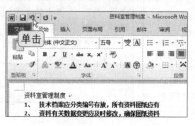

方法二 撤销多步操作

步骤01 选择撤销步数。 在打开的文档中执行若干步操作后，单击快速访问工具栏中"撤销"按钮右侧的下三角按钮，在展开的下拉列表中单击需要撤销到的步骤，如下左图所示。

步骤02 显示撤销效果。 经过以上操作后，程序会将所选择的几步操作撤销，显示出未执行这几步操作前的效果，如下右图所示。

2. 恢复操作

恢复功能可恢复上一步撤销的操作，每执行一次恢复操作只能恢复一次效果，需要恢复多次效果时则需要执行多次恢复功能。

步骤01 执行恢复操作。 在文档中执行撤销操作后，单击快速访问工具栏中的"恢复"按钮，如下左图所示。

步骤02 显示恢复效果。 执行恢复操作后，文档中上一处被撤销的操作立即被恢复，如下右图所示，需要恢复多处操作时，应多次单击"恢复"按钮。

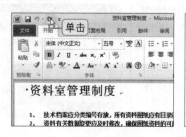

2.5 插入与改写文本

插入与改写是Word 2010在输入文字时的两种状态，当用户需要在已有文本中间插入新文本时，程序处于插入状态还是改写状态非常重要。

2.5.1 认识插入与改写状态

插入文本时，将文本插入到文档原有的段落中，插入点之后的文本会依然存在并自动向后移动；而处于改写状态时，程序则会用输入的文本替换插入点之后的文本，因此在文档中添加文本前，一定要设置好插入或改写状态。

2.5.2 更改插入与改写状态

文本的插入与改写状态在Word 文档窗口的状态栏中可以看到，在切换插入与改写状态时也可以在状态栏中完成。另外，在执行操作时，还可以通过使用键盘的按键来完成操作，下面介绍这两种更改状态的操作。

方法一 使用键盘切换插入或改写状态

打开目标文本后，文档在默认的状态下处于插入状态，需要更改状态时按下键盘中的Insert键，即可将状态更改为改写状态，再次按下Insert键则可以将状态恢复为插入状态。

方法二 状态栏中切换插入或改写状态

01 将插入状态更改为改写状态。

打开目标文档后，在文档窗口下方的状态栏中可以看到文档当前的状态为"插入"，单击"插入"选项，如下图所示。

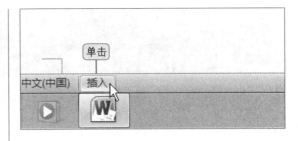

02 显示更改状态效果。

经过以上操作后，就可以将文档当前的状态更改为改写状态，如下图所示，需要将状态改为插入状态时单击"改写"选项即可完成操作。

TIP

状态栏中不显示"插入"选项时的处理方法
当用户在打开Word文档后，如果状态栏中没有"插入"选项，可右击状态栏的任意位置，在展开的"自定义状态栏"列表中勾选"改写 插入"选项，即可在状态栏中显示"插入"选项。

知识加油站

撤销误改写操作
如果用户不小心进入了改写状态，并且新输入的内容已经替换了原有文本，可按下快捷键Ctrl+Z，对改写的操作进行撤销。

实战
制作通知文档

　　本章对输入字符、选择字符、复制和剪切等基础操作进行了介绍，通过本章的学习，用户可以尝试自己动手制作文档，下面结合本章所介绍的知识点来制作通知文档。

01　选择输入法。

新建空白的Word文档，单击任务栏中的输入法图标，此处在展开的输入法列表中单击"极点五笔"输入法，如下图所示。

02　输入文档标题。

选择需要使用的输入法后，根据所使用输入法的输入规则输入文档标题，然后按下Enter键另起一段，如下图所示。

03　输入正文内容。

输入文档的正文内容，输入数字及标题符号时按下键盘中所对应的按键即可，最后将插入点定位在文档末尾的空白段落，如下图所示。

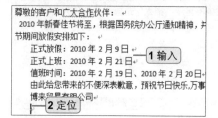

04　单击"日期和时间"按钮。

将文档的文本内容输入完毕后，切换到"插入"选项卡，单击"文本"选项组中的"日期和时间"按钮，如下图所示。

05　选择日期格式。

弹出"日期和时间"对话框，在"可用格式"列表框中单击需要使用的日期格式，然后单击"确定"按钮，如下图所示。

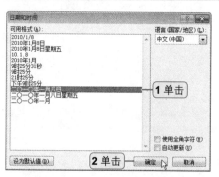

06　显示文档效果。

经过以上操作，即可完成通知文档的制作，最终效果如下图所示。

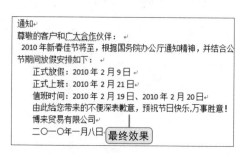

问答

插入英文格式的日期·插入其他文档中的内容·将插入到文档中的独立文件显示为图标
·将文字直接粘贴为图片·隐藏功能区

Q 如何插入英文格式的日期？

A 由于在安装Office 2010时所选择的语言为"中文"，所以在插入日期时程序将默认的日期格式
设置为中文。当用户需要插入英文格式的日期时，可在打开"日期和时间"对话框后单击"语
言（国家/地区）"列表框右侧的下三角按钮，在展开的下拉列表框中选择"英语（美国）"
选项，如下左图所示。更改语言后在"可用格式"列表框中单击需要使用的日期格式，如下右
图所示，最后单击"确定"按钮，即可完成英文格式日期的插入。

Q 如何在文档中插入其他文档中的内容？

A 在文档中插入其他文档中的内容时，如果插入的内容较少，可以对插入的内容进行复制粘贴。
如果需要插入整篇文档，可通过"对象"功能完成插入。

打开需要插入文本的文档，切换到"插入"选项卡，单击"文本"选项组中"对象"按钮右侧
的下三角按钮，在展开的下拉列表中单击"文件中的文字"选项，如下左图所示。弹出"插入
文件"对话框后，进入目标文件所在的文件夹，然后单击需要插入文档的图标，最后单击"插
入"按钮，如下右图所示，就可以将该文档中的文本插入到打开的文档中。

Q 如何将插入到文档中的独立文件显示为图标？

A 需要为文档插入独立文件并使文件显示为图标时，可以通过"对象"功能来完成，具体操作步
骤如下。

打开目标文档后单击"插入"选项卡下"文本"选项组中的"对象"按钮，弹出"对象"对话
框，切换到"由文件创建"选项卡，勾选"显示为图标"复选框，然后单击"浏览"按钮，如

下左图所示。弹出"浏览"对话框，进入要插入的文件所在路径，单击目标文件图标，然后单击"插入"按钮，如下右图所示，返回"对象"对话框单击"确定"按钮，即可完成将插入到文档中的文件显示为图标的操作，返回文档即可看到显示效果。

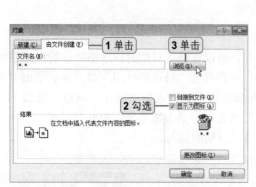

Q 如何将文字直接粘贴为图片？

A 对文字执行粘贴命令后，在"开始"选项卡下单击"剪贴板"选项组中的"粘贴"下三角按钮，在展开的下拉列表中单击"选择性粘贴"选项，如下左图所示。弹出"选择性粘贴"对话框后，在"形式"列表框内选中"图片（Windows图元文件）"选项，然后单击"确定"按钮，如下右图所示，即可将复制的文字内容粘贴为图片。

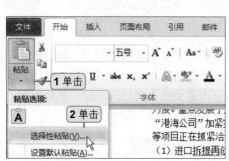
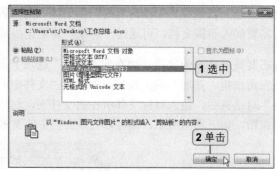

Q 如何隐藏功能区？

A 为了最大化Word窗口的编辑区，可以将功能区隐藏。单击功能区右上角的"功能区最小化"按钮，如下图所示，即可将功能区隐藏。需要显示功能区时再次单击该按钮即可将功能区重新显示出来。

编辑文本与段落的格式

CHAPTER 03

在Word文档中设置文本格式主要包括设置文本格式、段落格式、添加编号或项目符号以及中文版式的应用。通过这些设置，可以使文档变得更加专业、美观。根据文档类别的不同，为其应用的格式也会有所区别，例如活泼多变的格式通常用于生活类文档，而严肃规范的格式则用于办公类文档。

 知识点

1. 设置文本的字体格式
2. 制作带圈字符
3. 制作首字下沉效果
4. 设置段落格式
5. 为文本应用项目符号
6. 为文本应用编号

建议学习时间：70分钟

学习内容	学习时间	学习内容	学习时间
设置文本格式	20分钟	中文版式的应用	10分钟
设置段落格式	10分钟	观看视频教学并练习	20分钟
项目符号与编号的应用	10分钟		

重点实例

▲ 设置文本外观效果

▲ 应用项目符号

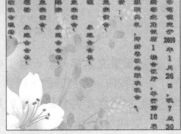

▲ 纵横混排效果

3.1 设置文本格式

设置文本格式包括对文字的字体、字形、大小、外观效果、字符间距等内容的设置，对于有特殊需要的字符还可以为其应用带圈字符、上标、下标、艺术字以及首字符下沉等格式。通过对这些方面的设置，文本将会展现出全新的面貌。文本格式的设置主要通过"字体"选项组来完成，该功能组中所包括的内容如下图所示。

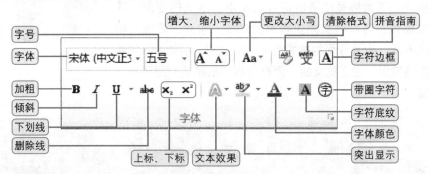

3.1.1 设置文本的字体、字形、大小

通常，在一个文档中不同的内容对文本格式的要求会有所不同，例如标题与正文就会有明显的区别，这些区别可以体现在字体、字形、大小等方面。一般情况下标题都会比正文显眼一些。下面就来介绍标题文本格式的设置操作。

步骤01 **打开"字体"下拉列表。** 打开附书光盘中的"实例文件\第3章\原始文件\公司管理条例.docx"，选中需要设置格式的标题文本，在"开始"选项卡中单击"字体"选项组中"字体"下拉列表框右侧的下三角按钮，如下左图所示。

步骤02 **选择所需字体。** 展开"字体"下拉列表框后，单击需要使用的字体"隶书"选项，如下右图所示。

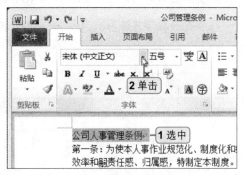
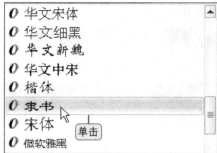

步骤03 **设置文本字号。** 设置了标题的字体后，单击"字体"选项组中"字号"下拉列表框右侧的下三角按钮，在展开的下拉列表框中单击"二号"选项，如下左图所示。

步骤04 **加粗文本并显示设置效果。** 单击"字体"选项组中的"加粗"按钮，对文本的字形进行设置，完成对标题文本字体、字形、大小的设置操作，即可在文档中看到设置后的效果，如下右图所示。

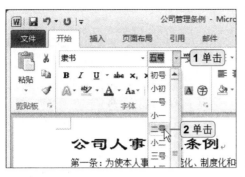

TIP

清除文本格式

为文本设置格式后需要清除时，选中目标文本后，在"开始"选项卡中单击"字体"选项组中的"文本效果"按钮，在展开的下拉列表中单击"清除文字效果"选项，即可清除之前设置的各种格式。

3.1.2 设置文本的外观效果

文本效果是Word 2010的新增功能，通过设置文本的外观效果，可以使文本变得更加多样美观，外观包括文本颜色、填充、发光、映像等效果。设置时可以直接使用Word 2010中预设的外观效果，也可以自定义制作渐变填充的文本效果，本节中将分别进行介绍。

1. 使用预设样式设置文本外观效果

Word 2010中预设了20种文本效果，在选择预设样式后，还可以再根据需要对文本的发光、映像等效果进行自定义设置。

步骤01 **打开文本效果库**。打开附书光盘中的"实例文件\第3章\原始文件\闲看落花.docx"，选中需要设置效果的文本，在"开始"选项卡下单击"字体"选项组中的"文本效果"按钮，如下左图所示。

步骤02 **选择需要使用的文字效果**。展开文本效果库后，单击需要使用的效果"填充－红色，强调文字颜色2，双轮廓－强调文字颜色2"图标，如下右图所示。

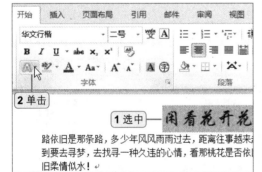

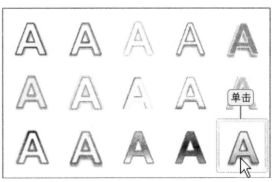

步骤03 **为文本添加阴影效果**。选择文本样式后，再次单击"文本效果"按钮，在展开的文本效果库中指向"阴影"选项，在级联列表中单击"透视"区域内的"右上对角透视"图标，如下页左图所示。

步骤04 **设置文本发光效果**。再次单击"文本效果"按钮，在展开的文本效果库中指向"发光"选项，在级联列表中单击"红色，11pt 发光，强调文字颜色2"图标，如下右图所示。

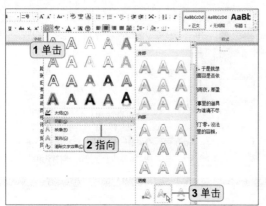

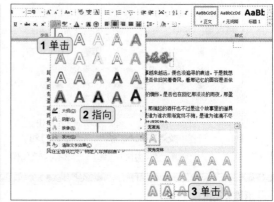

步骤05 显示文本外观设置效果。经过以上操作，就完成了使用预设样式设置文本外观效果的操作，最终效果如下左图所示。

> **知识点拨**
>
> **清除文本效果**
>
> 　　需要清除应用的文本效果时，选中目标文本后，在"开始"选项卡中单击"字体"选项组中的"文本效果"按钮，在展开的下拉列表中单击"清除文字效果"按钮，即可完成操作。

2. 自定义制作渐变色彩的文本效果

　　除了使用预设的文本效果，还可以自定义文本的填充方式，对文字效果进行设置。

步骤01 打开"字体"对话框。打开附书光盘中的"实例文件\第3章\原始文件\闲看落花1.docx"，选中需要设置效果的文本，单击"开始"选项卡中"字体"选项组的对话框启动器，如下左图所示。

步骤02 单击"文字效果"按钮。弹出"字体"对话框，单击"文字效果"按钮，如下右图所示。

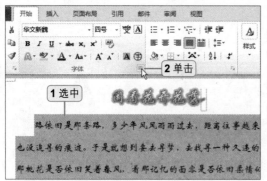

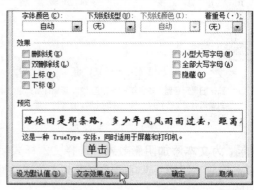

步骤03 **选择文本填充方式。** 弹出"设置文本效果格式"对话框，在"文本填充"选项面板中单击"文本填充"选项组中的"渐变填充"单选按钮，如下左图所示。

步骤04 **选择渐变填充颜色。** 单击对话框下方的"颜色"按钮，在展开的颜色列表中单击"水绿色，强调文字颜色5，深色25%"选项，如下右图所示。

 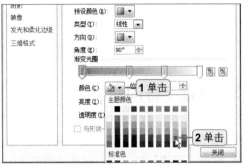

步骤05 **设置渐变光圈滑块颜色。** 单击"渐变光圈"色条中的第二个滑块，然后单击"颜色"按钮，在展开的下拉列表中单击"橙色，强调文字颜色6，深色25%"选项，如下左图所示。

步骤06 **删除不需要的光圈。** 单击"渐变光圈"色条中不需要的滑块，然后单击"删除渐变光圈"按钮，如下右图所示。

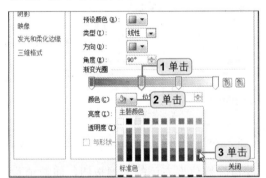 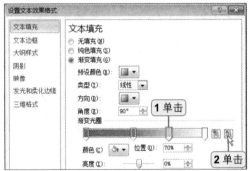

步骤07 **移动第二个滑块位置并设置第三个渐变光圈滑块颜色。** 拖动"渐变光圈"色条中的第二个滑块至色条的中央位置，单击第三个滑块，单击"颜色"按钮后单击"红色，强调文字颜色2，深色25%"选项，如下左图所示。

步骤08 **选择渐变填充方向。** 单击"方向"按钮，在展开的方向样式库中单击"线性向右"图标，如下右图所示，最后单击"关闭"按钮返回"字体"对话框，单击"确定"按钮。

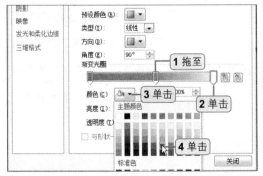 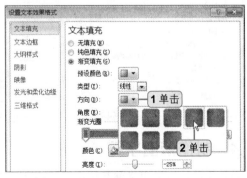

入门必备

步骤09 **显示自定义填充文本效果**。经过以上操作，就完成了自定义制作渐变填充文本效果的操作，最终效果如下图所示。

> 路依旧是那条路，多少年风风雨雨过去，距离往事越来越远，便也没追寻的痕迹。于是就想到要去寻梦，去找寻一种久违的心情，看那桃花是否依旧笑着春风，看那 [设置效果] 容是否依旧柔情似水！

3.1.3 设置字符间距

字符间距是指字符与字符之间的距离，字符的间距主要有加宽和紧缩两种类型，本节中以加宽字符间距为例介绍设置字符间距的操作。

步骤01 **打开"字体"对话框**。打开附书光盘中的"实例文件\第3章\原始文件\报道.docx"，选中需要设置字符间距的文本，单击"开始"选项卡中"字体"选项组的对话框启动器，如下左图所示。

步骤02 **选择间距类型**。弹出"字体"对话框，切换到"高级"选项卡，单击"间距"列表框右侧的下三角按钮，在展开的下拉列表框中单击"加宽"选项，如下右图所示。

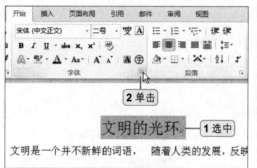
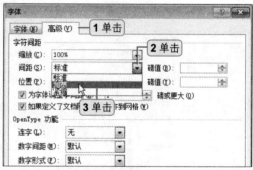

步骤03 **设置加宽磅值**。选择间距类型后单击"磅值"数值框右侧的上调按钮，将数值设置为"1.5磅"，如下左图所示，最后单击"确定"按钮。

步骤04 **显示加宽字符间距效果**。经过以上操作后返回文档，可以看到加宽字符间距后的效果，如下右图所示。

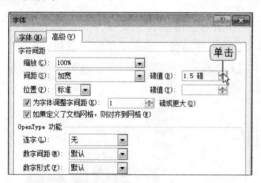

3.1.4 制作带圈字符

带圈字符，顾名思义就是使用圆圈将字符圈住，常见的带圈字符有数字序号如①、②等。需要将普通的汉字圈住时可以手动制作。

1. 创建带圈字符

制作带圈字符时圈号的类型包括圆圈、矩形、三角和棱形4种，本节中以创建圆圈圈号字符为例进行介绍。

步骤01 **打开"字体"对话框。** 打开附书光盘中的"实例文件\第3章\原始文件\请假制度.docx"，选中目标文本，单击"开始"选项卡下"字体"选项组中的"带圈字符"按钮，如下左图所示。

步骤02 **选择带圈字符样式。** 弹出"带圈字符"对话框，单击"样式"选项组中的"缩小文字"图标，然后单击"确定"按钮，如下中图所示。

步骤03 **显示带圈字符效果。** 经过以上操作完成带圈字符的创建工作，如下右图所示。

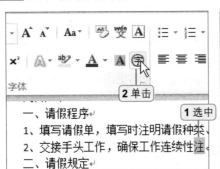

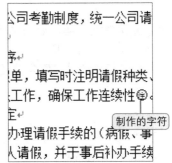

2. 更改带圈字符效果

创建完成带圈字符后，为了使其与文档的正文内容匹配，可以对带圈字符的圈号、字符的大小以及字符在圆圈中的位置进行设置。

步骤01 **切换域代码。** 继续上例中的操作，右击创建的带圈字符，在弹出的快捷菜单中单击"切换域代码"命令，如下左图所示。

步骤02 **设置圈号大小。** 将带圈字符切换为代码后，选中其中的圆圈，在"开始"选项卡下单击"字体"选项组中"字号"下拉列表框右侧的下三角按钮，在展开的下拉列表框中单击"小二"选项，如下右图所示。

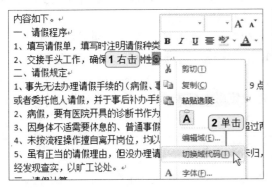
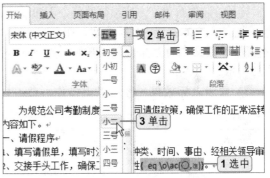

步骤03 **选择代码中的汉字。** 在代码中选中字符，然后单击"字体"选项组的对话框启动器，如下左图所示。

步骤04 **提升字符位置。** 弹出"字体"对话框，切换到"高级"选项卡中，将"位置"设置为"提升"，单击"磅值"数值框的上调按钮，将数值设置为"3磅"，如下右图所示，最后单击"确定"按钮。

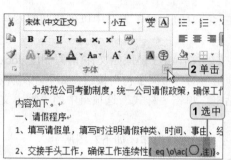

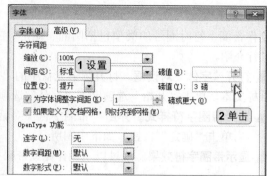

步骤05 **切换域代码**。返回文档中右击带圈字符的代码，在弹出的快捷菜单中单击"切换域代码"命令，如下左图所示。

步骤06 **显示更改的带圈字符效果**。经过以上操作即可完成带圈字符的更改操作，最终效果如下右图所示。

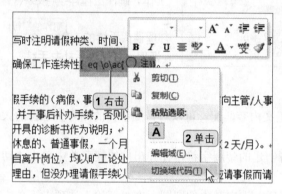

3.1.5 设置文本的上标与下标效果

上标与下标功能可以将文本缩小显示在原有位置的上方或下方，通常用于在输入公式、化学元素符号、制作数值平方或指数数值，下面以输入X^2为例来介绍上标的使用方法。

步骤01 **输入文本并选中目标文本**。在文档中输入"X2"，并选中文本"2"，如下左图所示。

步骤02 **设置文本为上标**。在"开始"选项卡下单击"字体"选项组中的"上标"按钮，如下中图所示。

步骤03 **显示上标效果**。经过以上操作，就可以完成使用上标表示的X平方的操作，如下右图所示。

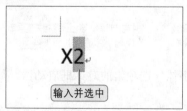

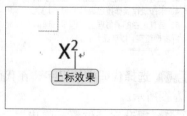

3.1.6 制作艺术字

艺术字就是具有艺术效果的字，在Word 2010文档中为文本添加艺术字效果，可以使文档更加美观和富于变化。Word 2010对艺术字的效果进行了多方面改进，使艺术字的效果更加丰富。选择艺术字样式后，还可以根据需要对样式进行自定义。

步骤01 **打开艺术字库。**打开附书光盘中的"实例文件\第3章\原始文件\宣传单.docx"，选中需要设置为艺术字的文本，切换到"插入"选项卡，单击"文本"选项组中的"艺术字"按钮，如下左图所示。

步骤02 **选择需要使用的艺术字样式。**在弹出的"艺术字"库中单击"填充－红色，强调文字颜色2，粗糙棱台"图标，如下右图所示。

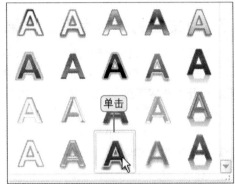

步骤03 **设置显示方式。**添加艺术字后，在"绘图工具-格式"选项卡中单击"排列"选项组中的"自动换行"按钮，在展开的下拉列表中单击"浮于文字上方"选项，如下左图所示。

步骤04 **调整艺术字文本框宽度。**将光标放置于艺术字文本框右侧的控点上，当光标变为横向的双箭头形状时按住鼠标左键向右拖动，如下右图所示，使艺术字全部显示出来。

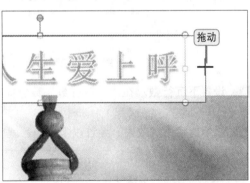

步骤05 **设置弯曲效果。**单击"艺术字样式"选项组中的"文本效果"按钮，在展开的下拉列表中指向"转换"选项，在级联列表中单击"双波形2"图标，如下左图所示。

步骤06 **设置发光效果。**再次单击"文本效果"按钮，在展开的下拉列表中指向"发光"选项，在级联列表后，单击"红色，11pt发光，强调文字颜色2"图标，如下中图所示。

步骤07 **显示艺术字效果。**经过以上操作，即可完成在文档中制作艺术字并设置效果的操作，如下右图所示。

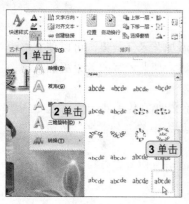

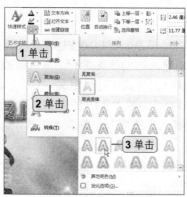

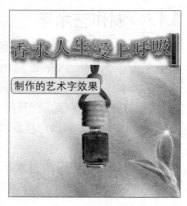

制作的艺术字效果

3.1.7 为文档制作首字下沉效果

首字下沉包括下沉与悬挂两种效果，首字下沉的效果是将文档的第一个字符放大并下沉，字符置于页边距内，而悬挂则是字符下沉后将其置于页边距之外。下面介绍首字下沉的应用与设置。

步骤01 **打开"首字下沉"对话框。**打开附书光盘中的"实例文件\第3章\原始文件\新闻.docx"，将插入点定位在文档的正文中，切换到"插入"选项卡，单击"文本"选项组中的"首字下沉"按钮，在展开的下拉列表中单击"首字下沉选项"，如下左图所示。

步骤02 **设置下沉文字字体。**弹出"首字下沉"对话框，单击"字体"下拉列表选项右侧的下三角按钮，在展开的下拉列表框中单击"隶书"选项，如下右图所示。

步骤03 **设置下沉行数。**在"下沉行数"数值框中输入"2"，然后单击"确定"按钮，如下左图所示。

步骤04 **显示首字下沉效果。**经过以上操作，就完成了首字下沉效果的设置，效果如下右图所示。

编辑文本与段落的格式

Chapter
03

04

05

3.2 设置段落格式

设置段落格式时，主要在"段落"选项组中完成设置，最基本的是段落对齐方式、段落大纲、缩进以及段落间距的设置，"段落"选项组中包括对齐方式、项目符号、项目编号、增加缩进量等按钮，如下图所示。

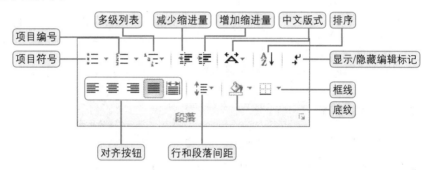

3.2.1 设置段落的对齐方式

段落的对齐方式包括文本左对齐、居中、文本右对齐、两端对齐和分散对齐5种，用户可以根据文本的内容和具体要求对段落的对齐方式进行设置。

步骤01 **将标题设置为居中对齐**。打开附书光盘中的"实例文件\第3章\原始文件\通报封面.docx"，将插入点定位在需要设置对齐方式的标题中，在"开始"选项卡中单击"段落"选项组中的"居中"按钮，如下左图所示。

步骤02 **将日期设置为右对齐**。将插入点定位在需要设置对齐方式的段落中，单击"段落"选项组中的"文本右对齐"按钮，在文档中即可看到设置后的右对齐效果，如下右图所示。

3.2.2 设置段落的大纲、缩进间距格式

设置段落的大纲、缩进以及间距时，可在"段落"对话框中一次性完成设置，具体操作步骤如下。

步骤01 **打开"段落"对话框。** 打开附书光盘中的"实例文件\第3章\原始文件\请假制度1.docx"，选中需要设置段落格式的段落，单击"开始"选项卡下"段落"选项组的对话框启动器，如下左图所示。

步骤02 **设置文本大纲级别。** 弹出"段落"对话框，在"缩进和间距"选项卡下单击"常规"选项组中"大纲级别"下拉列表框右侧的下三角按钮，在展开的下拉列表框中单击"3级"选项，如下右图所示。

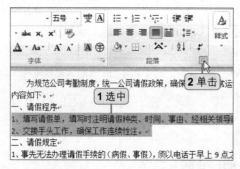

步骤03 **设置首行缩进。** 单击"缩进"选项组中"特殊格式"列表框右侧的下三角按钮，在展开的列表框中单击"首行缩进"选项，如下左图所示，默认"磅值"为"2字符"。

步骤04 **设置段落间距。** 单击"间距"选项组中"段前"数值框右侧的上调按钮，将数值设置为"0.5行"，同样将"段后"也设置为"0.5行"，如下右图所示，最后单击"确定"按钮。

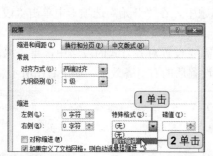
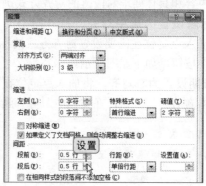

步骤05 **显示段落格式设置效果。** 完成以上操作后返回文档，弹出"导航"窗格，在其中可以看到设置了大纲级别的段落，此时在文档的正文中也可以看到设置了缩进和段落间距的效果，如下图所示。

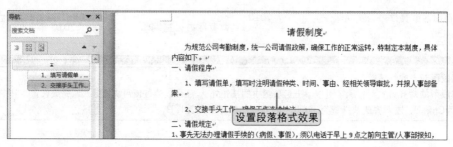

3.3 项目符号与编号的应用

　　项目符号与编号用于对文档中带有并列性的内容进行排列，使用项目符号可以使文档更加美观，有利于美化文档。而编号是使用数字形式对并列的段落进行顺序排号，使其具有一定的条理性。

3.3.1 使用项目符号

　　为文档添加项目符号时，可以直接使用项目符号库中的符号，也可以在程序的符号库中选择已有符号，自定义新项目符号。

1. 使用符号库中的符号

　　在Word 2010的项目符号库中预设了圆形、矩形、棱形等7种项目符号，应用时可在符号库中直接选择目标符号。

步骤01 打开项目符号库。 打开附书光盘中的"实例文件\第3章\原始文件\管理制度.docx"，选择需要添加项目符号的段落，在"开始"选项卡下单击"段落"选项组内"项目符号"按钮右侧的下三角按钮，如下左图所示。

步骤02 选择项目符号。 弹出项目符号库，单击需要使用的项目符号，如下右图所示。

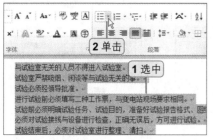

步骤03 显示添加项目符号效果。 完成以上操作就完成了使用预设项目符号的操作，如右图所示。

2. 定义新项目符号

　　程序中预设的项目符号数量有限，如果用户希望使用更精彩的项目符号可根据需要定义新的项目符号。

步骤01 打开项目符号库。 打开附书光盘中的"实例文件\第3章\原始文件\传阅内容.docx"，选中目标段落，在"开始"选项卡下单击"段落"选项组中"项目符号"按钮右侧的下三角按钮，如右图所示。

进阶实战

步骤02 **执行"定义新项目符号"操作。** 弹出项目符号库，单击"定义新项目符号"选项，如下左图所示。

步骤03 **单击"符号"按钮。** 弹出"定义新项目符号"对话框，单击"符号"按钮，如下右图所示。

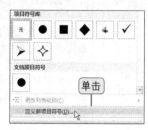 

步骤04 **选择需要使用的符号。** 弹出"符号"对话框，将"字体"设置为Wingdings，单击需要作为项目符号的笑脸符号，最后单击"确定"按钮，如下左图所示。

步骤05 **单击"字体"按钮。** 返回"定义新项目符号"对话框，单击"字体"按钮，如下右图所示。

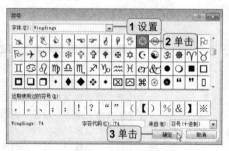 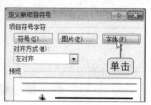

步骤06 **设置项目符号的字号与颜色。** 弹出"字体"对话框，在"字号"列表框中单击"四号"选项，将"字体颜色"设置为"红色"，如下左图所示，最后依次单击各对话框的"确定"按钮。

步骤07 **显示自定义新项目符号效果。** 返回文档可以看到所选择的文档已经应用了新定义的项目符号，效果如下右图所示。

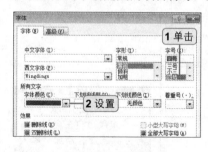 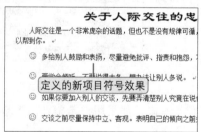

3.3.2 编号的应用

对文本使用编号是按照一定的顺序使用数字对文本内容进行编排，使用编号时可以使用预设的编号样式，也可以定义新的编号样式。由于使用预设编号的操作与使用预设项目符号的操作相似，所以本节中只介绍定义新编号样式的操作。

使用计算机中的图片作为项目符号

在定义新的项目符号时，也可以使用计算机中的图片作为项目符号。

打开"定义新项目符号"对话框后单击"图片"按钮，弹出"图片项目符号"对话框，在"搜索文字"文本框中输入需要搜索的关键字，单击"搜索"按钮，如下图所示。

图片搜索完毕后，在列表框中选中需要使用的图片，然后单击"确定"按钮，如下图所示，返回"定义新项目符号"对话框后继续操作即可。

步骤01 执行"定义新编号格式"操作。打开附书光盘中的"实例文件\第3章\原始文件\值班人员工作职责.docx"，选中需要应用编号的段落，在"开始"选项卡下单击"段落"选项组内"编号"按钮右侧的下三角按钮，在展开的下拉列表中单击"定义新编号格式"选项，如下左图所示。

步骤02 选择编号样式。弹出"定义新编号格式"对话框，单击"编号样式"按钮右侧的下三角按钮，在展开的下拉列表框中单击"一，二，三（简）"选项，如下右图所示。

步骤03 单击"字体"按钮。选择编号样式后单击"字体"按钮，如下左图所示。

步骤04 设置编号的字体与字形。弹出"字体"对话框，在"字体"选项卡中将"中文字体"设置为"隶书"，在"字形"列表框中单击"加粗"选项，如下右图所示，最后单击"确定"按钮。

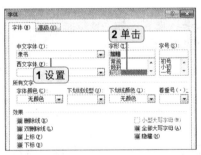

步骤05 设置编号的对齐方式。字体格式设置完毕后返回"定义新编号格式"对话框，将"对齐方式"设置为"左对齐"，最后单击"确定"按钮，如下左图所示。

步骤06 显示定义新编号样式效果。完成定义新编号样式的操作，返回文档中即可看到文本应用新编号样式后的效果，如下右图所示。

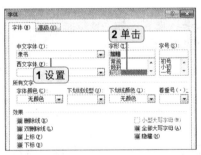

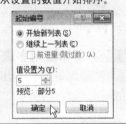

3.3.3 多级列表的应用

多级列表是指为文档中不同层次的内容应用相应的编号样式，所以在设置多级列表的样式时需要对每一层的列表样式进行设置。

1. 定义多级列表样式

在Word 2010中同样也预设了一些多级列表的样式，但是如果用户需要更个性化的样式，也可以在预设列表样式的基础上对列表样式进行更改。

步骤01 **打开多级列表库。** 打开附书光盘中的"实例文件\第3章\原始文件\四库全书目录.docx"，选中需要应用多级列表样式的段落，在"开始"选项卡下单击"段落"组中"多级列表"按钮右侧的下三角按钮，如下左图所示。

步骤02 **选择多级列表样式。** 展开多级列表库后单击"第一章标题"样式图标，如下右图所示。

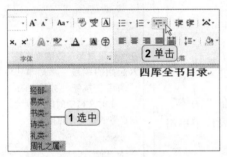

步骤03 **显示应用多级列表效果。** 返回文档中即可看到应用多级列表样式的操作，如右图所示。

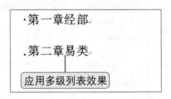

2. 更改多级列表样式

掌握了应用多级列表样式的操作后，下面介绍更改多级列表样式的操作。

步骤01 **执行"定义新的多级列表"操作。** 继续上例的操作，再次单击"多级列表"按钮右侧的下三角按钮，在展开的下拉列表中单击"定义新的多级列表"选项，如下左图所示。

步骤02 **选择需要设置的列表级别。** 弹出"定义新多级列表"对话框，在"单击要修改的级别"列表框中单击"2"，如下右图所示。

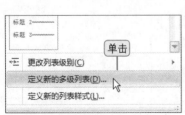

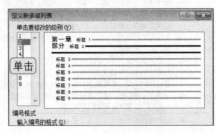

步骤03 **输入编号格式**。在"输入编号的格式"文本框中输入需要的文本，然后单击"字体"按钮，如下左图所示。

步骤04 **设置编号格式字体**。弹出"字体"对话框，在"字体"选项卡下的"字号"列表框中单击"三号"选项，如下右图所示，最后单击"确定"按钮。

步骤05 **选择此级别的编号格式**。返回"定义新多级列表"对话框，单击"此级别的编号样式"下拉列表框右侧的下三角按钮，在展开的下拉列表框中单击"1，2，3……"选项，如下左图所示。

步骤06 **设置编号对齐位置与文本缩进位置**。单击"对齐位置"数值框右侧的上调按钮，将数值设置为"0.2厘米"，按照同样方法将"文本缩进位置"设置为"0.2厘米"，如下右图所示。

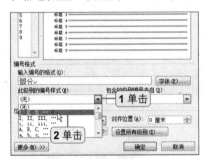
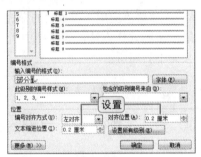

步骤07 **打开更多选项**。将2级列表的格式设置完毕后单击"更多"按钮，如下左图所示。

步骤08 **设置编号之后的内容**。显示出更多内容后，单击"编号之后"列表框右侧的下三角按钮，在展开的下拉列表框中单击"空格"选项，如下右图所示。

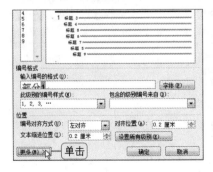
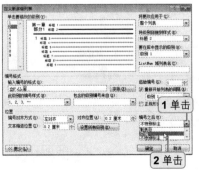

Chapter
03

04

05

知识加油站

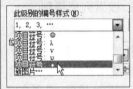

使用项目符号作为多级列表的编号

通常情况下，定义新多级列表时都会使用数字作为编号。如果需要设置的级别太多，可以使用项目符号作为级别符号。

打开"定义新多级列表"对话框，在"单击要修改的级别"列表框中单击需要设置的级别后单击"此级别的编号样式"下拉列表框右侧的下三角按钮，在展开的下拉列表框中向下查看列表，单击需要使用的项目符号即可，如下图所示。

如果用户需要使用更多的项目符号时，可单击"此级别的编号样式"下拉列表中的"新图片"或"新建项目符号"选项进行设置。

进阶实战·高手速成

步骤09 **选择第三级列表的格式。**在"单击要修改的级别"列表框中单击"3"选项，将"此级别的编号样式"设置为"1，2，3……"，如下左图所示。

步骤10 **设置第三级列表的对齐位置与编号后内容。**将"对齐位置"设置为"0.3厘米"，将"编号之后"设置为"空格"，如下右图所示，最后单击"确定"按钮，完成重新定义多级列表的操作。

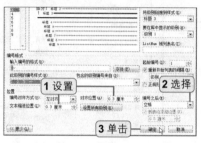

3. 设置列表级别

定义新的多级列表后，文档中应用该列表样式的文本会自动应用新的样式，但是所显示的效果都是多级列表中第1级列表的样式，需要使列表显示出不同的级别效果，还需要对段落缩进量进行设置。

步骤01 **设置2级列表级别。**将插入点定位在需要设置为2级列表的段落中，在"开始"选项卡下单击"段落"选项组中的"减少缩进量"按钮，如下左图所示，程序就会为该段落应用2级列表的样式。

步骤02 **显示应用2级列表效果。**按照同样方法，为文档中所有的2级标题应用2级列表的样式，效果如下右图所示。

步骤03 **设置3级列表级别。**将插入点定位在需要设置为3级列表的段落中，连续两次单击"段落"选项组中的"减少缩进量"按钮，如下左图所示。

步骤04 **显示应用3级列表效果。**经过以上操作后，该段落应用3级列表的样式，如下右图所示。按照同样方法，为文档中所有的3级标题应用3级列表的样式。

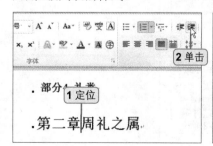

知识加油站

将编号之后设置更多的空白位置

在设置编号之后的空白位置时，如果选择空格则编号之后只会空出一个空字符。如果用户需要在编号之后显示出更多的空白位置，可使用制表符进行设置。

打开"定义新多级列表"对话框，并显示出更多内容后，单击"编号之后"列表框右侧的下三角按钮，在展开的下拉列表框中单击"制表符"选项，如下图所示。

选择了"制表符"选项后，勾选"制表位添加位置"复选框，然后在下方的数值框中设置制表位的添加位置即可，如下图所示。

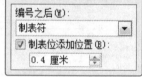

TIP

将3级标题恢复为2级标题

通过单击"减少缩进量"按钮可以将1级列表降低级别，将低级别的标题恢复为高级别的标题时单击"增加缩进量"按钮，单击一次即可提高一级，直到升为1级标题为止。

3.4 中文版式的应用

中文版式是Word程序中设置一些特殊字体格式的方式,日常使用中用得较少,但是非常重要,其中包括纵横混排、合并字符和双行合一这3种版式,本节就来介绍中文版式的应用。

3.4.1 纵横混排

纵横混排可以将一行内的文本设置为既有横向又有纵向的效果,例如在编辑包含英文字母或阿拉伯数字的文档时,如果将文本的方向全部设置为纵向后,英文字母或数字就会以躺倒的形式显示,此时可以使用纵横混排版式将这些内容以横向的方式显示。

01 **选择目标文本。**

打开附书光盘中的"实例文件\第3章\原始文件\请柬.docx",选中文档中需要横向排列的第一处文本,如下图所示。

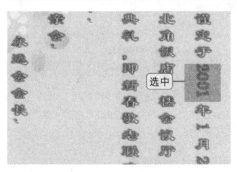

02 **执行"纵横混排"操作。**

在"开始"选项卡下单击"段落"选项组中的"中文版式"按钮,在展开的下拉列表中单击"纵横混排"选项,如下图所示。

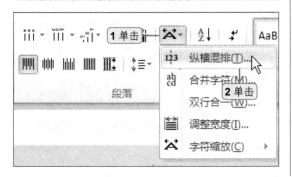

03 **确定混排操作。**

弹出"纵横混排"对话框,在"预览"框中可以看到应用后的效果,保持默认设置,单击"确定"按钮,如下图所示。

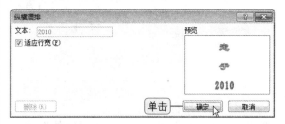

04 **对其余文本执行同样操作。**

返回文档中可以看到选中的文本为横向显示,对文档中其余需要横向排列的文本进行相同操作,效果如下图所示。

纵横混排效果

3.4.2 合并字符

在正常情况下一个文字拥有一个占位符,而合并字符功能可以将几个文字合并为只有一个占位符的效果,并且合并的字符会由一行并为两行,使用该功能可以制作印章效果。

01 **执行"合并字符"操作。**

打开附书光盘中的"实例文件\第3章\原始文件\蝶恋花.docx",选中需要合并的字符,在"开始"选项卡中单击"段落"选项组内的"中文版式"按钮,在展开的下拉列表中单击"合并字符"选项,如下图所示。

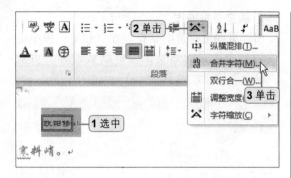

02 设置合并字符字体。
弹出"合并字符"对话框，单击"字体"下拉列表框右侧的下三角按钮，在展开的下拉列表框中单击"隶书"选项，如下图所示。

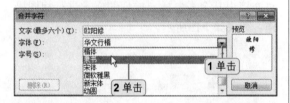

03 设置合并字符字号。
将"字号"设置为"16"磅，然后单击"确定"按钮，如下图所示。

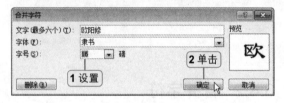

04 显示合并字符效果。
完成合并字符的操作返回文档，即可看到合并后的效果，如下图所示。

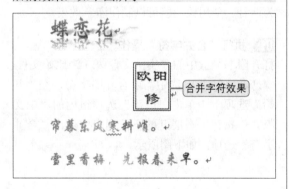

知识点拨

清除合并字符效果
需要清除合并字符的效果时，选中已应用了合并字符的文本后，打开"合并字符"对话框，单击对话框左下角的"删除"按钮，就可以删除合并字符的效果。

3.4.3 双行合一

双合行一的功能可以将一行文本分为两行，但是这两行文本只占用文档中一行的位置，合并后的文本字号会缩小。在实际操作中用户可以在将文本双行合一后，再对其字号进行适当的设置。

01 单击"双行合一"选项。
打开附书光盘中的"实例文件\第3章\原始文件\论双百方针.docx"，选中目标文本，然后单击"段落"选项组中的"中文版式"按钮，在展开的下拉列表中单击"双行合一"选项，如下图所示。

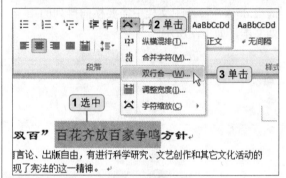

02 显示双行合一的效果。
弹出"双行合一"对话框，保持默认设置单击"确定"按钮，就完成了双行合一的制作，返回文档即可看到设置后效果，如下图所示。

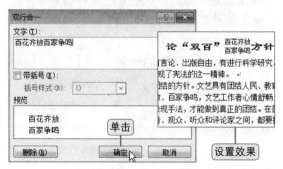

实战
编排汇演活动节目单

学习了本章的知识后，可以掌握在Word 2010中对字体以及段落格式的设置操作，下面结合本章所学知识对汇演活动节目单的格式进行编排。

01 选择目标文本。

打开"实例文件\第3章\原始文件\汇演活动节目单.docx"，选中文档的标题，单击"字体"选项组的对话框启动器，如下图所示。

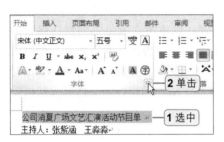

02 设置字体、字形和字号。

弹出"字体"对话框，设置"字体"为"隶书"、"字形"为"加粗"、"字号"为"二号"，如下图所示，设置标题居中显示。

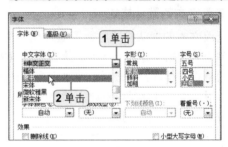

03 添加项目符号的段落。

选中需要添加项目符号的段落，在"项目符号"库中选择适合的符号，如下图所示。

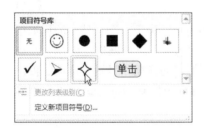

04 设置字符的加粗效果。

选中"一、活动安排"文本，然后单击"字体"选项组中的"加粗"按钮，如下图所示。对"二、文艺汇演节目安排"也进行加粗。

05 执行"双行合一"操作。

选中"侯佳　王建淼"文本，单击"中文版式"按钮，在下拉列表中单击"双行合一"选项，如下图所示，执行"双行合一"操作。

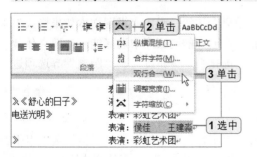

06 显示文档设置最终效果。

通过以上操作即可完成汇演活动节目单文档的设置操作，最终效果如下图所示。

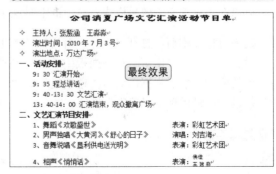

问答

添加双行波浪线·更改文本的默认格式·显示段落标记·为文本设置立体效果
·隐藏文本内容

Q 如何为文字正文添加双行波浪线？

A 为文本添加双行波浪线需要在"字体"对话框中完成。选中目标文本后，在"开始"选项卡中单击"字体"选项组的对话框启动器，弹出"字体"对话框。单击"字体"选项卡下"下划线线型"下拉列表框右侧的下三角按钮，在展开的下拉列表框中单击需要使用的双行波浪线选项，然后单击"确定"按钮，即可为文本添加双行波浪线。

Q 如何更改文本的默认格式？

A 需要更改文本的默认格式时，可通过相应的对话框完成设置。以更改文本段落的默认格式为例，单击"开始"选项卡下"段落"选项组的对话框启动器，弹出"段落"对话框后，对段落的默认格式进行设置，最后单击"设为默认值"按钮，如下左图所示。弹出Microsoft Word 对话框，根据需要选择是仅对此文档更改默认设置还是为所有基于Normal模板的文档更改默认设置，最后单击"确定"按钮。

 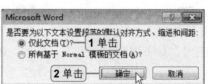

Q 文档中不显示段落标记怎么办？

A 文档中不显示段落标记，可能是由于不小心取消了段落标记的显示，由于一个文档中的标记很多，如果只需要将文档中的段落标记显示出来，可通过"Word选项"对话框进行操作。在打开的文档中执行"文件>选项"命令，打开"Word选项"对话框，切换至"显示"选项面板，在"始终在屏幕上显示这些格式标记"选项组内只勾选"段落标记"复选框，最后单击"确定"按钮，即可将文档中的段落标记显示出来。

Q 如何为普通汉字设置立体效果？

A 普通汉字是指Word 2010默认效果下的文本，为这些汉字设置立体效果时可通过阴影效果来凸显立体效果，但是由于普通文本为单纯的黑色，所以在应用默认的阴影效果后并不明显，此时可以在"设置文本效果格式"对话框中对汉字的阴影进行自定义设置。

选中目标文本后，打开"字体"对话框，单击"文字效果"按钮，弹出"设置文本效果格式"对话框后，在"阴影"选项面板中单击"预设"按钮，在展开的阴影库中选择能够体现立体效果的阴影，然后根据需要对"透明度"、"大小"、"虚化"、"角度"、"距离"等选项进行设置，最后单击"确定"按钮。

Q 怎样隐藏文本内容？

A 需要隐藏某个文本内容时，选中需要隐藏的文字后打开"字体"对话框，在"字体"选项卡下勾选"效果"选项组内的"隐藏"复选框，然后单击"确定"按钮，即可将该文本隐藏。

制作图文并茂的文档

CHAPTER 04

为文档进行了文字和段落格式的设置之后，可以为文档添加图片、剪贴画、自选图形或是SmartArt图形，使Word文档更为美观，富有吸引力。在Word 2010中新增了图片的色彩调整方式、图片的艺术效果种类以及将图片转化为SmartArt图形的方法。使用Word 2010可以使Word文档中的图片拥有更加丰富的效果，从而为文档带来更美观的视觉效果。

知识点

1. 插入自选图形　　　3. 插入并美化图片　　　　5. 设置自选图形
2. 插入SmartArt图形　4. 将图片转换为SmartArt图形　6. 设置SmartArt图形

建议学习时间：85分钟

学习内容	学习时间	学习内容	学习时间
在文档中插入与截取图片	15分钟	自选图形的应用	15分钟
插入自选图形与SmartArt图形	10分钟	使用SmartArt图形	15分钟
编辑与美化图片	10分钟	观看视频教学并练习	20分钟

重点实例

▲ 设置图片在文字中的排列方式

▲ 美化图片

▲ 更改SmartArt图形布局

4.1 为文档插入与截取图片

在Word 2010中插入图片的途径主要有3种，插入电脑中的图片、插入剪贴画以及截取图片，其中截取图片为Word 2010的新增功能，截取的是系统当前所打开程序的画面，本节将会对每种插入图片的方法进行详细的介绍。

4.1.1 插入电脑中的图片

为文档插入电脑中的图片时，可以一次插入一张图片，也可以插入多张图片，下面以一次插入两张图片为例，介绍插入电脑中图片的操作。

步骤01 **执行插入图片操作。** 打开附书光盘中的"实例文件\第4章\原始文件\瓜子包装.docx"，将光标定位在需要插入图片的位置，切换到"插入"选项卡下单击"插图"选项组中的"图片"按钮，如下左图所示。

步骤02 **选择需要插入的图片。** 弹出"插入图片"对话框，进入目标文件的保存路径，按住Ctrl键的同时依次单击需要插入的图片，然后单击"插入"按钮，如下右图所示。

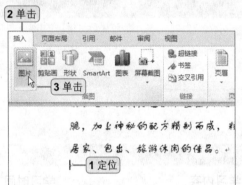
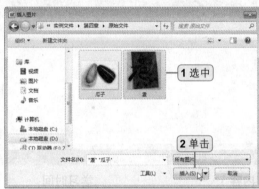

步骤03 **显示插入图片效果。** 经过以上操作，就完成了为文档插入图片的操作，返回文档中即可看到插入的图片，如下左图所示。

知识点拨

更改文件的预览方式

打开"插入图片"对话框后，单击"工具栏"中"更多选项"右侧的下三角按钮，在展开的下拉列表中单击需要的文件预览方式，对话框中的图片就会改变预览方式。

4.1.2 插入剪贴画

剪贴画是Office程序中自带的矢量图片，该类图片是体积较小但非常清晰的卡通图片。插入剪贴画时需要先对剪贴画进行搜索，然后再插入目标剪贴画。

步骤01 **单击"剪贴画"按钮。** 打开附书光盘中的"实例文件\第4章\原始文件\茶水间管理.docx"，切换到"插入"选项卡，单击"插图"选项组中的"剪贴画"按钮，如下左图所示。

步骤02 **选择结果类型**。弹出"剪贴画"任务窗格，单击"结果类型"列表框右侧的下三角按钮，在展开的列表框中勾选"插图"复选框，然后取消勾选其他不需要的选项，如下右图所示。

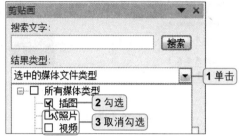

步骤03 **单击"搜索"按钮**。选择需要搜索的结果类型后，单击任务窗格中的"搜索"按钮，如下左图所示。

步骤04 **插入剪贴画**。程序对剪贴画搜索完毕后，在任务窗格的列表框中显示出搜索到的内容，单击需要插入的剪贴画，如下中图所示。

步骤05 **显示插入剪贴画效果**。经过以上操作，文档中光标所在的位置就会插入一张剪贴画，如下右图所示，需要插入其他剪贴画时单击任务窗格内相应的剪贴画图标即可。

4.1.3 截取电脑屏幕

在Word 2010中，需要为文档插入图片时还可以直接截取电脑所打开的程序窗口，截取时可根据需要选择截取全屏图像或自定义截取的范围。

1. 截取全屏图像

在截取全屏图像时，执行截图操作后选择需要截取的屏幕，程序就会执行截图的操作，并且将截取的画面插入到文档中。

步骤01 **执行"屏幕截图"操作**。打开附书光盘中的"实例文件\第4章\原始文件\解析声波.docx"，将光标定位在需要放置截图的位置。切换到"插入"选项卡下，单击"插图"选项组中的"屏幕截图"按钮，在展开的下拉列表中可以看到，当前系统所打开的程序窗口，单击需要截取画面的程序窗口，如下左图所示。

步骤02 **显示截取屏幕画面效果**。经过以上操作，即可完成为文档插入截图的操作，返回文档可以看到截取的画面，如下右图所示。

入门必备

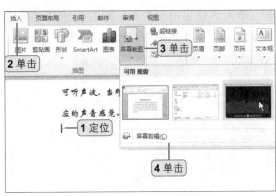

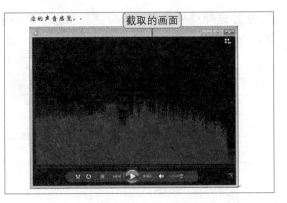

2. 自定义截图

自定义截图时可以对截取的图片范围进行调整，截取图片后，程序同样会将截取的画面插入到文档中。

步骤01 **执行"屏幕截图"操作。** 打开附书光盘中的"实例文件\第4章\原始文件\海边旅游项目.docx"，将光标定位在需要放置截图的位置，切换到"插入"选项卡，单击"插图"选项组中的"屏幕截图"按钮，在展开的下拉列表中单击"屏幕剪辑"选项，如下左图所示。

步骤02 **选择需要截图的程序。** 执行截图操作后，将光标移动到系统的任务栏中，单击需要截图的程序图标，如下右图所示。

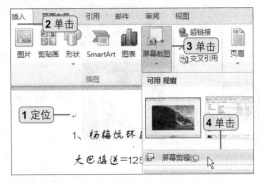

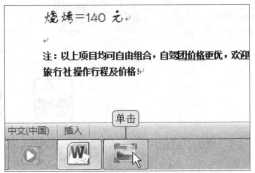

步骤03 **选择截图范围。** 打开截图的程序窗口后，等待几秒后程序的画面会处于一种白雾状态，按住左键拖动鼠标调整截图的范围，如下左图所示，确定将要截取的范围后释放鼠标左键。

步骤04 **显示截图效果。** 经过以上操作，就完成了自定义截图范围的操作，返回文档中就可以看到截图效果，如下右图所示。

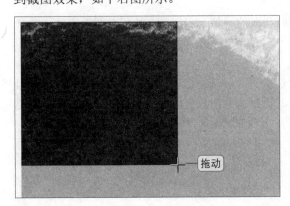

TIP

中途取消屏幕截图

执行“屏幕剪辑”操作并打开截图的程序后，需要取消时按下键盘中的ESC键，即可随时取消屏幕截图操作。

4.2 插入自选图形与SmartArt图形

在美化文档的过程中，除了可以选择插入图片外，还可以插入自选图形或SmartArt图形，这两种类型图形有各自的表现方式和特点，本节就介绍这两种图形的插入操作。

4.2.1 插入自选图形

在Word程序中自选图形包括线条、矩形、基本形状、箭头总汇、公式形状、流程图、星与旗帜和标注8种类型，每种类型下又包括若干图形样式。为文档插入自选图形时可根据需要选择适当类型的图形。

步骤01 **单击“形状”按钮。**新建一个空白的Word文档，切换到“插入”选项卡，单击“插图”选项组中的“形状”按钮，如下左图所示。

步骤02 **选择插入的自选图形。**在展开的形状库中单击“基本形状”区域中的“棱台”图标，如下右图所示。

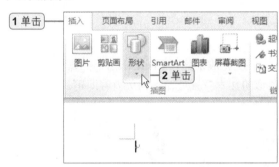

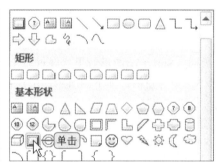

步骤03 **绘制自选图形。**选择需要插入的形状样式后，当光标变为十字形状时，在需要插入自选图形的位置按住鼠标左键进行拖动，绘制出需要的形状，如下左图所示。

步骤04 **显示插入自选图形效果。**将自选图形绘制到合适大小后释放鼠标左键，即可完成自选图形的插入，如下右图所示。

TIP

绘制正方形的棱台图形

为文档插入棱台图形时，如果需要绘制正方形的棱台，单靠鼠标控制很难达到目的，在绘制时可先拖动鼠标绘制图形，按住鼠标左键的同时按下Ctrl键，同时释放鼠标左键与Ctrl键，即可得到正方形的棱台图形。

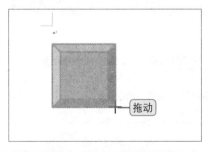

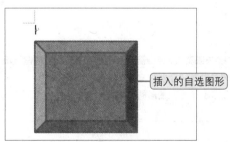

4.2.2 插入SmartArt图形

SmartArt图形是Word中预设的形状、文字以及样式的集合，包括列表、流程、循环、层次结构、关系、矩阵、棱锥图和图片7种类型，每种类型下又包括若干个图形样式。为文档插入SmartArt图形时，需要根据文档内容选择适当的图形。

步骤01 单击SmartArt按钮。 打开附书光盘中的"实例文件\第4章\原始文件\组织结构图.docx"，将光标定位在需要插入SmartArt图形的位置，切换到"插入"选项卡，单击"插图"选项组中的SmartArt按钮，如下左图所示。

步骤02 选择需要插入的SmartArt图形。 弹出"选择SmartArt图形"对话框，单击对话框左侧的"层次结构"选项标签，然后在对话框右侧单击"水平层次结构"选项，最后单击"确定"按钮，如下右图所示。

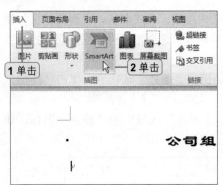 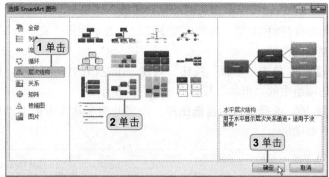

步骤03 显示插入SmartArt图形效果。 经过以上操作，就完成了插入SmartArt图形的操作，并且图形自动显示"文本"窗格，如下图所示，用户在图形的文本位置处输入相关内容即可。

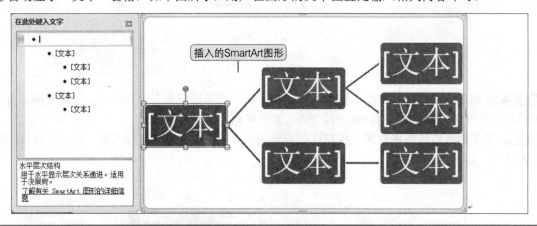

TIP

关闭与打开"文本"窗格

需要将SmartArt图形的"文本"窗格关闭时，可单击窗格右上角的关闭按钮，需要打开窗格时单击图形左侧的按钮即可。

4.3 编辑与美化图片

将图片插入到文档中后，程序会根据图片的原始大小对图片的大小、位置、效果等进行显示，为了使图片充分融入文档中，还需要对其进行一系列的编辑与美化操作。

4.3.1 调整图片大小

如果图片的原有体积很大，那么将该图片插入到文档中后图片的显示大小也会很大，因此在插入图片后需要根据文档的内容对图片大小重新进行调整，调整时可通过拖动鼠标或者在功能组完成操作。

方法一 使用鼠标调整图片大小

步骤01 **手动调整图片大小**。打开附书光盘中的"实例文件\第4章\原始文件\瓜子包装1.docx"，选中目标图片后，将光标指向图片左上角的控制手柄，当光针变为斜向的双箭头形状按住左键向内拖动鼠标，如下左图所示，图片就会相应缩小。

步骤02 **显示调整图片大小效果**。拖动到合适大小后释放鼠标左键，就完成了调整图片大小的操作，如下右图所示。

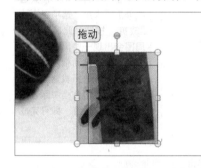

方法二 使用选项组中调整图片大小

步骤01 **选择目标图片**。打开目标文档后，单击需要调整大小的图片，如下左图所示。

步骤02 **设置调整高度**。选择目标图片后，在"图片工具-格式"选项卡下"大小"选项组中的"形状高度"数值框中输入需要调整的高度"2.42"，如下右图所示。

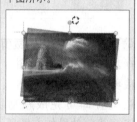
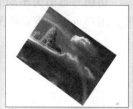

步骤03 显示调整图片大小效果。在"形状高度"数值框中输入高度后按下Enter键，即可完成调整图片大小的操作，在文档中即可看到调整后的效果，如右图所示。

4.3.2 裁剪图片

如果插入到文档中的图片或宽高比例不合适，可在插入后对其进行裁剪操作，下面介绍将图片按照比例进行裁剪和将图片裁剪为不同形状的操作。

1. 将图片按照比例进行裁剪

在Word 2010中，裁剪图片的比例包括1:1、2:3、3:4、3:5、4:5、3:2、4:3、5:3、5:4、16:9和16:10等11种选项，用户可根据需要选择。

步骤01 选择目标图标。打开附书光盘中的"实例文件\第4章\原始文件\春夏包包展.docx"，选中需要裁剪的图片，如下左图所示。

步骤02 选择裁剪比例。在"图片工具-格式"选项卡下单击"大小"选项组中"裁剪"按钮的下三角按钮，在展开的下拉列表中依次单击"纵横比>4:5"选项，如下右图所示。

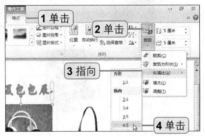

步骤03 显示按比例裁剪效果。选择裁剪的比例后，图片立刻显示裁剪后的效果，单击该图片外任意位置即可完成裁剪图片的操作，裁剪效果如右图所示。

2. 将图片裁剪为不同形状

将图片裁剪为不同的形状时，所选择的形状须为自选图形中的图形，用户可根据需要将图片裁剪为心形、圆柱形等各种形状。

自定义裁剪图片

在裁剪图片时，如果用户只需要裁剪图片的顶端或其他位置，可在选中图片后单击"图片工具-格式选项卡下"大小"选项组中的"裁剪"按钮。此时，图片周围会出现一些黑色的控制手柄，向下拖动相应的控点即可对图片进行裁剪。裁剪完毕后，单击文档中除该图片外的任意位置，即可完成图片的裁剪操作。

步骤01 选择目标图标。 打开附书光盘中的"实例文件\第4章\原始文件\风景介绍.docx"，选中需要裁剪的图片，如下左图所示。

步骤02 选择裁剪形状。 选择目标图片后，在"图片工具-格式"选项卡下单击"大小"选项组中"裁剪"按钮的下三角按钮，在展开的下拉列表中指向"裁剪为形状"选项，在展开的形状库中单击"基本形状"组中的"椭圆"图标，如下右图所示。

重设图片效果

对图片的大小、比例等内容设置完毕后，如果对设置的效果不满意，需要将图片恢复为插入时的原有效果，可在选中图片后单击"图片工具-格式"选项卡下"调整"选项组中的"重设"按钮，如下图所示，即可将图片格式恢复为插入时的原有效果。

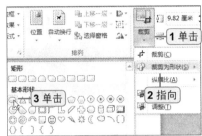

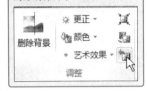

步骤03 显示裁剪为不同形状效果。 经过以上操作后，即可将矩形图片裁剪为椭圆形状效果，如右图所示。

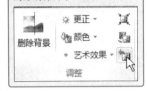

裁剪效果

4.3.3 设置图片在文档中的排列方式

图片在文档中的排列方式决定了图片与文本的关系，在Word中有嵌入型、四周型环绕、紧密型环绕、穿越型环绕、上下型环绕、衬于文字下方、浮于文字上方等7种方式。

步骤01 选择目标图片。 打开附书光盘中的"实例文件\第4章\原始文件\风景介绍1.docx"，单击需要设置排列方式的图片，如下左图所示。

步骤02 设置图片排列方式。 选择目标图片后，在"图片工具-格式"选项卡中单击"排列"选项组中"自动换行"按钮，在展开的下拉列表中单击"四周型环绕"选项，如下右图所示，完成设置图片排列方式的操作。

更改插入图片

将图片插入到文档中后需要对图片进行更改时，可在"图片工具-格式"选项卡下单击"调整"选项组中的"更改图片"按钮，在弹出的"插入图片"对话框中选择需要更改的图片后，单击"插入"按钮，即可完成图片的更改操作。

调整图片层次

在调整图片的排列方式时，如果只需将图片上移一层，可在选中目标图片后单击"图片工具-格式"选项卡下"排列"选项组中的"上移一层"按钮，即可完成操作。

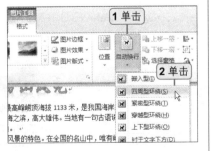

进阶实战

步骤03 **移动图片位置**。返回文档中，按住鼠标左键将图片向文字中央移动，如下左图所示，移至目标位置后，释放鼠标左键。

步骤04 **显示四周型环绕效果**。经过以上操作即可完成将图片排列方式设置为四周型环绕的操作，如下右图所示。

四周型环绕效果

4.3.4 删除图片背景

当插入图片的背景不能够起到很好的效果时，可以在Word 2010中直接将图片的背景删除，删除时用户可自定义选择删除的背景。

步骤01 **执行"删除背景"操作**。打开附书光盘中的"实例文件\第4章\原始文件\春夏包包展1.docx"，选中目标图片，单击"图片工具-格式"选项卡下"调整"选项组中的"删除背景"按钮，如下左图所示。

步骤02 **设置删除背景范围**。执行删除背景操作后，向外拖动图片左上角的控制手柄，将选框调整到最大化，如下右图所示。

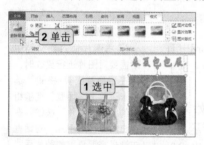

步骤03 **保留更改**。设置图片背景的删除范围后，单击"背景消除"选项卡下的"保留更改"按钮，如下左图所示。

步骤04 **显示删除背景最终效果**。经过以上操作后，就完成了删除图片背景的操作，删除效果如下右图所示。

删除背景效果

TIP

使用"位置"按钮移动图片位置

在调整图片的位置时除了使用手动拖动的方法，也可以使用选项组中的"位置"按钮完成操作。

选中目标图片后，在"图片工具-格式"选项卡中单击"排列"选项组中的"位置"按钮，在展开的下拉列表中单击"文字环绕"组中需要使用的图片排列选项，如下图所示。

知识加油站

恢复删除的图片背景

删除图片背景后，如果需要恢复可先选中目标图片，然后单击"调整"选项组中的"删除背景"按钮，在"背景消除"选项卡下单击"放弃所有更改"按钮，即可恢复被删除的背景。

4.3.5 更正图片与调整图片色彩

Word 2010提供了一系列调整图片色彩的功能，包括锐化和柔化、亮度和对比度、颜色饱和度、色调等方面，如果对插入图片的色彩不满意可以对其重新进行调整。

1. 锐化和柔化图片

锐化和柔化功能是对图片清晰度的调整，锐化功能可以使图片更加清晰，而柔化的作用则用于缓解图片过度锐化。为图片设置锐化和柔化效果时，可以直接使用程序中预设的样式。

步骤01 **选择目标图片。** 打开附书光盘中的"实例文件\第4章\原始文件\海边旅游项目1.docx"，单击需要调整锐化和柔化效果的图片，如下左图所示。

步骤02 **设置锐化效果。** 选择目标图片后，单击"图片工具-格式"选项卡下"调整"选项组中的"更正"按钮，在展开的效果库中单击"锐化和柔化"组中的"锐化50%"选项，如下右图所示，即可完成对图片进行锐化的操作。

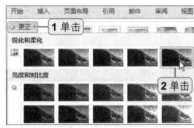

2. 调整图片亮度和对比度

亮度和对比度功能用于调整那些光线过亮或过暗的图片，如果单纯地将过暗的图片调亮，那么图片中的色彩就会发灰，此时再对对比度进行调整，就可以展现图片的靓丽色彩效果。

步骤01 **选择目标图片。** 打开附书光盘中的"实例文件\第4章\原始文件\黄鹤楼.docx"，单击需要调整亮度和对比度的图片，如下左图所示。

步骤02 **选择亮度和对比度效果。** 单击"图片工具-格式"选项卡下"调整"选项组中的"更正"按钮，在展开的效果库中单击"亮度和对比度"组中的"亮度：-20%，对比度：+40"选项，如下右图所示。

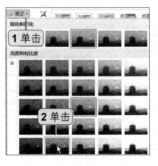

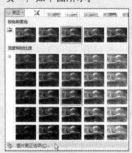

步骤03 显示设置亮度和对比度后效果。经过以上操作，就完成了调整图片亮度和对比度效果的操作，如右图所示。

调整效果

3. 调整图片的颜色饱和度

图片的颜色饱和度决定了图片色彩的鲜艳程度，如果想让图片更加亮丽即可通过调节饱和度来达到效果，但调节时要适可而止，否则引起反效果。

步骤01 选择目标图片。打开附书光盘中的"实例文件\第4章\原始文件\春夏包包展2.docx"，单击需要调整颜色饱和度的图片，单击"图片工具-格式"选项卡下"调整"选项组中的"颜色"按钮，如下左图所示。

步骤02 选择颜色饱和度效果。展开"颜色"效果库后，单击"颜色"组中的"饱和度：300%"选项，如下右图所示。

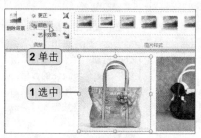

步骤03 显示设置颜色饱和度效果。经过以上操作即完成调整图片颜色饱和度的操作，如右图所示。

调整饱和度效果

4. 调整图片色调

图片的色调是通过色彩温度来控制的，温度高的图片称为暖色调，而温度低的图片就称为冷色调。调整图片色调时，除了可以使用Word预设的色调样式外，还可以进行自定义设置，下面介绍自定义调整图片色调的操作。

步骤01 打开"设置图片格式"对话框。打开附书光盘中的"实例文件\第4章\原始文件\黄鹤楼1.docx"，单击目标图片，单击"图片工具-格式"选项卡下"调整"选项组中的"颜色"按钮，在展开的下拉列表中单击"图片颜色选项"，如右图所示。

将更改格式后的图片保存为新图片

在Word中将图片的格式设置完毕后，为了保存图片的效果，可以将图片重新保存在计算机中。

保存时右击需要保存的图片，在弹出的快捷菜单中单击"另存为图片"命令，如下图所示。

弹出"保存文件"对话框，设置保存路径后在"文件名"文本框中输入文件的保存名称，最后单击"保存"按钮，如下图所示，即可完成图片的保存操作。

步骤02 **调整图片温度**。弹出"设置图片格式"对话框，在"图片颜色"面板下"色调"选项组的"温度"数值框中输入需要的温度"2500"，如下左图所示，然后单击"关闭"按钮。

步骤03 **显示设置色调效果**。经过以上操作，就完成了设置图片色调的操作，返回文档中可以看到更改色调后的效果，如下右图所示。

调整色调效果

5. 对图片进行重新着色

对图片重新着色可以更改图片的主体颜色，Word程序中预设了20余种着色效果，预设的效果中包含了填充色、透明度等综合效果，所以使用Word预设效果可以制作出美观且多样的效果。

步骤01 **选择目标图片**。打开附书光盘中的"实例文件\第4章\原始文件\封面.docx"，单击需要进行着色的图片，单击"图片工具-格式"选项卡下"调整"选项组中的"颜色"按钮，如下左图所示。

步骤02 **选择要使用的着色效果**。在展开的"颜色"效果库中单击"重新着色"组中的"紫色，强调文字颜色4深色"选项，如下右图所示。

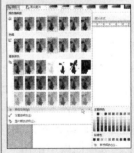

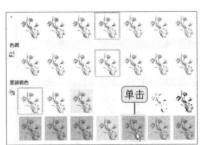

步骤03 **显示重新着色效果**。经过以上操作，就完成了对图片进行重新着色的操作，返回文档中即可看到着色后的效果，如右图所示。

重新着色效果

4.3.6 设置图片的艺术效果

在Word中，图片的艺术效果包括标记、铅笔灰度、铅笔素描、线条图、粉笔素描、画图笔划、画图刷、发光散射、虚化、浅色屏幕、水彩海绵、胶片颗粒等22种效果。

进阶实战

1. 应用艺术效果

艺术效果可以使文档图片更为美观，应用时直接单击Word中预设的艺术效果即可。

步骤01 单击"艺术效果"按钮。 打开附书光盘中的"实例文件\第4章\原始文件\封面1.docx"，单击"图片工具-格式"选项卡下"调整"选项组中的"艺术效果"按钮，如下左图所示。

步骤02 选择要应用的艺术效果。 展开艺术效果库后，单击需要使用的"虚化"选项，如下右图所示。

 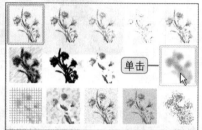

步骤03 显示设置的艺术效果。 经过以上操作，就完成了为图片应用艺术效果的操作，如右图所示。

2. 更改艺术效果

为图片应用艺术效果后，每种艺术效果的参数都是预先设置好的，在应用效果后用户可以对艺术效果的参数进行更改。

步骤01 单击"艺术效果"按钮。 打开附书光盘中的"实例文件\第4章\原始文件\风景介绍2.docx"，选中目标图片，单击"图片工具-格式"选项卡下"调整"选项组中的"艺术效果"按钮，在展开的艺术效果库中单击"艺术效果选项"，如下左图所示。

步骤02 选择艺术效果。 弹出"设置图片格式"对话框，在"艺术效果"选项面板中单击"艺术效果"按钮，在效果库中单击"纹理化"图标，如下右图所示。

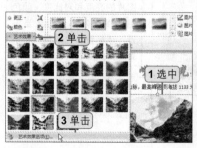 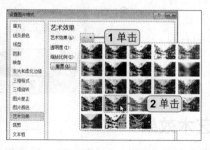

压缩图片大小

当图片的体积过大时，图片插入到文档后会使文档的容量增大，同时使Word的反应变慢，为避免该情况的发生，可对图片大小进行压缩。

选中目标图片后，单击"调整"选项组中的"压缩图片"按钮，如下图所示。

弹出"压缩图片"对话框，在"目标输出"选项组中单击选择合适的图片压缩的选项，最后单击"确定"按钮，如下图所示，即可完成压缩图片的操作。

TIP

重置艺术效果参数

打开"设置图片格式"对话框，对艺术效果进行选择并自定义调整后，如果需要恢复效果的默认参数，可单击对话框中的"重置"按钮，即可完成艺术效果参数的重置操作。

步骤03 **设置纹理的缩放比例。**选择需要使用的艺术效果后，拖动"缩放比例"滑块将数值设置为"100"，如下左图所示，最后单击"关闭"按钮。

步骤04 **显示更改的艺术效果。**经过以上操作后，就完成了对艺术效果参数进行自定义的操作，如下右图所示。

4.3.7 设置图片样式

样式是多种格式的总和，图片的样式包括为图片添加边框、效果的相关内容。为图片设置样式时，可以手动设置图片样式，也可以直接使用Word中预设的图片样式。

1. 为图片添加边框

设置图片边框时，可分别对边框颜色、宽度以及图片边线进行设置。

步骤01 **设置边框填充色。**打开附书光盘中的"实例文件\第4章\原始文件\春夏包包展3.docx"，选中目标图标，在"图片工具-格式"选项卡下单击"图片样式"选项组中的"图片边框"按钮，在展开的颜色列表中单击"标准色"组中的"深红"图标，如下左图所示。

步骤02 **设置边框宽度。**再次单击"图片边框"按钮，在展开的下拉列表中指向"粗细"选项，在弹出的级联列表中单击"3磅"选项，如下右图所示。

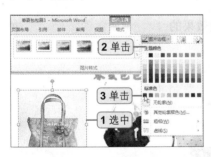

步骤03 **设置边框线型。**再次单击"图片边框"按钮，在展开的下拉列表中指向"虚线"选项，在弹出的级联列表中单击"圆点"线型，如右图所示。

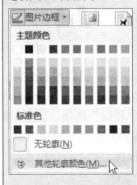
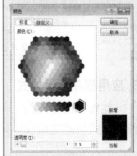

步骤04 **显示图片边框效果。** 经过以上操作，即可完成图片边框的设置操作，如右图所示。

添加边框效果

2. 设置图片效果

图片效果包括阴影、映像、发光、柔化边缘、棱台和三维旋转等6方面。

步骤01 **为图片添加阴影效果。** 继续上例中的操作，设置图片的边框后仍然选中该图片，在"图片工具-格式"选项卡下单击"图片样式"选项组中"图片效果"按钮，在展开的效果库中指向"阴影"选项，在级联列表中单击"外部"组中的"向右偏移"图标，如下左图所示。

步骤02 **设置映像效果。** 再次单击"图片效果"按钮，在展开的效果库中指向"映像"选项，在级联列表中单击"半映像，4pt偏移量"选项，如下右图所示，完成映像效果的设置。

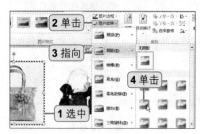

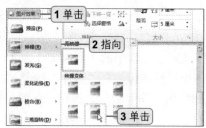

步骤03 **设置棱台效果。** 设置图片映像效果后，再次单击"图片效果"按钮，在展开的效果库中指向"棱台"选项，在级联列表中单击"棱纹"选项，如下左图所示，完成棱台效果的设置。

步骤04 **显示图片效果。** 经过以上操作，即可完成为图片设置效果的操作，如下右图所示。

设置效果

3. 应用程序预设样式

在Word中预设了一些图片样式，为图片设置样式时，可直接应用预设样式快速完成操作。

TIP

使用预设的图片效果
打开图片效果库后指向"预设"选项，在级联列表中有12种包括发光、映像等6种效果的样式，单击相应的样式图标即可快速完成图片效果的设置。

步骤01 **打开图片样式库**。继续上例中的操作，选中需要应用预设样式的图片，在"图片工具-格式"选项卡下单击"图片样式"选项组的快翻按钮，如下左图所示。

步骤02 在展开的图片库中单击"映像棱台，黑色"样式图标，如下右图所示。

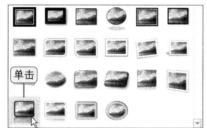

步骤03 **显示应用预设图片样式效果**。经过以上操作，就完成了为图片应用预设样式的操作，最终效果如右图所示。

应用预设样式效果

4.3.8 将图片转换为SmartArt图形

在Word 2010中可以将图片直接转换为SmartArt图形，将图片转换为图形后就可以在图片中添加文本，对图片进行说明。

步骤01 **选择要转换的SmartArt图形**。打开附书光盘中的"实例文件\第4章\原始文件\瓜子包装2.docx"，选中需要转换的图片，在"图片工具-格式"选项卡下单击"图片样式"选项组中的"图片版式"按钮，在展开的版式库中单击"图片排列"图标，如下左图所示。

步骤02 **显示图片转换为SmartArt图形效果**。经过以上操作，就可以将图片转换为SmartArt图形，使用同样操作将文档中的另一图片转换为同一种图形，如下右图所示。

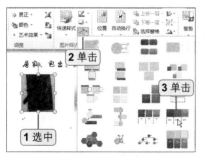

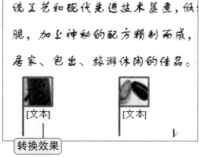

转换效果

自定义设置图片的效果
在图片效果库中每种图片效果都可以进行自定义设置，下面以"发光"效果的设置为例来进行介绍。

选中目标图片后单击"图片样式"选项组中的"图片效果"按钮，在展开的效果库中依次单击"发光>发光选项"选项，如下图所示。

弹出"设置图片格式"对话框，在"发光"选项组内对发光的色彩、大小、透明度进行自定义设置后单击"关闭"按钮，如下图所示，即可完成对发光效果的自定义设置。

TIP

更改SmartArt图形样式
将图片转换为SmartArt图形后如果需要更改图形的样式，选中目标图片后再次单击"图片版式"按钮，即可在展开的图形库中单击需要更改的图形样式。

4.4 自选图形的应用

自选图形是一些形状图形的集合，在Word中的使用非常广泛，在前面的章节中已经介绍了自选图形的插入方法。本节将对更改图形形状、设置图形样式以及组合图形等更进一步的操作进行介绍。

4.4.1 更改图形形状

为文档插入自选图形后，如果发现该图形与文本内容不能完全配合时，可直接对图形的形状进行更改。

01 单击"编辑形状"按钮。

打开附书光盘中的"实例文件\第4章\原始文件\茶叶生产流程.docx"，选择需要更改形状的自选图形，切换到"绘图工具-格式"选项卡下，单击"插入形状"选项组中的"编辑形状"按钮，如下图所示。

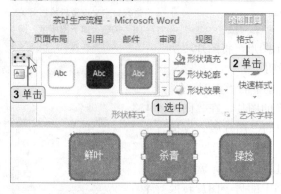

02 选择图形形状。

在下拉列表中指向"更改形状"选项，在展开的形状库中单击"棱台"图标，如下图所示。

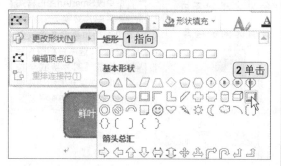

03 显示更改图形形状效果。

经过以上操作，就完成了更改图形形状的操作，如下图所示。

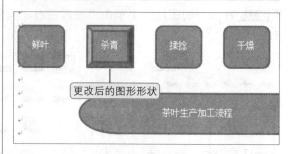

4.4.2 设置形状样式

将形状插入到文档中后，Word会为形状图形应用内置样式，为了使图形效果更为美观，也使各图形间有所区分，可以对图形的形状样式进行设置。可以通过形状填充、形状轮廓和形状效果这3个方面对形状图形进行设置。

1. 设置形状填充效果

对形状图形进行填充时，可以制作很多种填充效果，主要包括纯色填充、渐变填充、图片填充和纹理填充这几种。本节就以渐变填充与纹理填充为例来介绍对形状图形进行填充的操作方法。

01 选择目标形状图形。

打开附书光盘中的"实例文件\第4章\原始文件\茶叶生产流程1.docx"，选择目标自选图形，切换到"绘图工具-格式"选项卡，单击"形状样式"选项组的对话框启动器，如下图所示。

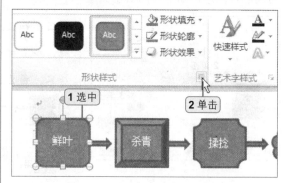

02 选择填充选项。

弹出"设置形状格式"对话框，单击"填充"选项标签，然后在"填充"选项面板中单击"渐变填充"单选按钮，如下图所示。

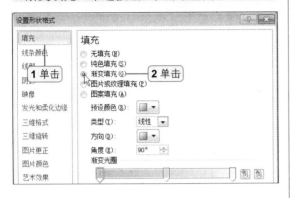

03 选择渐变预设样式。

单击"预设颜色"按钮，在展开的样式库中单击"碧海青天"图标，如下图所示，最后单击"关闭"按钮，完成填充样式的选择。

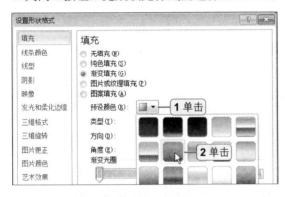

04 显示图形的渐变填充效果。

经过以上操作，就完成了为图形形状填充颜色的操作，返回文档中即可看到设置的渐变填充效果，如下图所示。

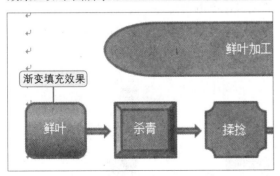

2.设置形状轮廓

形状轮廓的设置主要包括无轮廓以及实线填充，下面分别对无轮廓和实线填充的操作方法进行讲解。

01 选择轮廓颜色。

选中目标图形，单击"绘图工具-格式"选项卡下"形状样式"选项组中的"形状轮廓"按钮，在下拉列表中单击"标准色"组中的"紫色"图标，如下图所示。

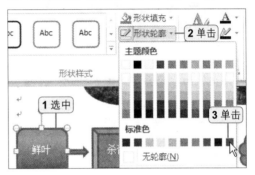

02 显示设置的轮廓效果。

经过以上操作，即可完成自定义设置轮廓线的操作，效果如下图所示。如需对轮廓进行更多设置，可在"形状轮廓"下拉列表中通过相应选项对轮廓的粗细、线型等选项进行设置。

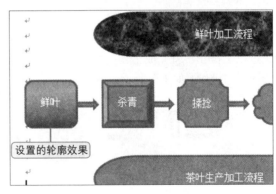

3. 设置形状效果

形状效果包括阴影、映像、发光、柔化边缘、棱台和三维旋转等6种内容的设置，设置的方法与图片效果的设置方法类似，本节就不再赘述，下面介绍预设形状效果的使用方法。

Office 2010中文版办公专家从入门到精通

01 选择目标形状图形。

继续上例的操作，选中需要设置效果的图形后，单击"形状样式"选项组中的"形状效果"按钮，如下图所示。

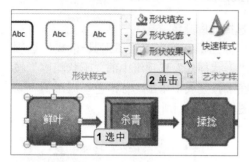

02 选择效果样式。

展开形状效果库后指向"预设"选项，在弹出的级联列表中单击"预设 7"图标，如下图所示。

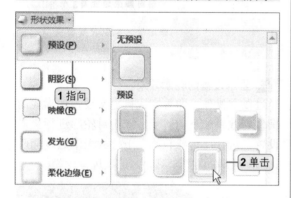

03 显示设置后的形状效果。

经过以上操作，就完成了使用预设形状效果改变图形的操作，如下图所示。

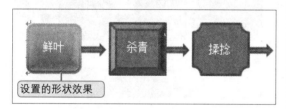

4.4.3 组合形状图形

为Word文档插入的每个图形都是独立的，但是通过组合形状图形，可以将若干个形状图形组合在一起，这样有利于图形的整体移动等编辑操作，下面就来介绍两种组合图形的方法。

方法一 使用快捷菜单组合图形

01 执行"组合图形"命令。

打开实例文件中的"第4章\原始文件\茶叶生产流程2.docx"，按住Ctrl键的同时依次单击需要组合的图形，然后单击鼠标右键，在快捷菜单中依次单击"组合>组合"选项，如下图所示。

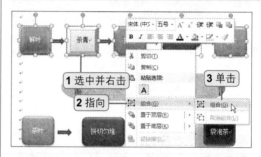

02 显示组合形状图形效果。

经过以上操作，就可以将选中的形状图形组合在一起，单击其中任意一个形状即可选中该组合内的所有图形，如下图所示。只要移动一个图形的位置，就可以移动整个图形组。

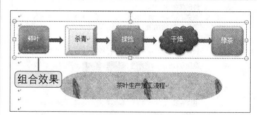

方法二 使用选项组按钮组合图形

01 执行组合图形命令。

继续上例中的操作，按住Ctrl键的同时依次单击需要组合的图标，切换到"绘图工具-格式"选项卡，单击"排列"选项组中的"组合"按钮，在展开的下拉列表中单击"组合"选项，如下图所示。

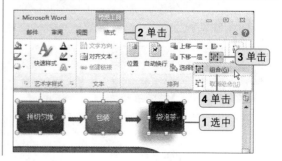

高手速成

02 显示组合形状图形效果。

经过以上操作，就可以将选中的形状图形组合在一起，单击其中任意一个形状即可选中该组合内的所有图形，如下图所示。

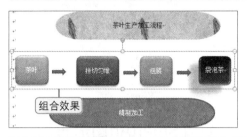

知识点拨

取消形状图形的组合

需要取消形状图形的组合效果时，右击已组合的形状，在弹出的快捷菜单中依次单击"组合>取消组合"选项即可完成操作。

4.5 使用SmartArt图形

创建SmartArt图形后只是创建了图形的外形，对图形中的文本、图片、样式等还需要重新设置。为了提高用户对SmartArt图形的理解和掌握能力，本节中将对SmartArt图形更进一步的使用进行介绍。

4.5.1 为SmartArt图形添加文本

为SmartArt图形添加文本时，可通过"文本"窗格添加，也可以直接在形状中添加。下面分别介绍这两种方法的使用。

方法一 在"文本"窗格中添加文本

01 打开"文本"窗格。

打开附书光盘中的"实例文件\第4章\原始文件\生产流程.docx"，选中SmartArt图形后单击图形左侧的展开按钮，如下图所示。

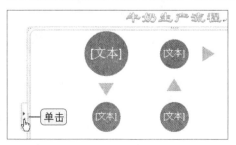

02 在窗格中输入文字。

打开"文本"窗格后可以看到很多"文本"字样，单击需要输入文字的图形中的"文本"，将光标定位在其中，然后输入文字，形状中就会显示出相应的文字，如下图所示。

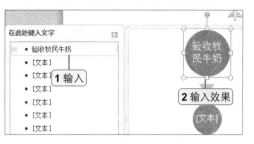

方法二 直接在形状中添加文本

01 确定文本的添加位置。

继续上例的操作，单击需要输入文本的SmartArt图形形状中的"文本"字样，将光标定位在其中，如下图所示。

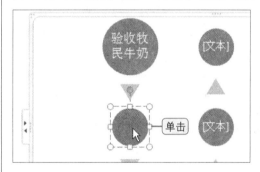

02 在形状内输入文本。

直接输入需要的文本，在相应的形状中即可看到输入的文本内容，如下图所示。

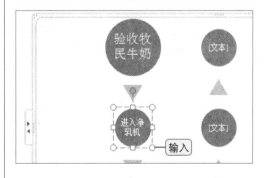

4.5.2 为SmartArt图形添加图片

在Word 2010中能够将添加图片的SmartArt图形单独汇总为一类图形，应用图片类图形后需要为图形添加图片时，可以直接通过图形中的占位符来完成。

01 单击图片占位符。

打开附书光盘中的"实例文件\第4章\原始文件\张贴栏.docx"，单击SmartArt图形中第一个形状内的图片占位符，如下图所示。

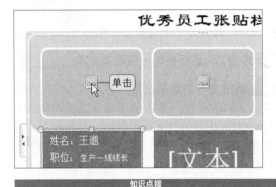

知识点拨

设置图片格式
为SmartArt图形插入图片后，程序会在选项组区域中显示"图片工具-格式"选项卡，在其中可对图片格式进行设置。

---

02 选择插入图片。

弹出"插入图片"对话框，选择目标图片的保存路径，选中目标图片后单击"插入"按钮，如下图所示。

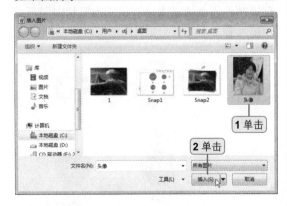

03 显示为图形插入图片效果。

经过以上操作即完成了为SmartArt图形插入图片的操作，如下图所示。

4.5.3 更改SmartArt图形布局

为文档插入了SmartArt图形后，如果图形与文档的配合效果不理想，可在文档中直接对图形的布局进行更改，更改时可选择SmartArt图形中任意一款图形。

01 选择目标图形。

打开附书光盘中的"实例文件\第4章\原始文件\产品要素.docx"，选中SmartArt图形，在"SmartArt工具-设计"选项卡中单击"布局"选项组的快翻按钮，如下图所示。

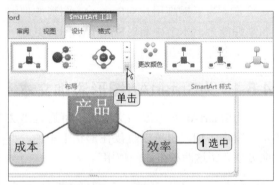

02 单击"其他布局"选项。

在展开的布局库中单击"其他布局"选项，如下图所示。

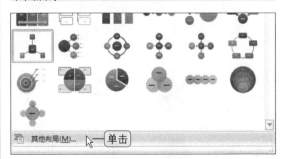

03 选择需要更改的布局。

弹出"选择SmartArt图形"对话框，单击需要更改的图形布局，然后单击"确定"按钮，如下图所示。

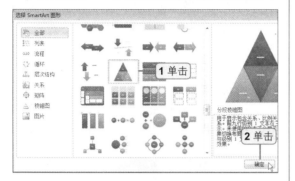

04 显示更改图形布局效果。

返回文档中即可看到更改图形布局的效果，如下图所示，由于更改了布局，图形中的文字也需要重新进行编辑。

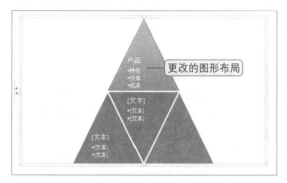

知识点拨

设置形状中的文字效果

为SmartArt图形中的形状添加文字后，为了美化图形，可以为形状中的文字设置艺术效果。为形状输入文字后切换到"SmartArt工具-格式"选项卡，在"艺术字样式"选项组中即可设置形状中的文字效果。

4.5.4 应用SmartArt图形样式

设置SmartArt图形的样式，包括对图形所有形状的样式设置，每个形状的填充、轮廓、效果都需要一一进行设置。如果用户依次对图形中的形状进行设置将会花费很多时间。Word中预设了一些SmartArt图形样式以及颜色方案，用户可以直接应用这些颜色与SmartArt图形样式。

01 选择目标图形。

打开附书光盘中的"实例文件\第4章\原始文件\生产流程1.docx"，选中需要应用图形样式的SmartArt图形，如下图所示。

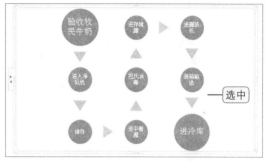

02 选择颜色效果。

在"SmartArt工具-设计"选项卡下单击"SmartArt样式"选项组中的"更改颜色"按钮，在展开的样式库中单击"彩色，强调文字颜色"图标，如下图所示。

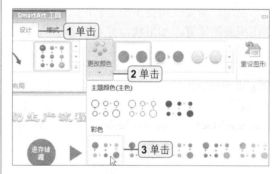

03 选择图形样式。

单击"SmartArt样式"选项组的快翻按钮，在展开的图形样式库中单击"三维"组中的"优雅"图标，如下图所示。

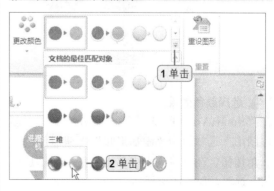

04 显示应用图形样式效果。

经过以上操作，就完成了为SmartArt图形应用样式的操作，返回文档中即可看到设置后的图形样式效果，如下图所示。

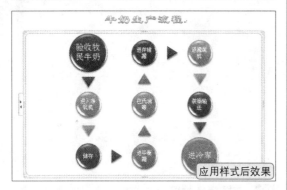

应用样式后效果

4.5.5 在SmartArt图形中添加与设置形状

插入的SmartArt图形中的形状数量是有限的，当用户需要使用更多的形状时，可根据需要在相应的位置添加形状，并对新添加的图形进行相应的设置。

01 选择目标图形。

打开附书光盘中的"实例文件\第4章\原始文件\小说要素.docx"，选中需要添加形状图形中的最后一个形状，如下图所示。

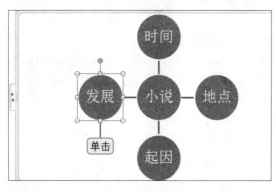

单击

02 选择颜色效果。

在"SmartArt工具-设计"选项卡下单击"创建图形"选项组中"添加形状"按钮右侧的下三角按钮，在下拉列表中单击"在后面添加形状"选项，如下图所示。

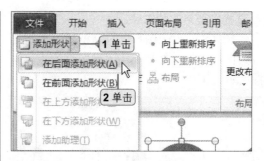

03 输入文字。

使用同样的方法进行操作，为图形添加第5个形状，并在形状中添加文本内容，如下图所示。

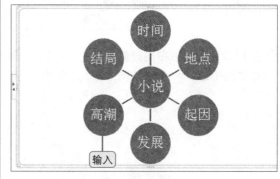

04 选择需要设置样式的形状。

选中图形中间的形状，切换到"SmartArt工具格式"选项卡，单击"形状样式"选项组的快翻按钮，如下图所示。

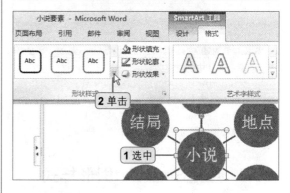

05 选择形状样式。

展开形状样式库后，单击"强烈效果－红色，强调颜色2"图标，如下图所示。

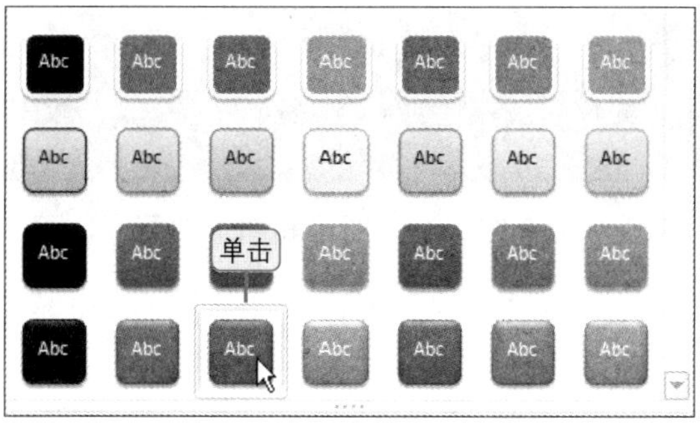

06 设置形状效果。

单击“形状效果”按钮，在展开的效果库中指向“发光”选项，在展开的级联列表中单击“红色，18pt发光，强调文字颜色2”图标，如下图所示。

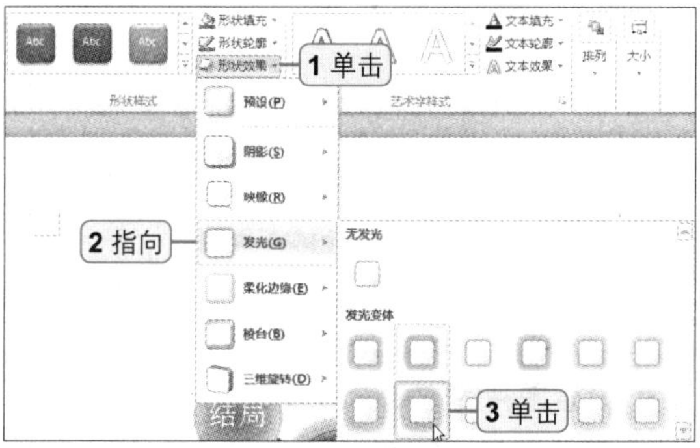

07 设置另一形状的填充颜色。

选中SmartArt图形中的“地点”形状，单击“形状填充”按钮，在展开的下拉列表中单击“标准色”组中的“蓝色”图标，如下图所示。

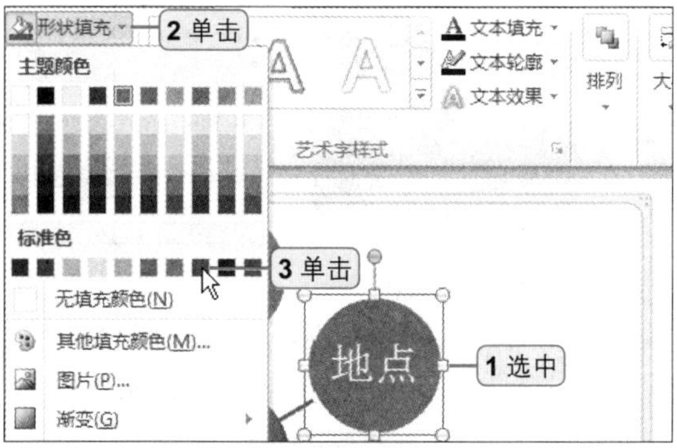

08 设置形状的渐变效果。

再次单击“形状填充”按钮，在展开的下拉列表中指向“渐变”选项，在展开的级联列表中单击“深色变体”组中的“中心辐射”图标，如下图所示。

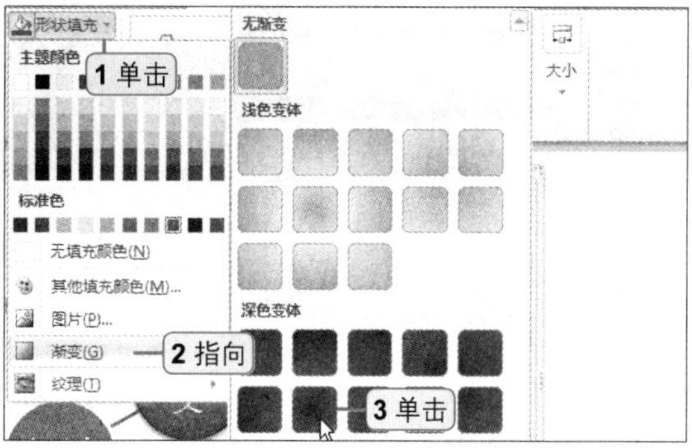

09 设置形状效果。

单击“形状效果”按钮，在展开的效果库中指向“预设”选项，在展开的级联列表中单击“预设7”图标，如下图所示。

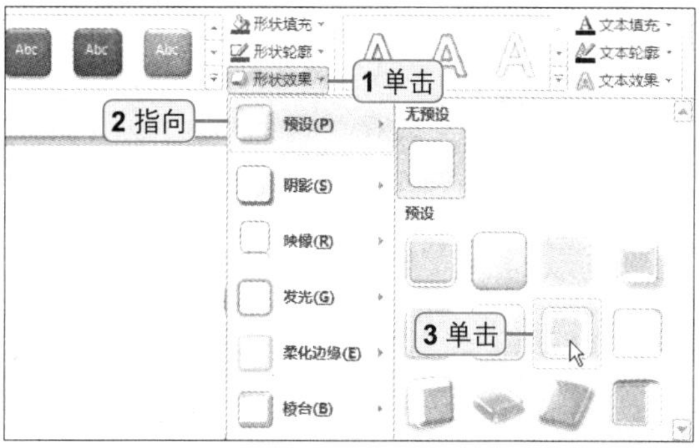

10 显示设置的形状效果。

使用同样的操作，对图形中的其他形状进行适当设置，这样即可完成图形中形状的设置，效果如下图所示。

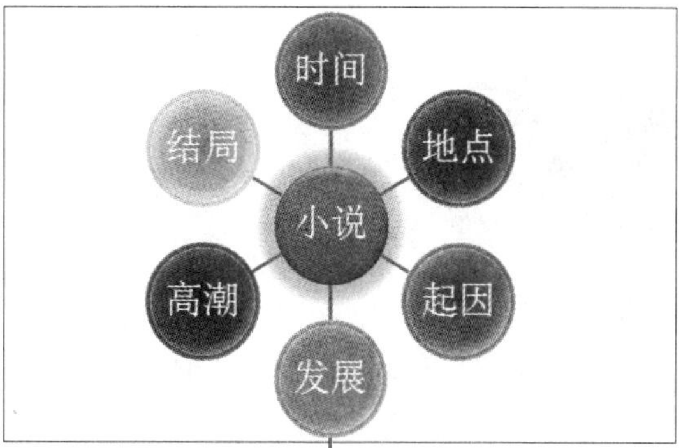

设置的形状样式效果

实战
制作新春POP

本章对图片、图形在Word文档中的使用与编辑进行了介绍，通过图片和图形的配合，可以让文档更加美观，本节中结合本章所介绍的知识点来制作一个"新春POP"，来对本章的知识进行回顾与拓展。

01 执行插入图片操作。

新建Word文档，在"插入"选项卡单击"插图"选项组中的"图片"按钮，如下图所示。

02 选择需要插入的图片。

弹出"插入图片"对话选中框，按住Ctrl键的同时依次选中目标图片，单击"插入"按钮，如下图所示。

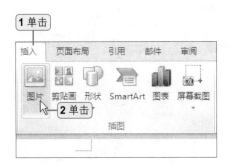

03 裁剪图片形状。

选中年画图片，单击"大小"选项组中的"裁剪"按钮，在展开的列表中依次单击"裁剪为形状>云形"选项，如下图所示。

04 设置图片的方式。

设置图片形状后，单击"排列"选项组中的"自动换行"按钮，在展开的下拉列表中单击"浮于文字上方"选项，如下图所示。

05 调整图片大小。

将光标置于图片右上角的控制手柄上，按住左键向内拖动，如下图所示，调整图片大小。

06 移动图片位置。

调整完成后释放鼠标左键，将图片拖动到POP背景图片右下角的适当位置，如下图所示。

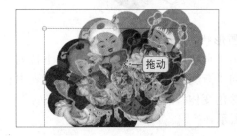

07 单击"图片效果"按钮。

将图片移动到目标位置后,单击"图片样式"选项组中"图片效果"按钮,如下图所示。

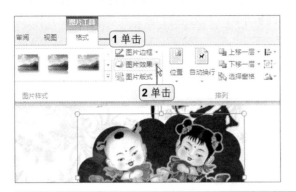

08 选择要使用的图片效果。

在图片效果库中指向"预设"选项,在级联列表中单击"预设"组中的"预设12"图标,如下图所示。

09 选择需要插入的形状样式。

切换到"插入"选项卡,单击"插图"选项组中的"形状"按钮,在展开的形状库中单击"基本形状"组中的"垂直文本框"图标,如下图所示。

10 绘制文本框。

选择形状样式后,在图片的适当位置按住鼠标左键拖动绘制大小适当的文本框,如下图所示。

11 输入并选中文字。

在文本框中输入需要的文本,然后按住鼠标左键拖动选中文本内容,如下图所示。

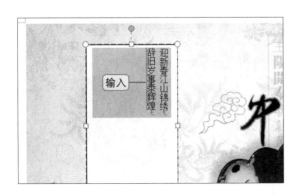

12 设置文本的字体。

切换到"开始"选项卡,单击"字体"选项组中"字体"下拉列表框右侧的下三角按钮,在展开的下拉列表框中单击"华文行楷"选项,如下图所示。

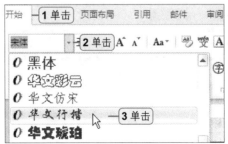

13 设置文本的其他格式。

在"字号"下拉列表中单击"小一"选项,设置文本颜色为标准深红色,如下图所示。

14 取消文本框的填充色。

切换到"绘图工具-格式"选项卡,单击"形状样式"选项组中的"形状填充"按钮,在展开的下拉列表中单击"无填充颜色"选项,如下图所示。

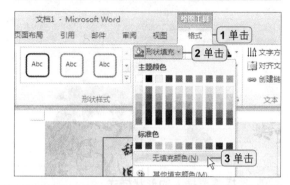

15 取消文本框的轮廓线。

取消了文本框的填充效果后,单击"形状样式"选项组中的"形状轮廓"按钮,在展开的下拉列表中单击"无轮廓"选项,如下图所示。

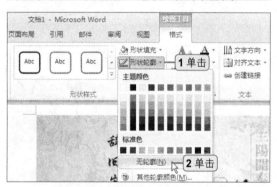

16 单击"颜色"按钮。

单击文档中的POP背景图片,单击"图片工具-格式"选项卡下"调整"选项组中的"颜色"按钮,如下图所示。

17 对图片进行重新着色。

在效果库中单击"重新着色"组中的"水绿色,强调文字颜色5浅色"选项,如下图所示。

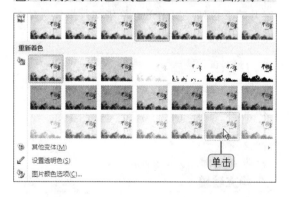

18 显示新春POP效果。

经过以上操作,就完成了新年POP的制作,如下图所示,最后对文档进行保存。

问答

单独改变图片高度·在自选图形中输入文本时将文本框的边距设置为0·将强烈效果样式的
自选图形设置为半透明·更改SmartArt图形中形状的外形·增大或缩小SmartArt图形的形状

Q 调整图片大小时，想单独更改图片的高度该如何处理？

A 在调整图片的大小时，只要更改图片的高度或宽度后，程序会自动对另一个参数进行设置。如
果需要单独更改图片的高度或宽度时，可取消图片的"锁定纵横比"功能，然后再进行调整。
选中目标图片后，单击"图片工具-格式"选项卡下"大小"选项组的对话框启动器，如下左
图所示。弹出"布局"对话框后，在"大小"选项卡下取消勾选"缩放"选项组中的"锁定纵
横比"复选框，如下右图所示，最后单击"确定"按钮即可完成设置。

Q 在自选图形中输入文本时，如何将文本框的边距都设置为0？

A 在默认的情况下，插入的文本框水平与垂直的边距分别为0.25厘米与0.13厘米，需要将文本框
的边框都设置为0时，可选中目标文本框，单击"绘图工具格式"选项卡下"形状样式"选项
组的对话框启动器，如下左图所示。弹出"设置形状格式"对话框后单击"文本框"选项标
签，在"内部边距"选项组的"上"、"下"、"左"、"右"数值框中分别输入"0"，如
下右图所示，最后单击"关闭"按钮，即可将文本框的边距都设置为0。

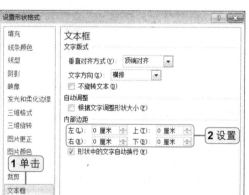

Q 如何将强烈效果样式的自选图形设置为半透明？

A 强烈效果是形状样式库中的一种形状效果，需要将该效果设置为半透明时，选中目标形状后，单击"绘图工具-格式"选项卡下"形状样式"选项组的对话框启动器，如下左图所示。弹出"设置形状格式"对话框，在"填充"选项面板"渐变光圈"选项组中单击颜色条的第一个颜色滑块，然后拖动"透明度"滑块，将数值设置为"50%"，如下右图所示。使用同样方法将另外两个颜色滑块的"透明度"也设置为"50%"，最后单击"关闭"按钮，返回文档中即可看到将形状效果设置为半透明的效果。

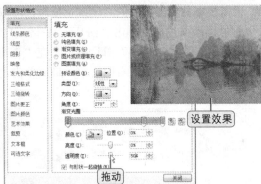

Q 怎样更改SmartArt图形中形状的外形？

A 为文档插入SmartArt图形后其中的形状都是固定的，需要单独更改某个形状的外形时选中需要更改的形状，切换到"SmartArt工具-格式"选项卡，单击"形状"选项组中的"更改形状"按钮，在展开的形状库中单击需要的形状图标，如下左图所示，返回文档中即可看到更改后的效果，如下右图所示。

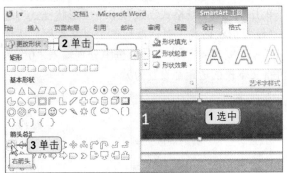
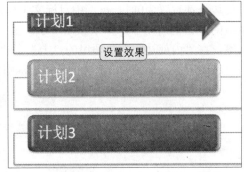

Q 如何增大或缩小SmartArt图形的形状？

A 需要增大或缩小SmartArt图形中的某个形状时，选中目标形状，在"SmartArt工具-格式"选项卡中单击"形状"选项组中的"增大"按钮或"减小"按钮，单击一次减小即可增大一个尺寸，根据具体需要单击相应按钮对图形大小进行调整。

表格的应用

CHAPTER 05

　　表格是由行和列构成的，在Word中用户可以在表格的单元格中输入文字、插入图片、插入形状或SmartArt图形，将复杂的内容简单地表达出来，还可以为表格设置边框及底纹样式，使其达到更好的视觉效果。

知识点

1. 添加表格
2. 编辑表格
3. 制作斜线表头
4. 美化表格
5. 对表格内容进行排序
6. 在表格中进行运算

建议学习时间：65分钟

学习内容	学习时间	学习内容	学习时间
为文档插入表格	10分钟	对表格进行排序与运算	10分钟
编辑表格	15分钟	观看视频教学并练习	20分钟
美化表格	10分钟		

重点实例

市场代码 \ 建设属性		市场改造		
		代码	占地面积	投资金额
一、城区市场		A1 A2 A3 A4	138	3680
二、"五线"市场		E2.2　E3.2 E4.2　E4.3 E4.4	159	2550
三、"五线"外乡（镇）、村市市		F1.2 F6.2	68	1600

▲ 制作表格

公司宣传费

宣传方式	效率	成本	篇幅	频率 淡季

▲ 美化表格

第1季度 （元）	第2季度 （元）	第3季度 （元）	第4季度 （元）	总计 （元）
125341	178924	168745	245698	718708.00
216043	240896	132056	164892	
315687	308791	164587	354960	
350841	159836	213059	103547	
150579	198500	326178	203406	
124879	248961	250796	341260	
160792	204691	123412	309854	
198752	159787	131033	135607	
135789	240965	302467	213058	
248052	198053	156984	103569	
124046	213475	364159	210340	

▲ 在表格中进行运算

5.1 为文档插入表格

在Word 2010中插入表格可以通过4种方法实现，分别是使用虚拟表格插入、使用对话框插入、手动绘制表格以及将文本直接转换为表格。这4种方法有各自的特点，用户可以根据需要选择适当的方法插入表格。

5.1.1 使用虚拟表格插入真实表格

使用虚拟表格可以快速完成表格的插入，但是使用虚拟表格最多只能够插入10列8行单元格的表格，需要插入更多行列的单元格时可以使用其他方法。

步骤01 **设置插入表格的单元格数量。** 新建一个空白的Word文档，切换到"插入"选项卡，单击"表格"选项组中的"表格"按钮，在下拉列表中的虚拟表格中移动光标，经过需要插入的表格行列，确定后单击鼠标左键，如下左图所示。

步骤02 **显示插入表格效果。** 经过以上操作，Word就会根据光标所经过的单元格插入相应的表格，如下右图所示。

5.1.2 使用对话框插入表格

使用对话框插入表格时，可以插入拥有任何数量单元格的表格，并可以对表格的自动调整操作进行设置。

步骤01 **执行插入表格操作。** 新建一个空白的Word文档，切换到"插入"选项卡，单击"表格"选项组中的"表格"按钮，在展开的下拉列表中单击"插入表格"选项，如下左图所示。

步骤02 **设置插入的表格内容。** 弹出"插入表格"对话框，在"列数"与"行数"数值框中输入相应的数值，单击"'自动调整'操作"选项组中的"根据内容调整表格"单选按钮后，单击"确定"按钮，如下右图所示。

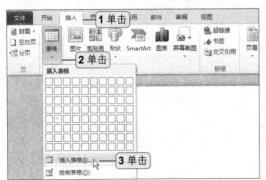 

步骤03 **显示插入的表格效果。**返回文档中即可看到插入的表格，由于表格中没有具体内容，所以表格处于最小状态，如下左图所示。

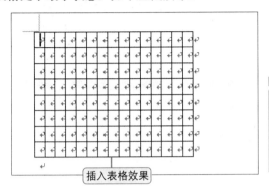

插入表格效果

5.1.3　手动绘制表格

手动绘制表格时，可以灵活地对表格的单元格进行绘制，需要制作每行单元格数量不等的表格时，可手动绘制表格。

步骤01 **执行绘制表格操作。**新建一个空白的Word文档，切换到"插入"选项卡，单击"表格"选项组中的"表格"按钮，在展开的下拉列表中单击"绘制表格"选项，如下左图所示。

步骤02 **绘制表格边框。**当光标变为铅笔形状时，在需要绘制表格的位置按住左键拖动鼠标，绘制出表格的边框，如下右图所示，至合适大小后释放鼠标左键。

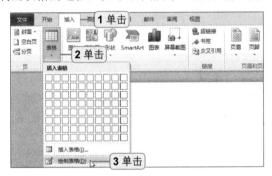

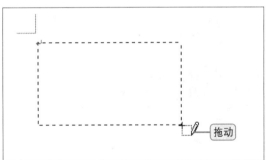

步骤03 **绘制表格的行线。**绘制表格的边框后，在框内横向拖动鼠标绘制表格的行线，如下左图所示，按照同样的方法绘制表格的其他行。

步骤04 **绘制表格的列线。**在表格框的适当位置纵向拖动鼠标，绘制表格的列线，如下右图所示。

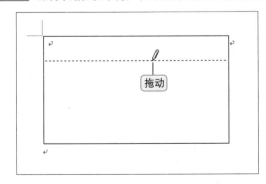

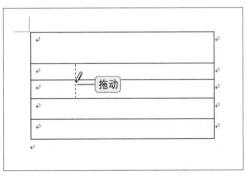

步骤05 **显示手动绘制的表格效果。**经过以上步骤，即可完成手动绘制表格的操作，如下左图所示。

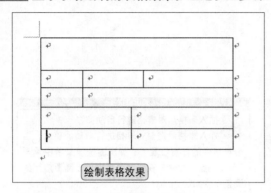

绘制表格效果

> **知识点拨**
>
> **撤销绘制的表格**
> 在手动绘制表格的过程中，如果绘制单元格的效果并不理想，可以按下快捷键Ctrl+Z撤销绘制的操作，然后重新绘制。

5.1.4 将文本转换为表格

在编辑文本时，如果需要将文本内容使用表格进行表现时，可直接将文本转换为表格，在转换时首先需要设置文字的分隔位置。

步骤01 **选择转换为表格的文本。**打开附书光盘中的"实例文件\第5章\原始文件\固定资产统计.docx"，将要转换为表格的文本内容整理好，然后选中目标文本，如下左图所示。

步骤02 **执行转换表格操作。**切换到"插入"选项卡，单击"表格"选项组中的"表格"按钮，在展开的下拉列表中单击"文本转换成表格"选项，如下右图所示。

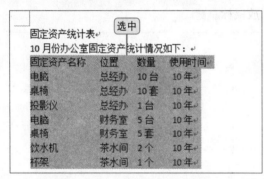

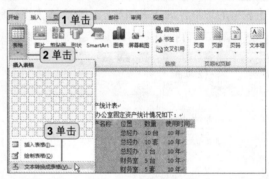

步骤03 **确定转换操作。**弹出"将文字转换成表格"对话框，程序已根据用户所整理的文本内容，将表格的尺寸、文字分隔位置设置好，直接单击"确定"按钮，如下左图所示。

步骤04 **显示转换表格效果。**经过以上操作，即可完成将文本内容直接转换为表格的操作，如下右图所示。

转换后的表格

5.2 编辑表格

插入表格后需要为表格添加数值，由于不同的内容所对应的单元格大小会有所不同，因此在填充表格内容后还需要在后期对表格的单元格进行插入、删除、合并等编辑操作。

5.2.1 为表格添加单元格

在编辑表格的过程中，如果单元格的数量不够可以中途插入单元格。插入不同形式的单元格，使用的方法也会有所不同，本节中将对单个单元格、整行单元格以及整列单元格的插入方法进行介绍。

1. 插入单个单元格

插入单个单元格最快捷的方法就是通过对话框完成操作，插入时需要设置好单元格的插入位置。

步骤01 **执行插入单元格命令。** 打开附书光盘中的"实例文件\第5章\原始文件\广告统计表.docx"，右击需要插入单元格的位置，在弹出的快捷菜单中依次单击"插入>插入单元格"命令，如下左图所示。

步骤02 **设置插入单元格的位置。** 弹出"插入单元格"对话框，单击"活动单元格右移"单选按钮后单击"确定"按钮，如下右图所示。

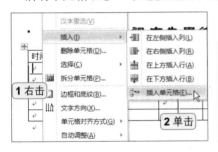
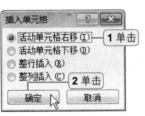

步骤03 **显示插入单元格效果。** 经过以上操作，就完成了插入单元格的操作，返回文档中即可看到插入后的效果，如右图所示。

2. 插入整行单元格

需要为表格插入整行单元格时，最快捷的方法是使用键盘中的Enter键进行插入，操作方法如下。

步骤01 **定位光标的位置。** 继续上例中的操作，将光标定位在需要插入整行单元格的上一行单元格的行尾，如右图所示。

进阶实战

步骤02 **插入整行单元格**。定位光标的位置后，按下Enter键，即可插入一行单元格，如右图所示。

3. 插入整列单元格

需要为表格插入整列单元格时，可以通过选项组中的按钮完成操作。

步骤01 **执行插入单元格操作**。继续上例中的操作，将光标定位在需要插入单元格右侧的任意一个单元格中，切换到"表格工具-布局"选项卡，单击"行和列"选项组中的"在左侧插入"按钮，如下左图所示。

步骤02 **显示插入的单元格效果**。经过以上操作即可在表格中插入一整列单元格，如下右图所示。

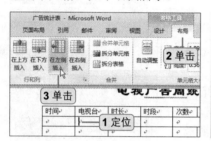

5.2.2 调整单元格大小

插入表格时，Word对单元格的大小有默认设置，但是由于放置不同内容，单元格所需要的大小会有所不同，因此需要对单元格的大小进行调整。在调整单元格大小时，可以手动进行调整，也可以在选项组中进行精确调整。

方法一 手动调整单元格大小

步骤01 **调整单元格行高**。打开附书光盘中的"实例文件\第5章\原始文件\表达效果分析表.docx"，将光标指向需要调整的单元格下方的列线，当光标变为形状时，按住左键向下拖动鼠标，如下左图所示，拖至合适高度后释放鼠标左键。

步骤02 **调整单元格的列宽**。将单元格调整到合适高度后，再将光标指向单元格右侧的列线，当光标变为形状时，按住左键向右拖动鼠标，如下右图所示，拖至合适宽度后释放鼠标左键。

一次插入多行单元格

需要一次性插入多行单元格时，可通过快捷菜单或选项组中的按钮来完成操作。下面以通过选项组的按钮为例，介绍一次性插入多行单元格的操作。

拖动鼠标，选中需要插入单元格上方的相同数量的单元格，在"表格工具-布局"选项卡下单击"行和列"选项组中的"在下方插入"按钮，如下图所示。

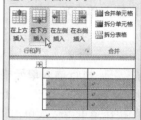

经过以上操作，就可以在表格下方插入与选中单元格同样行数的单元格，如下图所示。

TIP

快速将单元格调整为适合文本的宽度

需要将当前单元格的宽度调整为以文本内容为准时，首先将光标指向需要调整列宽单元格右侧的列线，当光标变成形状时，双击鼠标左键，即可将当前单元格调整为适合文本内容的宽度。

步骤03 **显示调整单元格大小效果**。经过以上操作，就完成了手动调整单元格大小的操作，调整后即可看到相应效果，如右图所示。

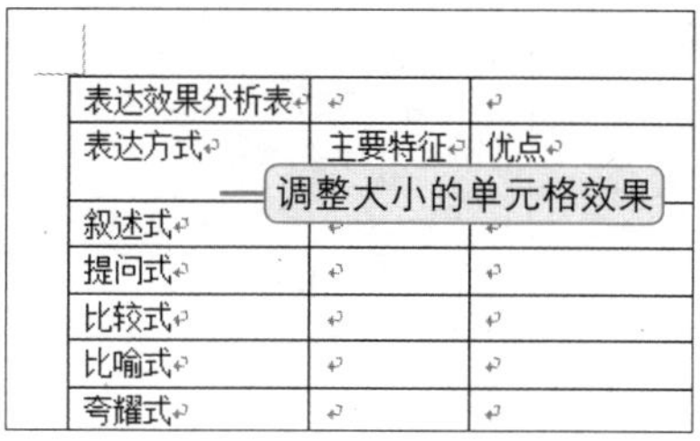

方法二　在选项组中精确调整单元格大小

步骤01 **定位单元格**。将光标定位在需要调整大小的单元格内，如下左图所示。

步骤02 **设置行高与列宽**。切换到"表格工具-布局"选项卡，在"单元格大小"选项组的"宽度"与"高度"数值框中分别输入需要的数值，如下右图所示。

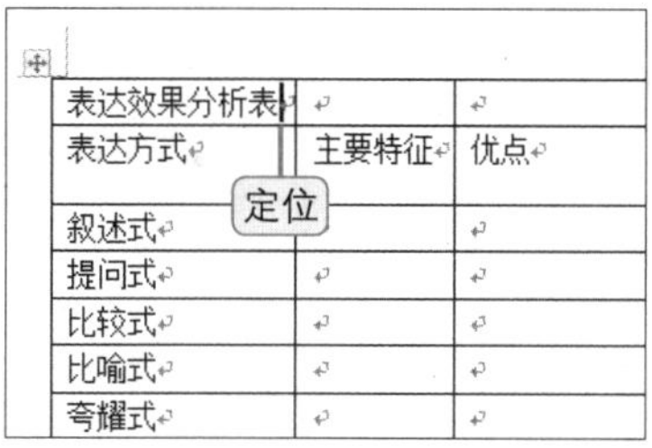

步骤03 **显示调整单元格大小效果**。设置完成单元格大小的数值后，单击文档中的任意位置，就完成了调整单元格大小的操作，调整后的效果如右图所示。

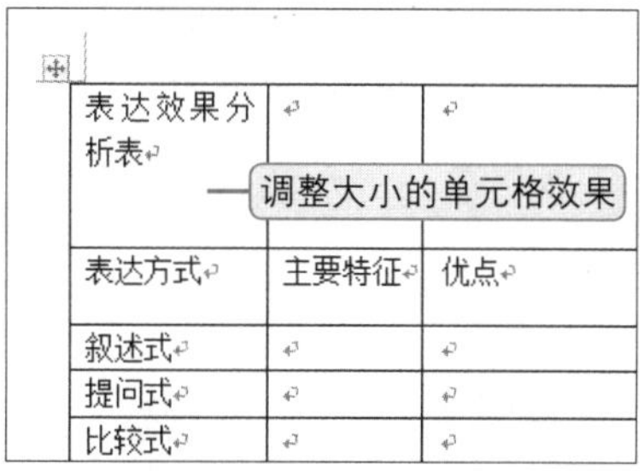

5.2.3　合并单元格

合并单元格可以将几个单元格合并为一个单元格，合并后单元格的大小将不会发生改变。

步骤01 **执行合并单元格操作**。打开附书光盘中的"实例文件\第5章\原始文件\表达效果分析表1.ocx"，选中表格中第一行单元格，切换到"表格工具-布局"选项卡，单击"合并"选项组中"合并单元格"按钮，如右图所示。

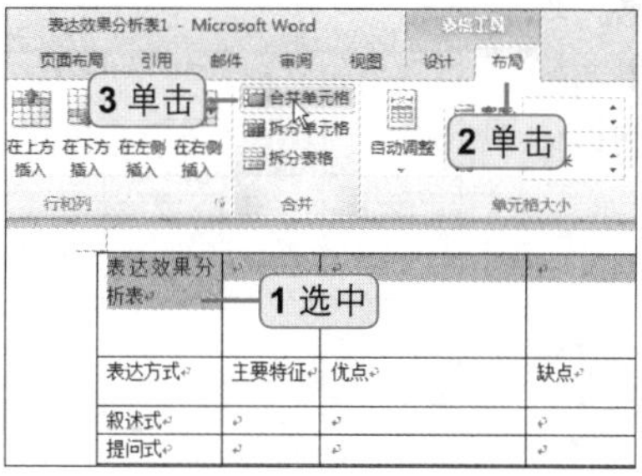

一次性调整多个单元格的大小

如果用户需要将多个单元格调整为同样大小时，可以一次性完成调整操作。

按住左键拖动鼠标选中需要调整大小的所有单元格，如下图所示。

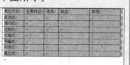

切换到"表格工具-布局"选项卡，在"单元格大小"选项组的"宽度"数值框内输入需要调整的数值，如下图所示。

然后在"高度"数值框内输入需要调整的数值，如下图所示。

最后单击文档的任意位置，即可完成一次性调整多个单元格大小的操作，如下图所示。

进阶实战

步骤02 **显示合并单元格效果。** 经过以上操作，就完成了将几个单元格合并为一个单元格的操作，合并单元格效果如右图所示。

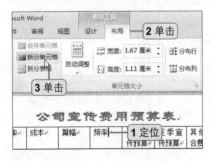

5.2.4 拆分单元格与表格

与合并单元格相反，拆分单元格是将一个单元格拆分为多个单元格，而拆分表格则是将一个表格拆分为两个独立的表格，本节中就介绍拆分单元格与拆分表格的操作。

1. 拆分单元格

拆分单元格时，执行拆分操作后可以根据需要来设置拆分后单元格行与列的数量。

步骤01 **执行拆分单元格操作。** 打开附书光盘中的"实例文件\第5章\原始文件\宣传费用预算表.docx"，将光标定位在需要拆分的单元格内，切换到"表格工具-布局"选项卡，单击"合并"选项组中的"拆分单元格"按钮，如下左图所示。

步骤02 **设置拆分单元格的数量。** 弹出"拆分单元格"对话框，在"行数"与"列数"数值框中分别输入相应的数值，然后单击"确定"按钮，如下右图所示。

步骤03 **显示拆分单元格效果。** 经过以上操作，就完成了拆分单元格的操作，返回文档中即可看到拆分后的效果，如右图所示。

知识加油站

调整整个表格的大小

需要调整整个表格的大小时，将光标指向表格后，在表格的右下角就会显示一个小方格，将光标指向该方格，当光标变为空心的双箭头形状时，按住左键向内或向外拖动鼠标，如下图所示，即可调整整个表格的大小。

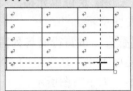

TIP

拆分合并后的单元格

将单元格合并后，如果需要将其拆分为未合并的效果时，首先选中目标单元格后，单击"表格工具-布局"选项卡下"合并"选项组中的"拆分单元格"按钮。弹出"拆分单元格"对话框，设置列数与行数，勾选"拆分前合并单元格"复选框，最后单击"确定"按钮，如下图所示，即可完成拆分合并后的单元格的操作。

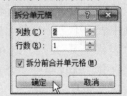

2. 拆分表格

在拆分表格时一次只能将一个表格拆分为两个表格，具体操作步骤如下。

步骤01 **执行拆分表格操作**。继续上例的操作，将光标定位在拆分后表格的起始单元格中，单击"表格工具-布局"选项卡下"合并"选项组中的"拆分表格"按钮，如下左图所示。

步骤02 **显示拆分表格效果**。经过以上操作后，即可将一个表格拆分为两个独立的表格，如下右图所示。

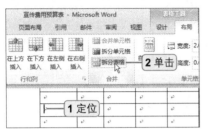

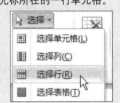

5.2.5 设置表格内文字对齐方式与方向

文字的对齐方式决定了文本在单元格中的位置，而文字的方向则是指单元格中文字的排列方式，通过文字对齐方式与方向的设置可以让表格中的内容更加整齐。

1. 设置表格内文字的对齐方式

单元格内文字的对齐方式包括靠上两端对齐、靠上居中对齐、靠上右对齐、中部两端对齐、水平居中、中部右对齐、靠下两端对齐、靠下居中对齐和靠下右对齐等9种方式。

步骤01 **选中目标表格**。打开附书光盘中的"实例文件\第5章\原始文件\评估表.docx"，单击表格左上角的图标，选中整个表格，如下左图所示。

步骤02 **选择要应用的对齐方式**。选择整个表格后，切换到"表格工具-布局"选项卡，单击"对齐方式"选项组中的"水平居中"按钮，如下右图所示。

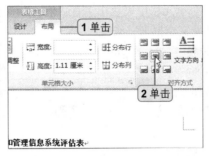

进阶实战

步骤03 显示设置单元格对齐方式效果。 经过以上操作，就可以将表格中所有的文本内容都设置为居中对齐，效果如右图所示。

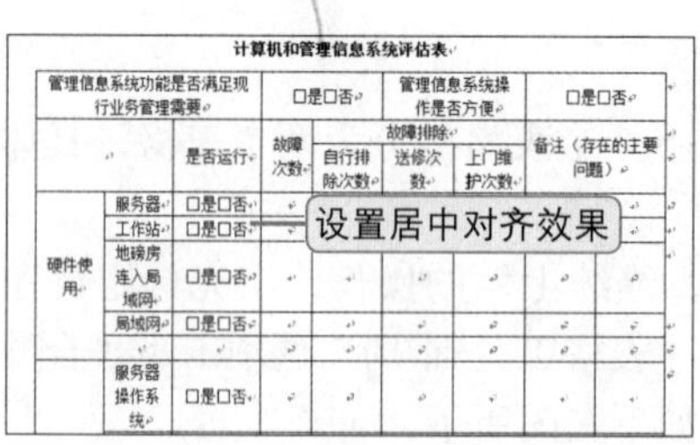

设置居中对齐效果

2. 设置表格内的文字方向

单元格内文字的对齐方式包括水平和垂直两种，更改单元格中文字的方向时可以按以下步骤完成操作。

步骤01 定位光标的位置。 继续上例的操作，将光标定位在需要调整文字方向的单元格内，如下左图所示。

步骤02 更改单元格内的文字方向。 单击"表格工具-布局"选项卡中"对齐方式"选项组中的"文字方向"按钮，如下右图所示。

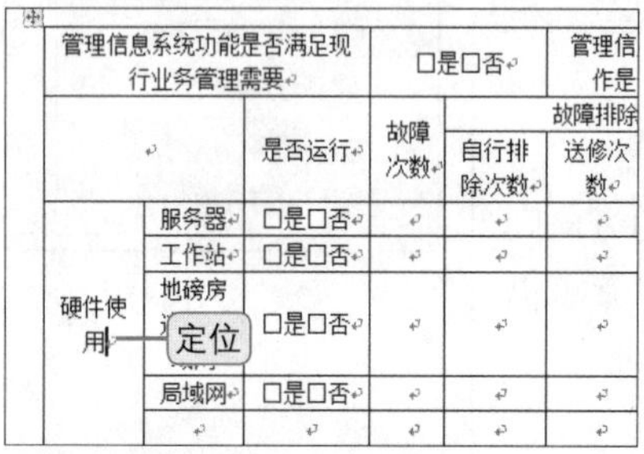

步骤03 显示更改单元格内文本方向效果。 经过以上操作，就可以将单元格内的水平对齐更改为垂直对齐，如右图所示，按照同样的方法对需要更改文字方向的其他单元格也进行调整。

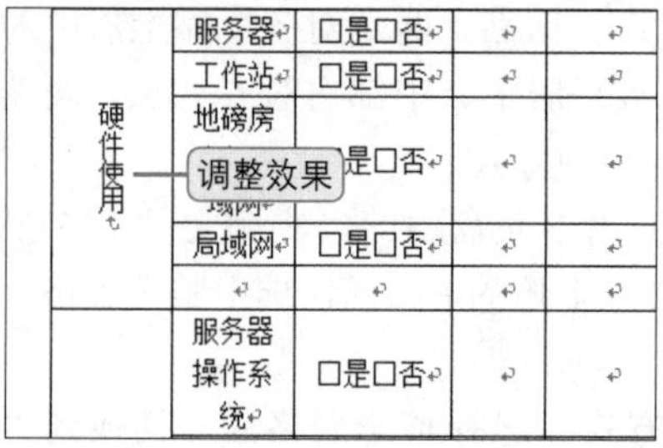

5.2.6 制作斜线表头

使用斜线表头可以在一个单元格中表达出多种内容，制作斜线表头时，需要使用自选图形以及文本框来完成操作。

步骤01 选择需要添加的线条。 打开附书光盘中的"实例文件\第5章\原始文件\建设投资规划汇总表.docx"，切换到"插入"选项卡，单击"插图"选项组中的"形状"按钮，在展开的形状库中单击"线条"组中的"直线"图标，如右图所示。

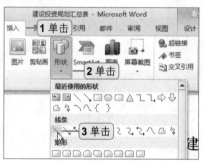

步骤02 **绘制斜线**。选择需要添加的形状后返回文档中，在需要添加斜线的单元格左上角开始按住左键拖动鼠标，绘制斜线表头的斜线，如下左图所示，至目标长度后释放鼠标左键。

步骤03 **设置斜线颜色**。绘制完毕后，切换到"绘图工具-格式"选项卡，单击"形状样式"选项组中的"形状轮廓"按钮，在展开的颜色列表中单击"黑色，文字1"颜色图标，如下右图所示。

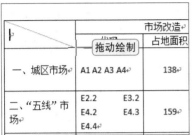
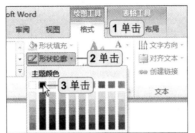

步骤04 **设置斜线粗细**。设置斜线颜色后，再次单击"形状轮廓"按钮，在展开的颜色列表中指向"粗细"选项，在级联列表中单击"1磅"选项，如下左图所示。

步骤05 **选择要插入的文本框类型**。将斜线格式设置好后，单击"插入形状"选项组中的"文本框"图标，如下右图所示。

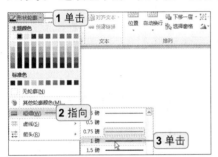

步骤06 **绘制文本框并输入文字**。选择文本框类型后，在单元格的适当位置按住左键拖动鼠标，绘制一个文本框，并在其中输入"建"字，然后选中文字框，如下左图所示。

步骤07 **取消文本框的填充**。切换到"绘图工具-格式"选项卡，单击"形状样式"选项组中的"形状填充"按钮，在展开的颜色列表中单击"无填充颜色"选项，如下右图所示。

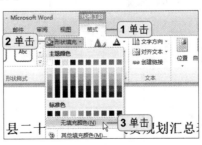

步骤08 **取消文本框的轮廓**。单击"形状样式"选项组中的"形状轮廓"按钮，在展开的颜色列表中单击"无轮廓"选项，如下左图所示。

步骤09 **设置文本框大小**。在"大小"选项组的"形状高度"数值框中输入"0.5厘米"，在"形状宽度"数值框中输入"0.4"厘米，如下右图所示，最后单击文档中的任意位置，完成调整文本框大小的操作。

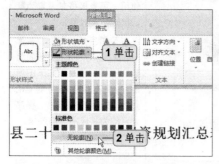 

步骤10 **打开"设置形状格式"对话框**。设置好文本框的大小后，单击"形状样式"选项组的对话框启动器，如下左图所示。

步骤11 **设置文本框的内部边距**。弹出"设置形状格式"对话框，单击"文本框"选项标签，然后在"内部边距"选项组中的"左"、"右"、"上"、"下"数值框内分别输入"0"，最后单击"关闭"按钮，如下右图所示。

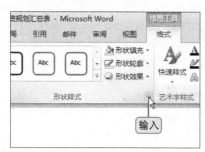 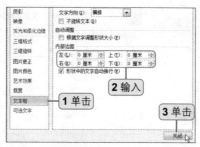

步骤12 **复制文本框**。返回文档中，按住Ctrl键的同时单击设置好的文本框，当光标变成形状时拖动文本框，至目标位置后释放鼠标左键，如下左图所示，完成文本框的复制。

步骤13 **完成斜线表头的制作**。复制文本框后，将文本框内的文本更改为需要的内容，使用同样的方法继续复制文本框，并根据需要更改框内容，直到完成斜线表头的制作，效果如下右图所示。

建		市场改造	
	代码	占地面	
一、城区市场	A1 A2 A3 A4	138	
二、"五线"市场	E2.2 E3.2 E4.2 E4.3 E4.4	159	

市场 建设 属性 代码		市场改	
	代码	占地面	
一、城区市场	A1 A2 A3 A4	13	
二、"五线"市场	E2.2 E3.2 E4.2 E4.3 E4.4	15	

知识加油站

制作任意形状的文本框

Word中的文本框样式只有矩形形状，当用户需要使用更多更特别的文本框时，可直接将自选图形制作为文本框。

绘制需要的自选图形并设置效果，右击该形状，在弹出的快捷菜单中单击"添加文字"命令，如下图所示。

执行"添加文字"的操作后，光标就会显示在自选图形中，输入需要的文字，即可完成自选图形的制作，效果如下图所示。

TIP

微调文本框在单元格中的位置

复制文本框时如果不能够准确定位第二个文本框的位置，可在复制文本框后选中需要调整位置的文本框，然后不断按下键盘中的方向控制键，对文本框进行微调，调整至合适位置后停止操作即可。

5.2.7 设置单元格边距

单元格的边距是指单元格中文字与单元格边框的距离，单元格的边距影响着单元格中的文字数量，边距越小，单元格中可以显示的文字就越多。

步骤01 单击“单元格边距”按钮。 打开附书光盘中的“实例文件\第5章\原始文件\工程费用表.docx”，将光标定位在需要设置边距的单元格内，切换到“表格工具-布局”选项卡，单击“对齐方式”选项组中的“单元格边距”按钮，如下左图所示。

步骤02 设置单元格边距。 弹出“表格选项”对话框，在“默认单元格边距”选项组中的“上”、“下”、“左”、“右”数值框内分别输入调整后的单元格边距，然后单击“确定”按钮，如下右图所示。

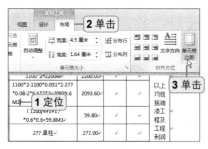

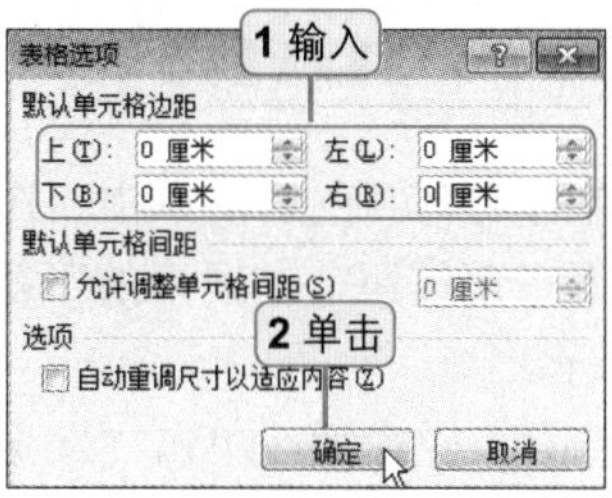

步骤03 显示调整单元格边距效果。 经过以上操作，就完成了设置单元格边距的操作，返回文档中即可看到更改后的效果，如右图所示。

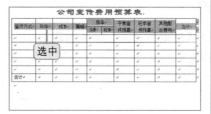

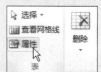

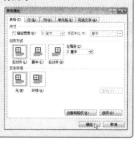

5.3 美化表格

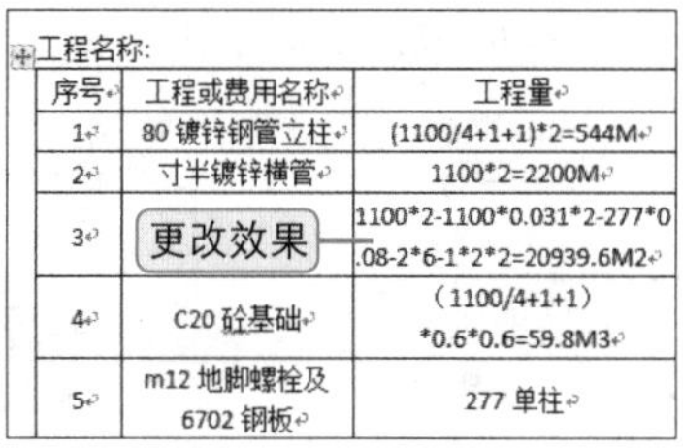

美化表格时，可以针对表格的底纹和边框对表格进行设置，另外使用Word中预设了一些表格样式，美化表格时可以直接应用预设的表格样式。

5.3.1 为表格添加底纹

为表格设置底纹效果时，可以使用颜色或图案对表格进行填充，操作步骤如下。

步骤01 选择目标单元格。 打开附书光盘中的“实例文件\第5章\原始文件\宣传费用预算表1.docx”，选中需要添加底纹的单元格区域，如右图所示。

知识加油站

设置表格在文档中的缩进距离

需要为表格设置在文档中的缩进距离时，首先将光标定位在任意一个单元格内，在“表格工具-布局”选项卡中单击“表”选项组中的“属性”按钮，如下图所示。

弹出“表格属性”对话框，在“表格”选项卡的“对齐方式”选项组中设置“左缩进”的数值，然后单击“确定”按钮，如下图所示，即可设置表格在文档中的缩进效果。

TIP

通过快捷菜单打开“边框和底纹”对话框

选中需要设置底纹的单元格后，右击任意一个选中的单元格，在弹出的快捷菜单中单击“边框和底纹”命令，即可打开“边框和底纹”对话框。

进阶实战

步骤02 单击"边框和底纹"选项。选择目标单元格后，切换到"表格工具-设计"选项卡，单击"表格样式"选项组中的"边框"按钮，在下拉列表中单击"边框和底纹"选项，如下左图所示。

步骤03 设置底纹填充颜色。弹出"边框和底纹"对话框，切换到"底纹"选项卡，单击"填充"框右侧的下三角按钮，在展开的颜色列表中单击"橙色，强调文字颜色6，深色25%"图标，如下右图所示。

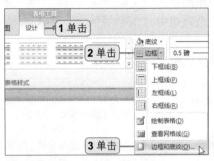 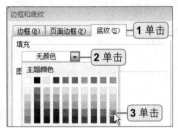

步骤04 选择填充图案。设置单元格的填充颜色后，单击"图案"选项组中"样式"下拉列表框右侧的下三角按钮，在展开的下拉列表框中单击"12.5%"选项，如下左图所示。

步骤05 设置图案颜色。选择填充的图案样式后，单击"图案"选项组中"颜色"选项右侧的下三角按钮，在展开的颜色列表中单击"标准色"组中的"黄色"图标，如下右图所示，最后单击"确定"按钮。

 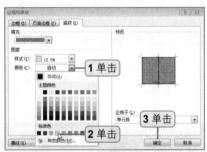

步骤06 显示底纹效果。经过以上操作，就完成了为表格设置底纹的操作，返回文档中即可看到设置后的效果，如右图所示。

5.3.2 设置表格边框

为表格设置边框时，可从边框的样式、颜色和粗细3方面来进行设置。为了进行区分，可将表格的外边框与内线设置为不同的效果，具体操作步骤如下。

设置底纹的"应用于"范围

为表格设置底纹时，如果没有设置底纹的应用范围，可在"边框和底纹"对话框中进行应用范围的设置。将底纹样式设置完毕后在"预览"选项组中单击"应用于"列表框右侧的下三角按钮，在展开的列表框中选择应用的范围，如下图所示，然后单击"确定"按钮，即可完成表格底纹的应用范围的设置。

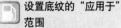

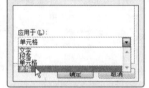

不显示表格的边框

设置表格的边框时，如果用户不需要显示表格边框，可将光标定位在表格的任意单元格内，然后单击"表格工具-设计"选项卡中"边框"按钮右侧的下三角按钮，在展开的下拉列表中单击"无框线"选项即可。

步骤01 单击"边框"按钮。继续上例的操作，直接单击"表格样式"选项组中的"边框"按钮，如下左图所示。

步骤02 选择边框范围与样式。弹出"边框和底纹"对话框，在"边框"选项卡下单击"设置"选项组中的"方框"图标，然后在"样式"列表框中单击"双实线"选项，如下右图所示。

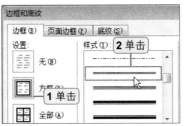

步骤03 设置边框颜色。继选择边框样式后单击"颜色"列表框右侧的下三角按钮，在展开的颜色列表中单击"水绿色，强调文字颜色5，深色25%"图标，如下左图所示。

步骤04 设置边框宽度。单击"宽度"列表右侧的下三角按钮，在展开的下拉列表中单击"1.5磅"选项，如下右图所示。

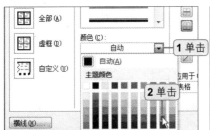

步骤05 显示外边框效果。设置完成边框的样式后单击"确定"按钮，返回文档中就可以看到设置的外边框效果，如下左图所示。

步骤06 设置边框样式。再次打开"边框和底纹"对话框，在"样式"列表框中单击"实线"选项，然后将"颜色"设置为"水绿色，强调文字颜色5，深色25%"，将"宽度"设置为"1.5磅"，如下右图所示。

进阶实战

步骤07 设置需要显示的边框。设置完成边框样式后，在"预览"选项组中分别单击左侧第二个边框图标和下方第二个边框图标，如下左图所示。

步骤08 显示边框效果。设置好边框的选项后，单击"确定"按钮，返回文档中，就可以看到设置好的边框效果，如下右图所示。

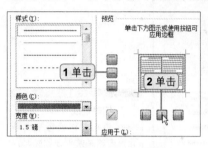

5.3.3 表格样式的应用

表格样式是指表格边框、底纹以及单元格中文本效果的集合，使用表格样式时可以使用Word中预设的样式，也可以自己动手新建表格样式。如果对表格样式不满意，还可以对其进行修改。

1. 使用预设表格样式

在Word 2010中内置了90余种表格的样式，美化表格时可根据需要为表格选择适当的内置样式，快速完成美化操作。

步骤01 打开表格样式库。打开附书光盘中的"实例文件\第5章\原始文件\工程费用表1.docx"，将光标定位在任意单元格内，切换到"表格工具-设计"选项卡，单击"表格样式"选项组的快翻按钮，如下左图所示。

步骤02 选择表格样式。在展开的表格样式库中单击"中等深浅底纹2—强调文字颜色3"样式图标，如下右图所示。

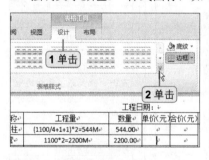

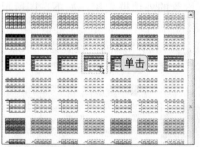

步骤03 显示为表格应用预设样式效果。选择需要使用的表格样式后，返回文档即可看到应用后的效果，如右图所示。

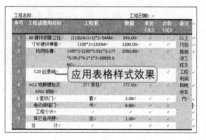

TIP

将应用预设样式的表格恢复为默认格式
为表格应用了预设样式后，需要将其恢复为默认效果时，在表格样式库中单击"普通表格"组中的"网格型"图标，即可完成操作。

TIP

清除表格样式
为表格设置样式后，需要清除时在表格样式库后，单击下方的"清除"选项，即可将设置的表格样式完全清除。

2. 修改表格样式

在设置表格的样式时，如果应用预设样式后，用户对应用后的效果不满意，可以根据需要对表格样式进行修改。

步骤01 打开表格样式库。 打开附书光盘中的"实例文件\第5章\原始文件\项目分析表.docx"，将光标定位任意单元格内，切换到"表格工具-设计"选项卡，单击"表格样式"选项组的快翻按钮，如下左图所示。

步骤02 执行修改表格样式操作。 展开表格样式库后，单击"修改表格样式"选项，如下右图所示。

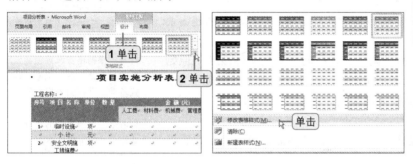

步骤03 更改表格框线的颜色。 弹出"表格样式"对话框，单击"格式"选项组中"边框颜色"选项右侧的下三角按钮，在展开的颜色列表中单击"水绿色，强调文字颜色5,深色25%"图标，如下左图所示。

步骤04 更改单元格中文本的对齐方式。 单击"格式"选项组中"对齐方式"按钮右侧的下三角按钮，在展开的下拉列表中单击"水平居中"按钮，如下右图所示，最后单击"确定"按钮。

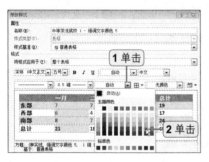

步骤05 显示表格的所有框线。 将表格样式更改完毕后，返回文档中选中整个表格，单击"表格样式"选项组"边框"按钮右侧的下三角按钮，在展开的下拉列表中单击"所有框线"选项，如右图所示。

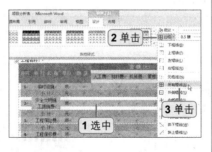

进阶实战

步骤06 显示更改表格样式效果。
经过以上操作即完成更改表格样式操作，单击文档的任意位置，取消表格的选中状态，即可看到设置后的效果，如右图所示。

更改表格样式效果

3. 新建表格样式

在Word中虽然预设了一些表格样式，但是由于数量有限，也许无法满足用户的需要。当用户需要使用新的样式时，可以动手创建需要的表格样式。

步骤01 打开表格样式库。打开附书光盘中的"实例文件\第5章\原始文件\广告统计表1.docx"，将光标定位在任意单元格内，切换到"表格工具-设计"选项卡，单击"表格样式"选项组的快翻按钮，如下左图所示。

步骤02 执行新建表样式操作。展开表格样式库后，单击"新建表样式"选项，如下右图所示。

TIP

选择基准样式
新建表格样式时，可以基于一定的格式对表格的样式进行设置。

打开"根据格式设置创建新样式"对话框后，单击"样式基准"下拉列表框右侧的下三角按钮，在展开的下拉列表框中单击需要的基准样式即可，如下图所示。

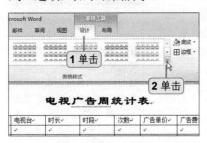

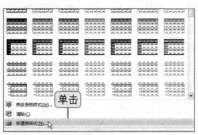

步骤03 输入表格名称并选择边框样式。弹出"根据格式设置创建新样式"对话框，在"名称"文本框中输入样式的名称，然后单击"格式"选项组中"边框"选项右侧的下三角按钮，在展开的下拉列表框中单击双实线选项，如下左图所示。

步骤04 设置表格边框颜色。选择边框样式后，单击"边框颜色"选项右侧的下三角按钮，在展开的下拉列表中单击"橙色，强调文字颜色6，深色25%"图标，如下右图所示。

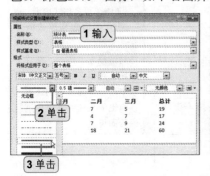

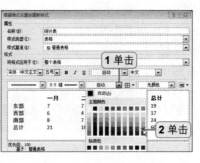

步骤05 **显示表格所有框线。**设置表格边框的类型与颜色后，单击"所有框线"按钮，如下左图所示。

步骤06 **选择应用格式的选项。**单击"将格式应用于"下拉列表框右侧的下三角按钮，在展开的下拉列表框中单击"标题行"选项，如下右图所示。

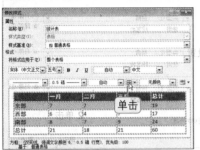
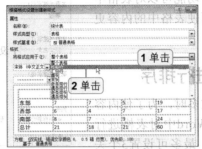

步骤07 **设置标题行文本格式。**单击"字体"下拉列表框右侧的下三角按钮，在展开的下拉列表框中单击"方正姚体"选项，将标题字号设置为"四号"，单击"加粗"按钮，然后将"字体颜色"设置为"白色，背景1"，将"填充颜色"设置为"橙色，强调文字颜色6，深色50%"，如下左图所示。

步骤08 **设置"奇条带行"格式。**将"将格式应用于"设置为"奇条带行"，然后将"填充颜色"设置为"橙色，强调文字颜色6，淡色40%"，如下右图所示，最后单击"确定"按钮。

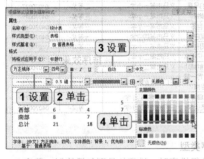
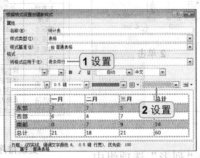

步骤09 **应用表格样式。**返回文档中，在表格样式库中即可看到创建的表格样式，单击该样式图标，如下左图所示。

步骤10 **显示应用表格样式效果。**经过以上操作，就完成了创建并应用表格样式的操作，效果如下右图所示。

为表格中的文本设置渐变效果

为了使表格样式更加美观，在创建表格样式时可将表格中的文本设置为渐变效果。

打开"根据格式设置创建新样式"对话框后，在"将格式应用于"下拉列表框中选择需要设置的内容，然后单击对话框左下角的"格式"按钮，在下拉菜单中选择"文本效果"选项，如下图所示。

弹出"设置文本效果格式"对话框，单击"文本填充"选项面板中的"渐变填充"单选按钮，单击"预设颜色"按钮，在展开的样式库中单击需要使用的样式图标，如下图所示。

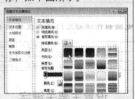

最后单击"关闭"按钮，就可以完成将表格的文本设置为渐变效果的操作。

TIP

删除表格样式

需要删除表格样式库中的样式时，打开"表格样式库"后，右击需要删除的样式图标，在弹出的快捷菜单中单击"删除表格样式"命令，即可完成操作。

高手速成

5.4 表格的排序与运算

在Word中使用表格，除了可以在其中表达数据内容外，还可以对表格中的内容进行排序与运算等操作，使用这两个功能可以对表格中的数据进行分析处理，从而使表格中的内容更有条理更清晰。

5.4.1 对表格数据进行排序

当表格中的数据内容过多时，为了使内容显示得更有条理，可以在Word中对表格进行简单的排序操作。排序时，最多可设置3个关键字，程序会以关键字为依据进行排列。

01 执行排序操作。

打开附书光盘中的"实例文件\第5章\原始文件\获奖名单.docx"，切换到"表格工具-布局"选项卡，单击"数据"选项组中的"排序"按钮，如下图所示。

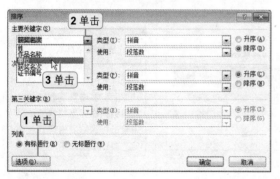

02 设置主要关键字。

弹出"排序"对话框，单击"列表"选项组中的"有标题行"单选按钮，单击"主要关键字"下拉列表框右侧的下三角按钮，在展开的下拉列表框中单击"单位"选项，如下图所示。

03 设置次要关键字。

设置筛选的主要关键字后，使用同样的方法将"次要关键字"设置为"获奖名次"，保持默认设置，单击"确定"按钮，如下图所示。

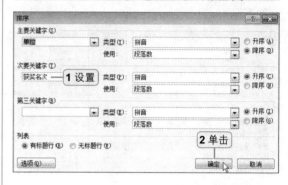

04 显示排序效果。

经过以上操作，即可完成对表格内容进行排序的操作，返回文档中就可以看到排序后的效果。对于"单位"重复的内容，Word会自动根据"获奖名次"进行排序，如下图所示。

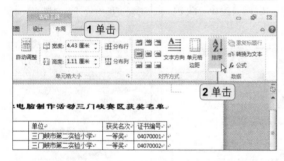

TIP

更改排序类型

对表格进行排序时，排序的类型包括笔划、数字、拼音和日期4种。在选择排序关键字后，需要对排序类型进行更改时，可单击"类型"下拉列表框右侧的下三角按钮，在展开的下拉列表框中单击需要的类型即可。

5.4.2 在表格中进行运算

在Word中可以对表格中的数据进行求和、平均值、计数等多种函数运算，在制作数据内容较多的表格需要运算时，可直接在表格中操作。本节中以求和运算为例介绍在表格中进行运算的操作。

01 执行公式操作。

打开附书光盘中的"实例文件\第5章\原始文件\销售业绩表.docx",将光标定位在需要放置计算结果的单元格内,切换到"表格工具-布局"选项卡,单击"数据"选项组中的"公式"按钮,如下图所示。

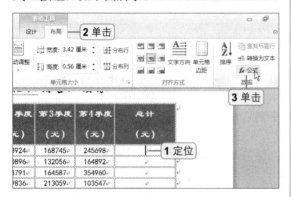

02 选择需要使用的函数。

弹出"公式"对话框,在"公式"文本框中输入"=",然后单击"粘贴函数"下拉列表框右侧的下三角按钮,在展开的下拉列表框中单击SUM选项,如下图所示。

03 设置引用数据的方向与编号格式。

选择使用的函数后,"公式"文本框中的函数后面会出现一个括号,在括号内输入需要引用的数据所在方向LEFT,然后单击"编号格式"下拉列表框右侧的下三角按钮,在展开的下拉列表框中单击"0.00"选项,如下图所示,最后单击"确定"按钮。

04 显示计算效果。

经过以上操作,就完成了对表格内容进行运算的操作,返回文档中可以看到光标所在的单元格内显示运算结果,如下图所示。

分公司	第1季度 (元)	第2季度 (元)	第3季度 (元)	第4季度 (元)	总计 (元)
北京	125341	178924	168745	245698	718708.00
上海	216043	240896	132056	164892	
广州	315687	308791	164587	354960	
深圳	350841	159836	103547		运算效果
厦门	150579	198500	326178	203406	
成都	124879	248961	250796	341260	
杭州	160792	204691	123412	309854	
南京	198752	159787	131033	135607	
西安	135789	240965	302467	213058	
兰州	248052	198053	156984	103569	
昆明	124046	213475	364159	210340	

TIP

在表格中使用公式运算时引用数据的方向

在表格中进行运算时,需要对所引用的数据方向进行设置,否则计算的结果将会出错。数据的引用方向有4个,使用英文表示,分别是LEFT(左)、RIGHT(右)、ABOVE(上)和BELOW(下),设置时直接输入大写的英文单词即可。

实战
制作预支工资申请单

本章对Word中的表格操作进行了介绍，通过本章的学习可以掌握插入表格、编辑表格以及美化表格等操作。下面结合本章所学知识，制作预支工资申请单，对本章学习内容进行回顾与拓展。

01 插入表格。

新建Word文档，在"插入"选项卡下单击"表格"选项组中的"表格"按钮，移动光标经过需要插入的行列后单击，如下图所示。

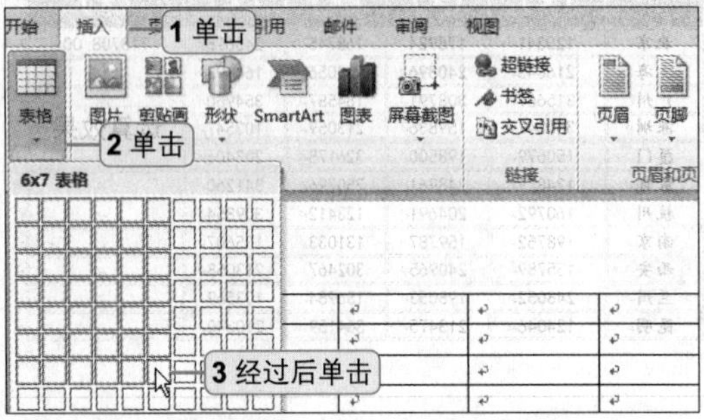

02 输入文本。

在文档中插入表格后，在各单元格中输入相应内容，然后按住鼠标左键进行拖动，将第一行的所有单元格全部选中，如下图所示。

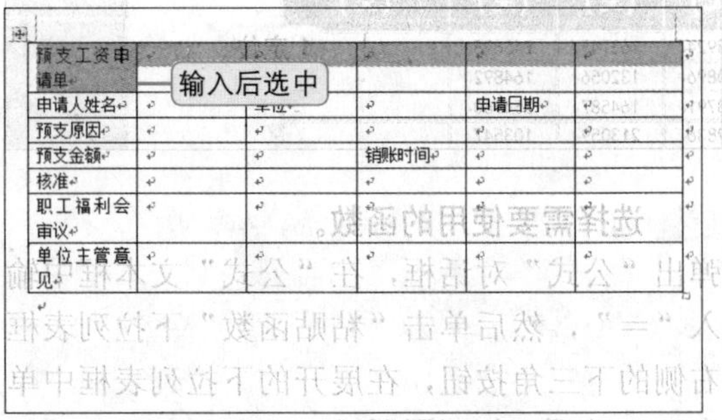

03 合并单元格。

选中目标单元格后，切换到"表格工具-布局"选项卡，单击"合并"选项组中的"合并单元格"按钮，如下图所示。

04 选择整个表格。

使用同样的方法，将表格中需要合并的单元格全部合并，单击表格左上角的 图标选中整个表格，如下图所示。

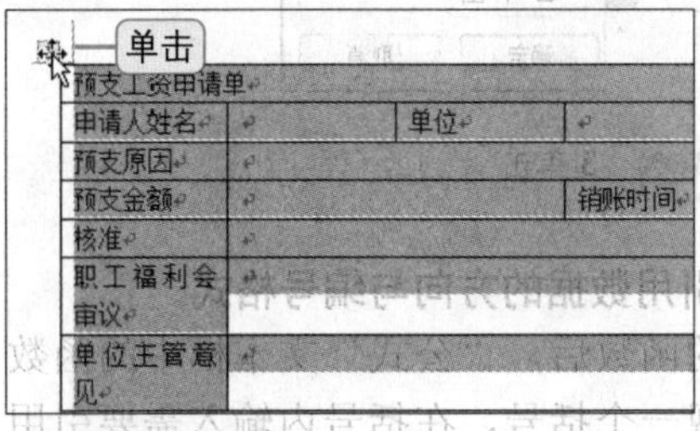

05 设置文本对齐方式。

选中整个表格后，单击"对齐方式"选项组中的"水平居中按钮"，如下图所示。

06 调整单元格列宽。

将光标指向第一列右侧的列线处，当光标变成 ‖ 形状时，向右拖动鼠标，如下图所示，将其调整到合适宽度。

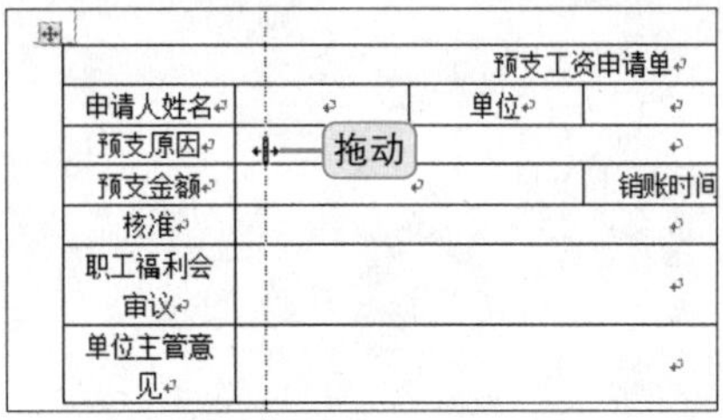

07 打开表格样式库。

将表格中的列宽调整到合适宽度后，在"表格工具-设计"选项卡中单击"表格样式"选项组的快翻按钮，如下图所示。

08 选择需要使用的表格样式。

展开表格样式库后，单击"彩色列表－强调文字颜色2"图标，如下图所示。

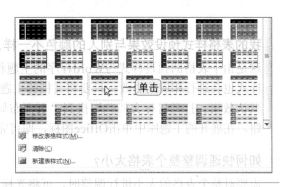

09 显示表格的所有边框。

选中整个表格，单击"表格样式"选项组中"边框"按钮右侧的下三角按钮，在展开的下拉列表中单击"所有框线"选项，如下图所示。

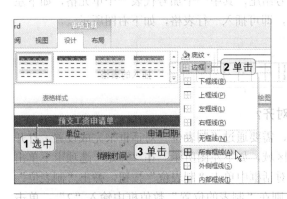

10 设置表格标题字体。

选中标题行中的所有文本，切换到"开始"选项卡，单击"字体"选项组中"字体"按钮右侧的下三角按钮，在展开的下拉列表中单击"隶书"选项，如下图所示。

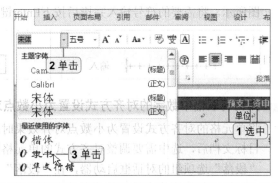

11 设置表格标题字号。

设置了标题的字体后，使用同样的方法，将标题的"字号"设置为"小二"，如下图所示。

12 设置正文内容格式。

选中正文内容，设置字体为"楷体"，字号为"四号"，再根据内容将各列单元格调整到合适宽度，就完成了表格的制作，效果如下图所示。

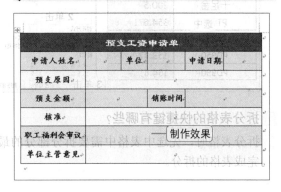

问答

更改表格样式预设效果·快速调整表格大小·使用键盘插入表格·设置数字对齐方式为小
数点对齐·拆分表格的快捷键

Q 我的表格样式预设效果与别人的颜色不一样，这是怎么回事？

A 这是由于表格的预设样式与Word程序的主题相关联，将文档的主题样式更改后，表格的预设
样式也会进行相应的更改。只要将文档的主题样式改为Office样式后，表格的样式也会恢复为
默认效果。打开目标文档，切换到"页面布局"选项卡，单击"主题"选项组中"主题"按
钮，在展开的主题库中单击Office图标，即可完成操作。

Q 如何快速调整整个表格大小？

A 需要对整个表格的大小进行调整时，可将光标指向表格右下角的□按钮，当光标变为斜向双箭
头形状时，按住左键向外拖动鼠标即可扩大表格，向内拖动则可缩小表格。

Q 怎样使用键盘直接插入表格？

A 使用键盘插入表格时，可使用键盘中的符号与Enter键配合完成。打开文档，在文档中交叉输入
加号与减号。需要注意的是以加号开头，以加号结尾，其中一个加号代表一个单元格，如下左
图所示。将需要的符号输入完毕后按下Enter键，即可插入一行表格，如下右图所示。

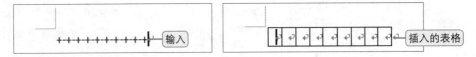

Q 如何将表格中数字的对齐方式设置为小数点对齐？

A 将单元格的对齐方式设置为小数点对齐效果时，需要通过"制表位"对话框来完成设置。打开
目标文档后，选中需要调整对齐方式的单元格区域，如下左图所示。在"开始"选项卡下单击
"段落"选项组的对话框启动器，在"段落"对话框中单击"制表位"按钮，弹出"制表位"
对话框，如果表格中数字的小数点为3或4位，则在"制表的位置"数值框中输入"2"，单击
"小数点对齐"单选按钮，然后单击"设置"按钮，如下中图所示，最后单击"确定"按钮，
即可完成小数点对齐的设置，对齐效果如下右图所示。

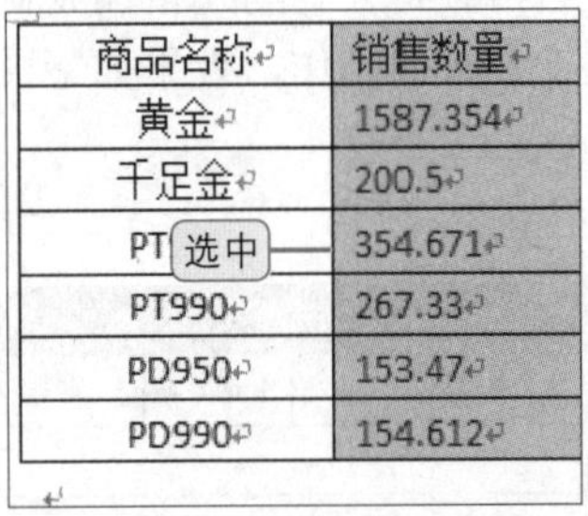

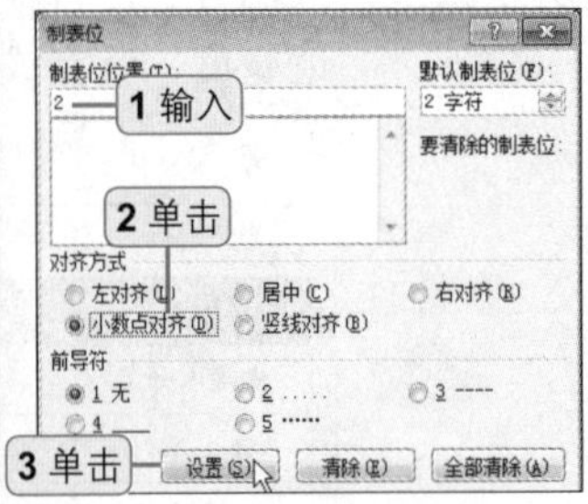

商品名称	销售数量
黄金	1587.354
千足金	200.5
PT 选中	354.671
PT990	267.33
PD950	153.47
PD990	154.612

制表位

制表位位置：　**1 输入** 2　　默认制表位：2 字符
　　　　要清除的制表位
2 单击

对齐方式
○左对齐(L)　　○居中(C)　　○右对齐(R)
●小数点对齐(D)　○竖线对齐(B)

前导符
●1 无　　○2 ……　　○3 ……
○4 ……　　○5 ……

3 单击　设置(S)　清除(E)　全部清除(A)

商品名称	销售数量
黄金	1587.354
千足金	200.5
PT950	354.671
PT990	267.33
PD950	153.47
PD990	154.612

对齐效果

Q 拆分表格的快捷键有哪些？

A 拆分表格时，先选中表格中需要拆分部分的最后几行，然后按下快捷键Alt+Shift+↓，就可以
完成表格的拆分。

文档的页面布局设置与保护

文档的页面布局包括对文档边距、纸张大小、方向等内容的设置，通过页面设置可以使打印出的文档更加规范。对文档进行保护操作后，就可以防止文档被随意地更改内容或查看，从而使文档更加安全保密。

 知识点

1. 设置文档页边距
2. 设置文档纸张信息
3. 添加页眉和页脚
4. 为文档添加水印
5. 设置背景填充效果
6. 保护文档

建议学习时间：70分钟

学习内容	学习时间	学习内容	学习时间
文档的页面设置	10分钟	保护文档	10分钟
为文档添加页眉和页脚	15分钟	观看视频教学并练习	20分钟
设置文档的页面背景	15分钟		

重点实例

▲ 为文档添加水印

▲ 为文档插入页眉

▲ 填充文档背景

6.1 文档的页面设置

文档的页面设置包括对文字方向、页边距、纸张方向、纸张大小、分栏、分隔符等内容的设置，其中文字方向是对文档的文字排列方向进行设置，页边距是对纸张的边距进行设置，纸张方向、纸张大小是对打印纸张的设置，而分栏、分隔符则是对文档的页面结构进行设置。

6.1.1 设置文档页边距

Word中预设了一些常用的页边距参数，设置文档的页面边距时可以直接使用Word中预设的参数，也可以对其进行自定义设置。

1. 使用程序预设页边距

Word程序中预设了普通、窄和适中3种页边距样式，当用户可以通过使用Word预设的边距，快速完成设置。

步骤01 **打开目标文档**。打开附书光盘中的"实例文件\第6章\原始文件\请假制度.docx"，切换到"页面布局"选项卡，单击"页面设置"选项组中的"页边距"按钮，如下左图所示。

步骤02 **选择边距参数**。展开"页边距"下拉列表后，单击"窄"选项，如下右图所示，即可完成页边距的设置，返回文档中可以看到设置后的效果。

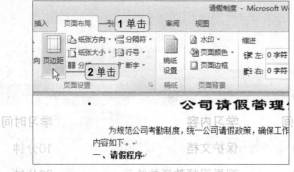
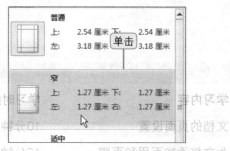

2. 自定义设置页边距

当用户需要设置的边距在Word中没有预设时，可以通过"页面设置"对话框进行自定义设置。

步骤01 **打开目标文档**。打开附书光盘中的"实例文件\第6章\原始文件\杂志内容.docx"，切换到"页面布局"选项卡，单击"页面设置"选项组的对话框启动器，如下左图所示。

步骤02 **设置页边距参数**。弹出"页面设置"对话框，切换到"页边距"选项卡，在"上"、"下"、"左"、"右"数值框中分别输入需要的页边距参数，如下右图所示，设置完毕后单击"确定"按钮。

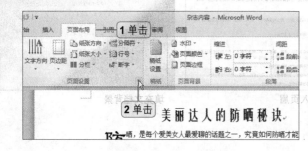
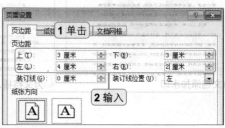

步骤03 **显示调整的页边距效果**。经过以上操作，就完成了自定义调整页边距的操作，返回文档中即可看到设置后的效果，如下左图所示。

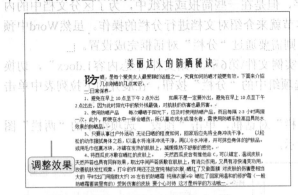

调整效果

TIP

设置页边距的页码范围
Word文档的页码范围包括普通、对称页边距、拼页、书籍折页和反向书籍折页5种，需要为文档设置页码范围时，打开"页面设置"对话框后，在"页边距"选项卡下单击"页码范围"选项组中"多页"下拉列表框右侧的下三角按钮，在展开的下拉列表框中单击需要使用的页码范围，然后单击"确定"按钮，即可完成页码范围的设置。

6.1.2 设置文档的纸张信息

文档的纸张信息主要包括纸张大小与纸张方向两个选项，主要用于对文档打印输出的纸张进行选择。

步骤01 **设置文档的纸张方向**。打开附书光盘中的"实例文件\第6章\原始文件\公司管理条例.docx"，切换到"页面布局"选项卡，单击"页面设置"选项组中的"纸张方向"按钮，在展开的下拉列表中单击"纵向"选项，如下左图所示，完成纸张方向的设置。

步骤02 **设置纸张大小**。单击"页面设置"选项组中的"纸张大小"按钮，在展开的下拉列表中单击需要使用的纸张选项，如下右图所示，就完成了设置纸张大小的操作。

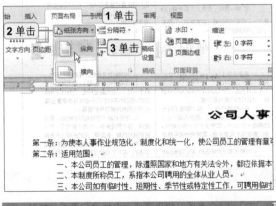

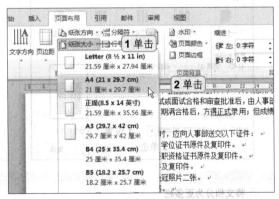

TIP

在同一文档中设置不同的纸张方向
打开目标文档后，如果需要将纵向文档中的某一页设置为横向效果，可将光标定位在需要设置页的页首，然后打开"页面设置"对话框。在"页边距"选项卡中"纸张方向"选项组中单击"横向"图标，然后单击"应用于"下拉列表右侧的下三角按钮，在展开的下拉列表中单击"插入点之后"选项，最后单击"确定"按钮，即可在同一个文档中设置不同的纸张方向。

6.1.3 对文档进行分栏

在默认的情况下一页文档中只有一栏文字，但是在一些简报或报纸中，为了区分文档中的内容，需要将一页文档分为两栏甚至更多栏，本节就来介绍对文档进行分栏的操作。虽然Word中预设了一些分栏样式，但是设置显示分隔线时，则需要通过"分栏"对话框完成设置。

步骤01 **执行分栏操作。**打开附书光盘中的"实例文件\第6章\原始文件\杂志内容1.docx"，切换到"页面布局"选项卡，单击"页面设置"选项组中的"分栏"按钮，在展开的下拉列表中单击"更多分栏"选项，如下左图所示。

步骤02 **选择分栏数并添加分隔线。**弹出"分栏"对话框，单击"预设"选项组中的"两栏"图标，然后勾选"分隔线"复选框，如下右图所示。

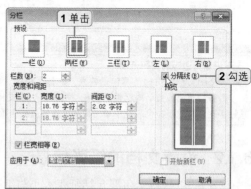

步骤03 **选择应用范围。**单击"应用于"下拉列表右侧的下三角按钮，在展开的下拉列表中单击"插入点之后"选项，最后单击"确定"按钮，如下左图所示。

步骤04 **显示分栏效果。**经过以上操作，就完成了对文档进行分栏的操作，返回文档中即可看到设置后的效果，如下右图所示。

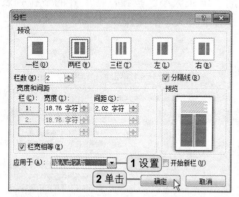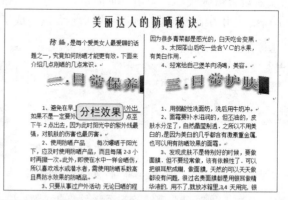

TIP

将文档分为更多栏

Word预设了"一栏"、"两栏"、"三栏"、"左"和"右"这5个选项，如果需要对文档进行更多分栏时，可在"栏数"数值框中输入需要分的栏数，然后对"宽度和间距"选项组中的"栏"、"宽度"、"间距"等内容进行设置，设置完毕后单击"确定"按钮即可。

6.2 为文档添加页眉与页脚

页眉和页脚位于文档页面之外，内容一般为文档的标题或页码，可用于对文档的主要内容进行说明，也可以用于显示文档的页数。

6.2.1 插入页眉和页脚

Word中内置了20余种页眉和页脚样式，插入页眉和页脚时，可直接将内置的样式应用到文档中。由于插入页眉和页脚的方法类似，本节中以插入页眉为例来介绍具体操作。

步骤01 选择要插入的页眉样式。 打开附书光盘中的"实例文件\第6章\原始文件\请假制度1.docx"，切换到"插入"选项卡，单击"页眉和页脚"选项组中的"页眉"按钮，在展开的页眉库中单击"空白（三栏）"选项，如下左图所示。

步骤02 完成页眉的插入。 选择了需要插入的页眉样式后，就完成了页眉的插入操作，如下右图所示。

步骤03 输入页眉内容。 插入页眉后，输入适当的内容，然后双击文档的正文部分，就完成了页眉的插入，如右图所示。

6.2.2 编辑页眉和页脚内容

为文档插入页眉或页脚后，除了输入的文本内容，还可以为文档的页眉或页脚中插入图片、日期或时间等内容，本节中仍以页眉为例介绍页眉和页脚的编辑操作。

步骤01 执行插入图片操作。 打开附书光盘中的"实例文件\第6章\原始文件\请假制度2.docx"，双击文档的页眉，切换到"页眉和页脚工具-设计"选项卡，单击"插入"选项组中的"图片"按钮，如右图所示。

进阶实战

步骤02 **选择需要插入的图片。** 弹出"插入"对话框，进入图片所在的文件夹，单击目标图片，然后单击"插入"按钮，如下左图所示。

步骤03 **调整图片大小。** 将图片插入页眉后，将光标指向图片右上角的控制手柄，当光标变成斜向双箭头形状时，按住左键向内拖动鼠标，如下右图所示，将图片调整到合适大小后释放鼠标左键。

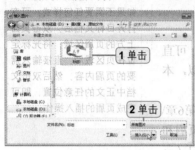 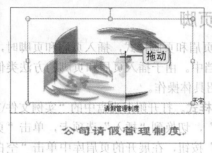

步骤04 **执行插入时间操作。** 为页眉添加图片后，选中页眉中的日期文本，然后单击"插入"选项组中的"日期和时间"按钮，如下左图所示。

步骤05 **选择日期的语言。** 弹出"日期和时间"对话框，单击"语言（国家/地区）"列表框右侧的下三角按钮，在展开的列表框中单击"中文（中国）"选项，如下右图所示。

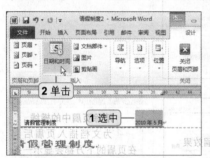 

步骤06 **选择日期格式。** 选择日期的显示语言后，在"可用格式"列表框中单击需要的时间样式，然后勾选"自动更新"复选框，最后单击"确定"按钮，如下左图所示。

步骤07 **显示设置的页眉效果。** 经过以上操作，就完成了对页眉的编辑操作，如下右图所示。

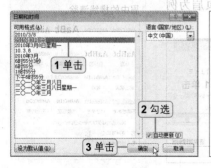 

- 124 -

TIP

更改页眉的样式

为文档插入页眉后，如果需要更改页眉的样式时，可以切换到"页眉和页脚工具-设计"选项卡，单击"页眉和页脚"选项组中的"页眉"按钮，在展开的页眉库中单击更改后的页眉样式图标，即可完成更改页眉样式的操作。

知识加油站

为文档插入页码

页码用于显示文档的页数，可插入在页眉或页脚中，通常情况下插入在页脚中。

需要为文档插入页码时，打开目标文档后，切换到"插入"选项卡，单击"页眉和页脚"选项组中的"页码"按钮，在展开的下拉列表中指向"页面底端"选项，在级联列表中单击需要的页码样式即可，如下图所示。

6.2.3 制作首页不同的页眉

在一些篇较长的文档中，为了突显封面，可以在设置页眉和页脚时，将首页的页眉设置为与正文页眉不同的效果。

步骤01 进入页眉编辑状态。 打开附书光盘中的"实例文件\第6章\原始文件\工作总结.docx"，双击文档的页眉区域，切换到页眉编辑状态，如下左图所示。

步骤02 设置页眉首页不同。 进入页眉编辑状态后，切换到"页眉和页脚工具-设计"选项卡，勾选"选项"选项组中的"首页不同"复选框，如下右图所示。

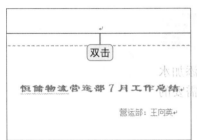

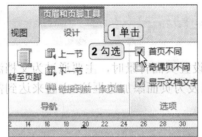

步骤03 输入首页页眉。 执行设置首页页眉不同的操作后，将光标定位在首页的页眉处，然后输入页眉内容，如下左图所示。

步骤04 选择正文页眉样式。 将光标定位在第二页的页眉处，单击"页眉和页脚工具-设计"选项卡下"页眉和页脚"选项组中的"页眉"按钮，在展开的页眉库中单击"朴素型（偶数页）"图标，如下右图所示。

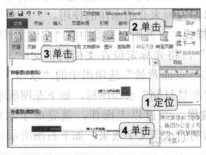

步骤05 设置页眉日期。 选择页眉样式后，在页眉处即可看到应用的页眉样式，单击"选取日期"文字右侧的下三角按钮，在展开的日期列表中单击"今日"按钮，如右图所示，为页眉插入今日日期。

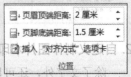

步骤06 **显示插入的页眉效果**。经过以上操作，就完成了对正文页眉的设置操作，效果如下左图所示，首页不同的页眉效果如下右图所示。

正文页眉效果

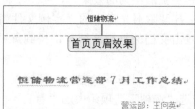

首页页眉效果

6.3 设置文档的页面背景

在Word 2010中为文档设置页面背景时，主要通过为文档添加水印、设置文档的填充效果以及为页面添加边框这3方面来达到需要的效果。

6.3.1 为文档添加水印

文档的水印包括文字水印和图片水印两种类型，下面分别介绍这两种水印的添加方法。

1. 使用Word预设文字水印

为文档添加文字水印时，可以使用Word中预设的水印，也可以自定义设置水印。由于Word中预设的水印样式都是日常工作中常用到的，所以本例以使用预设水印为例来介绍水印的使用。

步骤01 **选择要添加的水印样式**。打开附书光盘中的"实例文件\第6章\原始文件\工作总结1.docx"，将光标定位在文档的正文中，切换到"页面布局"选项卡，单击"页面背景"选项组中的"水印"按钮，在展开的下拉列表中单击"严禁复制"水印图标，如下左图所示。

步骤02 **显示应用的水印效果**。经过以上操作，就完成了水印的添加，在页面中可以看到半透明的水印文字效果，如下右图所示。

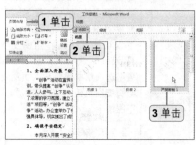

添加的水印

2. 自定义制作图片水印

除了文字外，还可以制作图片水印效果，在制作一些要求美观的文档时，可以为其应用图片水印效果。

步骤01 执行自定义水印操作。打开附书光盘中的"实例文件\第6章\原始文件\主持人的新年贺词.docx",切换到"页面布局"选项卡,单击"页面背景"选项组中的"水印"按钮,在展开的下拉列表中单击"自定义水印"选项,如下左图所示。

步骤02 单击"选择图片"按钮。弹出"水印"对话框,单击"图片水印"单选按钮,然后单击"选择图片"按钮,如下右图所示。

TIP

随时查看水印效果
在"水印"对话框中对水印效果进行设置后,为了能够查看当前设置的效果是否适合文档需要,可单击对话框中的"应用"按钮,文档即会显示应用后的效果。如果对设置的效果不满意,可在"水印"对话框中重新进行设置,设置完成后,再单击"确定"按钮完成操作。

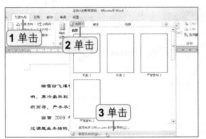

步骤03 选择需要使用的图片。弹出"插入图片"对话框,在目标图片所在的文件夹中单击需要使用的图片,然后单击"插入"按钮,如下左图所示。

步骤04 设置图片水印效果。返回"水印"对话框,根据图片大小在"缩放"数值框中输入图片的缩放比例,然后取消勾选"冲蚀"复选框,最后单击"确定"按钮,如下右图所示。

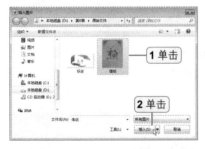

步骤05 显示为文档添加水印效果。经过以上操作,就完成了为图片添加水印的操作,返回文档中即可看到添加水印后的效果,如右图所示。

添加图片水印效果

6.3.2 填充文档背景

填充文档的背景可以美化文档外观,可以使用不同的颜色或图案进行填充,本节中将介绍两种使用颜色填充背景的方法。

1. 对文档进行纯色填充

纯色填充就是对文档使用一种颜色进行填充,填充时可直接在颜色列表中选择需要使用的颜色,具体操作如下。

进阶实战

步骤01 执行纯色填充操作。 打开附书光盘中的"实例文件\第6章\原始文件\请柬.docx",切换到"页面布局"选项卡,单击"页面背景"选项组中的"页面颜色"按钮,在展开的颜色列表中单击"标准色"组中的"蓝色"图标,如下左图所示。

步骤02 显示填充效果。 经过以上操作,就完成了为文档进行纯色填充的操作,如下右图所示。

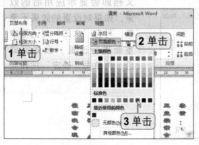

纯色填充效果

2. 为文档填充渐变色

渐变色是两种以上颜色的过渡效果,设置渐变色填充时,用户可以自定义设置渐变效果,也可以使用程序中预设的效果。本节中以使用预设效果为例介绍为文档填充渐变色的操作。

步骤01 打开"填充效果"对话框。 打开附书光盘中的"实例文件\第6章\原始文件\蝶恋花.docx",切换到"页面布局"选项卡,单击"页面背景"选项组中的"页面颜色"按钮,在展开的颜色列表中单击"填充效果"选项,如下左图所示。

步骤02 选择渐变预设颜色。 弹出"填充效果"对话框,在"渐变"选项卡下单击"颜色"选项组中的"预设"单选按钮,单击"预设颜色"列表框右侧的下三角按钮,在下拉列表框中单击"漫漫黄沙"选项,如下右图所示。

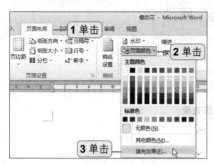

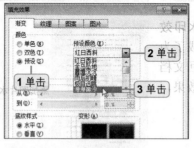

步骤03 设置底纹样式。 选择页面背景的预设颜色后,在"底纹样式"选项组中单击"斜下"单选按钮,然后单击"确定"按钮,如右图所示。

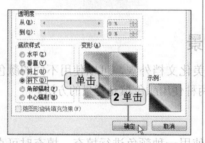

步骤04 **显示渐变填充效果。** 经过以上操作，就完成了为文档的背景进行渐变填充的操作，效果如右图所示。

渐变填充效果

6.3.3 为文档添加页面边框

为文档设置页面边框时，为了使页面更加美观，可将图片边框设置为艺术型边框，设置时可对边框的粗细、颜色进行自定义设置。

步骤01 **单击"页面边框"按钮。** 打开附书光盘中的"实例文件\第6章\原始文件\请柬1.docx"，切换到"页面布局"选项卡，单击"页面背景"选项组中的"页面边框"按钮，如下左图所示。

步骤02 **选择边框样式。** 弹出"边框和底纹"对话框，在"页面边框"选项卡下单击"艺术型"下拉列表框右侧的下三角按钮，在展开的边框样式库中单击适当的边框样式，如下右图所示。

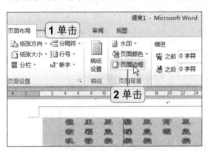

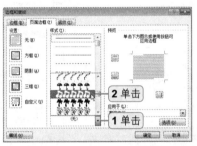

步骤03 **设置边框的宽度与颜色。** 选择边框样式后，在"宽度"数值框中输入"10磅"，然后单击"颜色"下拉列表右侧的下三角按钮，在展开的颜色列表中单击"水绿色，强调文字颜色5，深色25%"图标，如下左图所示，最后单击"确定"按钮。

步骤04 **显示为文档设置页面边框效果。** 经过以上操作，就完成了为文档设置页面边框的操作，返回文档中即可看到设置后的效果，如下右图所示。

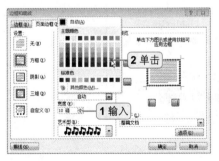

添加页面边框效果

知识加油站

更改页面边框的测量基准

页面边框的测量基准包括页边与文字两种，打开"边框和底纹"对话框后，在"页面边框"选项卡下单击"选项"按钮，如下图所示。

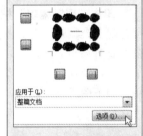

弹出"边框和底纹选项"对话框后，单击"测量基准"列表框右侧的下三角按钮，在展开的列表框中选择需要使用的基准选项，如下图所示，最后单击"确定"按钮，即可完成设置。

6.4 保护文档

对于一些内容比较重要的文档，为了加强文档的保密性可对其进行一系列的保护措施。在Word中，可以通过为文档添加密码的方法来对文档的编辑或观看进行限制。

6.4.1 限制文档的编辑

为了防止有人随意对文档的内容进行更改，可以对文档的编辑权限进行设置，这样其他用户只能浏览文档，而不能对文档进行随意更改了。

01 单击"限制编辑"按钮。

打开附书光盘中的"实例文件\第6章\原始文件\公司管理条例1.docx"，切换到"审阅"选项卡，单击"保护"选项组中的"限制编辑"按钮，如下图所示。

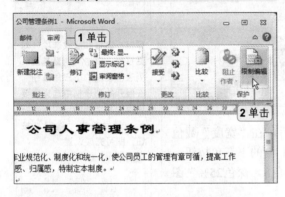

02 设置编辑限制。

打开"限制格式和编辑"任务窗格，勾选"2.编辑限制"组中的"仅允许在文档中进行此类型的编辑"复选框，如下图所示。

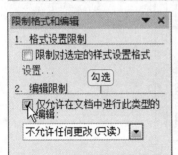

03 启动强制保护。

进行编辑限制后，Word默认将编辑内容设置为"不允许任何更改（只读）"选项，保持默认设置，单击"是，启动强制保护"按钮，如下图所示。

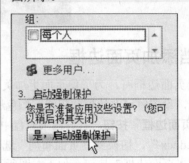

04 设置保护密码。

弹出"启动强制保护"对话框，在"新密码"与"确认密码"文本框中输入需要设置的密码，然后单击"确定"按钮，如下图所示。

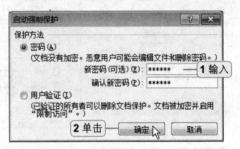

05 显示限制权限效果。

经过以上操作，就完成了限制文档编辑的操作。只要对文档的内容进行更改，在"限制格式和编辑"任务窗格中就会显示出文档保护的提示内容，如下图所示。

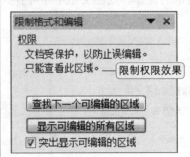

取消编辑限制

对文档设置编辑限制后，如果需要取消文档的编辑限制可以打开"限制格式和编辑"任务窗格，单击窗格下方的"停止保护"按钮。在弹出的"取消保护文档"对话框中输入限制文档编辑的密码，然后单击"确定"按钮，即可取消对文档的编辑限制。

6.4.2 对文档进行加密

对于非常机密的文件，为了防止其他用户看到，可以对文档进行密码保护，这样只有知道密码的用户才能够打开加密的文档。

01 执行保护文档操作。

打开附书光盘中的"实例文件\第6章\原始文件\工资制度.docx"，单击"文件"按钮，在展开的菜单中单击"信息"命令，单击"保护文档"按钮，在展开的下拉列表中单击"用密码进行加密"选项，如下图所示。

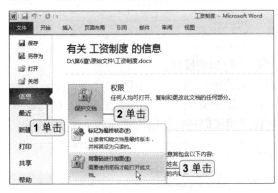

02 输入密码。

弹出"加密文档"对话框，在"密码"文本框中输入需要设置的密码，然后单击"确定"按钮，如下图所示。

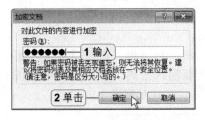

03 确认密码。

弹出"确认加密"对话框，在"重新输入密码"文本框中重新输入需要设置的密码，然后单击"确定"按钮，如下图所示。

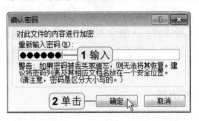

04 显示加密效果。

经过以上操作，就完成了对文档进行加密的操作，将文档保护后关闭。重新打开该文档时，就会弹出"密码"对话框，如下图所示，输入了正确的密码后才能打开该文档。

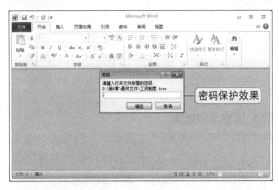

本例所设置的密码

本节中在限制文档编辑以及密码保护的实例中所设置的密码均为123456。

取消文档的加密

对文档进行密码保护后，需要取消时可再次执行"文件>信息>保护文档>用密码进行加密"命令，打开"加密文档"对话框后，将"密码"文本框中所设置的密码删除，然后单击"确定"按钮，对文档进行保存，即可取消文档的加密设置。

实战
调整计划书的页面布局并进行加密

本章对文档页边距、纸张信息、页面背景的设置以及文档的保护操作进行了介绍，通过本章的学习，不但可以使文档的页面更加规范更加美观，还可以限制其他用户对文档的编辑或查看，下面结合本章的知识点对计划书进行页面设置并进行加密操作。

01 设置文档页边距。

打开"实例文件\第6章\原始文件\计划书.docx"，单击"页面设置"选项组中的"页边距"按钮，在下拉列表中单击"适中"选项，如下图所示。

02 单击"自定义水印"操作。

为文档设置页边距后，单击"页面背景"选项组中的"水印"按钮，在展开的水印样式库中单击"自定义水印"选项，如下图所示。

03 设置水印效果。

在"水印"对话框的"文字水印"选项组中将文字设置为"草稿"、"方正舒体"和"黑色"效果，单击"确定"按钮，如下图所示。

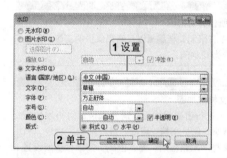

04 执行加密操作。

返回文档中，执行"文件>信息"命令，然后单击"保护文档"按钮，在展开的下拉列表中单击"用密码进行加密"选项如下图所示。

05 设置加密密码。

弹出"加密文档"对话框，在"密码"文本框中输入需要设置的密码，然后单击"确定"按钮，如下图所示。

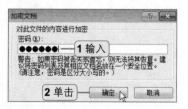

06 确认密码。

弹出"确认加密"对话框，在"重新输入密码"文本框重新输入密码，单击"确定"按钮，如下图所示，完成加密操作。

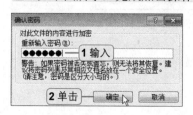

问答

从特定页开始添加页码·打印文档的页面颜色·制作作文纸效果·使用键盘控制选项卡中的功能·设置装订线

Q 如何从文档的某一页开始添加页码？

A 为文档添加页码后，Word会自动从文档的第一页开始添加页码，如果需要从文档的某一页开始插入页码，需要通过"分隔符"进行操作。

将光标定位在需要插入页码的前一页页尾，切换到"页面布局"选项卡，单击"页面设置"选项组中的"分隔符"按钮，在展开的下拉列表中单击"下一页"选项，如下左图所示。切换到"插入"选项卡，单击"页眉和页脚"选项组中的"页码"按钮，在展开的下拉列表中指向"页面底端"选项，在页码样式库中单击需要使用的页码样式。进入页码编辑状态后单击"页眉和页脚工具-设计"选项卡下"导航"选项组中的"链接到前一条页眉"按钮，如下右图所示。在打开的"页码格式"对话框中对页码格式进行设置后，将不需要页码页面中的页码删除，即可完成从当前页添加页码的操作。

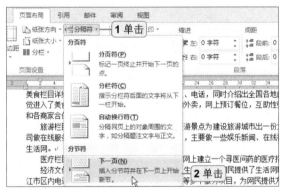

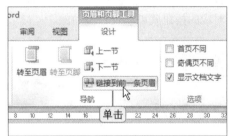

Q 如何打印出文档的页面颜色？

A 在默认的情况下打印文档时，是不会对设置的文档背景进行打印的。当用户需要打印文档页面背景时，可通过"Word选项"窗口完成设置。

执行"文件>选项"命令，弹出"Word选项"对话框，单击"显示"选项标签，如下左图所示。在"显示"选项面板的"打印选项"选项组中勾选"打印背景色和图像"复选框，如下右图所示，最后单击"确定"按钮，在打印该文档时就会将文档的页面背景一起打印出来。

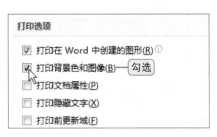

Q 如何制作作文纸效果？

A 制作作文纸效果时，需要将文档的网格格式设置为"方格式稿纸"效果，具体操作如下。

打开目标文档后，单击"页面布局"选项卡下"稿纸"选项组中的"稿纸设置"按钮，如下左图所示。弹出"稿纸设置"对话框，单击"格式"下拉列表右侧的下三角按钮，在展开的下拉列表中单击"方格式稿纸"选项，如下右图所示。根据需要对网格的行数、列数、颜色进行适当设置，然后单击"确定"按钮，文档中就会显示出作文纸的效果。

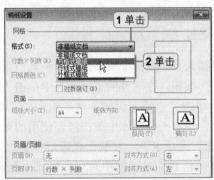

Q 如何使用键盘控制选项卡中的功能？

A 使用键盘中的按键控制选项卡中的功能，需要使用Alt键与其他按键配合。打开目标文档后，先按下Alt键，在功能区中每个选项标签或选项组中就会显示出数字或字母，如下图所示，按下对应的按钮就可以执行该功能。

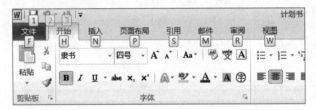

Q 什么是装订线，如何设置装订线？

A 装订线是将文档印刷完毕后，在装订书籍时为防止压住文字所留出的空白位置，装订线的位置可位于文档左侧或上侧，使用Word设置装订线时，打开"页面设置"对话框后，在"页边距"选项卡下即可看到"装订线"与"装订线位置"两个选项，在其中进行设置即可。

CHAPTER 07

Word 2010的高效功能

在Word 2010中编辑一些篇幅较长的文档时，可以使用Word提供的一些高效功能，快速地完成一些操作，例如样式的应用、查找与替换等。通过使用这些功能，可以高效、快速达成目的，减少不必要操作，提高办公效率。

 知识点

1. 使用程序已有样式
2. 创建新样式
3. 使用"导航"窗格查找内容
4. 查找内容
5. 替换文字内容
6. 替换文本格式

建议学习时间：60分钟

学习内容	学习时间	学习内容	学习时间
使用样式快速设置文本格式	20分钟	快速替换文档中的内容	10分钟
快速查找长篇文档中的内容	10分钟	观看视频教学并练习	20分钟

重点实例

▲ 新建样式

▲ 查找文本内容

▲ 替换文本格式

7.1 使用样式快速设置文本格式

样式是多种格式的集合，通常一个样式中会包括很多种格式效果，为文本应用了一个样式后，就等于为文本设置了多种格式，因此通过样式设置文本格式非常快速高效，本节中将介绍在Word 2010样式的应用操作。

7.1.1 使用程序预设样式

Word 2010中预设了一些标题、要点、明显引用等样式，需要为文本设置相应效果时，可直接使用预设的样式。

步骤01 打开样式库。 打开附书光盘中的"实例文件\第7章\原始文件\计划书.docx"，将光标定位在需要应用样式的段落内，在"开始"选项卡中单击"样式"选项组中的"快速样式"按钮，如下左图所示。

步骤02 选择要使用的样式。 展开样式库后单击"标题"选项，如下右图所示。

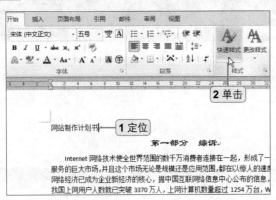

步骤03 显示应用样式效果。 经过以上操作后，就完成了为文本应用预设样式的操作，效果如下图所示。

7.1.2 修改样式

为文档应用了样式后，如果对样式的效果不满意，可以对样式进行更改。更改样式后，文档中所有应用了该样式的文本都将会进行相应的更改。

步骤01 打开目标文档。 打开附书光盘中的"实例文件\第7章\原始文件\计划书1.docx"，单击"开始"选项卡内"样式"选项组的对话框启动器，如下左图所示。

步骤02 执行修改命令。 弹出"样式"任务窗格后，将光标设置在需要修改的样式，然后单击显示该样式后方的下三角按钮，在展开的下拉列表中单击"修改"选项，如下右图所示。

步骤03 **修改样式字体**。弹出"修改样式"对话框，单击"格式"选项组中"字体"下拉列表框右侧的下三角按钮，在展开的下拉列表框中单击"隶书"选项，如下左图所示。

步骤04 **单击"边框"选项**。设置样式字体后，单击对话框左下角的"格式"按钮，在展开的下拉列表中单击"边框"选项，如下右图所示。

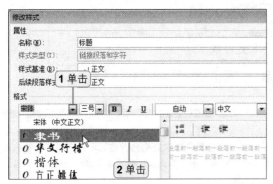
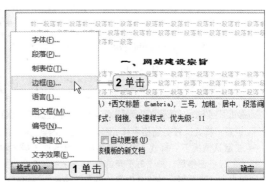

步骤05 **为样式设置边框效果**。弹出"边框和底纹"对话框，在"设置"选项组中单击"方框"图标，然后在"样式"列表框中单击需要使用的边框样式，最后依次单击各对话框中的"确定"按钮，如下左图所示。

步骤06 **显示更改样式效果**。经过以上操作后，就完成了样式的更改操作，返回文档中可以看到所有应用了该样式的文本都已进行了相应的更改，如下右图所示。

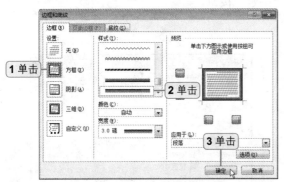
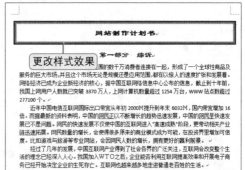

TIP

清除应用的样式效果

为文本应用样式后需要清除时，可打开"样式"任务窗格，将光标定位在需要清除格式的段落内，然后单击"全部清除"按钮，即可完成操作。

7.1.3 新建样式

Word程序中虽然预设了一些样式，但是数量有限。当用户需要为文本应用更多样式时，可以自己动手创建新的样式，创建后的样式将会保存在"样式"任务窗格中。

步骤01 **单击"新建样式"按钮。** 打开附书光盘中的"实例文件\第7章\原始文件\供销合同.docx"，打开"样式"任务窗格，将光标定位在需要应用样式的段落内，单击任务窗格左下角的"新建样式"按钮，如下左图所示。

步骤02 **设置样式名称与字体格式。** 弹出"根据格式设置创建新样式"对话框，在"名称"文本框中输入样式的名称，然后单击"格式"下拉列表框右侧的下三角按钮，在展开的下拉列表框中单击"楷体"选项，如下右图所示。

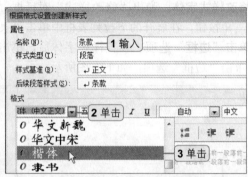

TIP

设置"样式"任务窗格中样式显示的格式内容

在默认情况下"样式"任务窗格中只显示样式的名称，当用户需要将样式中的格式内容显示出来时，可在打开"样式"任务窗格后，单击右下角的"选项"文字链接，弹出"样式窗格选项"对话框，在"选择显示为样式的格式"选项组中勾选需要显示的格式内容，单击"确定"按钮即可完成设置。

步骤03 **设置文本其他格式。** 将"字号"设置为"四号"，单击"加粗"按钮，单击对话框左下角的"格式"按钮，在展开的下拉列表中单击"边框"选项，如下左图所示。

步骤04 **设置样式底纹效果。** 弹出"边框和底纹"对话框，切换到"底纹"选项卡，单击"图案"选项组中"样式"下拉列表框右侧的下三角按钮，在展开的图案样式库中单击"10%"选项，如下右图所示，最后依次单击各对话框中的"确定"按钮。

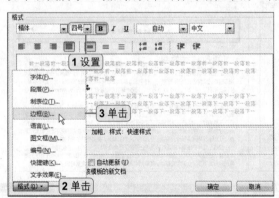
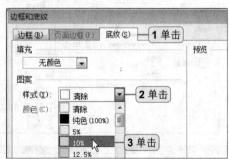

步骤05 **显示新建样式。** 新样式创建完毕后返回文档中，在"样式"任务窗格中即可看到新建的样式，如下左图所示。

步骤06 **显示新建样式效果。** 在"样式"任务窗格中单击新建的样式，光标所在的段落会自动应用新建的样式，如下右图所示。

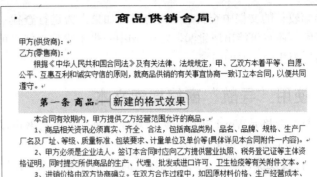

7.1.4 删除样式

当"样式"任务窗格中的样式太多时，为了方便管理，可以将一些不使用的样式删除，删除样式的操作如下。

步骤01 **执行删除样式操作。** 打开附书光盘中的"实例文件\第7章\原始文件\供销合同1.docx"，打开"样式"任务窗格，将光标设置在需要删除的样式，然后单击显示在样式右侧的下三角按钮，在展开的下拉列表中单击"删除'条款'"选项，如下左图所示。

步骤02 **确认删除样式。** 弹出Microsoft Word提示框，询问用户是否从文档中删除样式，单击"是"按钮，如下右图所示。

步骤03 **显示删除样式效果。** 经过以上操作，就完成了删除样式的操作，返回文档中可以看到所有应用了该样式的文本都恢复为文档的默认效果，如下左图所示。

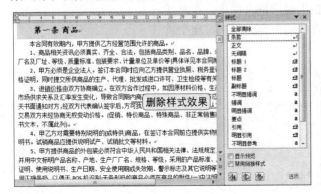

知识点拨

管理样式

需要对"样式"任务窗格中的样式进行管理时，可单击任务窗格左下角的"管理样式"按钮，在弹出的"管理样式"对话框中即可对样式的排列顺序、样式位置等内容进行管理。

进阶实战

7.2 快速查找长篇文档中的内容

在篇幅较长的文档中查找某个内容时，如果人为进行查找不仅耗费很多时间，还有可能出现纰漏，在Word中提供了查找功能，可以帮助用户快速查找到需要的内容。

7.2.1 使用"导航"窗格搜索文本

"导航"窗格是Word 2010的新增功能，通过导航窗格可以查找文档结构，也可以执行搜索操作。

步骤01 执行查找操作。打开附书光盘中的"实例文件\第7章\原始文件\供销合同1.docx"，在"开始"选项卡下单击"编辑"选项组中"编辑"下方的下三角按钮，在展开的下拉列表中单击"查找"选项，如下左图所示。

步骤02 输入查找内容。在文档中弹出"导航"窗格后，在"搜索"文本框中输入需要查找的文本内容中，如下右图所示。

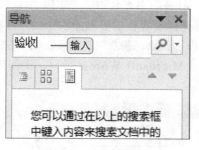

步骤03 显示查找效果。输入搜索内容后，Word将自动执行查找操作，查找完毕后页面自动显示查找到的内容，并且所查找内容会突出显示出来，如右图所示。

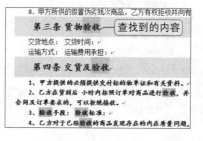

7.2.2 在"查找和替换"对话框中查找文本

查找文本时，也可以使用"查找和替换"对话框来完成，在对话框中进行查找时，如果文档中有多处需要查找的内容，用户可逐个进行查找，并且可选择是否使用突出显示。

步骤01 执行查找操作。打开附书光盘中的"实例文件\第7章\原始文件\供销合同1.docx"，在"开始"选项卡下单击"编辑"选项组中"编辑"按钮的下三角按钮，在展开的下拉列表中单击"替换"选项，如右图所示。

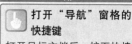
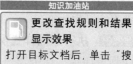

步骤02 **查找第一处内容**。弹出"查找和替换"对话框,切换到"查找"选项卡,在"查找内容"文本框中输入需要查找的内容,然后单击"查找一下处"按钮,如下左图所示。

步骤03 **显示查找到的内容**。执行查找操作后,文档中第一处查找到的内容就会被选中,如下右图所示,需要再向下查找时,可再次单击"查找下一处"按钮。

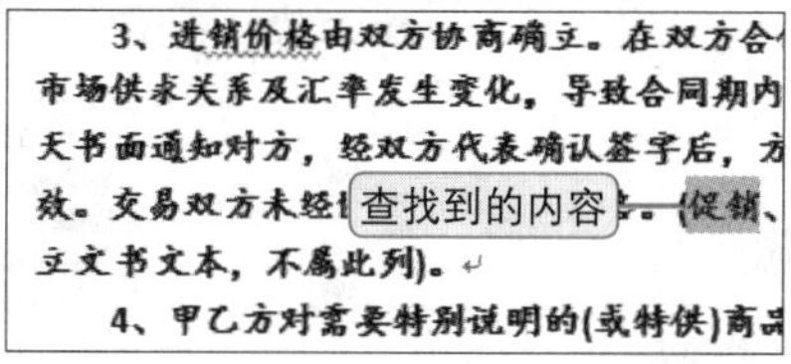

TIP

打开"查找和替换"对话框的快捷键

打开目标文档后,按下快捷键Ctrl+H,即可打开"查找和替换"对话框。

步骤04 **突出显示查找到的内容**。需要将查找的内容突出显示时,单击"阅读突出显示"按钮,在展开的下拉列表中单击"全部突出显示"选项,如下左图所示。

步骤05 **显示突出显示效果**。执行以上操作后,Word就会对所有查找到的内容进行突出显示,在"查找和替换"对话框中提示显示的项数以及取消突出显示的方法,如下右图所示,经过以上操作后就可以完成查找的操作。

知识加油站

取消查找内容的突出显示效果

将查找到的内容突出显示后,需要撤销时可单击"查找和替换"对话框中的"阅读突出显示"按钮,在展开的下拉列表中单击"清除突出显示"选项,如下图所示,即可取消所查找内容的突出显示效果。

7.2.3 查找文本中的某种格式

在文档中查找内容时,除了查找文本内容外,还可以单独查找格式内容,查找方法如下。

步骤01 **单击"更多"按钮**。打开附书光盘中的"实例文件\第7章\原始文件\供销合同.docx",打开"查找和替换"对话框,然后单击"更多"按钮,如下左图所示。

步骤02 **选择需要设置的格式内容**。"查找和替换"对话框中显示出更多内容后单击"格式"按钮,在展开的下拉列表中单击"字体"选项,如下右图所示。

知识加油站

定义搜索范围

在文档中查找内容时,如果需要在光标所在位置后面的正文中进行查找,可在打开的"查找和替换"对话框中,单击"更多"按钮,然后单击"搜索选项"选项组中"搜索"下拉列表中的"向下"选项,如下图所示,即可完成定义搜索范围的操作。

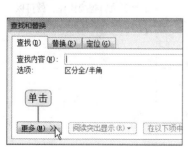

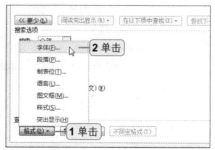

进阶实战·高手速成

步骤03 **设置查找内容的字体格式。** 弹出"查找字体"对话框，在"字体"选项卡下单击"中文字体"下拉列表框右侧的下三角按钮，在展开的下拉列表框中单击"隶书"选项，如下左图所示。

步骤04 **设置查找内容的字号。** 设置文本的字体后，单击"字号"列表框内的"二号"选项，如下右图所示，然后单击"确定"按钮。

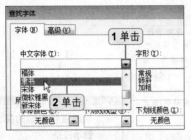
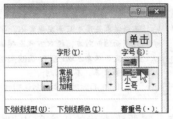

步骤05 **选择需要设置的格式内容。** 返回"查找和替换"对话框，单击"格式"按钮，在展开的下拉列表中单击"段落"选项，如下左图所示。

步骤06 **设置段落的对齐方式。** 弹出"查找段落"对话框，在"缩进和间距"选项卡下单击"常规"选项组中"对齐方式"列表框右侧的下三角按钮，在展开的下拉列表中单击"居中"选项，如下右图所示，然后单击"确定"按钮。

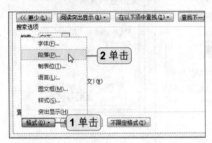

步骤07 **查找内容。** 返回"查找和替换"对话框，单击"在以下项中查找"按钮，在展开的下拉列表中单击"主文档"选项，如下左图所示。

步骤08 **显示查找效果。** 执行查找操作后，在"查找和替换"对话框显示出文档中与查找内容区配的数量，页面中查找到的内容也被选中显示出来，如下右图所示。

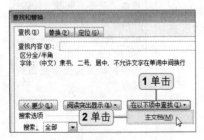

7.3 快速替换文档中的内容

在篇幅较长的文档中更改多处同样的内容时，为了方便快捷地完成操作，可以使用"查找和替换"功能来完成更改操作，在替换文本时，替换的内容可以是普通的文本，也可以是文档中的格式内容。

7.3.1 替换普通文本

在文档中替换文本内容时，可直接通过"查找和替换"对话框来完成，设置好查找和替换的内容后，即可执行替换操作。

01 执行替换操作。

打开附书光盘中的"实例文件\第7章\原始文件\合同.docx"，在"开始"选项卡下单击"编辑"选项组中"编辑"按钮的下三角按钮，在展开的下拉列表中单击"替换"选项，如下图所示。

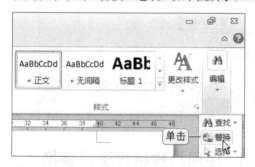

02 替换文本内容。

弹出"查找和替换"对话框，在"替换"选项卡下的"查找内容"和"替换为"文本框中分别输入相关内容，然后单击"查找下一处"按钮，如下图所示。

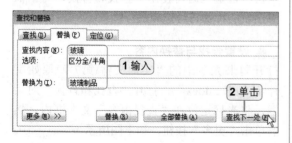

03 替换文本。

单击"查找下一处"按钮后，被查找的内容就会被选中并显示出来，需要查找下一处时再次单击"查找下一处"按钮，当需要替换的内容出现后，单击"替换"按钮，如下图所示。

04 显示替换效果。

经过以上操作，即可完成快速替换文本的操作，如下图所示，用户可按照同样方法，对其他文本进行替换。

乙方（加盟方）：
为确保恒浩·返乡创业园工程的健康有序开展，进一步推行"恒加强加盟商和厂商的友好合作，共同发展，实现共赢。经甲、乙双方"恒浩玻璃"在_____区域的恒浩·返乡创业园工程的加协议，共同遵守执行。
合同签订时，乙方需提交以下资料的复印件给甲方，并保证资
1.营业执照；2.税务登记证；3.法定代表人或经营负责人身份证明；表的身份证；5.法人委托书。
一、经销区域及期限：
1、甲方授权乙方为"恒浩玻璃"下列产品：隔断系列、门玻系列景墙、防滑地砖、彩釉墙砖、淋浴房、玻钢家具、特种玻璃制品、系列、爆冰花等。 ← 替换的文本

7.3.2 替换文本格式

需要对文档中某一类型的文本格式进行更改时，也可以使用"查找和替换"对话框来完成操作，替换文本格式时只需对"查找内容"与"替换为"进行设置时，只设置格式而不对文本内容进行设置，然后再执行替换操作即可。

01 设置查找与替换内容。

打开附书光盘中的"实例文件 \ 第7章 \ 原始文件 \ 合同1.docx"，打开"查找和替换"对话框，在"查找内容"与"替换为"文本框中输入相关内容，将光标定位在"替换为"文本框内，然后单击"更多"按钮，如下图所示。

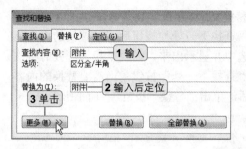

02 选择需要设置的格式。

对话框中显示出更多内容后单击"格式"按钮，在展开的下拉列表中单击"字体"选项，如下图所示。

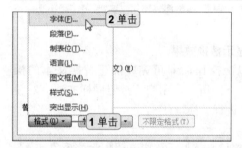

03 设置替换的文本格式。

弹出"替换字体"对话框，在"字形"列表框中单击"倾斜"选项，设置"字体颜色"为标准红色、"下划线线型"为单实线，如下图所示，最后单击"确定"按钮，完成替换格式的设置。

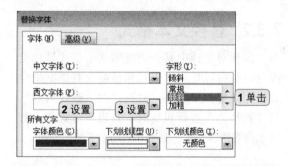

04 单击"全部替换"按钮。

将字体格式设置完毕后返回"查找和替换"对话框，在"替换为"文本框下方可以看到设置的格式内容，单击"全部替换"按钮，如下图所示。

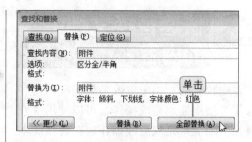

05 显示替换的内容。

Word依据设置格式执行替换操作，替换完毕后弹出Microsoft Word提示框，提示替换的数量，单击"确定"按钮，如下图所示。

06 显示替换效果。

经过以上操作，就完成了为文档替换格式的操作，如下图所示。

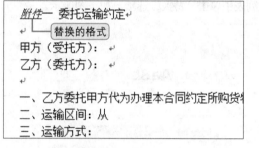

7.3.3 使用特殊格式进行替换

在执行替换操作时，特殊格式包括段落标记、制表符、任意字符、任意字母等27种格式。对这些特殊格式进行替换时，需要在"查找内容"与"替换为"文本框中输入相应的特殊符号，输入时可使用"查找和替换"对话框中预设的特殊符号选项进行输入。

01 设置查找与替换内容。

打开附书光盘中的"实例文件\第7章\原始文件\计划书2.docx"，打开"查找和替换"对话框，将光标定位在"查找内容"文本框内，然后单击"更多"按钮，如下图所示。

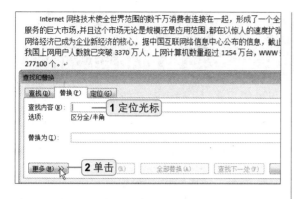

02 选择需要设置的特殊格式。

对话框中显示出更多内容后单击“特殊格式”按钮，在展开的下拉列表中单击“任意数字”选项，如下图所示。

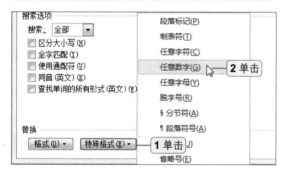

03 设置替换的文本格式。

选择了查找的特殊格式后，将光标定位在“替换为”文本框内，打开“替换字体”对话框，将“西文字体”设置为Arial，“字形”为“加粗”，如下图所示，最后单击“确定”按钮。

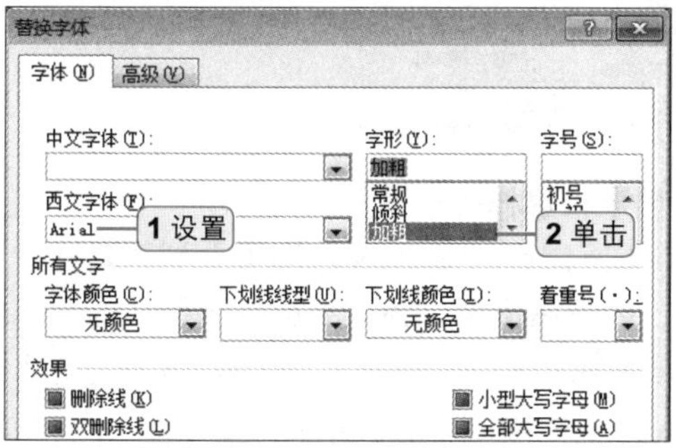

04 单击“全部替换”按钮。

将字体格式设置完毕后返回“查找和替换”对话框，直接单击“全部替换”按钮，如下图所示。

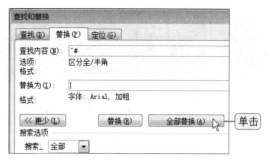

05 显示替换效果。

Word依照设置执行替换操作，替换完毕后弹出Microsoft Word提示框，提示替换数量，单击“确定”按钮，如下图所示。

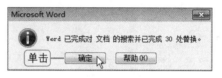

06 显示替换效果。

经过以上操作，就完成了在文档替换特殊格式的操作，可以看到文档中所有数字内容都被替换为相应的格式，如下图所示。

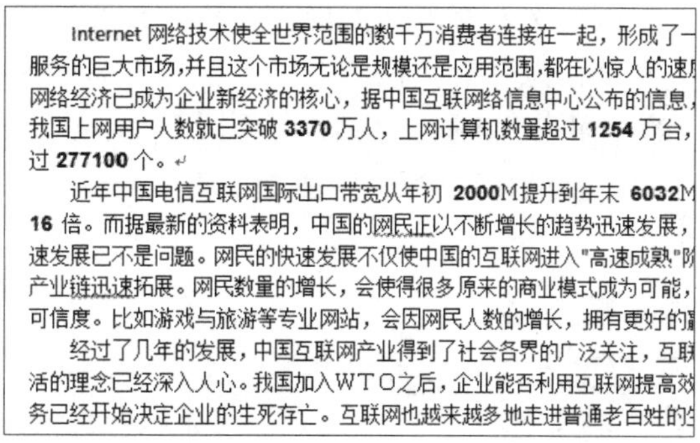

Internet 网络技术使全世界范围的数千万消费者连接在一起，形成了一
服务的巨大市场,并且这个市场无论是规模还是应用范围,都在以惊人的速
网络经济已成为企业新经济的核心，据中国互联网络信息中心公布的信息，
我国上网用户人数就已突破 **3370** 万人，上网计算机数量超过 **1254** 万台，
过 **277100** 个。

近年中国电信互联网国际出口带宽从年初 **2000**M提升到年末 **6032**M
16 倍。而据最新的资料表明，中国的网民正以不断增长的趋势迅速发展，
速发展已不是问题。网民的快速发展不仅使中国的互联网进入"高速成熟"
产业链迅速拓展。网民数量的增长，会使得很多原来的商业模式成为可能，
可信度。比如游戏与旅游等专业网站，会因网民人数的增长，拥有更好的

经过了几年的发展，中国互联网产业得到了社会各界的广泛关注，互联
活的理念已经深入人心。我国加入WTO之后，企业能否利用互联网提高效
务已经开始决定企业的生死存亡。互联网也越来越多地走进普通老百姓的

TIP

在对话框中直接输入特殊字符

执行查找和替换操作时，设置需要替换的特殊字符时，也可在“查找内容”或“替换为”文本框中通过键盘输入的方式直接输入特殊字符的符号。

实战
设置公司年终报告样式并替换当前日期

本章主要对样式的应用与查找替换功能的使用进行了介绍，这两种功能都是日常办公中经常用到的高效功能，下面结合本章所讲知识，对公司年终报告进行编辑，对本章知识进行回顾与拓展。

01 为标题应用样式。

打开"实例文件\第7章\原始文件\工作总结.docx"，打开"样式"任务窗格，将光标定位在标题上，单击"标题2"样式，如下图所示。

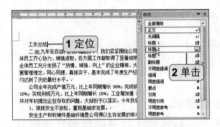

02 单击"新建样式"按钮。

为标题应用样式后，将光标定位在需要应用样式的段落内，然后单击"样式"任务窗格下方的"新建样式"按钮，如下图所示。

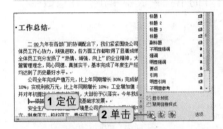

03 设置样式的字体格式。

弹出"根据格式设置创建新样式"对话框，在"名称"文本框内输入样式名称，设置"字体"设置为"华文行楷"、"字号"为"四号"，单击"加粗"按钮，如下图所示。

04 选择需要设置的格式。

单击对话框左下角的"格式"按钮，在展开的下拉列表中单击"段落"选项，如下图所示。

05 设置样式的段落格式。

弹出"段落"对话框，将"大纲级别"设置为"2级"、"特殊格式"为"无"，如下图所示，单击"确定"按钮。

06 显示新建样式效果。

样式创建完毕后，返回文档即可看到新建样式效果，如下图所示，为需要应用该样式的文本进行应用操作。

07 新建"分点"样式。

按照与前面相同的方法，新建一个名为"分点"，段前0.5行，段后0.5行间距的样式，然后将其应用到需要的文本中，如下图所示。

08 新建"总结正文"样式。

按照与前面相同的方法，新建一个名为"总结正文"，楷体、加粗，首行缩进2字符的样式，然后将其应用到需要的文本中，如下图所示。

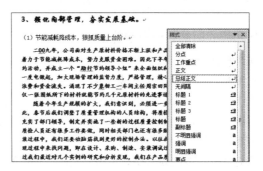

09 设置查找与替换的内容。

打开"查找和替换"对话框，在"替换"选项卡下的"查找内容"与"替换为"文本框内输入相关内容，单击"格式"按钮，在展开的下拉列表中单击"字体"选项，如下图所示。

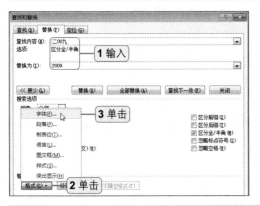

10 设置替换的字体格式。

弹出"替换字体"对话框，将"西文字体"设置为Arial，"字形"设置为"加粗"，如下图所示，最后单击"确定"按钮。

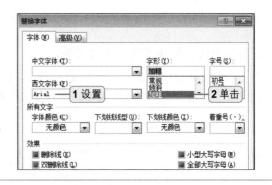

11 替换文本内容。

返回"查找和替换"对话框，直接单击"全部替换"按钮，如下图所示。

12 显示替换内容。

执行替换操作后，弹出 Microsoft Word 提示框，单击"确定"按钮，如下图所示，关闭"查找和替换"对话框，完成替换操作。

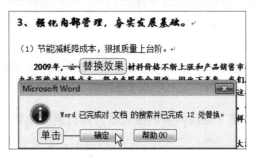

问答

Q 应用样式时能否设置快捷键？

A 应用样式时也可以使用快捷键完成应用，而且用户可以为样式自定义快捷键。打开"样式"任务窗格，将光标放置在需要设置快捷键的样式上，然后单击样式右侧的下三角按钮，在下拉列表中单击"修改"选项。弹出"修改样式"对话框，单击"格式"按钮，在下拉列表中单击"快捷键"选项，如下左图所示。弹出"自定义键盘"对话框，在"指定键盘顺序"选项组中的"请按新快捷键"文本框中输入以Ctrl开头的快捷键，然后单击"指定"按钮，如下右图所示。关闭该对话框，再次为文档应用该样式时，定位好光标的位置后按下快捷键即可完成样式的应用。

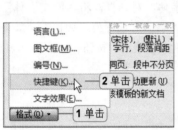
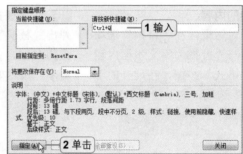

Q 设置标题样式后如何快速生成目录？

A 为文档应用标题样式后，需要生成目录时首先定位光标的位置，切换到"引用"选项卡，单击"目录"选项组中"目录"按钮，在目录库中单击需要的目录样式，即可生成目录。

Q 如何使用通配符查找内容？

A 通配符包括*与?两个符号，其中*代表任意多个字符，?代表任意单个字符，使用这两个符号可以代替任意字。需要使用通配符查找内容时，在"查找和替换"对话框中单击"更多"按钮，然后勾选"使用通配符"复选框。在"查找内容"文本框中输入"数?年"，在"替换为"文本框内输入"数十年"，然后单击"全部替换"按钮，就可以将文档中第一个字为"数"，第三个字为"年"的所有词组替换为"数十年"。

Q 怎样将文档中两个连续的空回车符替换为一个回车符？

A 打开目标文档后，打开"查找和替换"对话框，将光标定位在"查找内容"文本框后单击"特殊格式"按钮，在展开的列表中单击"段落标记"选项。按照同样方法在"查找内容"文本框中插入第二个段落标记，在"替换为"文本框内插入一个段落标记，然后单击"全部替换"按钮，即可将文档中两个连续的空回车符替换为一个回车符。

Q 设置了查找内容的格式后，如何删除设置好的格式？

A 设置了查找或替换的格式内容后，需要删除设置的格式时单击"查找和替换"对话框下方的"不限定格式"按钮即可。

综合案例——制作新春贺卡

CHAPTER 08

经过前面的学习，用户已经掌握了在Word 2010中进行文字编辑、格式设置、图片和表格的应用、文档的页面设置及保护等操作。本章将结合前面几章的知识制作祝福贺卡，对Word 2010的基础操作进行回顾与拓展。

知识点

1. 设置文档的页面布局
2. 输入与编辑文本格式
3. 使用表格
4. 图片的应用
5. 为贺卡添加水印
6. 填充页面背景

建议学习时间：50分钟

学习内容	学习时间	学习内容	学习时间
设置文档纸张大小与方向	10分钟	美化图表	10分钟
添加贺卡内容	10分钟	观看视频教学并练习	10分钟
设置贺卡格式	10分钟		

重点实例

保险项目	保险金额	保险期间
意外伤残	1-2 万元	
意外身故	2-4 万元	2 月 14 日至 2 月 21 日
住院	20%-60%	

▲ 设置文本格式　　　　▲ 设置表格样式　　　　▲ 新春贺卡制作效果

8.1 设置文档纸张大小与边距

由于贺卡所用的纸张大小及页面边距设置与普通文档有所区别，因此在制作贺卡前，首先需要对文档的纸张大小及边距进行设置。

8.1.1 设置纸张类型

在多数情况下，贺卡所用的纸张会小一些，本例制作贺卡时将会使用 B5 大小的纸张来完成制作。

01 **新建文档并单击"纸张大小"按钮。**
新建一个Word 2010文档，切换到"页面布局"选项卡，单击"页面设置"选项组中的"纸张大小"按钮，如下图所示。

02 **选择需要使用的纸张大小。**
在弹出的下拉列表中单击需要使用的纸张类型 B5，如下图所示，就完成了设置纸张的操作。

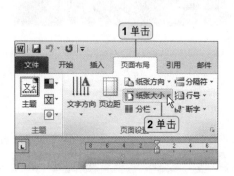

8.1.2 设置文档的页边距

在Word 2010中选择一种纸张类型后，Word会为其应用默认的页边距。由于制作贺卡所需的页面布局与普通文档不同，所使用的页面边距也会有所区别。因此在选择纸张类型后，还需要对文档的页边距进行自定义设置。

01 **打开"页面设置"对话框。**
在打开的目标文档中切换到"页面布局"选项卡，单击"页面设置"选项组的对话框启动器，如下图所示。

02 **自定义设置页边距。**
弹出"页面设置"对话框，在"页边距"选项卡的"上"、"下"、"左"、"右"数值框内分别输入需要设置的边距数值，如下图所示，最后单击"确定"按钮。

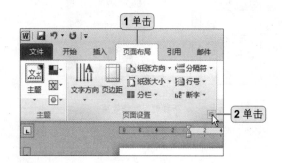

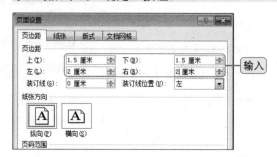

8.2 添加贺卡内容

由于贺卡的要求是美观、精致，所以在贺卡中通常会包括文本、表格等很多元素，本节就为贺卡添加最基本的文本与表格内容。

8.2.1 为贺卡插入文本框并添加文字

为了方便控制贺卡中文本的位置，为贺卡添加文本时可以选择使用文本框输入，本节将文本框的简单编辑与添加文字进行介绍。

01 选择文本框类型。

切换到"插入"选项卡，单击"插图"选项组中的"形状"按钮，在形状库中单击"基本形状"组中的"文本框"图标，如下图所示。

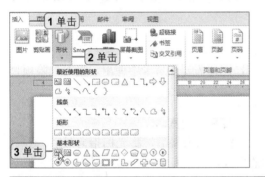

02 绘制文本框。

选择形状后，当光标变为十字形状时，在适当位置按住鼠标左键进行拖动，绘制合适的文本框，如下图所示。

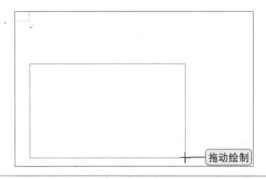

03 在文本框中输入相关内容。

绘制完毕后在其中输入文字，然后切换到"绘图工具-格式"选项卡，单击"形状样式"选项组的对话框启动器，如下图所示。

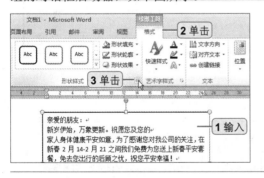

04 设置文本框的无填充效果。

弹出"设置形状格式"对话框，在"填充"选项面板中单击"无填充"单选按钮，如下图所示。

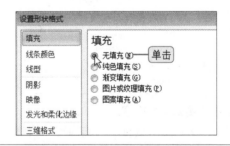

05 设置文本框的无线条颜色。

单击"线条颜色"选项标签，然后单击"线条颜色"选项面板中的"无线条"单选按钮，如右图所示。

06 设置文本框的内部边距。

单击"文本框"选项标签，然后在"文本框"选项面板"内容边距"选项组中的"左"、"右"、"上"、"下"数值框内分别输入"0"，最后单击"关闭"按钮，如下图所示。

07 显示插入文本框并添加文字效果。

经过以上操作，就完成了在文档中插入文本框并添加文字的操作，按照同样方法在文档下方也插入一个文本框，并输入相关内容，如下图所示。

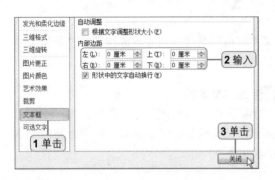

亲爱的朋友：

新岁伊始，万象更新。祝愿您及您的家人身体健康平安如意，为了感谢您对我公司的关注，在新春2月14-2月21之间我们免费为您送上新春平安套餐，免去您出行的后顾之忧，祝您平安幸福！

—— 插入文本框并输入文字效果

被保人信息：

姓名_____ 性别_____ 年龄_____

住址：_____

籍贯：_____

联系电话：_____

8.2.2 为贺卡添加表格

由于本例中制作的贺卡是保险公司赠送的祝福贺卡，因此需要在贺卡中使用表格对保险项目等内容进行说明。

01 插入表格。

将光标定位在目标位置，切换到"插入"选项卡，单击"表格"选项组中的"表格"按钮，在虚拟表格内移动鼠标经过4列4行单元格，然后单击鼠标右键，如下图所示。

02 改变表格列宽。

在文档中插入表格后，将光标指向最后一列右侧的框线，当光标变成┿形状时，按住鼠标右键向左拖动，如下图所示。

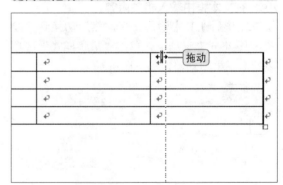

03 在表格中输入文本内容。

使用同样的方法，将表格每一列的列宽都调整为2.49厘米，然后在每个单元格中输入相关内容，如右图所示，完成表格的插入。

保险项目	保险金额	保险期间	意外保险范围解释
意外伤残	1-2万元	2月14日至2月21日	如果被保险人在保险期间,外出时意外伤残或不幸身故,我们将酌情对保险人进行补偿。
意外身故	2-4万元		
住院	20%-60%		

8.3 设置贺卡格式

在插入了相关内容后还需要对不同内容的格式进行设置，从而使贺卡效果更加丰富美观，本节就对文本与表格的格式进行设置。

8.3.1 为贺卡中不同文本设置相应格式

为了使制作出的贺卡效果更加漂亮，将对文本及表格的格式及效果进行适当设置，具体操作步骤如下。

01 单击"文本效果"按钮。
选中需要设置格式的文本，单击"开始"选项卡下"字体"选项组中的"文本效果"按钮，如下图所示。

02 选择需要使用的文本效果。
展开文本效果库后，单击"填充－红色，强调文字颜色2，双轮廓－强调文字颜色2"图标，如下图所示。

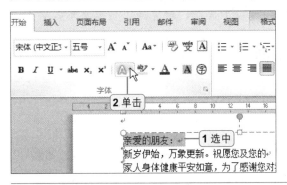

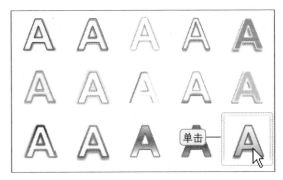

03 设置文本字体。
设置了文本效果后，单击"字体"下拉列表框右侧的下三角按钮，在展开的下拉列表中单击"华文行楷"选项，如下图所示。

04 设置文本字号。
单击"字号"下拉列表框右侧的下三角按钮，在展开的下拉列表中单击"三号"选项，如下图所示。

05 打开"字体"对话框。
选中文本框中的文本内容，单击"开始"选项卡下"字体"选项组的对话框启动器，如右图所示。

综合案例

06 设置文本格式。

弹出"字体"对话框，在"字体"选项卡中设置"中文字体"为"华文行楷、字号"为"四号"，如下图所示。

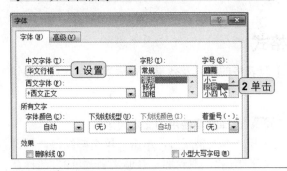

07 单击"文本效果"按钮。

设置文本的格式后，单击对话框下方的"文本效果"按钮，如下图所示。

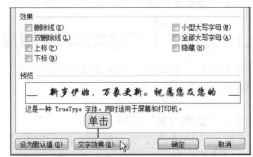

08 设置渐变填充效果。

弹出"设置文本效果格式"对话框，在"文本填充"选项面板中单击"渐变填充"单选按钮，然后单击"预设颜色"按钮，在样式库中单击"红日西斜"图标，如下图所示，单击"关闭"按钮。

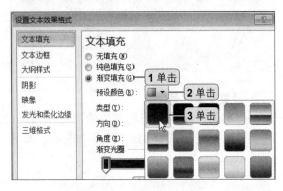

09 显示设置的文本效果。

经过以上操作，就完成了贺卡文本效果的设置，将文本框调整到合适的宽度与高度，如下图所示。

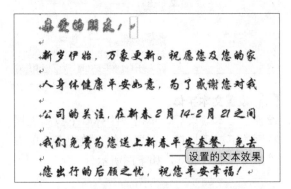

8.3.2　设置表格样式

为贺卡插入表格并输入文本内容后，还需要对表格中的单元格进行合并、应用表格样式等操作，具体操作步骤如下。

01 合并单元格。

选中需要合并的单元格区域，切换到"表格工具-布局"选项卡，单击"合并"选项组中的"合并单元格"按钮，如右图所示，使用同样方法对其他需要的单元格也进行合并。

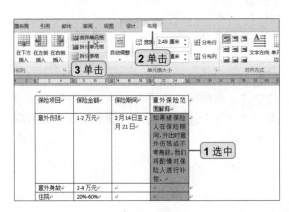

02 调整单元格行距。

对需要合并的单元格进行合并操作后，由于各单元格中的内容不同，表格的大小也会有所偏差，逐一将表格的行高列宽调整到适当宽度，如下图所示。

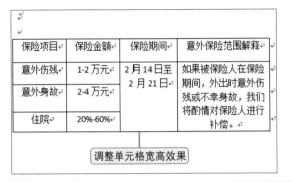

03 打开表格样式库。

将表格调整到合适大小后选中整个表格，切换到"表格工具-设计"选项卡，单击"表格样式"选项组的快翻按钮，如下图所示。

04 选择需要使用的表格样式。

在展开表格样式库中单击"浅色列表—强调文字6"图标，如下图所示。

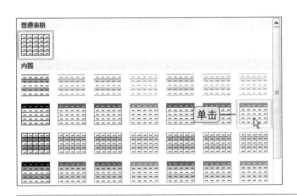

05 显示表格的所有框线。

单击"表格样式"选项组中"边框"右侧的下三角按钮，在下拉列表中单击"所有框线"选项，如下图所示。

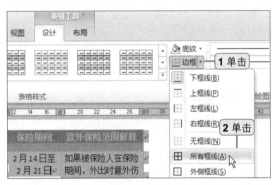

06 设置文字的对齐方式。

切换到"表格工具-布局"选项卡，单击"对齐方式"选项组中的"水平居中"按钮，如下图所示。

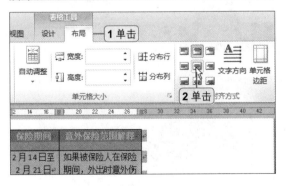

07 显示设置的表格效果。

经过以上操作，就完成了对表格效果的设置操作，效果如下图所示。

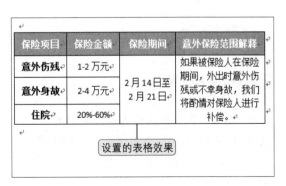

综合案例

8.4 美化贺卡

经过前面的操作，贺卡的主体内容已经添加和布置，接下来需要对贺卡进行美化操作，本节即将演示为贺卡进行插入并设置图片、添加水印、填充页面背景等美化操作。

8.4.1 为贺卡插入并设置图片

为了烘托贺卡喜庆的气氛，可以为贺卡添加一些颜色鲜艳、风格靓丽的图片。插入图片时可以一次性将所有需要的图片全部插入到文档中，然后分别对各个图片的格式进行设置。

01 单击"图片"按钮。
切换到"插入"选项卡，单击"插图"选项组中的"图片"按钮，如下图所示。

02 插入图片。
弹出"插入图片"对话框，进入图片保存的路径，按住Ctrl键的同时，依次单击需要插入的图片，然后单击"插入"按钮，如下图所示。

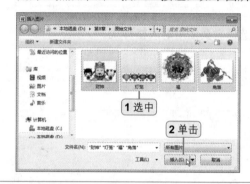

03 调整图片大小。
选中财神形象的图片，在"图片工具-格式"选项卡下"大小"选项组中的"形状高度"数值框内输入"5.37厘米"，如下图所示，然后单击文档任意位置。

04 设置图片自动换行。
调整了图片的大小后，单击"排列"选项组中"自动换行"按钮，在展开的下拉列表中单击"浮于文字上方"选项，如下图所示。

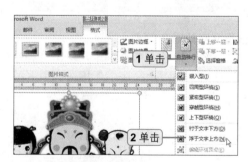

05 移动图片位置。
使用同样的方法参照步骤3、4的操作，分别调整"灯笼"图片的高度为"1.98厘米"、"福"调整为"4.13厘米"、"角落"为"4.84厘米"，并设置其"浮于文字上方"，然后拖动"角落"图片，如右图所示，至文档右上角处释放鼠标左键。

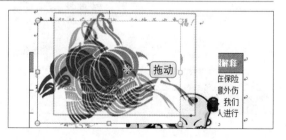

06 对图片进行水平翻转。

将图片"角落"移动到需要的位置后，单击"排列"选项组中"旋转"按钮，在展开的下拉列表中单击"水平翻转"选项，如下图所示。

07 手动调整图片角度。

将图片水平翻转后，将光标指向图片上方的绿色手柄，当光标变成旋转的形状时按住鼠标左键向左拖，如下图所示，将图片角度调整到334°左右。

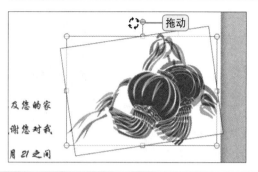

08 删除图片背景。

将图片调整到合适角度后，单击"调整"选项组中的"删除背景"按钮，如下图所示。

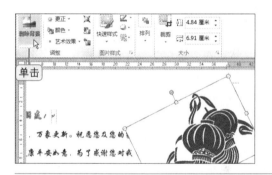

09 设置背景的删除范围。

将光标指向图片左下角的控制手柄，按住鼠标左键向外拖动，至图片最边缘处释放鼠标左键，如下图所示。

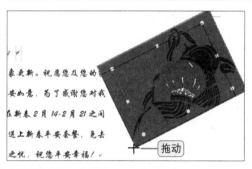

10 保留更改。

使用同样的方法，将图片右上角的选框也调整到图片的最边缘处，然后单击"背景消除"选项卡下"关闭"选项组中的"保留更改"按钮，如下图所示，就完成了删除背景的操作。

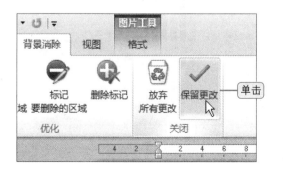

11 设置其余图片的位置。

删除其余图片的背景，并将图片"灯笼"移动到文档上方居中位置，将图片"福"移动到文档右侧，将图片"财神"移动到表格下方，如下图所示。

综合案例

12 拖动复制图片。

按住Ctrl键的同时将光标指向图片"福"，当光标变成形状时，按住鼠标左键向下拖动，复制图片，如下图所示，将图片移动到适当位置。

13 重复复制图片。

使用同样的方法，再次复制一个"福"字图片，并将其并列排列在页面右侧，效果如下图所示。

8.4.2 为贺卡添加水印文字

通过水印文字可以为贺卡添加一些祝福话语，使贺卡内容更能温暖人心，由于Word中预设的水印形式有限，所以针对本例具体情况自定义设置水印文字。

01 单击"自定义水印"选项。

切换到"页面布局"选项卡，单击"页面背景"选项组中的"水印"按钮，在展开的水印库中单击"自定义水印"选项，如下图所示。

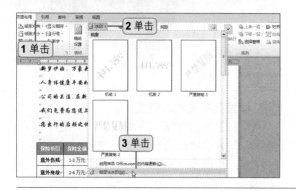

02 输入水印文字。

弹出"水印"对话框，单击"文字水印"单选按钮，然后在"文字"文本框内输入需要设置的水印文字，如下图所示。

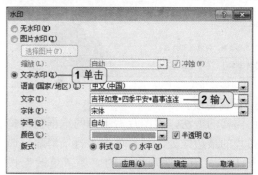

03 设置水印文字颜色。

单击"颜色"下拉列表右侧的下三角按钮，在展开的颜色列表中单击"红色，强调文字颜色2，深色25%"图标，如右图所示。

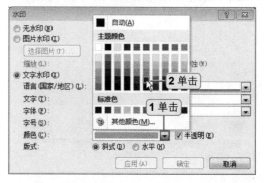

04 设置水印文字的字体与不透明效果。

将"字体"设置为"隶书",取消勾选"半透明"复选框,最后单击"确定"按钮,如下图所示。

05 显示制作的水印效果。

经过以上操作,就完成了文档水印的制作,返回文档中即可看到制作的效果,如下图所示。

8.4.3 填充页面背景

填充页面背景时,为了增加贺卡的喜庆气氛,并与插入到文档中的图片互相配合,可以采用暖色调的渐变颜色对页面背景进行填充。

01 单击"填充效果"选项。

切换到"页面布局"选项卡,单击"页面背景"选项组中的"页面颜色"按钮,在展开的颜色列表中单击"填充效果"选项,如下图所示。

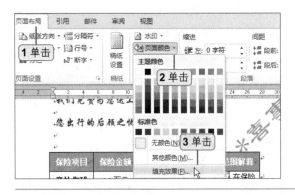

02 选择填充背景的第一个颜色。

弹出"填充效果"对话框,在"渐变"选项卡下单击"双色"单选按钮,然后单击"颜色1"下拉列表右侧的下三角按钮,在下拉列表中单击"橙色,强调文字颜色6,深色25%"图标,如下图所示。

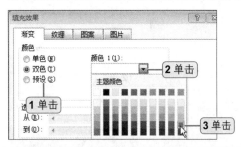

03 设置填充背景的第二个颜色。

设置了填充背景的第一个颜色后,单击"颜色2"下拉列表右侧的下三角按钮,在展开的颜色列表中单击"标准色"组中的"黄色"图标,如右图所示。

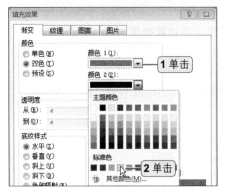

04 选择填充的底纹样式。

单击"底纹样式"选项组中的"角部辐射"单选按钮，然后单击"变形"选项组中左上角的效果图标，最后单击"确定"按钮，如下图所示。

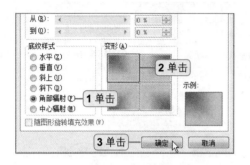

05 显示填充页面背景效果。

经过以上操作就完成了页面背景的填充操作，返回文档中可以看到填充后的渐变效果，如下图所示。

8.4.4 为页面添加边框

为了使贺卡的内容更加丰富，最后为贺卡页面添加艺术边框，使贺卡更加美观，具体操作步骤如下。

01 打开"边框和底纹"对话框。

切换到"页面布局"选项卡，单击"页面背景"选项组中的"页面边框"按钮，如下图所示。

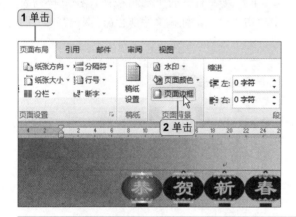

02 选择边框样式。

在"页面边框"选项卡下单击"艺术型"下拉列表框右侧的下三角按钮，在下拉列表框中单击椰子树样式的选项，并将"颜色"设置为"绿色"，如下图所示。

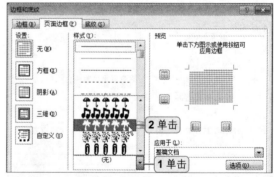

03 显示添加的边框效果。

经过以上操作，就完成了为贺卡添加边框的操作，此时新春贺卡已全部制作完成，返回文档中可以看到制作后的最终效果，如右图所示。

添加边框效果

Excel 2010基础操作

CHAPTER 09

使用Excel 2010制作表格或处理数据，首先需要掌握
Excel 2010的基础操作，例如新建、重命名工作表，插入、
调整以及合并单元格，输入数据，设置数据格式及单元格格
式等内容。本章就对Excel工作表的新建、重命名、单元格
的插入、调整和合并、文本的输入、格式设置、单元格格式
等一系列基础操作进行介绍。

 知识点

1. 插入与调整单元格　　3. 同时输入文字与数字　　5. 以序列快速填充数据
2. 合并单元格　　　　　4. 设置单元格格式　　　　6. 设置表格边框与填充效果

建议学习时间：85分钟

学习内容	学习时间	学习内容	学习时间
新建与重命名工作表	5分钟	设置单元格格式	15分钟
移动与复制工作表	5分钟	以序列快速填充数据	10分钟
插入与调整单元格	5分钟	设置表格边框与填充效果	15分钟
合并单元格	5分钟	观看视频教学并练习	20分钟
输入数据	5分钟		

重点实例

	A	B	C	D
	A1		*fx*	产品批发销售
	A	B	C	D
1		产品批发销售报表		
2	产品名称	单位	签单时间	签单额
3	洗面奶	瓶	2010/3/5	1500
4	乳液	瓶	2010/3/8	2400
5	精华液	瓶	2010/3/19	3200
6	爽肤水	瓶	2010/3/20	4800
7	卸妆液	瓶	2010/3/24	5240
8				
9				
10				
11				

▲ 合并单元格

	A	B	C
1		员工3月工作安排	
2	日期	预计工作量	实际工作量
15	2010/3/17		
16	2010/3/18		
17	2010/3/19		
18	2010/3/22		
19	2010/3/23		
20	2010/3/24		
21	2010/3/25		
22	2010/3/26		
23	2010/3/29		
24	2010/3/30		

▲ 以序列填充日期

A	B	C	D
产品批发销售报表			
产品名称	单位	签单时间	签单额
洗面奶	瓶	2010-3-5	1500
乳液	瓶	2010-3-8	2400
精华液	瓶	2010-3-19	3200
爽肤水	瓶	2010-3-20	4800
卸妆液	瓶	2010-3-24	5240

▲ 设置图案填充效果

入门必备

9.1 工作表的基础操作

工作表的基础操作包括新建、重命名工作表、更改工作表标签颜色、移动或复制工作表、隐藏与显示工作表等，本节将对以上各种操作进行详细介绍。

9.1.1 新建工作表

默认情况下，一个工作簿包含3张工作表，对工作表中的操作则是通过工作表标签进行的。工作表标签其实就是工作表的名片，单击工作表标签即可切换到相应的工作表中。如果工作簿中的工作表个数不能满意用户要求时，可以根据需要添加其他工作表。

方法一 利用"插入工作表"按钮新建工作表

步骤01 **单击"插入工作表"按钮。**新建一个空白的工作簿，在工作表标签区域单击"插入工作表"按钮，如下左图所示。

步骤02 **显示新建的工作表。**此时在Sheet3工作表标签后插入一个名为Sheet4的工作表，如下右图所示。

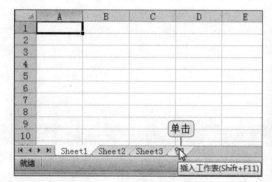 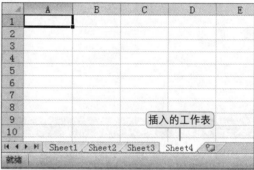

方法二 使用"插入工作表"选项新建工作表

步骤01 **单击"插入工作表"选项。**新建一个空白的工作簿，在"开始"选项卡下"单元格"选项组中单击"插入"按钮右侧的下三角按钮，在展开的下拉列表中单击"插入工作表"选项，如下左图所示。

步骤02 **显示新建的工作表。**此时在当前选中工作表之前新建了一个名为Sheet4的工作表，如下右图所示。

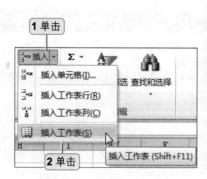

✐ **方法三 使用右键快捷菜单命令新建工作表**

步骤01 **单击"插入"命令。** 新建一个空白的工作簿，在工作表标签区域中右击工作表标签，在弹出的快捷菜单中单击"插入"选项，如下左图所示。

步骤02 **选择工作表选项。** 弹出"插入"对话框，在"常用"选项卡下的列表框中单击"工作表"图标，如下右图所示，单击"确定"按钮。

步骤03 **显示新建的工作表。** 此时在右击的工作表之前新建了一个名为Sheet4的工作表，如下图所示。

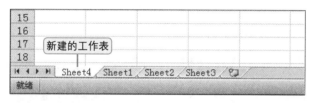

9.1.2 重命名工作表

工作表标签的默认名称为"Sheet1"、"Sheet2"、"Sheet3"，既不直观又难以记忆。因此为其重命名一个容易记忆的名称非常重要，节省你查找和管理工作表的时间。

步骤01 **单击"重命名"命令。** 新建一个空白的工作簿，右击需要重命名的工作表标签，在弹出的快捷菜单中单击"重命名"选项，如下左图所示。

步骤02 **显示标签状态。** 此时工作表标签的名称变为白字黑底状态，如下右图所示，表示该工作表标签名称可编辑。

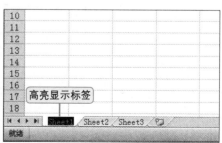

步骤03 **输入工作表名称。**此时，输入工作表的新名称"月销量统计"，然后按下Enter键或单击工作表标签以外的任何位置，即可完成工作表的重命名操作，得到如下左图所示的工作表名称。

知识点拨

双击工作表标签进行重命名
在工作表标签上双击鼠标左键，也可以将其名称切换至可编辑状态，然后输入新名称，即可完成工作表的重命名操作。

9.1.3　更改工作表标签的颜色

如果工作簿中工作表太多，需要更加清楚地区分工作表，可以设置工作表标签的颜色。恰当的工作表名称再加上工作表标签的颜色，会使工作表更加醒目。

步骤01 **选择工作表标签颜色。**在打开的工作簿中，右击"月销量统计"工作表标签，在弹出的快捷菜单中依次单击"工作表标签颜色>红色"选项，如下左图所示。

步骤02 **显示工作表标签颜色。**单击其他任意工作表标签选中其他工作表，可以看到当前工作表的标签颜色已更改为红色，如下右图所示。

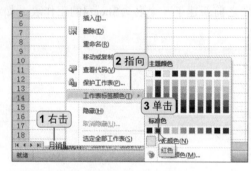

9.1.4　移动或复制工作表

在工作簿中可以通过复制工作表来快捷新建工作表，也可以通过移动工作表来调整工作表之间的顺序。例如，在工作簿中复制"月销量统计"工作表，然后调整Sheet2和Sheet3工作表至最后，其操作方法如下。

步骤01 **单击"移动或复制"选项。**在打开的工作簿中右击需要复制的工作表标签，在弹出的快捷菜单中单击"移动或复制"选项，如下左图所示。

步骤02 **设置复制选项。**弹出"移动或复制工作表"对话框，在"下列选定工作表之前"列表框中单击"移至最后"选项，勾选"建立副本"复选框，单击"确定"按钮，如下右图所示。

知识点拨

拖动复制工作表
选中需要复制的工作表，按住Ctrl键的同时按住鼠标左键拖动工作表至目标位置，释放鼠标左键可得到复制的工作表。

步骤03 **显示复制的工作表。** 此时在Sheet3工作表之后新建了一个名为"月销量统计（2）"的工作表，如下左图所示。

步骤04 **单击"移动或复制工作表"选项。** 选中"月销量统计（2）"工作表，在"单元格"选项组中单击"格式"按钮，在展开的下拉列表中单击"移动或复制工作表"选项，如下右图所示。

步骤05 **设置移动选项。** 弹出"移动或复制工作表"对话框，在"下列选定工作表之前"列表框中单击"月销量统计"选项，如下左图所示，单击"确定"按钮。

步骤06 **显示移动工作表后效果。** 此时选中的工作表移动至"月销量统计"工作表之前，如下右图所示，而Sheet2和Sheet3工作表移动至最后。

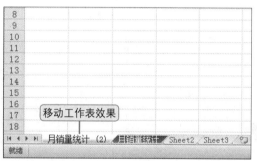

TIP

在不同工作簿之间复制与移动工作表

在移动或复制工作表时，不仅可以在当前工作簿中进行，也可以在不同的工作簿之间实现工作表的复制与移动。在"移动或复制工作表"对话框的"将选定工作表移至工作簿"下拉列表中选择需要移至或复制至的目标工作簿中即可。需要注意的是，目标工作簿必须处于打开的状态。

9.1.5 隐藏与显示工作表

如果不希望被其他人查看某些工作表的数据，可以使用隐藏工作表功能将工作表隐藏起来，减少屏幕上显示的窗口和工作表。下面将分别介绍隐藏工作表和显示工作表的操作方法。

1. 隐藏工作表

隐藏工作表是将工作表及工作表标签隐藏，使其在屏幕上无法查看，但隐藏工作表仍然处于打开状态，其他文档仍可以利用其中的信息。隐藏工作表可通过选项组中的命令按钮或右键快捷菜单命令来完成。

方法一　通过右键快捷菜单隐藏工作表

步骤01 **单击"隐藏"命令。** 在打开的工作簿中右击需要隐藏的工作表，在弹出的快捷菜单中单击"隐藏"选项，如下左图所示。

步骤02 **显示隐藏工作表效果。** 此时可以看到选中的工作表被隐藏起来，如下右图所示。

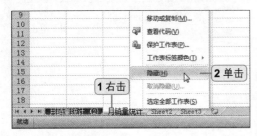

方法二　通过选项组按钮隐藏工作表

步骤01 **单击"隐藏工作表"选项。** 在打开的工作簿中选中需要隐藏的工作表，在"单元格"选项组中单击"格式"按钮，在展开的下拉列表中依次单击"隐藏和取消隐藏>隐藏工作表"选项，如下左图所示。

步骤02 **显示隐藏工作表效果。** 此时可以看到选中的工作表被隐藏起来，如下右图所示。

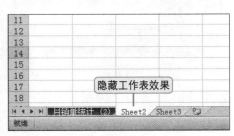

2. 显示工作表

如果需要再次查看隐藏工作表的数据，可以取消对工作表的隐藏，具体操作如下。

步骤01 **单击"取消隐藏"命令。** 打开已隐藏工作表的工作簿，右击工作表标签，在弹出的快捷菜单中单击"取消隐藏"选项，如下左图所示。

步骤02 **选择取消隐藏工作表。** 弹出"取消隐藏"对话框，选择"月销量统计"选项，如下右图所示，单击"确定"按钮，即可将"月销量统计"工作表重新显示出来。

9.2 编辑单元格

单元格是存放数据的最小单位，在Excel中编辑数据时常会需要对单元格进行相关操作，包括选择、插入、合并、删除、隐藏单元格以及调整单元格大小等。

9.2.1 选择单元格

在对单元格进行各种设置操作前，首先需要学习选择单元格。在工作表中可以选一个单元格、多个单元格、整行整列单元格或全部单元格等，针对不同的选择对象有不同的操作方法。

1. 选择一个单元格

如果需要选择一个单元格，可以直接单击单元格，或在名称框中输入单元格的行号和列号，再按下Enter键，如右图所示。

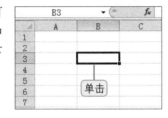

2. 选择相邻的多个单元格

如果需要选择相邻的多个单元格，可以先选择一个单元格，然后按住鼠标左键不放，拖动至目标单元格，或在选择单元格后，在按住Shift键的同时选择目标单元格的最后一个单元格，如右图所示。

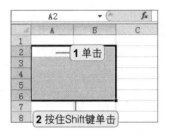

3. 选择多个不相邻的单元格

如果需要选择多个不相邻的单元格，可以先选择一个单元格，在按住Ctrl键的同时单击需要选择的单元格，如右图所示。

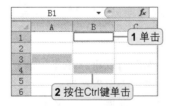

4. 选择整行单元格

如果需要选择整行单元格，可以将光标移动到需要选择行的标记上，当光标变为➡形状时，单击鼠标左键即可选择该行，如右图所示。

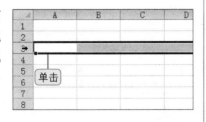

> **知识加油站**
>
> **同时选中相邻的多行单元格**
>
> 如果需要在工作表中同时选择多行单元格，可以先选中一行，然后按住鼠标左键向下或向上拖动即可选择多行相邻的单元格。或者在选中第一行后，在按住Shift键的同时单击需要选择的最后一行单元格，即可选中相邻的多行单元格，如下图所示。
>
>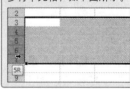

5. 选择整列单元格

如果需要选择整列单元格，可以将光标移动需要选择列的标记上，待光标呈 ↓ 形状时，单击鼠标左键即可选择该列，如右图所示。

6. 选择全部单元格表格

如果需要选择工作表中的全部单元格，可以单击行标记和列标记的交叉处的全选按钮 ▮，也可以直接按下快捷键Ctrl+A键选择全部单元格，如右图所示。

9.2.2 插入单元格

在编辑工作表数据的过程中，如果要在已经有数据的单元格中插入新的数据，则需要先插入单元格。

步骤01 选中单元格。 打开附书光盘中的"实例文件\第9章\原始文件\产品批发销售报表.xlsx"，单击A4单元格，如下左图所示。

步骤02 单击"插入单元格"选项。 在"开始"选项卡的"单元格"选项组中单击"插入"按钮右侧的下三角按钮，在展开的下拉列表中单击"插入单元格"选项，如下右图所示。

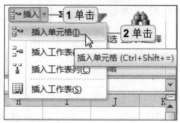

步骤03 选择插入选框。 弹出"插入"对话框，单击"活动单元格下移"单选按钮，如下左图所示，单击"确定"按钮。

步骤04 显示插入单元格效果。 此时当前选中单元格被空白单元格代替，当前单元格中数据及下方的数据均向下移动一个单元格，如下右图所示。

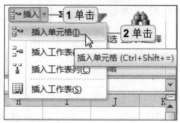

9.2.3 合并单元格

在制作表格时，为了需要通常会将几个单元格合为一个单元格，让表格更加美观、清晰。将几个单元格合为一个单元格可以通过Excel中提供的合并单元格来实现，合并单元格有3种方式，分别为合并后居中、跨越合并和合并单元格。

1. 合并后居中

合并后居中是指将选择的单元格区域合并为一个单元格，将单元格中的内容合并后居中显示。

步骤01 **单击"合并后居中"选项。**打开附书光盘中的"实例文件\第9章\原始文件\产品批发销售报表.xlsx"，选中需要合并的单元格，选中单元格区域A1:D1，在"对齐方式"选项组中单击"合并后居中"按钮右侧的下三角按钮，在展开的下拉列表中单击"合并后居中"选项，如下左图所示。

步骤02 **显示合并后居中效果。**此时选中的单元格区域合并为一个单元格，且合并单元格中的数据居中显示，如下右图所示。

2. 跨越合并

跨越合并方式只针对行，也就是按行进行合并，合并后单元格中的数据不会居中显示。

步骤01 **选择要合并的单元格。**打开附书光盘中的"实例文件\第9章\原始文件\产品批发销售报表.xlsx"，选中需要合并的单元格区域A4:B6，如下左图所示。

步骤02 **单击"跨越合并"选项。**在"开始"选项卡下的"对齐方式"选项组中单击"合并后居中"按钮右侧的下三角按钮，在展开的下拉列表中单击"跨越合并"选项，如下右图所示。

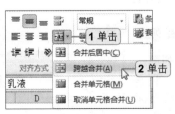

知识加油站

通过对话框合并单元格 需要合并单元格，还可以通过"设置单元格格式"对话框来实现，具体操作如下。

选中需要合并的单元格区域，如选中单元格A1:D1，如下图所示。

在"对齐方式"选项组中单击对话框启动器，如下图所示。

弹出"设置单元格格式"对话框，在"对齐"选项卡下的"文本控制"选项组中勾选"合并单元格"复选框，如下图所示。

设置完成后单击"确定"按钮，此时选中的单元格区域合并为一个单元格，如下图所示。

步骤03 **Microsoft Excel对话框**。弹出Microsoft Excel对话框，提示选定区域包含多重数据。合并到一个单元格后只能保留最左上角的数据，如下左图所示，单击"确定"按钮。

步骤04 **显示跨越合并后效果**。此时选中的单元格区域按行进行合并，每合并一次将弹出Microsoft Excel对话框进行提示，跨越合并后的单元格效果如下右图所示。

3. 合并单元格

合并单元格只将选中的多个单元格合并为一个单元格，单元格中内容的样式不发生任何改变。

步骤01 **单击"合并单元格"选项**。打开附书光盘中的"实例文件\第9章\原始文件\产品批发销售报表.xlsx"，选中需要合并的单元格区域A1:D1，单击"对齐方式"选项组中"合并后居中"按钮右侧的下三角按钮，在展开的下拉列表中单击"合并单元格"选项，如下左图所示。

步骤02 **显示合并单元格后效果**。此时选中的多个单元格合并为一个单元格，且没有更改单元格中数据的样式，如下右图所示。

9.2.4 调整单元格的行高与列宽

当单元格中的数据不能完全显示出来时，可以适当地调整单元格的行高与列宽。适当地调整单元格的行高与列宽，还可以使表格更加美观、大方。调整单元格行高与列宽的方法相似，这里以调整列宽为例，介绍各种调整行高与列宽的方法。

✎ **方法一 使用鼠标拖动调整列宽**

步骤01 **拖动列标签边缘调整列宽**。打开"实例文件\第9章\原始文件\连锁店月销量额统计.xlsx"，将光标置于需要调整列宽的列标签右侧，待光标变为✛形状时，按住鼠标左键向右拖动，如右图所示。

	宽度: 10.25 (87 像素)		
C	D	✛ [拖动]	F
销量	销售额		
25640	4E+06		
24775	4E+06		
23688	4E+06		
57895	9E+06		

步骤02 **查看调整列宽后的效果。** 拖至适当位置后释放鼠标左键，即可得到如右图所示的列宽，此时列单元格中的数据全部显示出来。

方法二 根据单元格数据自动调整列宽

步骤01 **选中需要调整列宽的单元格。** 打开附书光盘中的"实例文件\第9章\原始文件\连锁店月销量额统计.xlsx"，选中需要调整列宽的列，如下左图所示。

步骤02 **单击"自动调整列宽"选项。** 在"单元格"选项组中单击"格式"按钮，在展开的下拉列表中单击"自动调整列宽"选项，如下右图所示。

步骤03 **查看自动调整列宽的效果。** 此时选中的列会根据单元格中最长的数据进行列宽调整，得到如右图所示的效果。

方法三 精确调整单元格的列宽

步骤01 **选中需要调整列宽的单元格。** 打开附书光盘中的"实例文件\第9章\原始文件\连锁店月销量额统计.xlsx"，选中需要调整列宽的列，如下左图所示。

步骤02 **单击"列宽"选项。** 在"开始"选项卡下的"单元格"选项组中单击"格式"按钮，在展开的下拉列表中单击"列宽"选项，如下右图所示。

为单元格设置另一单元格的列宽

如果需要将某个单元格的列宽设置成工作表中已有单元格的列宽，使用复制与选择性粘贴命令即可实现。

选中已设置好列宽的单元格，单击"剪贴板"选项组中的"复制"按钮，如下图所示。

接着选中目标列中任意单元格，单击"粘贴"按钮的下三角按钮，在展开的下拉列表中单击"选择性粘贴"选项，如下图所示。

弹出"选择性粘贴"对话框，在"粘贴"选项组中单击"列宽"单选按钮，如下图所示，单击"确定"按钮，即可指定单元格列宽配置给目标单元格。

步骤03 **设置列宽**。弹出"列宽"对话框，在"列宽"数值框中输入列宽值，如下左图所示，单击"确定"按钮。

步骤04 **显示调整列宽后效果**。此时选中列的列宽变为指定的磅值，如下右图所示。

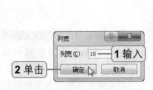

清除单元格中的内容

如果只需要删除单元格中的内容，可以在选中单元格后按下 Delete 键清除单元格内容。除此之外，还可以使用"清除"命令来对单元格中内容、格式进行清除。

选中需要清除单元格内容的单元格，如单击选中 A5 单元格，如下图所示。

在"编辑"选项组中单击"清除"按钮，在展开的下拉列表中单击"清除内容"选项，如下图所示。

此时单元格中的数据即被清除，但单元格位置保留，如下图所示。

9.2.5 删除单元格

如果工作表中有多余的单元格，可以将其删除，需要注意的是，删除单元格是将单元格及其内容一起删除，活动单元格将左移或上移，以填充删除的单元格。

步骤01 **选中需要删除的单元格**。打开附书光盘中的"实例文件\第9章\原始文件\产品批发销售报表.xlsx"，选中需要删除的单元格，如下左图所示。

步骤02 **单击"删除单元格"选项**。在"格式"选项组中单击"删除"按钮右侧的下三角按钮，在下拉列表中单击"删除单元格"选项，如下右图所示。

步骤03 **设置删除选项**。弹出"删除"对话框，单击"下方单元格上移"单选按钮，如下左图所示，单击"确定"按钮。

步骤04 **显示删除指定单元格效果**。此时选中单元格即被删除，其下方单元格的内容上移，得到如下右图所示的效果。

9.2.6 隐藏与显示单元格

如果不希望其他人查看工作表中某些单元格的数据，可以将其隐藏起来，如果需要重新查看隐藏的数据只需要取消隐藏即可。本小节以隐藏与取消隐藏列为例，介绍隐藏与显示数据的方法。

1. 隐藏列数据

隐藏数据有两种方法，一种是拖动列标签隐藏指定列，另一种是使用"隐藏列"选项来实现。

方法一　手动隐藏列

步骤01 **拖动列标签边缘隐藏。** 打开附书光盘中的"实例文件\第9章\原始文件\产品批发销售报表.xlsx"，将光标置于需要隐藏列右侧列标签边缘，光标变为 ✛ 形状时，按住鼠标左键向左拖动，将列宽设置为0磅，如下左图所示。

步骤02 **显示隐藏列后效果。** 此时指定单元格列被隐藏，如下右图所示。

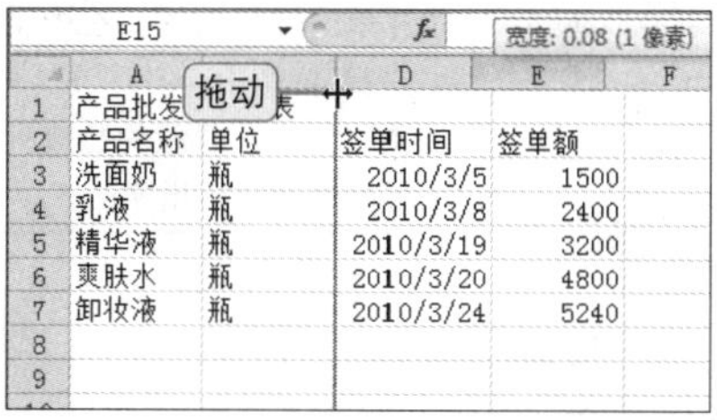

方法二　使用"隐藏列"选项隐藏列

步骤01 **单击选中要隐藏列的单元格。** 打开附书光盘中的"实例文件\第9章\原始文件\产品批发销售报表.xlsx"，选中需要隐藏列的任意单元格，如下左图所示。

步骤02 **单击"隐藏列"选项。** 在"单元格"选项组中单击"格式"按钮，在展开的下拉列表中指向"隐藏和取消隐藏"选项，在级联列表中单击"隐藏列"选项，如下右图所示。

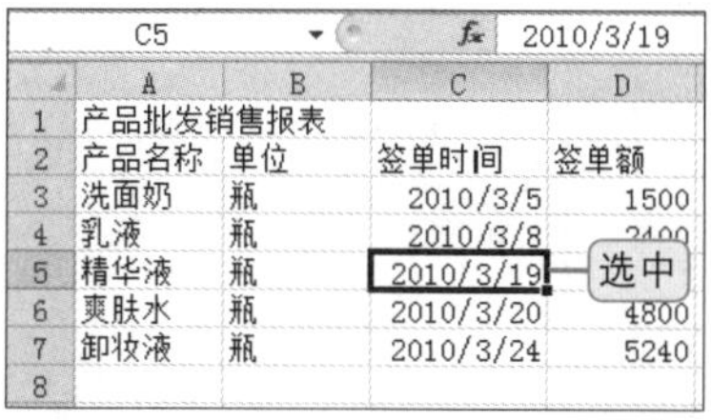

步骤03 **显示隐藏列效果。** 此时当前活动单元格所在列被隐藏，如右图所示。

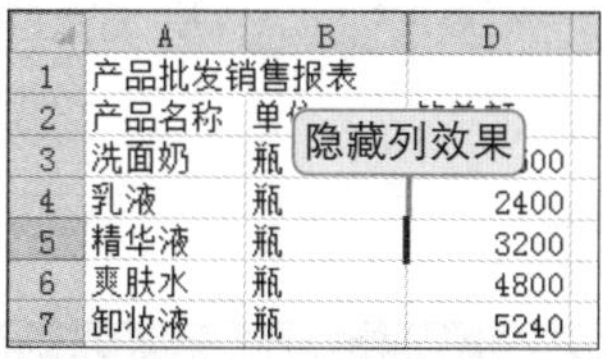

2. 显示单元格数据

如果需要查看已经隐藏列中的数据，对于不同方法隐藏的数据需要用相应的方法显示，否则隐藏的数据将无法显示出来。对应隐藏单元格的方式，显示隐藏单元格方法也有两种，一种是拖动列标签显示，另一种是通过"取消隐藏"选项来实现。

知识加油站

将列宽设置为0以隐藏列数据

在Excel中还可以通过将单元格的列宽设置为0磅，从而隐藏指定列的数据，具体操作如下。

选中需要隐藏列中的任意单元格，如单击选中C2单元格，单击"单元格"选项组中的"格式"按钮，在展开的下拉列表中单击"列宽"选项，如下图所示。

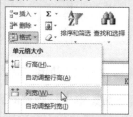

弹出"列宽"对话框，在"列宽"数值框中输入0，如下图所示，单击"确定"按钮。

此时，单元格所在列的数据即被隐藏，如下图所示。

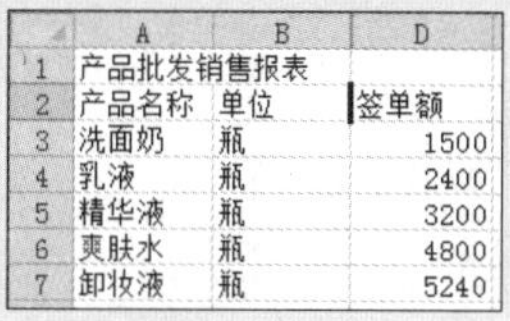

进阶实战

方法一　拖动列标签显示单元格数据

步骤01　拖动列标签边缘。在隐藏列的工作表中选中已被隐藏列左右两侧的列，如选中B和D列，将光标置于B和D列中间，当光标变为 ✛ 形状时，按住鼠标左键向右拖动，如下左图所示。

步骤02　显示隐藏列数据。拖至适当位置后释放鼠标左键，可以看到被隐藏的C列单元格数据重新显示出来，如下右图所示。

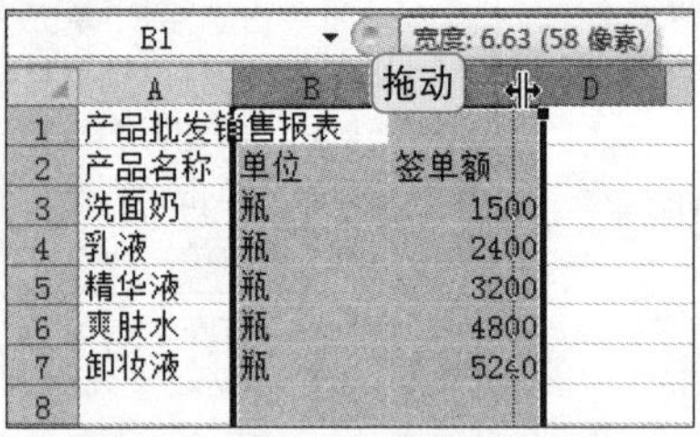

TIP

使用右键快捷菜单隐藏与显示数据

在Excel中，除了可以使用选项组中的"隐藏和取消隐藏"选项来隐藏与显示行、列数据外，还可以选中需要隐藏的行或列，右击鼠标，在弹出的快捷菜单中单击"隐藏"命令，选中的列即被隐藏。若需要显示隐藏的行或列，选中隐藏行或列上下、或左右两侧的行或列，并单击鼠标右键，在弹出的快捷菜单中单击"取消隐藏"命令，隐藏的行或列即可被重新显示出来。

方法二　使用"取消隐藏列"选项显示单元格数据

步骤01　选中被隐藏的列。如果工作表中的列是使用"隐藏列"选项进行隐藏的，在名称框中输入C1后按下Enter键，选中隐藏列中的单元格，如下左图所示。

步骤02　单击"取消隐藏列"选项。在"单元格"选项组中单击"格式"按钮，在展开的下拉列表中指向"隐藏和取消隐藏"选项，在级联列表中单击取消隐藏列"选项，如下右图所示。

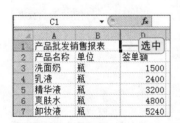

步骤03　显示隐藏的列数据。此时选中的被隐藏的列重新显示出来，如右图所示。

9.3 在单元格中输入数据

　　电子表格是数据的载体，而数据是电子表格的核心，因此在表格中输入数据是非常重要的操作。在表格中输入的数据，包括文字、数字、字母和符号等，本节将介绍如何在多个单元格中输入同一文字以及如何在一列中快速输入同一数字。

9.3.1　在多个单元格中同时输入同一文字

在实际工作中，经常会遇到需要在一个工作表中输入多个相同的数据，如果逐个输入比较烦琐且费时。此时可先选中需要输入相同数据的单元格，然后在编辑栏中输入数据，按下快捷键Ctrl+Enter键即可实现时同输入。

步骤01　**选中多个单元格。** 打开附书光盘中的"实例文件\第9章\原始文件\3月产品销量记录.xlsx"，单击选中C3单元格，按住Ctrl的同时单击选中C5、C6和C7单元格，如下左图所示。

步骤02　**输入文字。** 激活编辑栏，在其中输入需要的数据，如输入"瓶"，如下右图所示。

步骤03　**显示输入的数据。** 输入完成后按下快捷键Ctrl+Enter，即可在选定的多个单元格中同时输入相同数据，如右图所示。

9.3.2　在一列单元格中快速输入同一数据

如果需要在一列中输入相同的数据，可以使用单元格右下角的填充柄＋来实现，具体操作如下。

步骤01　**利用填充柄填充数据。** 打开附书光盘中的"实例文件\第9章\原始文件\3月产品销量记录.xlsx"，在C3单元格中输入数据，如输入"瓶"，按下Enter键。将光标置于C3单元格右下角，当光标变为＋形状时，按住鼠标左键向下拖动，如下左图所示。

步骤02　**查看快速输入同一数据效果。** 拖至目标位置释放鼠标左键，此时在光标经过单元格中输入了相同数据，单击"自动填充选项"按钮，在展开的下拉列表中选择相应的填充选项，如下右图所示。

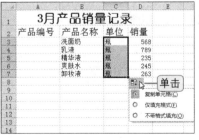

利用自动填充柄输入有规律数据

如果需要在一列中输入有规律的一组数据，例如递增或递减的数据，可以通过自动填充选项来实现，具体操作如下。

打开"3月产品销量记录.xlsx"，假设产品编号是以递增方式显示的，如洗面奶的产品编号为101，则乳液的产品编号为102，在A3单元格中输入101，将光标置于A3单元格右下角，当光标变为＋形状时，按住鼠标左键向下拖动，如下图所示。

释放鼠标左键后单击"自动填充选项"按钮，单击"填充序列"单选按钮，如下图所示。

此时，在光标经过的单元格中显示递增数据，如下图所示。

9.4 设置单元格的对齐方式

为了使表格中的内容重点突出、层次分明，可以设置数据的对齐方式，使表格更加整洁，方式包括设置数据对齐方式、文本自动换行和文字方向等。

9.4.1 设置文本的对齐方式

文本的对齐方式包括顶端对齐、垂直居中对齐、底端对齐、左对齐、居中对齐和右对齐6种，Excel单元格默认的文本对齐方式为左对齐，数字的对齐方式为右对齐。下面以设置文本居中对齐效果为例进行介绍。

步骤01 **选中要设置居中对齐的单元格。** 打开"实例文件\第9章\原始文件\产品批发销售报表.xlsx"，选中需要设置文本对齐方式的单元格，拖动选中A2:D2单元格区域，如下左图所示。

步骤02 **单击"居中"按钮。** 在"对齐方式"选项组中单击"居中"按钮，如下右图所示。

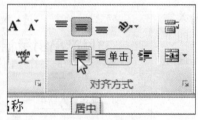

步骤03 **显示文本居中对齐效果。**
此时选中单元格区域中的文本显示居中对齐效果，如右图所示。

9.4.2 设置文本的自动换行

当输入的数据超过单元格默认的列宽时，将会占据右侧单元格的位置。为了使工作表看起来更加美观，可以设置数据自动换行。设置文本的自动换行有两种方法，一种是使用选项组中的"自动换行"按钮，一种是通过对话框实现文本自动换行。

方法一 使用"自动换行"按钮设置文本换行

步骤01 **选中要自动换行的单元格。**
打开"实例文件\第9章\原始文件\产品批发销售报表.xlsx"，单击选中需要自动换行的单元格，如单击选中A1单元格，如右图所示。

知识加油站

通过对话框设置文本的对齐方式

在Excel中除了使用"对齐方式"选项组中的按钮外，还可以使用"设置单元格格式"对话框来设置文本的对齐方式，具体操作如下。

选中需要设置文本对齐的单元格，单击"对齐方式"选项组的对话框启动器。弹出"设置单元格格式"对话框，在"对齐"选项卡下的"文本对齐方式"选项组中单击"水平对齐"下拉列表框右侧的下三角按钮，在展开的下拉列表中选择需要的水平对齐方式，然后单击"垂直对齐"下拉列表框右侧的下三角按钮，在展开的下拉列表中选择需要的对齐方式，如下图所示，单击"确定"按钮，选定单元格中的文本则进行相应的对齐调整。

步骤02 **单击"自动换行"按钮。**在"对齐方式"选项组中单击"自动换行"按钮，如下左图所示。

步骤03 **显示自动换行文本数据。**此时单元格中的数据以单元格的列宽为准自动对文本进行换行，如下右图所示。

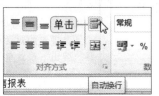

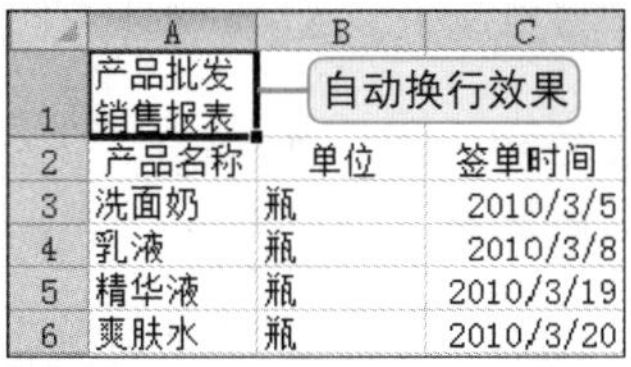

方法二 通过对话框设置文本自动换行

步骤01 **选中要自动换行的单元格。**打开附书光盘中的"实例文件\第9章\原始文件\产品批发销售报表.xlsx"，选中需要设置文本自动换行的单元格，如下左图所示。

步骤02 **打开"设置单元格格式"对话框。**单击"对齐方式"选项组的对话框启动器，如下右图所示。

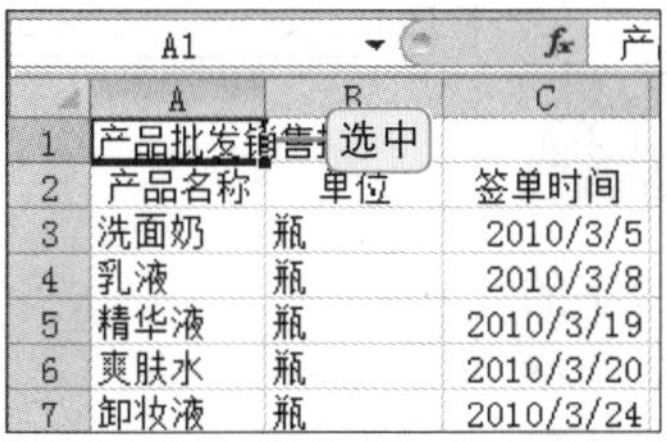

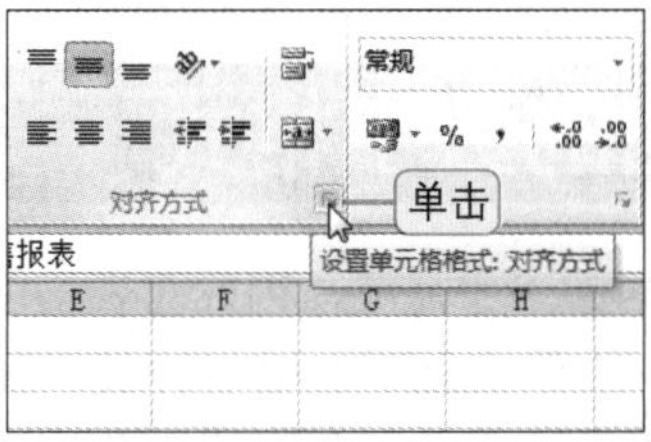

步骤03 **勾选"自动换行"复选框。**弹出"设置单元格格式"对话框，在"对齐"选项卡下的"文本控制"选项组中勾选"自动换行"复选框，如下左图所示。

步骤04 **显示自动换行效果。**设置完成后单击"确定"按钮，选中单元格中的文本根据列宽进行自动换行，如下右图所示。

知识加油站

设置单元格文本的强制换行

在Excel中，除了使单元格中的数据根据单元格列宽进行自动换行外，还可以使用快捷键Alt+Enter对单元格中的文本进行强制换行。只需将光标插入点置于单元格中文本需要换行的位置，按下快捷键Alt+Enter即可从当前光标处对文本进行强制换行，如下图所示。

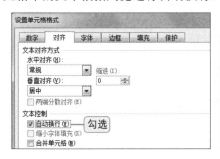

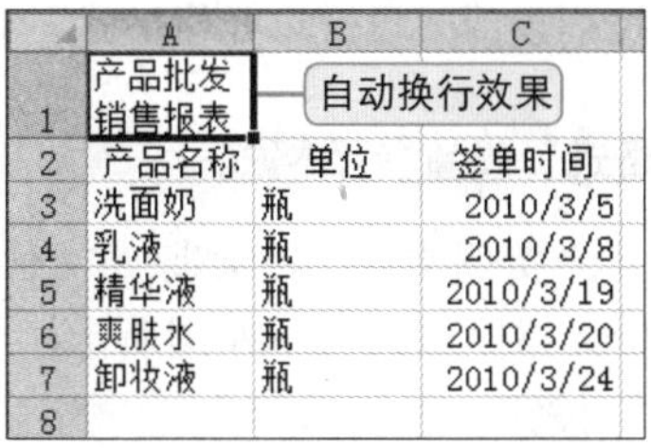

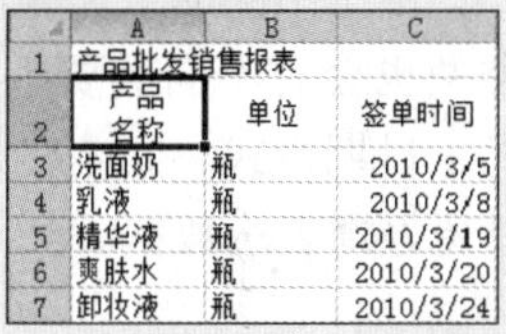

9.4.3 设置文本的方向

在Excel中，默认的单元格文本方向是从左向右排列的，它是根据人们阅读数据的习惯设置的。在有的情况下，为了让表格更加美观、清晰，可以将多个单元格合并为一个单元格，使其中的文本以竖直方式显示。有时也可能会遇到文本按30°、45°等角度排列的情况。

步骤01 **选中需要调整文本方向的单元格。**打开附书光盘"实例文件\第9章\原始文件\出差通知单.xlsx",单击选中需要调整文本方向的单元格,如单击选中A4单元格,如下左图所示。

步骤02 **单击"竖排文字"选项。**在"对齐方式"选项组中单击"文本方向"按钮,在展开的下拉列表中单击"竖排文字"选项,如下右图所示。

步骤03 **显示竖排文字效果。**此时选中单元格中的文本显示为竖排效果,如右图所示。

9.5 设置单元格的数字格式

由于不同的工作领域会有不同的工作需要,因此对表格中数字的类型也会有不同的要求,Excel中的数字类型有很多种类,如货币格式、日期格式、文本格式等,在数据表格中为数字设置相应的格式可以更好地表达数据。

9.5.1 设置货币格式

货币格式是数字格式中的一种,常用于财务计算,就是将数据显示为货币形式。这些货币数据不能是文本,它要参与一些运算,如汇总、分类统计等等。设置货币格式的方法有很多种,如使用"会计数字格式"按钮、"数字格式"下拉列表或"设置单元格格式"对话框。

方法一 使用"会计数字格式"设置货币格式

步骤01 **选中单元格区域。**打开"实例文件\第9章\原始文件\产品批发销售报表.xlsx",选中D3:D7单元格区域,如下左图所示。

步骤02 **单击"会计数字格式"按钮。**在"数字"选项组中单击"会计数字格式"按钮的下三角按钮,单击"中文(中国)"选项,如下右图所示。

步骤03 **减少小数位数**。此时，选中单元格中的数据更改为货币格式，并自动为货币数据添加两位小数，如果需要减少小数位数可以单击"数字"选项组中的"减小小数位数"按钮，如下左图所示。

步骤04 **显示减少小数位后效果**。此时选中单元格中的小数位数将减少一位，如下右图所示。每单击一次将减少一位，直到小数位数为0。

方法二 使用"数字格式"下拉列表设置货币格式

步骤01 **选中单元格区域**。打开"实例文件\第9章\原始文件\产品批发销售报表.xlsx"，选中D3:D7单元格区域，如下左图所示。

步骤02 **单击"货币"选项**。在"数字"选项组中单击"数字格式"下拉列表右侧的下三角按钮，在展开的下拉列表中单击"货币"选项，如下右图所示。

步骤03 **显示设置货币格式效果**。此时选中单元格的数据显示为货币形式，如右图所示。

方法三 使用"设置单元格格式"对话框设置货币格式

步骤01 **选中单元格区域**。打开"实例文件\第9章\原始文件\产品批发销售报表.xlsx"，选中D3:D7单元格区域，如下左图所示。

步骤02 **单击对话框启动器**。单击"数字"选项组的对话框启动器，如下右图所示。

自定义数据格式节省输入时间

自定义格式允许用户修改单元格的格式，可以将数据显示为需要的样式，且能在输入数据时显示一些重要的提示信息，从而减少数据的出错率。例如产品编号的前四位为1003，后两位为具体编号，则可以自定义数据显示格式，减少重复值输入。

选中需要设置数字格式的单元格，如下图所示。

打开"设置单元格格式"对话框，在"数字"选项卡下的"分类"列表框中单击"自定义"选项，在"类型"文本框中输入数字形式，如下图所示。

此时，在单元格中输入数字，显示相应的数据形式，如下图所示。

进阶实战

步骤03 　**设置货币格式。** 弹出"设置单元格格式"对话框，在"分类"列表框中单击"货币"选项，在"小数位数"数值框中输入1，在"负数"列表框中选择需要的形式选项，如下左图所示。

步骤04 　**显示设置货币格式后效果。** 此时选中单元格中的数据显示为货币形式，并为其添加一位小数，如下右图所示。

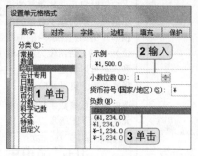

9.5.2　设置日期格式

设置日期格式的方法与设置货币格式方式相同，常见的日期格式有长日期格式、短日期格式等，设置日期格式的具体方法如下。

步骤01 　**选中单元格区域。** 打开附书光盘中的"实例文件\第9章\原始文件\产品批发销售报表.xlsx"，选取需要设置日期格式的单元格，在此选中C3:C7单元格区域，如下左图所示。

步骤02 　**单击"长日期"选项。** 在"数字"选项组中单击"数字格式"下拉列表右侧的下三角按钮，在展开的下拉列表中单击"长日期"选项，如下右图所示。

步骤03 　**显示设置日期格式后效果。** 此时选中的单元格数据更改为指定的日期格式形式，如右图所示。

9.5.3　设置文本格式

在Excel中可以将单元格设置为文本格式，在该单元格中输入的数字等均为文本，不能参与数据的汇总等计算。使用该方法可以输入以0开头的文本，如在"产品编号"单元格中输入以0开头的数据。

知识加油站

设置数据的分节显示

当一个数据太大时，如3 846 000,这样的数据看起来不太方便，如果把它设置显示为3,846,000.00，则很容易看清数据的大小。在Excel 2010中如果需要为数据添加分节显示，只需单击"千位分隔样式"按钮即可，具体操作如下。

选中需要分节显示的数据所在的单元格，在"数字"选项组中单击"千位分隔样式"按钮，如下图所示，即可将数据以分节形式显示。

步骤01 **选中需要设置的单元格。** 打开附书光盘中的"实例文件 \ 第 9 章 \ 原始文件 \3 月产品销量记录 .xlsx",选取需要设置为文本格式的单元格,在此选中 A3:A7 单元格区域,如下左图所示。

步骤02 **设置文本格式。** 打开"设置单元格格式"对话框,在"数字"选项卡下的"分类"列表框中单击"文本"选项,如下右图所示,设置完成后单击"确定"按钮。

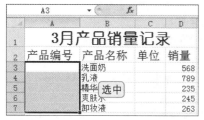
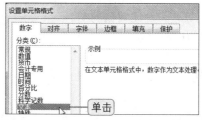

步骤03 **输入以0开头的数据。** 在设置文本格式的单元格中输入以0开头的产品编号,即可得到如右图所示的数据。

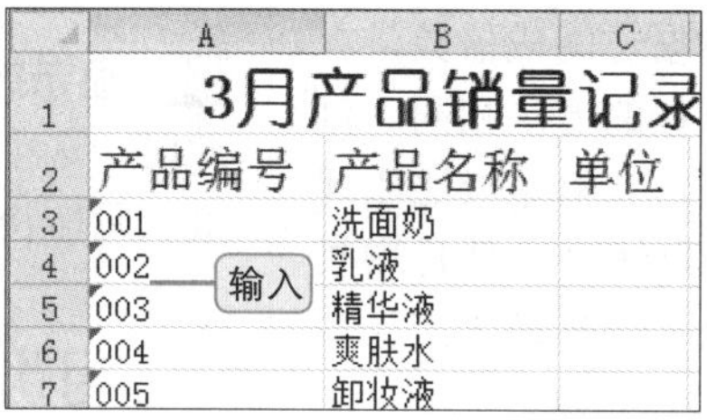

将文本数字转换为数值型数字

在Excel中可以将单元格设置为文本格式,此时单元格中输入的数字将无法加入数据运算中。如果需要对文本数字进行计算,需要先将文本数据转换为数字,具体操作如下。

选中需要转换的文本数字,单击单元格旁边的按钮,在展开的下拉列表中单击"转换为数字"选项,如下图所示,即可将选定单元格中的文本数字转换为数值型数字。

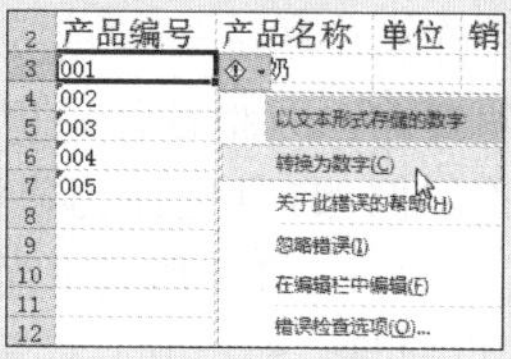

9.5.4　设置百分比格式

在Excel中可以直接将单元格数据设置为百分比形式,用户输入的小数会自动以百分比形式显示,常用于显示数据的增长率等值。设置数据的百分比显示格式也有两种方法。

步骤01 **选中数据区域。** 打开附书光盘中的"实例文件\第9章\原始文件\连锁店月销量额统计.xlsx",在数据区域右侧添加一列并输入月增长率,如下左图所示,然后选中E3:E10单元格区域。

步骤02 **单击"百分比样式"按钮。** 在"数字"选项组中单击"百分比样式"按钮,如下右图所示。

步骤03 **显示数据以百分比形式显示效果。** 此时选中单元格区域中的数据均以百分比形式显示,如右图所示。

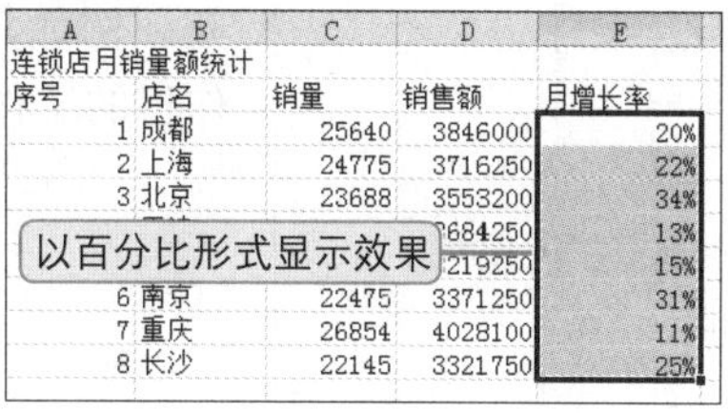

9.6 使用"序列"对话框填充单元格

在实际工作中，经常会遇到需要输入一组有规律数据的情况，如输入递增、递减、等比例等数据。在Excel中提供了"序列"对话框，帮助用户灵活、有效地填充等差、等比数据的填充，它还能填充指定类型的日期数据。

9.6.1 填充等比序列

在"序列"对话框中可以对数据进行等差或等比填充。等差是指需要输入的数据之间的差值相同，而等比则是数据之间成倍数，在工作表中填充等差或等比数据的方法相同。例如要输入一组预计销售数据，它们是成比出现的。例如1月预计销售数据为56台，且月增长比例为1.5倍，那么下面将演示快速输入2月、3月、4月、5月和6月的预计销售数据。

01 选中需要填充数据的单元格区域。

打开"实例文件\第9章\原始文件\输入预计月销量.xlsx"，选中需要填充等比数据的单元格，如选中C2:C7单元格区域，如下图所示。

	A	B	C	D
1	月份	单位	预计销量	
2	1月	台	56	
3	2月	台		
4	3月	台		——选中
5	4月	台		
6	5月	台		
7	6月	台		

02 单击"系列"选项。

在"编辑"选项组中单击"填充"按钮，在展开的下拉列表中单击"系列"选项，如下图所示。

03 设置序列选项。

弹出"序列"对话框，在"序列产生在"选项组中单击"列"单选按钮，在"类型"选项组中单击"等比序列"单选按钮，在"步长值"数值框中输入1.5，如下图所示，单击"确定"按钮。

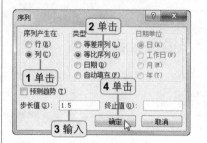

04 显示等比数据填充效果。

此时，选中单元格区域中显示出以1月销量为基准的月增长1.5倍的月销量额，如下图所示。

	A	B	C	D
1	月份	单位	预计销量	
2	1月	台	56	
3	2月	台	84	
4		台	126	
5	4月	台	189	
6	5月	台	283.5	
7	6月	台	425.25	

显示等比填充结果

TIP

使用鼠标填充等比数据

除了使用"序列"对话框填充等比序列数据外，还可以在单元格中输入第1个和第2个数字，选中输入值的两个单元格，按住鼠标右键拖动，拖至目标单元格后释放鼠标右键，在弹出的快捷菜单中单击"等比序列"命令，即可在光标经过单元格中填充等比序列数据。

9.6.2 填充日期格式序列

使用"序列"对话框除了可以填充有规律的数字外，还可以填充有规律的日期格式数据，如按日、工作日、月、年等方式进行填充。例如，在工作计划安排中记录3月每个工作日的工作安排。

01 选中单元格区域。

打开附书光盘中的"实例文件\第9章\原始文件\员工3月工作安排.xlsx",在A3单元格中输入日期格式数据"2010/3/1",接着选中需要填充工作日数据的单元格区域,如选中A3:A24单元格区域,如下图所示。

02 单击"系列"选项。

在"编辑"选项组中单击"填充"按钮,在展开的下拉列表中单击"系列"选项,如下图所示。

03 设置序列选项。

弹出"序列"对话框,在"序列产生在"选项组中单击"列"单选按钮,在"类型"选项组中单击"日期"单选按钮,在"日期单位"选项组中单击"工作日"单选按钮,在"步长值"数值框中输入"1",如下图所示。

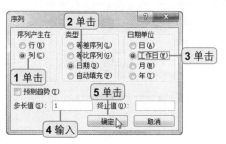

04 显示填充的工作日效果。

此时,选中单元格中填充了3月除去星期六与星期日外的日期,如下图所示。

	A	B	C
1	\multicolumn{3}{c}{员工3月工作安排}		
2	日期	预计工作量	实际工作量
15	2010/3/17		
16	2010/3/18		
17	2010/3/19		
18	2010/3/22		
19	2010/3/23		
20	2010/3/24		
21	2010/3/25		
22	2010/3/26		
23	2010/3/29		
24	2010/3/30		

工作日序列填充结果

知识点拨

自动填充序列文本

当用户需要填充一个文本序列时,可以将需要填充的文本序列首先输入在某个单元格列中,然后在需要重复使用文本序列的第1个单元格中输入文本序列中的某个值,将光标置于输入文本单元格右下角,当光标变为十字形状时按住鼠标左键向下拖动,即可在单元格中自动填充文本序列。除此之外,Excel中默认的序列还有月份、星期、季度等,用户只需要序列中的某个值,即可使用自动填充功能快速填充数据。

9.7 美化表格

在Excel 2010中提供了用于美化工作表外观的功能,如设置表格的边框和填充效果、使用表格样式等。使用这些功能将突出显示工作表中的数据,方便用户查阅,同时增强表格的美观。

9.7.1 为表格添加边框

在工作表中添加边框是为了突出显示数据表格,使表格更清晰。设置工作表边框的方法有很多种,可以直接在选项组中单击"边框"按钮,然后选择边框样式进行设置,也可以在对话框中对表格边框进行统一设置,还可以通过绘制边框的方法为表格添加边框。

高手速成

方法一　通过"边框"按钮添加边框

01　单击"所有框线"选项。

打开"实例文件\第9章\原始文件\产品批发销售报表.xlsx",选中需要添加边框的单元格,如选中A2:D7单元格区域,在"字体"选项组中单击"边框"按钮右侧的下三角按钮,在展开的下拉列表中单击"所有框线"选项,如下图所示。

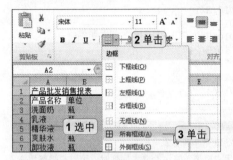

02　显示添加边框后效果。

此时选中单元格均添加了默认颜色的边框线条,如下图所示。

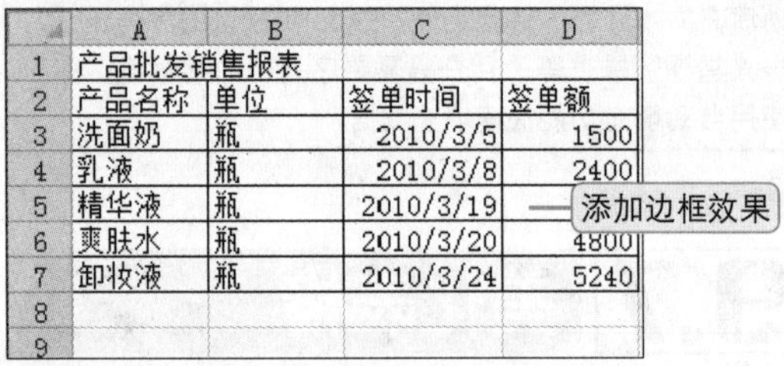

方法二　通过绘制边框方法添加边框

01　选择边框颜色。

打开附书光盘中的"实例文件\第9章\原始文件\产品批发销售报表.xlsx",单击"边框"按钮右侧的下三角按钮,在展开的下拉列表中依次单击"线条颜色>紫色"选项,如下图所示。

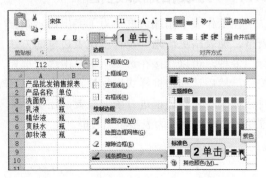

02　绘制边框。

此时自动选择"绘制边框网格"选项,光标变为∅形状时单击A2单元格,按住鼠标左键拖动绘制,如下图所示,拖动目标单元格后释放鼠标左键,即可为表格添加指定颜色边框。

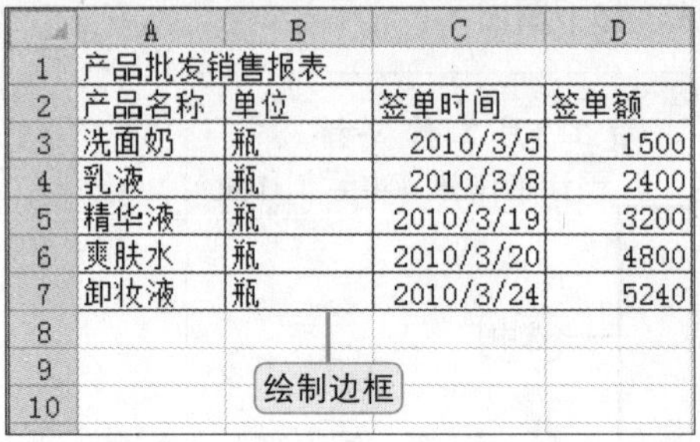

方法三　通过对话框添加边框

01　选中添加边框的单元格。

打开"实例文件\第9章\原始文件\产品批发销售报表.xlsx",选中需要添加边框的单元格,如选中A2:D7单元格区域,如下图所示。

02　设置外边框样式。

打开"设置单元格格式"对话框,切换至"边框"选项卡,在"线条"选项组的"样式"列表框中选择需要的样式,设置"颜色"为"紫色",并单击"外边框"按钮,如下图所示。

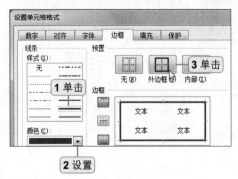

03 设置内边框样式。

在"样式"列表框中选择内边框线条样式，然后单击"内部"按钮，如下图所示，设置完成后单击"确定"按钮。

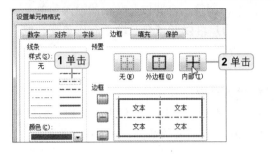

04 显示添加边框线条后效果。

此时，选中单元格区域添加了指定颜色及样式的内、外边框，得到如下图所示的表格效果。

⊿	A	B	C	D
1	产品批发销售报表			
2	产品名称	单位	签单时间	签单额
3	洗面奶	瓶	2010/3/5	1500
4	乳液	瓶	2010/3/	
5	精华液	瓶	2010/3/1	显示设置边框后效果
6	爽肤水	瓶	2010/3/20	4800
7	卸妆液	瓶	2010/3/24	5240

9.7.2 为表格填充背景

为表格填充背景就是为表格添加底纹样式，使用填充背景可以突出表格数据，填充表格背景分为纯色、渐变色和图案等几种填充方法。

01 选中以纯色填充单元格。

打开附书光盘中的"实例文件\第9章\原始文件\产品批发销售报表.xlsx"，选中需要以纯色填充的单元格，如选中A2:D2单元格区域。在"字体"选项组中单击"填充颜色"按钮右侧的下三角按钮，在展开的颜色列表中单击"浅蓝"选项，如下图所示。

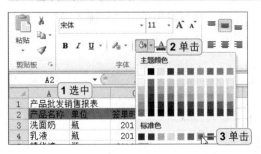

02 显示纯色填充单元格效果。

此时选中单元格区域以指定颜色填充单元格背景，得到如下图所示的效果。

⊿	A	B	C	D
1	产品批发销售报表			
2	产品名称	单位	签单时间	签单额
3	洗面奶	瓶	2010/3/5	1500
4	乳液		纯色填充底纹效果	2400
5	精华液	瓶	2010/3/19	3200
6	爽肤水	瓶	2010/3/20	4800
7	卸妆液	瓶	2010/3/24	5240

03 选中需要以图案填充单元格。

在工作表中选中需要以图案填充的A3:D7单元格区域，如下图所示。

⊿	A	B	C	D
1	产品批发销售报表			
2	产品名称	单位	签单时间	签单额
3	洗面奶	瓶	2010/3/5	1500
4	乳液	瓶	2010/3/8	2400
5	精华液	瓶	2010/3/19	3200
6	爽肤水	瓶	2010/3/20	4800
7	卸妆液	瓶	2010/3/24	5240

选中

04 设置填充选项。

打开"设置单元格格式"对话框，在"填充"选项卡下的"图案颜色"下拉列表中选择需要的颜色，在"图案样式"下拉列表中选择需要的图案样式，如下图所示，单击"确定"按钮。

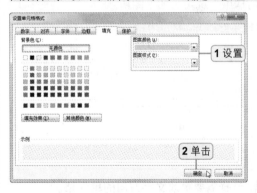

05 显示图案填充效果。

此时选中单元格区域以指定颜色的图案填充背景，得到如下图所示的效果。

⊿	A	B	C	D
1	产品批发销售报表			
2	产品名称	单位	签单时间	签单额
3	洗面奶	瓶	2010/3/5	1500
4	乳液	瓶	2010/3/8	2400
5	精华液	瓶	2010/3/19	3200
6	爽肤水	瓶	2010/3/20	4800
7	卸妆液	瓶	显示图案填充效果	/3/24	5240

实战
制作售后服务报告表

本章对Excel工作表的新建、重命名、单元格的插入、调整、合并以及数据的输入和单元格格式的设置操作进行了详细介绍。通过本章的学习，用户可以尝试自己动手制作美观、整齐的表格了，下面结合本章所学知识点制作售后服务报告表。

01 单击"重命名"命令。
新建空白工作簿，右击Sheet1工作表标签，在弹出的快捷菜单中单击"重命名"选项，如下图所示。

02 输入数据。
激活工作表标签，输入工作表新名称，然后在工作表中输入需要的数据，如下图所示。

03 合并单元格。
选中需要合并的A1:H1单元格区域，在"对齐方式"选项组中单击"合并后居中"按钮右侧的下三角按钮，在展开的下拉列表中单击"合并后居中"选项，如下图所示。

04 设置标题字体。
使用相同的方法合并表格中需要合并的单元格，然后选中A1:H1单元格区域，设置"字体"为"幼圆"、"字号"为24磅、"字形"为加粗，得到如下图所示的表格标题效果。

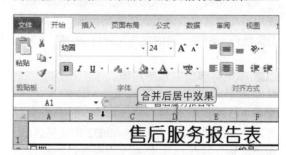

05 选择需要更改文字方向的单元格。
接着选中需要更改文字方向的单元格，如选中A5:A6单元格，如下图所示。

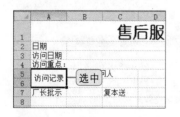

06 单击"竖排文字"选项。
在"对齐方式"选项组中单击"方向"按钮，在展开的下拉列表中单击"竖排文字"选项，如下图所示。

07 拖动调整行高与列宽。

将光标置于需要更改行高的单元格行标签下边缘，当光标变为 ✚ 形状时，按住鼠标左键拖动，如下图所示。

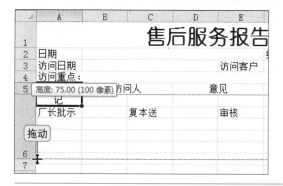

08 显示调整行高与列宽效果。

拖动适当位置，释放鼠标左键即可完成调整，使用相同的方法调整单元格的列宽，得到如下图所示的效果。

09 设置单元格自动换行。

选中需要换行的A7单元格，在"对齐方式"选项组中单击"自动换行"按钮，如下图所示，即可使选中单元格中的文本数据根据单元格的列宽自动换行设置。

10 为表格添加边框。

选中需要添加边框的A2:H7单元格区域，在"字体"选项组中单击"边框"按钮右侧的下三角按钮，在展开的下拉列表中单击"所有框线"选项，如下图所示。

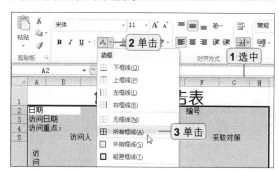

11 显示添加边框效果。

此时选中单元格均添加了默认颜色的边框，如下图所示。添加边框线条后可以清晰地看到合并后的单元格为一个单元格整体。

12 以纯色填充单元格底纹。

选中需要以纯色填充的A1:H1单元格区域，在"字体"选项组中单击"填充颜色"按钮右侧的下三角按钮，在展开的颜色列表框中单击需要的颜色图标，如下图所示。

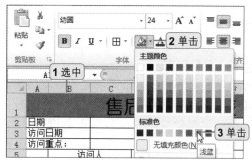

13 单击"设置单元格格式"命令。

选中A2:H7单元格区域并右击，在弹出的快捷菜单中单击"设置单元格格式"选项，如下图所示。

14 设置图案颜色。

弹出"设置单元格格式"对话框，在"填充"选项卡下单击"图案颜色"下拉列表的下三角按钮，单击"浅蓝"图标，如下图所示。

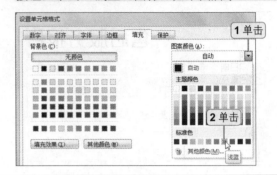

15 设置图案样式。

单击"图案样式"下拉列表框的下三角按钮，然后单击需要的图案样式，如下图所示。

16 显示图案填充效果。

此时选中单元格区域以指定颜色的图案样式填充，得到如下图所示的单元格效果。

17 选取需要设置数字格式的单元格。

单击选中C2和C3单元格，如下图所示。

18 设置为日期格式。

在"数字"选项组中单击"数字格式"下拉列表右侧的下三角按钮，单击"长日期"选项，如下图所示。

19 输入日期数据。

此时选定单元格的显示格式设置为日期格式，在其中输入日期和访问日期，即可得到如右图所示的数据效果，完成售后服务报告表格的制作。

问答

记忆式键入·表格内容过多时自动缩小填充字体·修改工作簿包含的默认工作表数量·快速更改单元格样式·快速输入分数或以0开头的数字

Q 什么是记忆式键入？

A 记忆式键入就是在单元格中输入数据时，在同列中输入与现有数据第一个数字或文本相同的数据时，单元格会自动显示现有的数据。例如在创建员工档案表时，已输入部分员工的档案后，则可以使用记忆式键入快速输入其余员工信息。

打开"实例文件\第9章\原始文件\员工档案.xlsx"，在Sheet1工作表中已输入如下左图所示的数据。选中C5单元格，并在其中输入"销"字，则单元格中会自动以反白方式显示"销售部"中的后两个字，如下右图所示，按下Enter键或单击单元格外的任意位置，即可输入记忆值。

Q 可否设置表格内容过多时自动缩小填充字体？

A 可以。选中需要自动缩小填充的单元格，打开"设置单元格格式"对话框，在"对齐"选项卡下的"文本控制"选项组中勾选"缩小字体填充"复选框，如下左图所示，单击"确定"按钮，即可得到如下右图所示的字体效果。

Q 能否将工作簿包含的工作表默认数量更改为4？

A 能。只需要单击"文件"按钮，在弹出的菜单中单击"选项"选项，弹出"Excel选项"对话框，在"常规"选项面板的"新建工作簿时"选项组中将"包含的工作表数"设置为4，如下左图所示，单击"确定"按钮，新建新的工作簿时默认包含的工作表将为4，如下右图所示。

Q 如何快速更改单元格样式？

A 有，在Excel中提供了一系列单元格样式功能，用户可以直接应用预设的单元格样式，为表格快速设置选定单元格的边框样式、底纹样式和字体格式等。

打开附书光盘中的"实例文件\第9章\原始文件\财产增减余额表.xlsx"，在工作表中选中需要应用单元格样式的单元格，如下左图所示。在"开始"选项卡中的"样式"选项组中单击"单元格样式"按钮，从展开的单元格样式库中选择需要的样式，如下中图所示，应用单元格样式的效果如下右图所示。

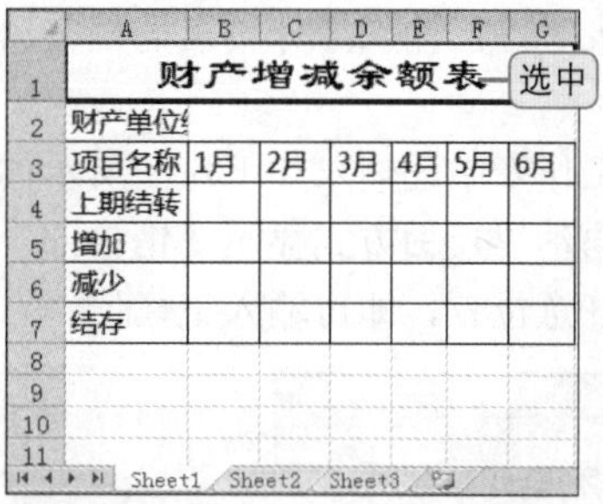

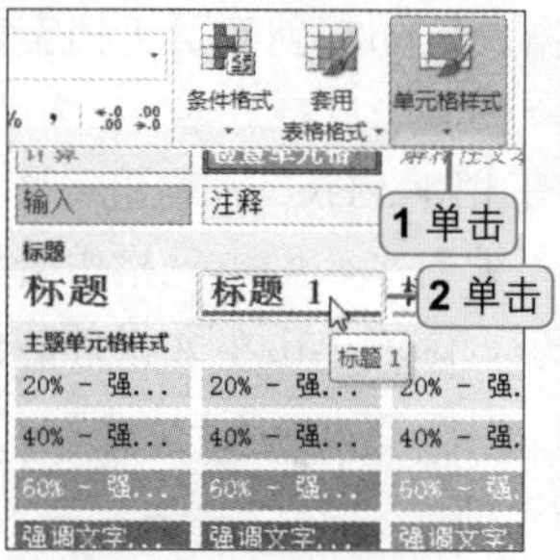

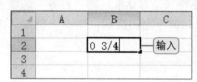

Q 怎样快速输入分数或以0开头的数字？

A 例如要在Excel工作表中输入"3/4"，若直接输入3/4后按下Enter键，单元格会显示为3月4日。若要保留分数形式，应在输入分类之前输入0再按下空格键，如下左图所示。当按下Enter键时就会在单元格中显示正确的分数，如下右图所示。

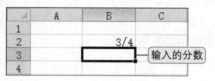

前面介绍如将单元格设置为文本格式后，输入以 0 开头的数字才会保留 0 值。除此之外，用户还可以在输入以 0 开头数字之前先输入"'"符号。例如输入"0103"之前先输入"'"，如下左图所示，按下 Enter 键后即可自动保留数字前的 0 值，它将以文本格式显示数字，如下右图所示。

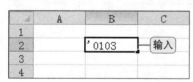

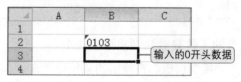

公式与函数的应用

公式是可以执行计算、返回信息、操作其他单元格内容、测试条件等操作的方程式。函数是预先编写的公式，可以对一个或多个值执行运算，并返回一个或多个值。在Excel中，使用公式与函数将可以大大方便用户的数据计算和处理操作。本章将介绍在Excel中如何通过公式与函数对数据进行计算。

 知识点

1. 输入与复制公式
2. 单元格的引用
3. 审核公式
4. 插入函数
5. 使用嵌套函数
6. VLOOKUP()函数的使用

建议学习时间：70分钟

学习内容	学习时间	学习内容	学习时间
认识与使用公式	10分钟	认识与使用函数	20分钟
单元格的引用与定义名称	10分钟	观看视频教学并练习	20分钟
审核公式	10分钟		

重点实例

▲ 输入公式计算数据

▲ 使用嵌套函数计算

▲ SUMIF() 函数的使用

入门必备·进阶实战

10.1 认识公式与函数

在使用公式与函数之前，需要了解一些公式与函数入门的基础知识，即对公式与函数有一定的认识，比如公式的组成部分、公式的类型以及函数的类型、函数结构等，本节将对公式与函数进行简单的介绍。

10.1.1 认识公式

公式由函数、引用、常量、运算符中的部分内容或全部内容组成。

在Excel中可以输入的公式类型有多种，比如：

=5+2*3：表示将5加到2与3的乘积中。

=A1+A2+A3：表示将单元格A1、A2和A3中的值相加。

=IF(A1>0)：表示测试单元格A1，确定它是否包含大于0的值。

输入的公式可以包含函数、引用、运算符和常量。

函数：如PI()函数返回值pi：3.142....。函数可以简化和缩短工作表中的公式，尤其是在使用公式执行很长或复杂的计算时。

引用：如A3表示返回单元格A3中的值。引用的作用在于标识工作表上的单元格或单元格区域，并告知 Excel 在何处查找要在公式中使用的值或数据。

常量：直接输入公式中的数字或文本值，如3。常量是一个不被计算的值，它始终保持相同。

运算符：^运算符运表示数字的乘方，而*运算符表示数字的乘积。运算符用于指定需要对公式中的元素执行的计算类型。计算时遵循一般的数学规则，但可以使用括号更改该计算次序。计算运算符分为算术、比较、文本连接和引用4种类型。

10.1.2 认识函数

函数是一些预定义的公式，通过函数可以简化和缩短工作表中的公式，快速对复杂的数据进行计算。在Excel 2010中，为了提高函数的准确性，使函数的功能与预期保持一致并让函数名称更准确地描述功能，部分函数进行了更新和重命名，在函数库中还新增了一些函数。

Excel中的函数包括财务函数、日期和时间函数、数学与三角函数、统计函数、查找与引用函数、数据库函数、文本函数、逻辑函数、信息函数、工程函数、多维数据集函数等11种类型。

函数的结构以等号开始，后面紧跟函数名称和左括号，然后以逗号分隔输入该函数的参数，最后是右括号，例如=SUM（B1:B3，C1:C3）。参数可以是数字、文本、TRUE或FALSE等逻辑值、数组、#N/A等错误值或单元格引用。

若要将一个函数作为另一函数的参数使用，这种函数的使用被称为嵌套函数。例如=IF(AVERAGE(F2:F5)>50,SUM(G2:G5),0)，是AVERAGE()函数和SUM()函数嵌套在IF()函数中。

知识加油站

常用的 Excel 函数

Excel函数库中包含有11类函数，这些函数涉及函数计算的各个方面。最常使用的如用于求数据总和的SUM()函数、用于求数据平均值的AVERAGE()函数、用于求一组数中最大值或最小值的MAX()或MIN()函数、用于在指定单元格搜索并返回相同行任何单元格值的VLOOKUP()函数、用于判断是否满足某个条件并返回TURE或FALSE值的IF()函数以及用于计算贷款每期付款额的PMT()函数。

10.2 公式的使用

了解公式的基础知识后，本节将介绍公式的基本操作，包括输入公式、移动公式、复制公式。

10.2.1 输入公式

输入公式的方法有两种，一种是手动输入公式内容，另一种是通过鼠标引用单元格输入公式。下面将分别介绍这两种方法。

✏ 方法一　手动输入公式

步骤01 **输入公式。** 打开附书光盘中的"实例文件 \ 第 10 章 \ 原始文件 \ 工资明细表 .xlsx"，选择 G3 单元格并输入"=C3+D3+E3-F3"，如下左图所示。

步骤02 **显示计算的结果。** 输入公式后按下Enter键，此时可以看到在目标单元格中显示出计算结果，如下右图所示。

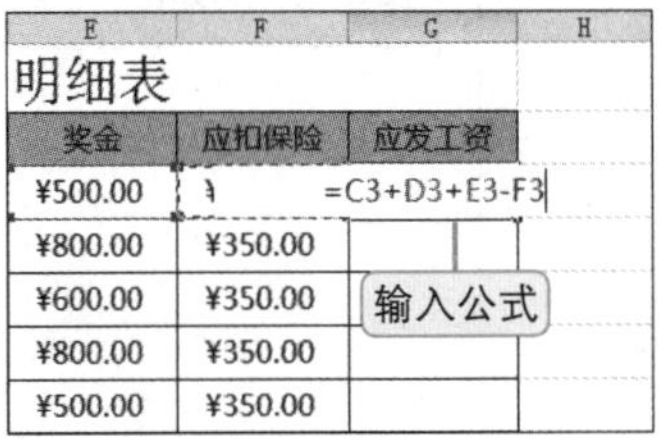

✏ 方法二　通过鼠标引用单元格输入公式

步骤01 **引用参与计算的单元格。** 选择G4单元格并输入"="，再单击C4单元格，此时在单元格中显示了"=C4"，如下左图所示。

步骤02 **继续引用单元格。** 接着输入"+"，单击D4单元格，可以看到引用的单元格地址显示在公式中，如下右图所示。

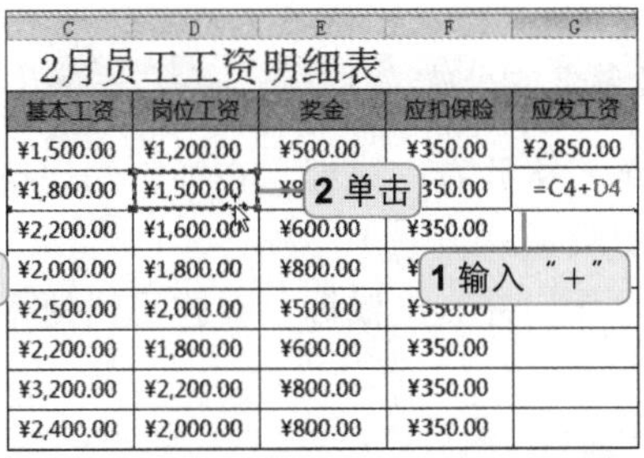

步骤03 **完成公式的输入。** 继续输入运算符号并单击参与计算的单元格进行引用，输入"=C4+D4+E4-F4"公式后，单击编辑栏左侧的"输入"按钮，如右图所示。

使用计算结果替换公式的一部分

在工作表中选择包含公式的单元格，在编辑栏中选择公式中需要用计算结果替换的部分，如下图所示。

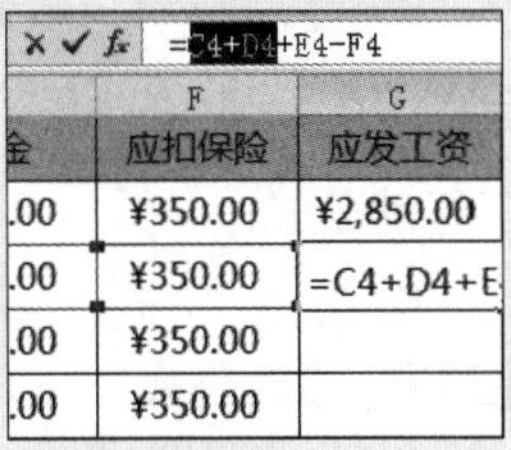

如果需要计算选择的部分，按下F9键即可计算结果，如下图所示。

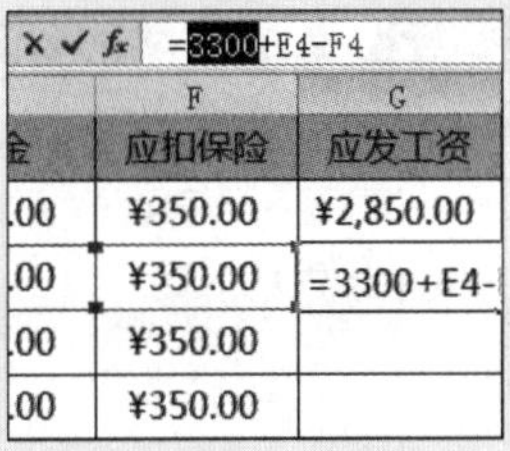

将计算结果替换选择的部分时按下Enter键或单击编辑栏左侧的"输入"按钮即可，如下图所示。

进阶实战

步骤04 **显示计算的结果。** 经过前面的操作，此时可以看到在目标单元格中显示了计算的结果，如右图所示。

工工资明细表			
岗位工资	奖金	应扣保险	应发工资
¥1,200.00	¥500.00	¥350.00	¥2,850.00
¥1,500.00	¥800.00	¥350.00	¥3,750.00
¥1,600.00	¥600.00	¥350.00	
¥1,800.00	¥800.00	¥350.00	计算结果
¥2,000.00	¥500.00	¥350.00	
¥1,800.00	¥600.00	¥350.00	

10.2.2　移动与复制公式

通过公式计算出结果后，用户可以移动公式，即移动公式所在的单元格，也可以将公式复制到其他单元格中，以便快速获取相应的结果。

1. 移动公式

移动公式本质为移动单元格，移动单元格后其结果不会发生变化。

步骤01 **移动公式。** 打开附书光盘中的"实例文件 \ 第 10 章 \ 原始文件 \ 移动与复制公式 .xlsx"，选择 G4 单元格，将光标移至该单元格边框位置，当光标变为十字箭头形状时按住鼠标左键将其拖动至 G5 单元格，如下左图所示。

步骤02 **显示移动的公式。** 释放鼠标左键可以看到移动公式后的效果，如下右图所示。

2. 复制公式

如果需要通过计算的公式快速获取其他结果，可以对公式进行复制操作。

方法一　通过快捷菜命令单复制公式

步骤01 **复制公式。** 选择G3单元格并右击鼠标，在弹出的快捷菜单中单击"复制"选项，如下左图所示。

步骤02 **粘贴公式。** 选择G4单元格并右击鼠标，在弹出快捷菜单中单击"粘贴"图标，如下右图所示。

TIP

移动公式的其他方法

除了拖动单元格移动公式以外，还可以选择需要移动公式所在的单元格并右击鼠标，在弹出的快捷菜单中单击"剪切"选项，或者按下快捷键Ctrl+X。选择需要粘贴公式的单元格并右击鼠标，在弹出的快捷菜单中单击"粘贴"选项，或者按下快捷键Ctrl+V，即可实现移动公式的操作。

TIP

复制公式的其他方法

除了通过快捷菜单复制公式外，还可以通过按住Ctrl键的同时拖动单元格，或者通过快捷键Ctrl+C和Ctrl+V来实现复制公式的操作。

步骤03　显示粘贴公式的效果。 经过前面的操作，可以看到G3单元格中的公式已经复制到了G4单元格中，显示了第2位员工的应发工资结果，如右图所示。

		=C4+D4+E4-F4	
E	F	G	H
明细表			
奖金	应扣保险	应发工资	
¥500.00	¥350.00	¥2,850.00	
¥800.00	¥350.00	¥3,750.00	
¥600.00	¥350.00	¥3,750.00	(Ctrl) ▾
¥800.00	¥350	复制公式的效果	

方法二　通过填充柄复制公式

步骤01　拖动填充柄复制公式。 选择G4单元格，将光标移至该单元格右下角，当光标变成十字形状时按住鼠标左键向下拖动，如下左图所示。

步骤02　显示复制公式的效果。 拖至目标位置后释放鼠标左键，此时可以看到填充柄经过的单元格中都显示了相应的结果，即已经将G3单元格中的公式复制到了下方的单元格中，如下右图所示。

奖金	应扣保险	应发工资
¥500.00	¥350.00	¥2,850.00
¥800.00	¥350.00	¥3,750.00
¥600.00	¥350.00	¥3,750.00
¥800.00	¥350.00	
¥500.00	¥350.00	
¥600.00	¥350.00	
¥800.00	¥350.00	

拖动

¥500.00	¥350.00	¥2,850.00
¥800.00	¥350.00	¥3,750.00
¥600.00	¥350.00	¥4,050.00
¥800.00	¥350.00	¥4,250.00
¥500.00	¥350.00	¥4,650.00
¥600.00	¥350.00	¥4,250.00
¥800.00	¥350.00	¥5,850.00
复制公式的效果		¥4,850.00

10.3 单元格的引用方式

单元格的引用方式主要包括相对引用、绝对引用和混合引用这3种方式。在复制公式时，不同的引用方式将获得不同的计算结果，本节将详细介绍使用这三种引用方式的方法。

10.3.1　相对引用

相对引用是指基于包含公式和单元格引用的单元格的相对位置。如果公式所在单元格的位置改变，引用也将随之改变。

步骤01　输入公式。 打开附书光盘中的"实例文件\第10章\原始文件\商品历史价格表.xlsx"，在B10单元格中输入"=B3"，如下左图所示。

步骤02　显示计算的结果。 按下Enter键，此时可以看到在目标单元格中显示了计算的结果，如下右图所示。

商品编号	1月	2月	3月	4月	5月
NO.001	¥580	¥559	¥580	¥580	¥569
NO.002	¥620	¥620	¥620	¥599	¥620
NO.003	¥580	¥580	¥559	¥569	¥579
NO.004	¥690	¥699	¥680	¥699	¥690
NO.005	¥240	¥249	¥240	¥240	¥249
商品编号	1月	2月	3月	4月	5月
NO.001	=B3	输入公式			
NO.002					
NO.003					

商品编号	1月	2月	3月	4月	5月
NO.001	¥580	¥559	¥580	¥580	¥569
NO.002	¥620	¥620	¥620	¥599	¥620
NO.003	¥580	¥580	¥559	¥569	¥579
NO.004	¥690	¥699	¥680	¥699	¥690
NO.005	¥240	¥249	¥240	¥240	¥249
商品编号	1月	2月	3月	4月	5月
NO.001	¥580	计算结果			
NO.002					
NO.003					

知识加油站

📄 使用计算结果替换整个公式

如果使用计算结果替换整个公式，那么Excel将永远删除这个公式，只能使用"撤销"命令恢复。

复制需要使用结果替换公式所在的单元格，并右击该单元格，在弹出的快捷菜单中单击"选择性粘贴"选项，如下图所示。

弹出"选择性粘贴"对话框，单击"数值"单选按钮，如下图所示。

选择性粘贴
粘贴
○ 全部(A)
○ 公式(F)
● 数值(V)
○ 格式(T)
○ 批注(C)

单击"确定"按钮返回工作表中，可以看到在该单元格和编辑栏中都只显示了计算结果，如下图所示。

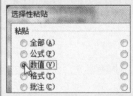

奖金	应扣保险	应发工资
¥500.00	¥350.00	¥2,850.00
¥800.00	¥350.00	¥3,750.00
¥600.00	¥350.00	
¥800.00	¥350.00	

进阶实战

步骤03 **复制公式。**选择B10单元格，将光标移至该单元格右下角，按住鼠标左键向下拖动填充柄复制公式，如下左图所示。

步骤04 **显示相对引用的效果。**拖至目标位置后释放鼠标左键，单击复制公式后的任意结果单元格，此时可以看到公式中引用的行列自动调整为相对的位置，如下右图所示。

6	NO.004	¥690	¥699	¥680	¥699
7	NO.005	¥240	¥249	¥240	¥240
8					
9	商品编号	1月	2月	3月	4月
10	NO.001	¥580			
11	NO.002				
12	NO.003		← 复制公式		
13	NO.004				
14	NO.005				
15					

B12			=B5
	A	B	C	D	E
7	NO.005	¥240	¥249	¥240	¥240
8					
9	商品编号	1月	2月	3月	4月
10	NO.001	¥580			
11	NO.002	¥620			
12	NO.003	¥580	← 相对引用结果		
13	NO.004	¥690			
14	NO.005	¥240			

10.3.2 绝对引用

绝对引用是指总是在特定位置引用单元格，即使公式所在单元格的位置改变，绝对引用也将保持不变，即绝对引用的位置不作自动调整。

步骤01 **输入绝对引用公式。**打开附书光盘中的"实例文件\第10章\原始文件\商品历史价格表.xlsx"，在B10单元格中输入"=$B$3"，表示绝对引用B3单元格中的值，如下左图所示。

步骤02 **向右复制公式。**按下Enter键后选择结果单元格，并按住鼠标左键向右拖动填充柄对公式进行复制，如下右图所示。

2	商品编号	1月	2月	3月	4月	5月
3	NO.001	¥580	¥559	¥580	¥580	¥569
4	NO.002	¥620	¥620	¥620	¥599	¥620
5	NO.003	¥580	¥580	¥559	¥569	¥579
6	NO.004	¥690	¥699	¥680	¥699	¥690
7	NO.005	¥240	¥249	¥240	¥240	¥249
8						
9	商品编号	1月	2月	3月	4月	5月
10	NO.001	=$B$3	← 输入公式			
11	NO.002					
12	NO.003					

3	NO.001	¥580	¥559	¥580	¥580	¥569
4	NO.002	¥620	¥620	¥620	¥599	¥620
5	NO.003	¥580	¥580	¥559	¥569	¥579
6	NO.004	¥690	¥699	¥680	¥699	¥690
7	NO.005	¥240	¥249	¥240	¥240	¥249
8						
9	商品编号	1月	2月	3月	4月	5月
10	NO.001	¥580			← 复制公式	
11	NO.002					
12	NO.003					
13	NO.004					

步骤03 **向下复制公式。**拖至G列单元格位置处时释放鼠标左键，再按住鼠标左键向下拖动填充柄对公式进行复制，如下左图所示。

步骤04 **显示绝对引用的结果。**拖至G14单元格位置处时释放鼠标左键，可以看到所有单元格中的结果都一样。选择任意结果单元格，在编辑栏中可以看到相同的公式，即绝对引用公式，如下右图所示。

¥620	¥620	¥620	¥599	¥620	¥599
¥580	¥580	¥559	¥569	¥579	¥580
¥690	¥699	¥680	¥699	¥690	¥690
¥240	¥249	¥240	¥240	¥249	¥249
1月	2月	3月	4月	5月	6月
¥580	¥580	¥580	¥580	¥580	¥580
				← 复制公式	

			=$B$3	← **2** 绝对引用公式
B	C		D	E	F	G
¥690	¥699		¥680	¥699	¥690	¥690
¥240	¥249		¥240	¥240	¥249	¥249
1月	2月		3月	4月	5月	6月
¥580	¥580		¥580	¥580	¥580	¥580
¥580	¥580		¥580	← **1** 单击 0		¥580
¥580	¥580		¥580	¥580	¥580	¥580
¥580	¥580		¥580	¥580	¥580	¥580
¥580	¥580		¥580	¥580	¥580	¥580

TIP

相对引用与绝对引用的区别

使用相对引用时，单元格或单元格区域的引用通常是相对于包含公式的单元格的相对位置。例如，单元格B6包含公式为"=A5"，则Excel将在距单元格B6上方一个单元格和左侧一个单元格处的单元格中查找数值，这就是相对引用。在复制包含相对引用的公式时，Excel将自动调整复制公式中的引用，以便引用对于当前公式位置的其他单元格。例如，单元格B6单元格中含有公式"=A5"，A5是B6左上方的单元格，当公式复制到B7单元格时，其公式已经更改为"=A6"，即单元格B7左上方的单元格。

如果在复制公式时不需要Excel调整引用，那么就要使用绝对引用。绝对引用就是在复制公式时引用的位置始终不变。例如公式"=A5*C1"，在不希望改变的引用前添加绝对符号"$"，公式变为"=A5*$C$1"，将其复制到其他单元格中时，相对引用的单元格A5将随公式的位置而改变，而绝对引用的单元格C1则不会。

10.3.3　混合引用

混合引用具有绝对列和相对行或者绝对行和相对列，如果公式所在单元格的位置改变，则相对引用将自动改变，而绝对引用将不变。

步骤01　输入混合引用公式。 打开附书光盘中的"实例文件\第10章\原始文件\商品历史价格表.xlsx"，选择B10单元格并在其中输入混合引用公式"=B$3"，如下左图所示。

步骤02　向右复制公式。 按下Enter键后选择结果单元格，并向右拖动复制公式，如下右图所示。

商品编号	1月	2月	3月	4月	5月
NO.001	¥580	¥559	¥580	¥580	¥569
NO.002	¥620	¥620	¥620	¥599	¥620
NO.003	¥580	¥580	¥559	¥569	¥579
NO.004	¥690	¥699	¥680	¥699	¥690
NO.005	¥240	¥249	¥240	¥240	¥249

商品编号	1月	2月	3月	4月	5月
NO.001	=B$3　输入公式				
NO.002					
NO.003					

NO.001	¥580	¥559	¥580	¥580	¥569
NO.002	¥620	¥620	¥620	¥599	¥620
NO.003	¥580	¥580	¥559	¥569	¥579
NO.004	¥690	¥699	¥680	¥699	¥690
NO.005	¥240	¥249	¥240	¥240	¥249

商品编号	1月	2月	3月	4月	5月
NO.001	¥580				复制公式
NO.002					
NO.003					
NO.004					

步骤03　向下复制公式。 拖至G10单元格位置处时释放鼠标左键，再向下拖动填充柄对公式进行复制公式，如下左图所示。

步骤04　显示混合引用的效果。 拖至G14单元格位置处时释放鼠标左键，再选择任意结果单元格，可以看到在编辑栏中显示了绝对行和相对列的混合引用公式。相对引用的列自动调整，而绝对引用了第3行的数据，结果如下右图所示。

¥620	¥620	¥620	¥599	¥620	¥599
¥580	¥580	¥559	¥569	¥579	¥580
¥690	¥699	¥680	¥699	¥690	¥690
¥240	¥249	¥240	¥240	¥249	¥249

1月	2月	3月	4月	5月	6月
¥580	¥559	¥580	¥580	¥569	¥579

复制公式

fx　=D$3

B	C	D	E	F	G
¥690	¥699	¥680	¥699	¥690	¥690
¥240	¥249　2 混合引用公式			¥249	¥249
1月	2月	3月	4月	5月	6月
¥580	¥559	¥580	¥580	¥569	¥579
¥580	¥559	¥580	¥580	¥569	¥579
¥580	¥559	¥580	¥5　1 单击		¥579
¥580	¥559	¥580	¥580	¥569	¥579
¥580	¥559	¥580	¥580	¥569	¥579

10.4　定义与应用公式名称

名称是一种有意义的简写形式，它便于让用户了解单元格引用、常量、公式或表格的用途。用户可以定义名称来代表单元格、单元格区域、公式、常量或Excel表格。本节将介绍定义名称、应用名称、管理名称的方法。

10.4.1　定义公式名称

定义名称的方法有多种，用户可以通过名称框定义名称，还可以通过"新建名称"对话框定义名称、根据所选内容创建等，本节将详细介绍定义公式名称的方法。

方法一　通过名称框定义名称

步骤01 **输入名称。** 打开附书光盘中的"实例文件 \ 第 10 章 \ 原始文件 \ 销售记录表 .xlsx",选中 C3:C20 单元格区域,在名称框中输入"单价",如下左图所示。

步骤02 **显示名称。** 按下 Enter 键即可看到定义的名称,如下右图所示。

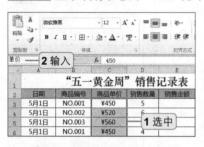

方法二　通过"新建名称"对话框定义名称

步骤01 **单击"定义名称"按钮。** 选中D3:D20单元格区域,在"公式"选项卡下的"定义的名称"选项组中单击"定义名称"按钮,如下左图所示。

步骤02 **输入名称。** 弹出"新建名称"对话框,在"名称"文本框中输入名称,如"销量",再单击"确定"按钮即可创建,如下右图所示。

方法三　根据所选内容创建

步骤01 **单击"根据所选内容创建"按钮。** 选中 E2:E20 单元格区域,在"定义的名称"选项组中单击"根据所选内容创建"按钮,如下左图所示。

步骤02 **创建名称。** 弹出"以选定区域创建名称"对话框,勾选"首行"复选框,再单击"确定"按钮即可以首行创建名称,如下右图所示。

10.4.2　应用名称

在创建名称后,用户可以通过名称快速选择单元格或单元格区域,还可以将名称应用于公式中进行计算,本节将介绍应用名称的操作。

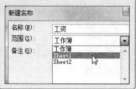

步骤01 **选择名称**。打开附书光盘中的"实例文件 \ 第 10 章 \ 原始文件 \ 应用名称 .xlsx"，单击名称框右侧的下三角按钮，在展开的下拉列表框中选择名称，如单击"销量"选项，如下左图所示。

步骤02 **显示通过名称选择的区域**。此时可以看到立即选择了"销量"名称所对应的单元格区域，如下右图所示。

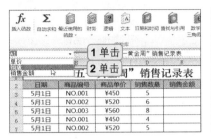

步骤03 **将名称应用于公式**。选中E3单元格，在"公式"选项卡下单击"定义的名称"选项组中的"用于公式"按钮，在下拉列表中单击"单价"选项，如下左图所示。

步骤04 **显示公式中的名称**。此时在公式中自动输入了等号并插入了选择的名称，显示为"=单价"，如下右图所示。

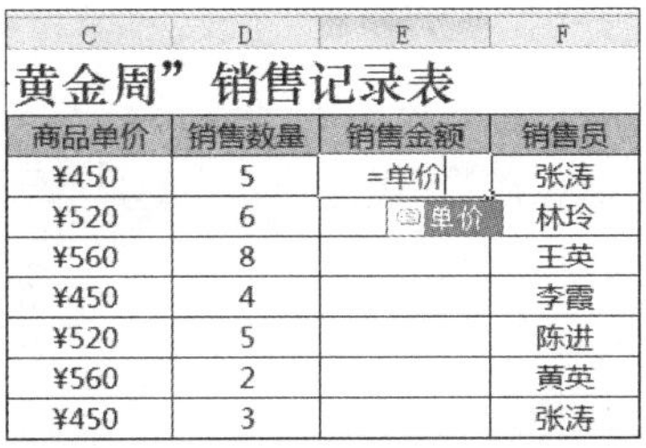

步骤05 **编辑公式**。在公式中输入乘号运算符以及"销量"名称，编辑后的公式为"=单价*销量"，如下左图所示。

步骤06 **显示通过名称计算的结果**。按下Enter键可以看到计算结果，选中结果单元格并按住鼠标左键向下复制公式，获取各销售记录的销售金额，结果如下右图所示。

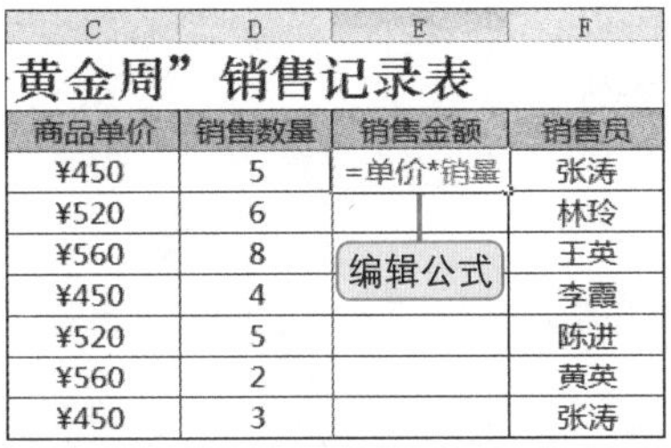

10.4.3 管理公式名称

如果在工作簿中创建了多个名称，用户还可以对其进行管理，比如编辑名称、删除名称等，还可以通过筛选名称功能来确定管理器中显示的名称。

粘贴名称

在"公式"选项卡下的"定义的名称"选项组中单击"用于公式"按钮，在展开的下拉列表中单击"粘贴名称"选项，如下图所示。

弹出"粘贴名称"对话框，在列表框中选择需要粘贴的名称，再单击"确定"按钮，如下图所示，即可将选择的名称粘贴到所选择的单元格中，并自动插入等号将其应用于公式。

步骤01 **打开"名称管理器"对话框**。打开附书光盘中的"实例文件\第10章\原始文件\应用名称.xlsx",在"公式"选项卡下的"定义的名称"选项组中单击"名称管理器"按钮,如下左图所示。

步骤02 **显示名称**。此时弹出"名称管理器"对话框,在对话框中显示了当前工作簿中定义的所有名称,如下右图所示。

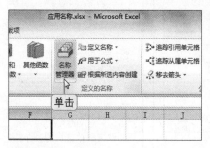

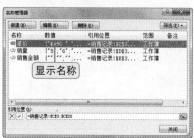

步骤03 **筛选名称**。单击对话框中的"筛选"按钮,在展开的列表中单击"名称扩展到工作表范围"选项,如下左图所示。

步骤04 **清除筛选**。此时将显示应用了工作表范围的名称,当前工作簿中没有仅应用于工作表范围的名称,因此没有名称可以显示。如果需要清除筛选,则单击"筛选"按钮,在展开的列表中单击"清除筛选"选项即可,如下右图所示。

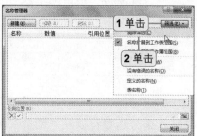

TIP

管理名称
在"名称管理器"对话框中,选择名称后单击"删除"按钮,即可对选择的名称进行删除。单击"编辑"按钮可以打开"编辑名称"对话框编辑名称。单击"新建"按钮可以创建新的名称。

知识加油站

更改名称的引用位置
打开"名称管理器"对话框,选择需要更改引用位置的名称,直接在下方的"引用位置"文本框中更改引用位置,再单击文本框以外的任意位置。弹出提示对话框,单击"是"按钮即可更改。还可以在选择名称后单击"编辑"按钮,在弹出的"编辑名称"对话框中重新引用位置,并单击"确定"按钮。

10.5 公式审核

在通过公式计算数据后,用户还可以对公式进行审核,以确保计算的结果正确。本节将介绍公式审核,如显示公式、公式错误检查等。

10.5.1 追踪引用和从属单元格

追踪引用单元格是指标记所选单元格中公式引用的单元格,追踪从属单元格是指标记所选单元格应用于的公式所在的单元格。

步骤01 **单击"追踪引用单元格"按钮**。打开"实例文件\第10章\原始文件\本周销售统计表.xlsx",选中D3单元格。在"公式"选项卡下单击"公式审核"选项组中的"追踪引用单元格"按钮,如右图所示。

步骤02 **追踪引用单元格的效果**。经过上一步的操作后，此时可以看到标记了D3单元格中公式引用的B3和C3单元格，如下左图所示。

步骤03 **单击"追踪从属单元格"按钮**。选中B5单元格，并在"公式审核"选项组中单击"追踪从属单元格"按钮，如下右图所示。

步骤04 **追踪从属单元格的效果**。此时可以看到已经标记出了所选择单元格从属的公式，箭头指向D5单元格，表示D5单元格中的公式引用了B5单元格，如下左图所示。

步骤05 **移去追踪箭头**。如果需要清除追踪标记箭头，在"公式审核"选项组中单击"移去箭头"按钮右侧的下三角按钮，在展开的下拉列表中单击"移去箭头"选项，将移去所有追踪箭头，如下右图所示。

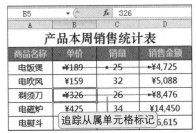

10.5.2　显示应用的公式

除了前面介绍的通过追踪单元格来检查公式以外，还可以直接在结果单元格中显示应用的公式，对公式进行检查。

步骤01 **单击"显示公式"按钮**。打开附书光盘中的"实例文件\第10章\原始文件\本周销售统计表.xlsx"，在"公式"选项卡下的"公式审核"选项组中单击"显示公式"按钮，如下左图所示。

步骤02 **显示公式的效果**。经过上一步的操作后，可以看到Excel自动调整了工作表中单元格的列宽，显示各结果单元格应用的公式，如下右图所示。

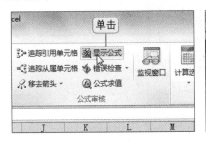

C	D
销售统计表	
销量	销售金额
25	=B3*C3
32	=B4*C4
26	=B5*C5
34	=B6*C6
35	=B7*C7

显示公式

10.5.3 查看公式求值

如果需要逐步查看公式进行的计算步骤，那么可以使用公式求值功能通过逐步的计算来对公式进行审核。

步骤01 打开"公式求值"对话框。 打开附书光盘中的"实例文件\第10章\原始文件\本周销售统计表.xlsx"，选中需要查看计算步骤的结果单元格，在"公式审核"选项组中单击"公式求值"按钮，如下左图所示。

步骤02 单击"求值"按钮。 弹出"公式求值"对话框，显示了当前单元格的计算公式。公式中有下划线的部分是最先进行计算的，单击"求值"按钮进行求值，如下右图所示。

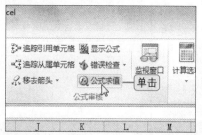
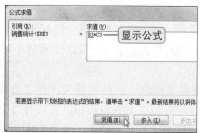

步骤03 进一步求值。 此时可以看到计算的第一步结果，公式中需要执行下一步计算的部分以下划线斜体显示。若要继续进一步求值，则再次单击"求值"按钮，如下左图所示。

步骤04 显示计算结果。 继续执行求值操作，将看到最后的计算结果，单击"关闭"按钮关闭对话框即可，如下右图所示。

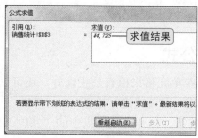

10.5.4 公式错误检查

通过公式对数据进行计算后，还可以使用错误检查功能快速对公式进行检查，以便对存在错误的公式进行修改。

步骤01 单击"错误检查"按钮。 打开附书光盘中的"实例文件\第10章\原始文件\公式错误检查.xlsx"，在"公式"选项卡下的"公式审核"选项组中单击"错误检查"按钮，如右图所示。

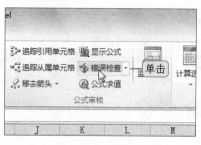

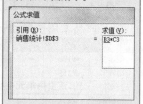
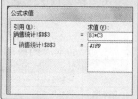

步骤02 从上部复制公式。弹出"错误检查"对话框，在对话框中显示出现错误的公式以及公式所在的位置。如果需要从其上方的单元格复制公式，则单击"从上部复制公式"按钮，如右图所示。

TIP

获取公式错误检查帮助信息

在"错误检查"对话框中，如果需要跳过当前检查到的错误，可以单击"忽略错误"按钮。如果不确定此项错误该如何处理，可以单击"关于此错误的帮助"按钮，打开"Excel帮助"窗口，在此可以获得关于错误公式的帮助信息。

步骤03 在编辑栏中编辑。此时自动从上部复制公式，并显示下一处错误的公式。如果需要在编辑栏中编辑该错误公式，则单击"在编辑栏中编辑"按钮，如下左图所示。

步骤04 编辑公式。此时在编辑栏中显示错误公式，直接对其进行编辑并单击左侧的"输入"按钮即可，如下右图所示。

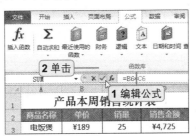

步骤05 继续检查公式。进行编辑后Excel自动更正了错误的公式，如果需要继续检查则单击对话框中的"继续"按钮，如下左图所示。

步骤06 公式检查完毕。检查完毕后弹出Microsoft Excel提示对话框，提示已经完成对整个工作表的错误检查，在此单击"确定"按钮即可，如下右图所示。

TIP

设置公式错误检查选项

在"错误检查"对话框中单击"选项"按钮，将打开"Excel选项"对话框，在"公式"选项面板中可以对公式计算、性能以及错误处理、错误检查规则等相应选项进行设置，如下图所示。

10.6 函数的使用

通过函数可以简化和缩短工作表中的计算公式，快速对工作表中的数据进行计算。本节将介绍函数的使用操作，主要包括插入函数、使用嵌套函数、修改函数、删除函数等内容。

10.6.1 插入函数

插入函数的方法有多种，用户可以通过对话框插入函数、在选项组中选择需要插入的函数或直接在单元格中输入函数等。

方法一 通过对话框插入函数

步骤01 打开"插入函数"对话框。 打开附书光盘中的"实例文件\第10章\原始文件\新员工培训成绩单.xlsx"，选中C14单元格并切换至"公式"选项卡下，在"函数库"选项组中单击"插入函数"按钮，如下左图所示。

步骤02 选择函数类别。 弹出"插入函数"对话框，单击"或选择类别"列表框右侧的下三角按钮，并在展开的下拉列表框中单击"统计"选项，如下右图所示。

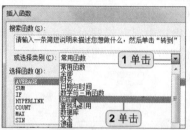

步骤03 选择函数。 此时在"选择函数"列表框中显示了所有统计函数，在此单击MAX函数，如下左图所示。

步骤04 设置函数参数。 单击"确定"按钮弹出"函数参数"对话框，在此需要指定MAX函数的参数，比如在Number1数值框中设置参数为"E3:E12"，如下右图所示。

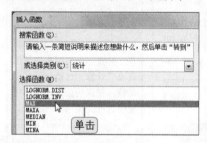
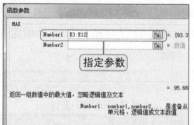

步骤05 显示最高分。 单击"确定"按钮返回工作表中，此时可以看到在选中的单元格中显示了计算的结果，即本次考核的最高分，如右图所示。

NO.0004	86	95	75	85.333
NO.0005	95	88	95	92.667
NO.0006	88	95	98	93.667
NO.0007	96	97	94	95.667
NO.0008	95	92	92	93.000
NO.0009	93	95	74	87.333
NO.0010	95	83	79	85.667

| 考核最高分 | 95.667 | ——计算结果 |
| 考核最低分 | | |

方法二 在选项组中选择函数

步骤01 选择函数。 选中F3单元格，在"公式"选项卡下的"函数库"选项组中单击"数学和三角函数"按钮，在展开的下拉列表中选择需要插入的函数，在此单击ROUND选项，如右图所示。

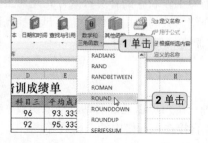

步骤02 设置函数参数。弹出"函数参数"对话框，在Number数值框中指定需要四舍五入的值，在此输入"E3"，表示将E3单元格中的值进行四舍五入，如右图所示。

步骤03 指定Num_digits参数。在Num_digits数值框中指定四舍五入时采用的位数，在此输入"1"，表示将目标单元格中的值四舍五入且保留一位小数，如下左图所示。

步骤04 显示四舍五入结果。单击"确定"按钮返回工作表中，此时可以看到在所选择单元格中显示了将平均成绩四舍五入到一位小数的结果。按住鼠标左键向下复制公式，获取各员工考核的成绩，如下右图所示。

科目二	科目三	平均成绩	考核成绩
95	96	93.333	93.3
96	92	95.333	95.3
95	82	88.667	88.7
95	75	85.333	85.3
88	95	93.667	92.7
95	98	93.667	93.7
97	94	95.667	95.7
92	92	93.000	93
95	74	87.333	87.3
83	79	85.667	85.7

方法三　在单元格中输入函数

步骤01 输入公式。选择C15单元格，并在其中输入计算考核高低分的公式，在此输入"=MIN(E3:E12)"，表示计算E3:E12单元格区域中的最小值，如下左图所示。

步骤02 显示最低分。按下Enter键或者单击编辑栏左侧的"输入"按钮，此时可以看到在目标单元格中显示了本次考核的最低分，结果如下右图所示。

5	NO.0003	89	95	82	88.667
6	NO.0004	86	95	75	85.333
7	NO.0005	95	88	95	92.667
8	NO.0006	88	95	98	93.667
9	NO.0007	96	97	94	95.667
10	NO.0008	95	92	92	93.000
11	NO.0009	93	95	74	87.333
12	NO.0010	95	83	79	85.667
13					
14	考核最高分	95.667			
15	考核最	=MIN(E3:E12)			

输入公式

5	NO.0003	89	95	82	88.667
6	NO.0004	86	95	75	85.333
7	NO.0005	95	88	95	92.667
8	NO.0006	88	95	98	93.667
9	NO.0007	96	97	94	95.667
10	NO.0008	95	92	92	93.000
11	NO.0009	93	95	74	87.333
12	NO.0010	95	83	79	85.667
13					
14	考核最高分	95.667			
15	考核最低分	85.333			

计算结果

10.6.2　使用嵌套函数

在工作表中计算数据时，有时需要将函数作为另一个函数的参数才能计算出正确的结果，此时就需要使用嵌套函数。本节将介绍使用嵌套函数计算数据的方法。

步骤01 打开"插入函数"对话框。 打开附书光盘中的"实例文件\第10章\原始文件\新员工培训成绩单.xlsx"，选中C14单元格，在"公式"选项卡下单击"函数库"选项组中的"插入函数"按钮，如下左图所示。

步骤02 选择函数。 弹出"插入函数"对话框，在"或选择类别"下拉列表框中选择函数类别为"统计"，在"选择函数"列表框中单击MAX函数，如下右图所示。

步骤03 设置函数参数。 单击"确定"按钮后弹出"函数参数"对话框，在Number1数值框中输入"INDEX(A2:E12,0,5,1)"，如下左图所示。

步骤04 显示计算结果。 单击"确定"按钮返回工作表中，可以看到在目标单元格中显示了计算的最高分，如下右图所示。

步骤05 输入公式。 选中C15单元格，在其中输入使用嵌套函数计算最高分的计算公式"=MIN(INDEX(A2:E12,0,5,1))"，表示计算A2:E12单元格区域中第5列单元格中的最小值，如下左图所示。

步骤06 显示计算结果。 输入正确的公式后按下Enter键，即可看到在目标单元格中显示了计算的最小值，如下右图所示。

10.6.3 修改函数

在输入函数进行计算后，如果发现计算的结果不正确，也可以对其中的函数进行修改，其方法与修改数据内容一样。

TIP

INDEX()函数解析

INDEX()函数包括数组形式和引用形式两种形式。

INDEX()函数的数组形式可用于返回表格或数组中的元素值，此元素由行号和列号的索引值给定。

语法：INDEX(array, row_num,column_num)。其中Array为必需的，是单元格区域或数组常量；Row_num为必需的，是选择数组中的某行，从该行返回数值；Column_num为可选的，是选择数组中的某列，从该列返回数值。

INDEX()函数的引用形式可用于返回指定的行与列交叉处的单元格引用。

语法：INDEX(refere nce, row_num,column_num,area_num)。其中Reference为必需的，是对一个或多个单元格区域的引用；Row_num为必需的，是引用中某行的行号，函数从该行返回一个引用；Column_num为可选的，是引用中某列的列标，函数从该列返回一个引用；Area_num为可选的，选择引用中的一个区域，从中返回row_num和column_num的交叉区域。

方法一　在单元格中修改函数

步骤01 **编辑函数。** 打开附书光盘中的"实例文件 \ 第 10 章 \ 原始文件 \ 修改函数 .xlsx",双击 F3 单元格并将公式更改为"=INT(E3)",如下左图所示。

步骤02 **显示修改函数后的效果。** 按下Enter键,此时可以看到在目标单元格中显示了E3单元格中值取整后的结果,如下右图所示。

D	E	F	G
训成绩单		编辑函数	
科目三	平均成绩	考核成绩	
96	ら	=INT(E3)	
92	95.333	INT(number)	
82	88.667	88.7	
75	85.333	85.3	
95	92.667	92.7	

D	E	F	G
训成绩单		修改函数后的结果	
科目三	平均成绩	考核成绩	
96	93.333	93.000	
92	95.333	95.3	
82	88.667	88.7	
75	85.333	85.3	
95	92.667	92.7	

方法二　在编辑栏中修改函数

步骤01 **编辑函数。** 选中F4单元格,在编辑栏中将函数及公式更改为"=INT(E4)",如下左图所示。

步骤02 **复制公式。** 单击"输入"按钮,可以看到将E4单元格中值取整的结果,再向下复制公式将所有成绩取整,结果如下右图所示。

科目二	科目三	平均成绩	考核成绩
95	96	93.333	93.000
96	92	95.333	95.000
95	82	88.667	88.000
95	75	85.333	85.000
88	95	92.667	92.000
		93.000	93.000
97		95.000	95.000
92	92	93.000	93.000
95	74	87.333	87.000
83	79	85.667	85.000

10.6.4　删除函数

当不再需要某个函数计算的结果时,可以对函数进行删除。

方法一　通过快捷键删除函数

打开附书光盘中的"实例文件 \ 第 10 章 \ 原始文件 \ 修改函数 .xlsx",选中 C14:C15 单元格区域,按下 Delete 键即可删除函数,如下左图所示。

方法二　通过"清除内容"选项删除函数

选中F3:F12单元格区域,在"开始"选项卡下单击"编辑"选项组中的"清除"按钮,再单击下拉列表中的"清除内容"选项也可删除函数,如下右图所示。

高手速成

10.7 简单函数运算

在了解了使用函数进行数据运算的方法后，本节将介绍一些常用的函数，主要包括SUM()函数、AVERAGE()函数、COUNT()函数、VLOOKUP()函数、MONTH()函数、DAY()函数、IF()函数、SUMIF()函数、TEXT()函数等。

10.7.1 SUM()函数的使用

SUM()函数可以将用户指定为参数的所有数字相加，每个参数可以是区域、单元格引用、数组、常量、公式或另一个函数的结果。

语法：SUM(number1,number2,...)。其中number1为必需的，是需要相加的第一个数值参数；number2,...为可选的，是需要相加的2到255个数值参数。

当需要对多个单元格中数值进行求和时，可以使用SUM()函数进行计算，下面将介绍SUM()函数的使用方法。

01 选择函数。

打开附书光盘中的"实例文件\第10章\原始文件\SUM()函数的使用.xlsx"，选中B8单元格并打开"插入函数"对话框，设置函数类别为"数学与三角函数"，并在"选择函数"列表框中单击SUM函数，如下图所示。

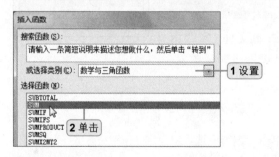

02 设置函数参数。

弹出"函数参数"对话框，在Number1数值框中指定参与求和计算的区域，在此指定参数为"B4:B7"，再单击"确定"按钮，如下图所示。

03 显示计算结果。

返回工作表中，此时可以看到在目标单元格中显示了计算的结果，即对1月销售总额进行了求和，如下图所示。

部门	1月	2月	3月	4月	5月
销售一部	65.2	78.5	69.3	48.5	48.6
销售二部	48.5	65.7	54.7	45.8	78.6
销售三部	74.2	59.2	45.4	72.5	46.3
销售四部	46.5	68.2	65.7	28.2	65.8
合计	234.4				

公司年度销售统计表

04 复制公式。

选择B8单元格，将光标移至该单元格的右下角，并按住鼠标左键向右拖动填充柄对公式进行复制，快速获取各月份的部门合计销售额，结果如下图所示。

单位:万元

6月	7月	8月	9月	10月	11月	12月
48.6	48.3	69.5	48.7	48.5	69.4	75.1
48.1	58.6	59.5	37.5	68.2	58.2	65.2
52.1	53.2	45.8		78.2	45.2	78.2
61.2	74.7	45.7	70.2	78.6	48.1	58.6
210	234.8	220.5	202.6	273.5	220.9	277.1

10.7.2 AVERAGE()函数的使用

AVERAGE()函数可以返回参数的算术平

均值，参数可以是数值、名称、数组或引用。

语法：AVERAGE(number1,number2,...)。其中number1为必需的，后续值是可选的，是需要计算平均值的1到255个数值参数。

当需要计算多个单元格中数值的平均值时，可以使用AVERAGE()函数进行计算，下面将介绍AVERAGE()函数的使用方法。

01 输入公式计算1月平均销售额。

打开附书光盘中的"实例文件\第10章\原始文件\AVERAGE()函数的使用.xlsx"，选中B8单元格，并在其中输入计算公式"=AVERAGE(B4:B7)"，如下图所示。

	A	B	C	D	E	F
1						公司年月
2						
3	部门	1月	2月	3月	4月	5月
4	销售一部	65.2	78.5	69.3	48.5	48.6
5	销售二部	48.5	65.7	54.7	45.8	78.6
6	销售三部	74.2	59.2	45.4	72.5	46.3
7	销售四部	46.5	68.2	65.7	28.2	65.8
8	=AVERAGE(B4:B7)—输入公式					
9						

02 显示计算结果。

按下Enter键，可以看到在目标单元格中显示了计算的结果，即1月各部门平均销售额为58.6万元，如下图所示。

	A	B	C	D	E	F
1						公司年月
2						
3	部门	1月	2月	3月	4月	5月
4	销售一部	65.2	78.5	69.3	48.5	48.6
5	销售二部	48.5	65.7	54.7	45.8	78.6
6	销售三部	74.2	59.2	45.4	72.5	46.3
7	销售四部	46.5	68.2	65.7	28.2	65.8
8	平均值	58.6	计算结果			
9						

03 复制公式。

选中B8结果单元格，并按住鼠标左键向右拖动填充柄复制公式，拖至M8单元格时释放鼠标左键，即可得到各月份的部门平均销售额，结果如下图所示。

统计表

单位:万元

7月	8月	9月	10月	11月	12月
48.3	69.5	48.7	48.5	69.4	75.1
58.6	59.5	37.5	68.2	58.2	65.2
53.2	45.8	复制公式 8.2		45.2	78.2
74.7	45.7	70.2	78.6	48.1	58.6
58.7	55.13	50.65	68.38	55.23	69.28

10.7.3 COUNT()函数的使用

COUNT()函数用于计算包含数字的单元格以及参数列表中数字的个数。

语法：COUNT(value1,value2, ...)。其中value1为必需的，是需要计算其中数字个数的第一个项、单元格引用或区域；value2, ...为可选的，是需要计算其中数字个数的其他项、单元格引用或区域，最多可包含255个。

当需要统计单元格区域中数值的个数时，可以使用COUNT()函数进行计算，下面将介绍COUNT()函数的使用方法。

01 输入计算公式。

打开附书光盘中的"实例文件\第10章\原始文件\COUNT()函数的使用.xlsx"，在D6单元格中输入计算公式"=COUNT(B2:M5)"，如下图所示。

SUM		▾	× ✓ fx	=COUNT(B2:M5)	
	A	B	C	D	E	F
1						招聘
2	一批次	95.2	98.5	99.3	78.5	78.6
3	二批次	78.5	95.7	84.7	75.8	缺考
4	三批次	94.2	89.2	75.4	92.5	76.3
5	四批次	76.5	98.2	95.7	缺考	95.8
6	参与考试人	=COUNT(B2:M5)—输入公式				
7						
8						

02 显示计算结果。

按下Enter键，即可看到在目标单元格中显示出计算结果，即本次招聘参与考试的人数有45人，自动将缺考的人不计算在内，结果如下图所示。

	A	B	C	D	E	F
1						招聘
2	一批次	95.2	98.5	99.3	78.5	78.6
3	二批次	78.5	95.7	84.7	75.8	缺考
4	三批次	94.2	89.2	75.4	92.5	76.3
5	四批次	76.5	98.2	95.7	缺考	95.8
6	参与考试人数			45	计算结果	
7						
8						

10.7.4 VLOOKUP()函数的使用

VLOOKUP()函数用于在指定的某个单元格区域的第一列开始搜索，并返回该区域相同行上任何单元格中的值。

语法：VLOOKUP(lookup_value,table_array，col_index_num,range_lookup)。其中lookup_value为必需的，是在表格或区域的第一列中搜索的值；table_array为必需的，是包含数据的单元格区域；col_index_num为必需的，是table_array参数中必须返回的匹配值的列号；range_lookup为可选的，是一个逻辑值，指定查找精确匹配值还是近似匹配值，即为TRUE或被省略。

当需要在指定的单元格区域查找某个值所在行上其他单元格中的值时，可以使用VLOOKUP()函数。

01 选择函数。

打开附书光盘中的"实例文件\第10章\原始文件\VLOOKUP()函数的使用.xlsx"，选中B3单元格并打开"插入函数"对话框，选择"查找与引用"类别中的VLOOKUP函数，如下图所示。

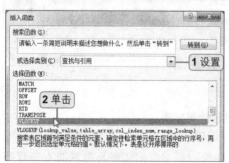

02 设置函数参数。

弹出"函数参数"对话框，在Lookup_value、Table_array、Col_index_num数值框中依次输入"A3"、"员工资料!\$A\$2:\$F\$8"和"2"，表示在员工资料!\$A\$2:\$F\$8区域查找A3单元格中的值，并返回该值所在行上第2列的值，如下图所示。

03 复制公式。

单击"确定"按钮返回工作表中，可以看到在目标单元格中显示了查找到的值相对应的员工姓名。向下复制公式获取各员工编号对应的员工姓名，结果如下图所示。

	B3	fx	=VLOOKUP(A3,员工资料!\$A\$2:\$F\$8,2

	A	B	C	D	E
1			员工工资表		
2	员工编号	员工姓名	性别	基本工资	业绩工资
3	NO.0001	张珂			
4	NO.0002	王磊			
5	NO.0003	程风			
6	NO.0004	李玲			
7	NO.0005	章宁	复制公式		
8	NO.0006	唐军			
9					

TIP

按行查找的HLOOKUP() 函数

如果需要在表格或数值数组的首行查找指定的数值，并在表格或数组中指定行的同一列中返回一个数值，则需要使用 HLOOKUP() 函数。其使用方法与VLOOKUP() 函数相似，不同的是 HLOOKUP() 函数是按行方向进行查找。

10.7.5 MONTH/DAY()函数的使用

MONTH()函数返回以序列号表示的日期中的月份，月份是介于1月到12月之间的整数。

语法：MONTH(serial_number)。参数 serial_number 为必需的，是需要查找的那一月的日期。

DAY() 函数用于返回以序列号表示的某日期的天数，用整数 1 到 31 表示。

语法：DAY(serial_number)。参数 serial_number 是必需的，是需要查找的那一天的日期。

当需要返回一个日期中的月份时，可以使用 MONTH() 函数。当需要返回日期中的天数时，可以使用 DAY() 函数。本节将介绍 MONTH() 和 DAY() 函数的使用方法。

01 输入公式获取日期的月份。

打开附书光盘中的"实例文件 \ 第 10 章 \ 原始文件 \MONTH() 和 DAY() 函数的使用 .xlsx"，选中 C11 单元格，并在其中输入公式"=MONTH(B2)"，如下图所示。

2	统计日期：	2010年2月28日			
3	员工编号	员工姓名	性别	基本工资	绩效工资
4	NO.0001	张珂	女	¥2,600	¥1,200
5	NO.0002	王磊	男	¥3,600	¥2,600
6	NO.0003	程风	男	¥4,500	¥3,000
7	NO.0004	李玲	女	¥3,000	¥2,400
8	NO.0005	章宁	女	¥4,600	¥3,200
9	NO.0006	唐军	男	¥3,200	¥2,800
10					
11	返回统计工资		=MONTH(B2)	输入公式	
12	返回统计工资日期的天数	MONTH(serial_number)			
13					

02 显示计算结果。

按下Enter键，此时可以看到在目标单元格中显示了计算的结果，即统计日期中的月份，如下图所示。

2	统计日期：	2010年2月28日			
3	员工编号	员工姓名	性别	基本工资	绩效工资
4	NO.0001	张珂	女	¥2,600	¥1,200
5	NO.0002	王磊	男	¥3,600	¥2,600
6	NO.0003	程风	男	¥4,500	¥3,000
7	NO.0004	李玲	女	¥3,000	¥2,400
8	NO.0005	章宁	女	¥4,600	¥3,200
9	NO.0006	唐军	男	¥3,200	¥2,800
10					
11	返回统计工资日期的月份		2	计算结果	
12	返回统计工资日期的天数				
13					

03 输入公式获取日期的天数。

接着选中C12单元格，并在其中输入计算公式"=DAY(B2)"，如下图所示。

2	统计日期：	2010年2月28日			
3	员工编号	员工姓名	性别	基本工资	绩效工资
4	NO.0001	张珂	女	¥2,600	¥1,200
5	NO.0002	王磊	男	¥3,600	¥2,600
6	NO.0003	程风	男	¥4,500	¥3,000
7	NO.0004	李玲	女	¥3,000	¥2,400
8	NO.0005	章宁	女	¥4,600	¥3,200
9	NO.0006	唐军	男	¥3,200	¥2,800
10					
11	返回统计工资日期的月份		2		
12	返回统计工资		=DAY(B2)	输入公式	
13		DAY(serial_number)			

04 显示计算结果。

按下Enter键，此时可以看到在目标单元格中显示了返回的结果，即统计日期中的天数，如下图所示。

2	统计日期：	2010年2月28日			
3	员工编号	员工姓名	性别	基本工资	绩效工资
4	NO.0001	张珂	女	¥2,600	¥1,200
5	NO.0002	王磊	男	¥3,600	¥2,600
6	NO.0003	程风	男	¥4,500	¥3,000
7	NO.0004	李玲	女	¥3,000	¥2,400
8	NO.0005	章宁	女	¥4,600	¥3,200
9	NO.0006	唐军	男	¥3,200	¥2,800
10					
11	返回统计工资日期的月份		2		
12	返回统计工资日期的天数		28	计算结果	
13					

> **TIP**
>
> **返回日期中年份的 YEAR() 函数**
>
> 当需要返回指定日期中的年份时，可以使用 YEAR()函数，语法：YEAR(serial_number)。

10.7.6 IF()函数的使用

IF()函数用于判定是否满足某个条件。如果指定条件的结果为TRUE将返回某个值，如果该条件的计算结果为FALSE则返回另一个值。

语法：IF(logical_test,value_if_true, value_if_false)。其中logical_test为必需的，是计算结果可能为TRUE或FALSE的任意值或表达式；value_if_true为可选的，是logical_test参数计算结果为TRUE时所要返回的值；value_if_false为可选的，是logical_test参数计算结果为FALSE时所要返回的值。

当需要判定是否满足指定条件并且返回指定值时，可以使用IF()函数进行操作，下面将介绍IF()函数的使用方法。

01 选择函数。

打开附书光盘中的"实例文件\第10章\原始文件\IF()函数的使用.xlsx",选中B9单元格,在"公式"选项卡下单击"函数库"选项组中的"逻辑"按钮,再单击下拉列表中的IF函数,如下图所示。

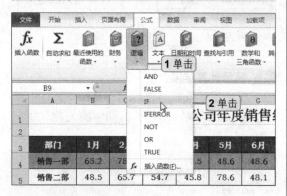

02 设置函数参数。

弹出"函数参数"对话框,依次在 Logical_test、Value_if_true、Value _if_false 数值框中输入"B8>=55"、"" 是 ""、"" 否 "",如下图所示。

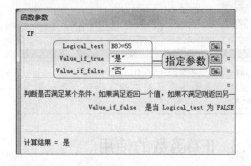

03 显示计算结果。

单击"确定"按钮返回工作表中,可以看到返回的结果为"是",表示1月的销售平均值达到了基本销售额,如下图所示。

04 复制公式。

选中B9单元格向右拖动填充柄复制公式,获取各月销售平均值的判定结果,如下图所示。

5月	6月	7月	8月	9月	10月	11月	12月
48.6	48.6	48.3	69.5	48.7	48.5	69.4	75.1
78.6	48.1	58.6	59.5	37.5	68.2	58.2	65.2
46.3	52.1	53.2	45.8	46.2	78.2	45.2	78.2
65.8	61.2	74.	复制公式	70.2	78.6	48.1	58.6
59.83	52.5	58.7	55.13	50.65	68.38	55.23	69.28
是	否	是	是	否	是	是	是

司年度销售统计表

单位:万元

10.7.7 SUMIF()函数的使用

SUMIF()函数用于对区域中满足多个条件的单元格求和。

语法:SUMIF(range, criteria, sum_range)。其中range为必需的,用于条件计算的单元格区域;criteria是必需的,用于确定对哪些单元格求和的条件,其形式可以为数字、表达式、单元格引用、文本或函数;sum_range 是 可选的,是要求和的实际单元格。

当计算满足条件的单元格中数值之和时,可以使用SUMIF()函数,下面介绍其使用方法。

01 选择函数。

打开附书光盘中的"实例文件 \ 第 10 章 \ 原始文件 \ SUMIF() 函数的使用 .xlsx",选中 E14 单元格并打开"插入函数"对话框,选择"数学与三角函数"类别中的 SUMIF 函数,如下图所示。

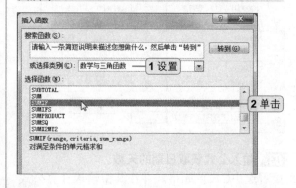

公式与函数的应用

Chapter 10 11 12

02 设置函数参数。

弹出"函数参数"对话框，在此需要指定SUMIF()函数的参数，依次在Range、Criteria数值框中输入"B3:G12"、""">=9000""，如下图所示。

03 显示计算结果。

单击"确定"按钮返回工作表中，此时可以看到在目标单元格中显示了计算结果，即所有销售额中大于或等于9000的销售额之和为369960，如下图所示。

	A	B	C	D	E	F
3	NO. 0001	8900	9500	9600	9500	8200
4	NO. 0002	9800	9600	9200	9500	7500
5	NO. 0003	8900	9500	8200	8800	9500
6	NO. 0004	8600	9500	7500	9500	9800
7	NO. 0005	9500	8800	9500	9700	9400
8	NO. 0006	8800	9500	9800	9800	9600
9	NO. 0007	9600	9700	9400	8900	9500
10	NO. 0008	9500	9200	9200	8600	9500
11	NO. 0009	9300	9500	7400		计算结果
12	NO. 0010	9500	8300	7900		
13						
14	销售额大于或等于9000的销售额之和				369960	
15						

E14 单元格公式 =SUMIF(B3:G12,">=9000")

10.7.8 TEXT()函数的使用

TEXT()函数可将数值转换为文本，并可通过使用特殊格式字符串来指定显示格式。

语法：TEXT(value, format_text)。其中value为必需的，是数值、计算结果为数值的公式或对包含数值的单元格的引用；format_text为必需的，使用双引号括起来作为文本字符串的数字格式。

当需要将数值转换为文本，或者将数值指定为特殊的格式显示时，可以使用TEXT()函数，下面将介绍TEXT()函数的使用方法。

01 选择函数。

打开附书光盘中的"实例文件\第10章\原始文件\TEXT()函数的使用.xlsx"，选中H3单元格并打开"插入函数"对话框，选择"文本"函数类别中的TEXT函数，如下图所示。

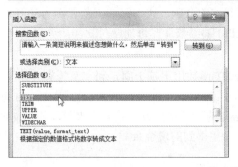

02 设置函数参数。

弹出"函数参数"对话框，在Value、Format_text数值框中依次输入"G3"、""￥#.00""，表示将G3单元格中的值转换为文本，并且添加货币符号保留两位小数显示，如下图所示。

03 复制公式。

单击"确定"按钮返回工作表中，向下拖动复制柄复制公式，将所有数据转换为文本，效果如下图所示。

星期三	星期四	星期五	平均值	平均销售额
9600	9500	8200	9140	￥9140.00
9200	9500	7500	9120	￥9120.00
8200	8800	9500	8980	￥8980.00
7500	9500	9800	8980	￥8980.00
9500	9700	9400	复制公式	￥9380.00
9800	9800	9600	9500	￥9500.00
9400	8900	9500	9420	￥9420.00
9200	8600	9500	9200	￥9200.00
7400	9500	8800	8900	￥8900.00
7900	8800	9500	8800	￥8800.00

实战
计算贷款的每期付款额

当已知贷款总额，并在还款利率和还款期限固定的情况下，可以使用PMT()函数计算出每期应付款的金额。比如已知贷款总额为50万元、还款利率为5.20%、还款年限为20年，下面将通过PMT()函数计算每期应付款额。

PMT()函数用于基于固定利率及等额分期付款方式，计算返回贷款的每期付款额。

语法：PMT(rate,nper,pv,fv,type)。其中 rate 为必需的，为贷款利率；nper 为必需的，为付款总数；pv 为必需的，是现值或一系列未来付款的当前值的累积和；fv 为可选的，是未来值或在最后一次付款后希望得到的现金余额；type 为可选的，是数字 0 或 1，用于指定各期的付款时间。

01 输入数据。

打开附书光盘中的"实例文件 \ 第 10 章 \ 原始文件 \ 计算贷款的每期付款额 .xlsx"，输入贷款总额、还款利率、还款年限等数据，如下图所示。

02 打开"插入函数"对话框。

选中B5单元格，切换至"公式"选项卡下，在"函数库"选项组中单击"插入函数"按钮，如下图所示。

03 选择函数。

弹出"插入函数"对话框，选择"财务"函数中的PMT函数，再单击"确定"按钮，如下图所示。

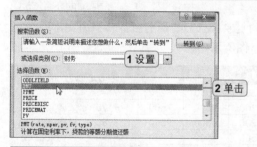

04 设置函数参数。

弹出"函数参数"对话框，在Rate、Nper、Pv数值框中依次输入"B3/12"、"B4*12"和"B2"，再单击"确定"按钮，如下图所示。

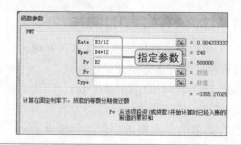

05 显示每期还款额。

此时返回工作表中，可以看到在目标单元格中显示了计算的结果，即每期还款3355.27元，如右图所示。

公式常见错误值的含义・公式的错误检查规则・创建数组公式进行计算・快速选取工作表
中包含公式的所有单元格

Q 公式中常见的错误值各代表什么?

A 如果公式出现错误时将无法得到正确的计算结果,在单元格中会显示一些错误。根据不同的错误值可以对公式进行检查,从而修改公式。各错误值的含义及解决方法参见表10-1。

表10-1 公式中常见错误值的含义及其解决方法

序 号	错 误 提 示	代表的含义	解 决 方 法
❶	#DIV/0!	当一个数除以0或不包含任何值的单元格时,Excel将显示#DIV/0!提示	修改单元格中公式引用的位置,或者在用作除数的单元格中输入不为0的值。例如在用作除数的单元格中输入数值"#N>A",这样公式的结果将从"#DIV/0!"变成#VALUE!,说明没有可用的除数值
❷	#NAME?	当Excel无法识别公式中的文本时,将显示#NAME?提示。例如,区域名称或函数名称出现拼写错误	如果删除了公式中使用的名称或者使用了不存在的名称,则需要确认使用的名称确实存在,所需名称没有被列出则需要定义名称。如果是名称拼写错误,则需要修改拼写错误的名称。如果是函数名拼写错误则需要修改公式中的函数名称
❸	#VALUE!	如果公式所包含的单元格具有不同的数据类型,Excel将显示#VALUE!提示	如果智能标记打开且将光标定位在智能标记上,则屏幕提示会显示"公式中所用的某个值是错误的数据类型"。通过对公式进行较少更改可以修复此问题
❹	#REF!	当单元格引用无效时,Excel将显示#REF!提示,例如删除了其他公式引用的单元格	更改公式或者在删除或粘贴单元格后立即单击"撤销"按钮以恢复工作表中的单元格。检查所使用的函数,确认是否有的参数引用了不存在的单元格或单元格区域

Q 公式的各项错误检查规则是什么意思?

A 为了标记并快速检查到公式存在的错误,可以在"Excel选项"对话框的"公式"选项面板中设置公式错误检查规则,如下图所示。

为了方便对错误检查规则进行设置,还需要了解各错误检查规则代表的含义,各项错误检查规则的功能说明见表10-2。

表10-2 公式的各项错误检查规则

序 号	错误检查规则	功 能 说 明
❶	所含公式导致错误的单元格	表示当公式没有使用应该使用的语法、参数或数据类型时,将出现#DIV/0!、#N/A、#NAME?、#NULL!、#REF!、#VALUE! 等错误值

（续表）

序　号	错误检查规则	功　能　说　明
②	遗漏了区域中的单元格的公式	如果公式引用了一个单元格区域，而用户在该区域的底部或右侧添加了单元格，引用可能不再正确。此规则将公式中的引用与相邻单元格进行比较，如果相邻单元格包含多个数字（不是空单元格），则纪录该错误
③	表中不一致的计算列公式	表示当计算列公式不一致时，将出现错误值
④	包含公式的未锁定单元格	默认情况下所有单元格均被锁定以保护公式。当公式受到保护时，如果不取消保护就无法修改公式。对包含公式的单元格进行保护可防止这些单元格被更改，并有助于避免出错
⑤	包含以两位数表示的年份的单元格	表示当用两位数表示年份时，将出现错误值
⑥	引用空单元格的公式	表示公式含有对空白单元格的引用，可导致意想不到的结果
⑦	文本格式的数字或者前面有撇号的数字	表示单元格包含存储为文本的数字，这些数字通常来自通过其他方式导入的数据
⑧	表中输入的无效数据	表示工作表中存在有效性错误
⑨	与区域中的其他公式不一致的公式	表示公式与区域中其他公式的模式不匹配，许多情况下相邻公式的差别只在于各自的引用不同

Q 怎样创建数组公式进行计算？

A 数组是一组公式或值的长方形范围，Excel将数组看作一组。有些数组公式返回一组出现在很多单元格中的结果，数组是小空间进行大量计算的强有力的方法，它可以代替很多重复的公式。在输入数组公式时，需要按下快捷键Ctrl+Shift+Enter获取结果。创建数组公式后不能删除数组公式的一部分，只能将所有结果一起删除。

在创建数据公式时先需要同时选择所有结果单元格并输入数据公式，如输入"=B3:B7*C3:C7"，表示B列与C列的单元格相应相乘，如下左图所示。按下快捷键Ctrl+Shift+Enter，即可得到通过数组公式计算的结果，并且在编辑栏中显示的公式包含大括号，如下右图所示。

数据的分析对比

很多工作表中都含有大量数据，需要通过这些数据分析其内在的联系或更深层次的含义，可以使用Excel中提供的条件格式、排序、筛选、分类汇总以及常用的数据分析工具等来分析数据。主要包括对单元格进行分列、删除重复项、设置数据有效性、对数据进行合并计算和方案管理器模拟分析，本章将主要介绍这些数据分析对比功能。

知识点

1. 数据的排序与筛选
2. 数据的分类汇总
3. 数据的组合
4. 设置数据有效性
5. 对数据进行合并计算
6. 使用模拟运算表

建议学习时间：115分钟

学习内容	学习时间	学习内容	学习时间
使用条件格式分析数据	15分钟	删除表格中的重复项数据	5分钟
数据的排序与筛选	20分钟	设置数据有效性	15分钟
数据的分类汇总	10分钟	对数据进行合并计算	10分钟
数据的组合与取消组合	5分钟	使用模拟运算表模拟分析数据	10分钟
对单元格进行分列处理	5分钟	观看视频教学并练习	20分钟

重点实例

▲ 使用条件格式分析数据　　▲ 嵌套分类汇总数据

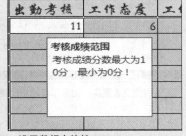

▲ 设置数据有效性

入门必备

11.1 使用条件格式分析数据

条件格式就是规定当单元格中的数据在满足自定义条件时，将单元格显示为相应条件的单元格样式。设置条件格式的单元格只能输入数字，不能含有其他文字，否则无法设置成功。在Excel中条件格式包括突出显示单元格规则、项目选取规则、数据条、色阶和图标集几类。

11.1.1 突出显示单元格规则

在数据较多的工作表中，如果需要将满足一定条件的数据突出显示出来，可以使用"条件格式"功能中的"突出显示单元格规则"来实现。突出显示单元格规则中包括大于、小于、介于、等于、文本包含和发生日期等条件设置选项，可以快速设置突出显示数据的条件。本例需要突出显示"业绩管理表"中月业绩达到5万以上的数据。

步骤01 **选中数据区域。**打开附书光盘中的"实例文件\第11章\原始文件\业绩管理表.xlsx"，选中需要突出显示数据的单元格区域D4:I23，如下左图所示。

步骤02 **单击"大于"选项。**在"开始"选项卡下的"样式"选项组中单击"条件格式"按钮，在展开的下拉列表中指向"突出显示单元格规则"选项，在级联列表中单击"大于"选项，如下右图所示。

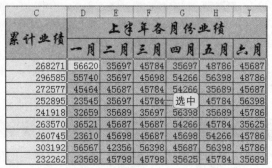

步骤03 **设置条件与格式。**弹出"大于"对话框，在"为大于以下值的单元格设置格式"数值框中输入条件数值"50000"，在"设置为"下拉列表中选择"浅红填充色深红色文本"选项，如下左图所示，单击"确定"按钮。

步骤04 **显示突出数据。**此时选中区域中大于50000的数据均以指定格式显示，如下右图所示。

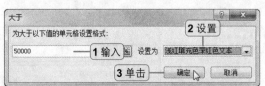

知识点拨

自定义设置需突出显示单元格的格式

在"大于"对话框中的"设置为"下拉列表中除了可以选定指定的填充颜色外，还可以选择"自定义格式"选项。在弹出的"设置单元格格式"对话框中，用户可以设置数字、字体、边框和填充格式，设置需要的单元格格式。

11.1.2 项目选取规则

如果用户只需要将一小部分特殊并满足条件的数据以某种规则显示出来，则可以通过"项目选取规则"实现。项目选取规则包括值最大的10项、值最大的10%项、值最小的10项、值最小的10%项、高于平均值和低于平均值等。使用该方法可以求取前10名或后10名等。本例需要突出显示上半年累计业绩前3名的员工业绩，具体操作如下。

步骤01 **选取数据区域。** 打开附书光盘中的"实例文件\第11章\原始文件\业绩管理表.xlsx"，选取需要突出显示数据的单元格区域C4:C23，如下左图所示。

步骤02 **单击"值最大的10项"选项。** 在"样式"选项组中单击"条件格式"按钮，在展开的下拉列表中指向"项目选取规则"选项，在级联列表中单击"值最大的10项"选项，如下右图所示。

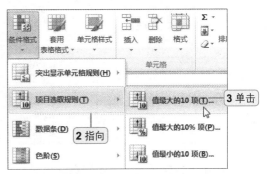

步骤03 **设置选取规则。** 弹出"10个最大的项"对话框，在"为值最大的那些单元格设置格式"的数值框中输入3，在"设置为"下拉列表中选择"红色文本"选项，如下左图所示，单击"确定"按钮。

步骤04 **突出显示最大3项。** 此时在选择的数据区域中以红色字体突出显示最大的3个数值，如下右图所示。

	A	B	C	D	E	F	G
2	员工编号	姓名	累计业绩	上学年各月份			
3				一月	二月	三月	四月
4	PC001	刘远明	268271	56620	35697	45784	35697
5	PC002	董薪怡	296585	55740	35697	45698	54266
6	PC003	刘波	272577	45464	45687	45784	54266
7	PC004	陈强	252895	23545	35697	45784	45687
8	PC005	陈海涛	241918	32659	35689	35697	56398
9	PC006	刘清	263570	36521	45687	45687	54266
10	PC007	黄平	260745	23610	45698		45689
11	PC008	陈明	303192				45687
12	PC009	黄飞泓	232262	23568	45798	45798	35625
13	PC010	陈哲明	241006	35688	35689	42356	45798
14	PC011	刘朗玉	248592	33268	45687	45784	
15	PC012	谢宇	241799	33545	42356	35689	48786
16	PC013	陈涛	251413	35625	56398	42356	35625
17	PC014	刘锋	265856	35625	45698	54266	48786
18	PC015	陈瑞	300914	56398	54266	42356	45698
19	PC016	刘雪	290810	45698	48786	56398	42356

突出显示最大3项

10 个最大的项

为值最大的那些单元格设置格式　**2 选择**

3 ──　**1 输入**　红色文本

3 单击　确定　取消

知识点拨

更改值最大的个数

在使用"项目选择规则"功能突出数据显示时，默认的个数是可以随意更改的，如在"为值最大的那些单元格设置格式"数值框中输入3，表示突出显示最大的3项，还可以将其更改为其他数值，但是不要超过选中单元格的个数。

11.1.3 数据条

在Excel中使用数据条可以轻松地突出单元格或单元格范围、强调特殊值和可视化数据。在Excel 2010中提供了新的数据条格式设置选项，可以对数据条应用实心填充或实心边框，或者对单元格中的数据执行右对齐。此外，在Excel 2010中数据条还可以更成比例地表示实际值，负值的数据条显示在正轴对面。本例将以数据条格式可视化分析员工累计业绩情况。

步骤01 **选中数据区域。** 打开附书光盘中的"实例文件\第11章\原始文件\业绩管理表.xlsx"，选中需要突出显示数据的单元格区域C4:C23，如下左图所示。

步骤02 **单击需要的数据条选项。** 在"样式"选项组中单击"条件格式"按钮，在展开的下拉列表中指向"数据条"选项，然后单击渐变填充组中的"紫色数据条"选项，如下右图所示。

步骤03 **显示数据条突出显示数据。** 此时，选中单元格区域中根据数据大小显示了数据条效果，并显示了相应的数据，如下左图所示。

TIP
设置数据条右对齐和隐藏数据
如果要隐藏单元格中的数据以及使数据右对齐，只需选中应用数据条效果的单元格区域，单击"条件格式"按钮，在展开的下拉列表中依次单击"数据条>其他规则"选项，弹出"新建格式规则"对话框，在"编辑规则说明"选项组中勾选"仅显示数据条"复选框，在"条形图方向"下拉列表中选择"从右到左"选项即可。

知识点拨
数据条大小表示
数据条是以选定单元格区域中的最大值为最长数据条，它的长度将与单元格大小相同。数据条的长度代表单元格中的值，数据条越长表示值越高，反之数据条越短表示值越低。数据条可帮助用户查看某个单元格相对于其他单元格的值。

11.1.4 色阶

色阶条件格式是使用颜色刻度来直观表示数据分布和数据变化。色阶分为双色色阶和三色色阶两种样式，双色色阶是使用两种颜色的深浅程序来帮助用户比较某个区域的单元格，颜色的深浅表示值的高低。三色色阶是使用3种颜色的深浅程序来表示单元格区域中值的高低。本例将以三色色阶分析某员工月业绩情况。

步骤01 **选中数据区域。** 打开附书光盘中的"实例文件\第11章\原始文件\业绩管理表.xlsx"，选中需要突出显示数据的单元格区域D4:I4，如下左图所示。

步骤02 **单击需要的色阶选项。** 在"样式"选项组中单击"条件格式"按钮，在展开的下拉列表中指向"色阶"选项，在级联列表中单击"绿_黄_红色阶"选项，如下右图所示。

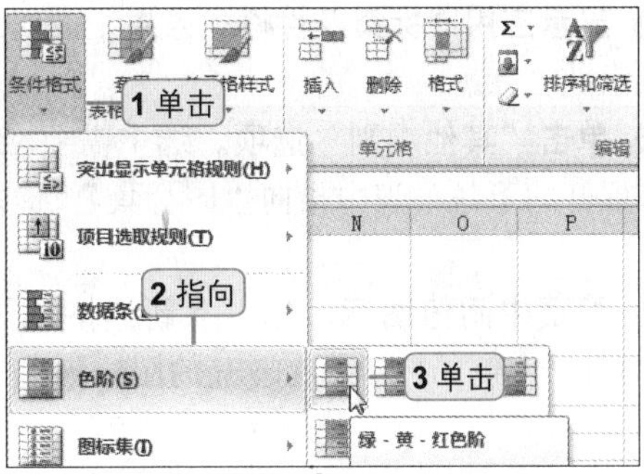

步骤03 **显示应用色阶效果。**此时选中单元格区域中以数据的大小显示了色阶颜色渐变，得到如下左图所示的效果。

以色阶表现数据大小

> **TIP**
>
> **更改数据类型**
>
> 在应用色阶渐变时，一般采用默认的数据类型来完成颜色渐变。除此之外，还可以根据指定的数据或百分比来实现色阶渐变。选中应用色阶的数据区域，打开"新建格式规则"对话框，在"编辑规则说明"选项组中设置最小值和最大值的类型以及值。常见的类型有数字、百分比、公式和百分点值4类。

11.1.5 图标集

图标集在Excel 2007中首次引入，它根据确定的阈值对不同类别的数据显示图标。例如可以使用绿色向上箭头表示较高值，使用黄色横向箭头表示中间值，使用红色向下箭头表示较低值。在Excel 2010中添加了更多图标集，包括三角形、星形或方框等，此外还可以混合和匹配不同集中的图标，并且更轻松地隐藏图标。例如，仅选择累计业绩高的值显示图标，而对中间值或较低值省略图标。

步骤01 **选中数据区域。**打开附书光盘中的"实例文件\第11章\原始文件\业绩管理表.xlsx"，选中需要突出显示数据的单元格区域C4:C23，如下左图所示。

步骤02 **单击需要的图标集选项。**在"样式"选项组中单击"条件格式"按钮，在展开的下拉列表中指向"图标集"选项，在级联列表中单击"三标志"选项，如下右图所示。

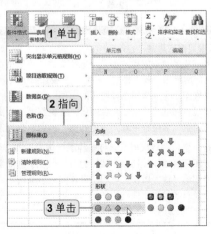

步骤03 **显示应用图标集条件格式效果。** 此时选中数据区域中的数据按大小以3种标志显示，如下左图所示。

步骤04 **单击"其他规则"选项。** 选中需要应用图标集的单元格区域，再次单击"条件格式"按钮，在展开的下拉列表中指向"图标集"选项，在级联列表中单击"其他规则"选项，如下中图所示。

步骤05 **隐藏中间值图标。** 弹出"新建格式规则"对话框，在"编辑规则说明"选项组中单击"当<67且"左侧的按钮，在展开的图标集中单击"无单元格图标"选项，如下右图所示。

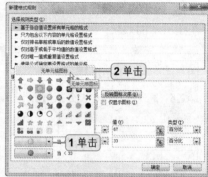

步骤06 **隐藏较低值图标。** 单击"当<33"左侧的按钮，在展开的下拉列表中单击"无单元格图标"选项，如下左图所示，设置完成后单击"确定"按钮。

步骤07 **显示隐藏中间值和较低值图标效果。** 此时选中单元格区域中的三标志图标集只显示了较高数据的图标，如下右图所示的绿色圆形图标，其余两种标志均被隐藏。

TIP

新建与管理格式规则

对于Excel中的格式规则并不是一成不变的，可以根据用户的需要来新建并设置规则。首先选中需要应用条件格式的数据区域，然后单击"条件格式"按钮，在展开的下拉列表中单击"新建规则"选项，弹出"新建格式规则"对话框。在"选择规则类型"列表框中选择需要的选项，如选中"基于各自值设置所有单元格的格式"选项，在"编辑规则说明"选项组中可以设置格式样式，如双色刻度、三色刻度、数据条或图标集。在"类型"下拉列表中可以设置最小值和最大值的类型，在"值"数值框中输入相应的值，然后再分别设置颜色或图标。

需要注意的是，使用图标集时可以将多种图标集图标混合使用。如在"格式样式"下拉列表中选择了"图标集"选项，则需要单击"图标样式"按钮，在展开的下拉列表中选择需要的图标样式。再在"根据以下规则显示各个图标"选项组中设置单元格图标、值、以及值类型，设置完成后单击"确定"按钮即可以完成条件格式规则的新建。同样，可以在该对话框中更改现有条件格式规则的格式。如果需要清除单元格中应用的条件格式，单击"条件格式"按钮，在展开的下拉列表中单击"清除规则"选项即可。

11.2 对数据进行排序

在Excel中对数据进行排序的方法很多也都很方便，用户可以对一列或一行进行排序，也可以设置多个条件来排序，还可以自己输入序列进行自定义排序。

11.2.1 简单的升序与降序

在Excel工作表中，如果只按某个字段进行排序，那么这种排序方式就是单列排序，可以使用选项组中的"升序"和"降序"按钮来实现。下面以降序排序"销售量"为例介绍使用选项组按钮进行排序的方法。

步骤01 选择排序列任意单元格。打开附书光盘中的"实例文件\第11章\原始文件\各销售员日销售记录.xlsx"，单击"销售量"字段列中的任意单元格，如下左图所示。

步骤02 单击"降序"按钮。切换至"数据"选项卡下，在"排序和筛选"选项组中单击"降序"按钮，如下右图所示。

步骤03 显示排序结果。此时数据按照"销售量"字段数据进行降序排列，如右图所示。

> **TIP**
>
> 🖐 **扩展区域排序**
> 如果在排序前直接选取需要排序的某列，会弹出"排序提醒"对话框询问未被选中数据是否参与排序。

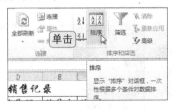

降序排列结果

11.2.2 根据条件进行排序

如果希望按照多个条件进行排序，以便获得更加精确的排序结果，可以使用多列排序，也就是按多个条件进行排序。下面将按商品升序并销售量降序对表格中的数据进行排列。

步骤01 单击"排序"按钮。打开附书光盘中的"实例文件\原始文件\各销售员日销售记录.xlsx"，在"数据"选项卡下单击"排序和筛选"选项组中的"排序"按钮，如右图所示。

进阶实战

步骤02 **设置主要关键字**。弹出"排序"对话框，单击"主要关键字"下拉列表右侧的下三角按钮，在展开的下拉列表中单击"商品"选项，如下左图所示。

步骤03 **设置排序依据**。单击"排序依据"下拉列表右侧的下三角按钮，在展开的下拉列表中单击"数值"选项，如下右图所示。

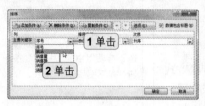

步骤04 **单击"添加条件"按钮**。完成主要关键字的设置后单击"新建条件"按钮，如下左图所示，添加次要关键字项。

步骤05 **设置次要关键字**。单击"次要关键字"下拉列表右侧的下三角按钮，在下拉列表中单击"销售量"选项，如下右图所示。

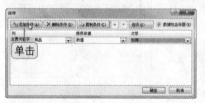

步骤06 **设置排列依据及序列**。为"次要关键字"项设置"排序依据"为"数值"，在"次序"下拉列表中选择"降序"选项，如下左图所示，设置完成后单击"确定"按钮。

步骤07 **显示按多字段排序结果**。此时工作表中的数据按"商品"字段进行了升序排列，在商品相同的情况下再按"销售量"字段进行降序排列，得到如下右图所示的排序结果。

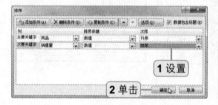

11.2.3 自定义排序

在某些特殊要求下，用户可能会根据数据表中的某个特定序列内容进行排序，这时就需要自定义排序的序列，使工作表数据根据设定的序列进行排列。

步骤01 **单击"选项"按钮**。打开附书光盘中的"实例文件\原始文件\各销售员日销售记录.xlsx"，单击"文件"按钮，在弹出的菜单中单击"选项"按钮，如右图所示。

步骤02 单击"编辑自定义列表"按钮。弹出"Excel选项"对话框，在"高级"选项面板的"常规"选项组中单击"编辑自定义列表"按钮，如下左图所示。

步骤03 输入序列。弹出"自定义序列"对话框，在"输入序列"列表框中输入排序的序列，如下右图所示，完成后单击"添加"按钮。

步骤04 显示添加序列效果。此时在"自定义序列"列表框中的最后一项显示了新建的序列，如下左图所示，单击"确定"按钮完成自定义序列的新建。

步骤05 单击"排序"按钮。在"数据"选项卡下的"排序和筛选"选项组中单击"排序"按钮，如下右图所示。

步骤06 设置主要关键字。弹出"排序"对话框，单击"主要关键字"下拉列表右侧的下三角按钮，在展开的下拉列表中单击"销售点"选项，如下左图所示。

步骤07 单击"自定义序列"选项。单击"次序"下拉列表右侧的下三角按钮，在展开的下拉列表中单击"自定义序列"选项，如下右图所示。

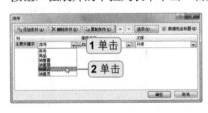 

步骤08 选择自定义序列。弹出"自定义序列"对话框，在"自定义序列"列表框中单击新建的序列选项，如右图所示，单击"确定"按钮。

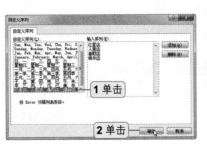

知识加油站

删除自定义序列

如果用户不再需要自定义的序列，可以将其删除。单击"文件"按钮，在弹出的菜单中单击"选项"选项，如下图所示。

弹出"Excel选项"对话框，在"高级"选项面板的"常规"选项组中单击"编辑自定义列表"按钮，如下图所示。

弹出"自定义序列"对话框，选择需要删除的序列选项，单击"删除"按钮，如下图所示，即可删除自定义序列。需要注意的是，Office系统提供的自定义序列不能删除。

步骤09 **显示自定义排序结果。**
此时工作表中的数据按照"销售点"字段进行了排序，如右图所示。

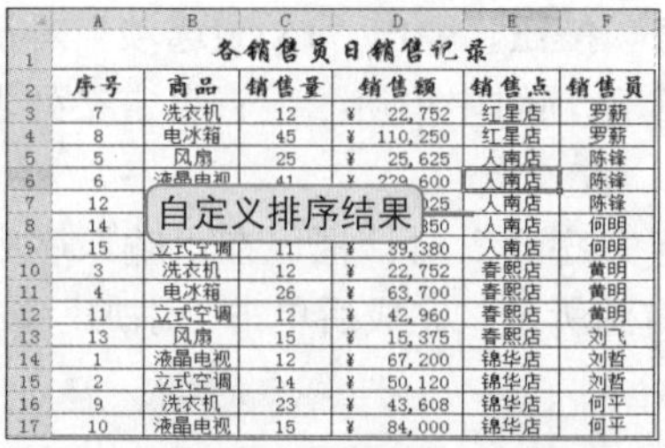

自定义排序结果

11.3 筛选数据

筛选数据是指在数据表中根据指定条件获取其中的部分数据。Excel中提供了多种筛选数据的方法，包括自动筛选、通过搜索查找筛选、根据特定条件筛选和高级筛选。

11.3.1 自动筛选数据

自动筛选是所有筛选方式中最便捷的一种，用户只需进行简单的操作即可筛选出所需要的数据。本例需要查看商品"电冰箱"的销售情况，可以直接筛选出"商品"为"电冰箱"的销售数据。

步骤01 **单击"筛选"按钮。**打开附书光盘中的"实例文件\第11章\原始文件\各销售员日销售记录.xlsx"，在"数据"选项卡下单击"排序和筛选"选项组中的"筛选"按钮，如下左图所示。

步骤02 **设置筛选条件。**此时各字段名称右侧添加了下三角按钮，单击"商品"右侧的下三角按钮，在展开的下拉列表中勾选"电冰箱"复选框，取消其他复选框的勾选，如下右图所示，单击"确定"按钮。

步骤03 此时工作表中只显示"商品"为"电冰箱"的销售记录，如右图所示。

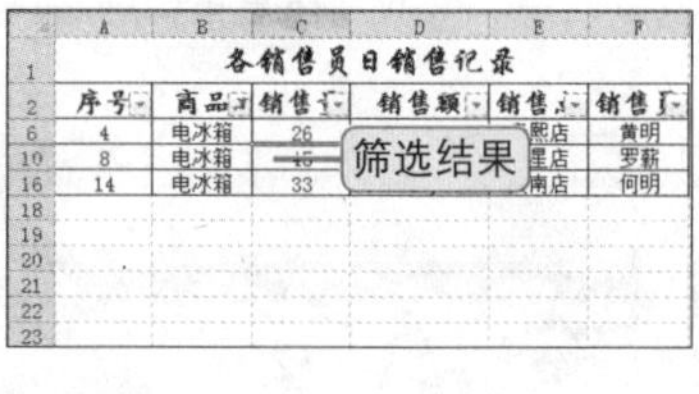

筛选结果

11.3.2 通过搜索查找筛选选项

在Excel 2010的筛选功能中新增了"搜索"功能，可以在"筛选"下拉列表中通过"搜索"文本框快速查找出需要的数据。例如要快速查找到销售额在80000元以上的数据。

步骤01 单击"筛选"按钮。打开附书光盘中的"实例文件\第11章\原始文件\各销售员日销售记录.xlsx"，在"数据"选项卡下单击"排序和筛选"选项组中的"筛选"按钮，如下左图所示。

步骤02 输入搜索条件。单击"销售点"字段右侧的下三角按钮，在下拉列表中的"搜索"文本框中输入"春熙店"，如下右图所示，单击"确定"按钮。

TIP

使用"重新应用"功能刷新数据的筛选

如果用户在已筛选或排序的数据区域中添加了新数据。一般情况下系统不会自动对列中的新数据或修改后的数据进行筛选或排序。如果重新排序和筛选则比较麻烦。如果排序和筛选条件不变，可以直接单击"重新应用"按钮，自动更改当前范围内的排序或筛选。

步骤03 显示筛选结果。此时在工作表中只显示"销售点"为"春熙店"的销售记录，如右图所示。

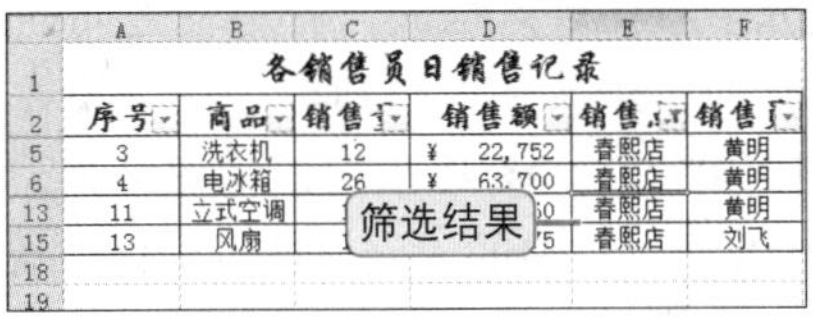

11.3.3 根据特定条件筛选数据

如果希望筛选出更加精确的数据，可以使用自定义筛选功能。使用自定义筛选可以一次指定多个条件，并筛选出同时符合这些条件的精确数据。在本例中需要筛选出销售额在80000～100000元之间的数据。

步骤01 单击"筛选"按钮。打开附书光盘中的"实例文件\第11章\原始文件\各销售员日销售记录.xlsx"，在"数据"选项卡下单击"排序和筛选"选项组中的"筛选"按钮，如下左图所示。

步骤02 单击"介于"选项。单击"销售额"右侧的下三角按钮，在展开的下拉列表中依次单击"数字筛选>介于"选项，如下右图所示。

步骤03 设置筛选条件。弹出"自定义自动筛选方式"对话框，在"大于或等于"数值框中输入80000，在"小于或等于"数值框中输入100000，如右图所示，单击"确定"按钮。

进阶实战

步骤04 **显示筛选结果**。此时，工作表中只显示了销售额在80000~100000元之间的数据记录，如右图所示。

筛选结果

11.3.4 高级筛选

高级筛选一般用于比较复杂的数据筛选，如多字段多条件筛选。在使用高级筛选功能对数据进行筛选前，需要先创建筛选条件区域，该条件区域的字段必须为现有工作表中已有的字段。

1. 筛选同时满足多个条件的数据结果

在Excel中，用户可以在工作表中输入新的筛选条件，并将其与表格的基本数据分隔开，即输入的筛选条件与基本数据间至少保持一个空行或一个空列的距离。建立多行条件区域时，行与行之间的条件之间是"或"的关系，而同一行的多个条件之间则是"与"的关系。本例需要筛选出液晶电视在销售额为80000万以上的销售记录。

步骤01 **新建条件区域**。打开附书光盘中的"实例文件\第11章\原始文件\各销售员日销售记录.xlsx"，在数据区域下方创建如下左图所示的条件区域。

步骤02 **单击"高级"按钮**。在"数据"选项卡下单击"排序和筛选"选项组中的"高级"按钮，如下右图所示。

创建条件区域表格

步骤03 **设置筛选方式**。弹出"高级筛选"对话框，在"方式"选项组中单击"在原有区域显示筛选结果"单选按钮，然后单击"列表区域"数值框右侧的按钮，如下左图所示。

步骤04 **选择列表区域**。返回工作表中选中列表区域A2:F17，单击按钮，如下右图所示。

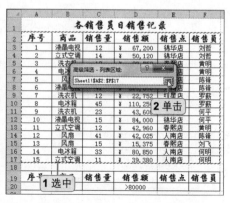

知识加油站

设置筛选结果在新单元格中显示

在使用"高级筛选"功能时，可以设置筛选结果显示的位置，即在原列表区域显示筛选结果或将筛选结果复制到其他位置。

打开"高级筛选"对话框，在"方式"选项组中单击"将筛选结果复制到其他位置"单选按钮，如下图所示。

接着在"列表区域"、"条件区域"和"复制到"数值框中输入相应单元格的引用地址，如下图所示。

单击"确定"按钮后，即可在目标单元格中显示筛选结果，如下图所示。

步骤05 **选择条件区域。**使用相同的方法将"条件区域"设置为"$A$19:$F$20",如下左图所示,设置完成后单击"确定"按钮。

步骤06 **显示筛选结果。**此时在工作表原列表区域位置筛选出了符合条件的数据记录,如下右图所示。

2. 筛选只满足其中一个条件的数据结果

如果需要筛选只满足一个条件的数据结果,可以在条件区域的不同行中输入不同的条件,使用"或"关系进行筛选,只需要满足一个条件均显示在筛选结果列表中。本例需要筛选液晶电视或销售额在80000元以上的数据记录。

步骤01 **创建条件区域。**打开附书光盘中的"实例文件\第11章\原始文件\各销售员日销售记录.xlsx",在数据区域下方创建如下左图所示的条件区域。

步骤02 **单击"高级"按钮。**在"数据"选项卡下单击"排序和筛选"选项组中的"高级"按钮,如下右图所示。

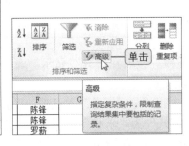

步骤03 **设置高级筛选属性。**弹出"高级筛选"对话框,在"方式"选项组中单击"在原有区域显示筛选结果"单选按钮,设置"列表区域"为$A$2:$F$17,设置"条件区域"为$A$19:$F$21,如下左图所示。设置完成后单击"确定"按钮。

步骤04 **显示筛选结果。**此时,工作表中只要是满足商品为"液晶电视"或"销售额"在80000元以上的数据均显示在原列表区域中,得到如下右图所示的筛选结果。

11.4 对数据进行分类汇总

分类汇总是指根据指定类别将数据以指定方式进行统计，这样可以快速将大型表格中的数据进行汇总和分析，以获得需要的统计数据。本节将介绍求和汇总，嵌套汇总以及删除数据汇总的方法。

11.4.1 对数据进行求和汇总

对数据进行求和汇总是Excel中最简单方便的汇总方式，只需要为数据创建分类汇总即可。但在创建分类汇总之前，首先要对需要汇总的数据项进行排序。在本例中将使用分类汇总功能计算各销售员的总销售额。

步骤01 单击"降序"按钮。 打开附书光盘中的"实例文件\第11章\原始文件\各销售员日销售记录.xlsx"，单击"销售员"字段列的任意单元格，在"排序和筛选"选项组中单击"降序"按钮，如下左图所示。

步骤02 显示降序排列结果。 此时工作表中的数据按"销售员"字段进行降序排列，如下右图所示。

步骤03 单击"分类汇总"按钮。 接着在"分级显示"选项组中单击"分类汇总"按钮，如下左图所示。

步骤04 设置分类汇总条件。 弹出"分类汇总"对话框，设置"分类字段"为"销售员"、"汇总方式"为"求和"，在"选定汇总项"列表框中勾选"销售额"复选框，如下右图所示，单击"确定"按钮。

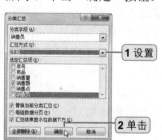

步骤05 显示分类汇总结果。 此时工作表中的数据按"销售员"字段对"销售额"数据进行了汇总，得到如右图所示的汇总结果。

更改数据汇总方式

在Excel中分类汇总的汇总方式包括求和、计数、平均值、最大值、最小值、乘积、数值计算、标准偏差、总体标准偏差、方差和总体方差等11种。如果需要更改分类汇总方式，只需在"分类汇总"对话框中单击"汇总方式"下拉列表右侧的下三角按钮，在展开的下拉列表中单击需要的汇总方式即可，如下图所示。

11.4.2　分级显示数据

　　创建分类汇总数据后，可以通过单击工作表左侧分级显示列表中的级别按钮 1 2 3 、折叠按钮 − 或展开按钮 + 来快速显示与隐藏相应级别的数据。下面介绍如何显示分类汇总数据中的2级数据，隐藏具体的明细数据。

步骤01　**单击2级按钮 2 。** 在分类汇总后的数据工作表中单击左侧分级显示列表中的2级按钮 2 ，如下左图所示。

步骤02　**隐藏明细数据效果。** 此时工作表中的明细数据被隐藏，只显示各员工的销售额总和，如下右图所示。

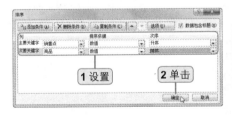

11.4.3　嵌套汇总

　　嵌套分类汇总是指对一个数据表格进行多次分类汇总，每次分类汇总的关键字各不相同。在创建嵌套分类汇总前，也需要对多次汇总的分类字段排序。本例将以"销售点"和"商品"为分类字段进行嵌套分类汇总。

步骤01　**将数据按多字段排序。** 打开附书光盘中的"实例文件\第11章\原始文件\各销售员日销售记录.xlsx"，打开"排序"对话框，设置如下左图所示的主要关键字和次要关键字排序条件，单击"确定"按钮。

步骤02　**单击"分类汇总"按钮。** 在"数据"选项卡下的"分级显示"选项组中单击"分类汇总"按钮，如下右图所示。

步骤03　**设置分类汇总条件。** 弹出"分类汇总"对话框，设置"分类字段"为"销售点"、"汇总方式"为"求和"，在"选定汇总项"列表框中勾选"销售额"复选框，如右图所示，单击"确定"按钮。

进阶实战

步骤04 **显示分类汇总结果。**此时工作表中的数据按照"销售点"字段对销售额数据项进行求和汇总，得到如右图所示的结果。

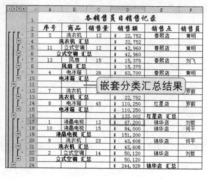

将分类汇总数据按组进行分页

在创建分类汇总时，可以设置将分类汇总的结果按组进行分页，方便用户按组打印数据。在"分类汇总"对话框中勾选"每组数据分页"复选框，如下图所示。单击"确定"按钮即可。

步骤05 **设置按商品分类汇总。**再次单击"分类汇总"按钮，弹出"分类汇总"对话框，设置"分类字段"为"商品"、"汇总方式"为"求和"，在"选定汇总项"列表框中勾选"销售额"复选框，并取消勾选"替换当前分类汇总"复选框，如下左图所示。

步骤06 **显示嵌套分类汇总结果。**在现有汇总结果的数据基础上，再次按"商品"对销售额数据进行求和汇总，得到如下右图所示的结果。

11.4.4 删除分类汇总

如果希望将分类汇总后的数据还原到分类汇总前的原始状态，可以删除分类汇总。

单击分类汇总数据区域中的任意单元格，然后在"数据"选项卡下的"分级显示"选项组中单击"分类汇总"按钮。弹出"分类汇总"对话框，直接单击"全部删除"按钮，如右图所示，即可完成分类汇总数据的删除。

11.4.5 创建组

在Excel中除了可以使用"分类汇总"功能对数据进行分类，并按指定分类字段对特定数据项进行求和、计数等操作外，还可以使用

"创建组"功能对数据进行分组，它不需要用户指定分类字段，使用创建组与特定的函数即可实现分类汇总的功能。本例将使用"创建组"功能计算各销售点的销售额汇总。

步骤01 **对数据进行排序**。打开附书光盘中的"实例文件\第11章\原始文件\各销售员日销售记录.xlsx"，单击"销售点"字段列中的任意单元格，在"排序和筛选"选项组中单击"降序"按钮，如下左图所示。

步骤02 **插入空行并选中区域**。在不同销售点之间插入一空白行，拖动选中A3:F7单元格区域，如下右图所示。

步骤03 **单击"创建组"选项**。在"分级显示"选项组中单击"创建组"下三角按钮，在展开的下拉列表中单击"创建组"选项，如下左图所示。

步骤04 **单击"行"单选按钮**。弹出"创建组"对话框，单击"行"单选按钮，如下右图所示，单击"确定"按钮。

步骤05 **显示创建组效果**。此时选中单元格区域被划分为一个组，并在左侧的分级显示列表中显示出级别按钮和折叠按钮，如下左图所示。

步骤06 **计算"人南店"销售点的销售总额**。在E8单元格中输入"人南店总计"，在D8单元格中输入分类汇总计算公式"=SUBTOTAL(9,D3:D7)"，按下Enter键得到如下右图所示的汇总结果。

步骤07 **对其他销售点数据进行分组并计算销售额汇总额**。使用相同的方法按销售点创建分组，并使用SUBTOTAL()函数计算各销售点的汇总数据，得到如右图所示的结果。

知识加油站

取消数据的组合

使用"创建组"功能对数据进行分组后，如果需要取消组合，只需选中要取消组合的单元格区域，在"分级显示"选项组中单击"取消组合"下三角按钮，在展开的下拉列表中单击"取消组合"选项，如下图所示。

弹出"取消组合"对话框，单击"行"单选按钮，如下图所示，单击"确定"按钮。

此时，选中单元格区域的组被取消，如下图所示。

Office 2010中文版办公专家从入门到精通

11.5 使用数据工具

在Excel 2010中提供了众多有效且实用的数据分析工具，能帮助用户更好地管理数据，如将某列的数据快速分解为多列、快速删除表格中的重复数据、设置数据的有效性，合并计算数据、使用模拟表格分析管理、创建数据方案等。

11.5.1 对单元格进行分列处理

如果在某列单元格中输入多个数据，可以使用"数据工具"选项组中的"分列"功能对其实现分列。分列可以将一个Excel单元格的内容分隔成多个单独的列。例如，将包含全名的列分隔成单独的名字列和姓氏列。

01 插入空列并选中数据。

打开附书光盘中的"实例文件\第11章\原始文件\来客登记表.xlsx"，在"姓名"列的右侧插入一空列，并选中"姓名"列单元格，如下图所示。

02 单击"分列"按钮。

切换至"数据"选项卡下，单击"数据工具"选项组中的"分列"按钮，如下图所示。

03 选择合适的文件类型。

弹出"文本分列向导-第1步"对话框，在"文本分列向导判定您的数据具有分隔符"界面的"原始数据类型"选项组中单击"分隔符号"单选按钮，如下图所示。

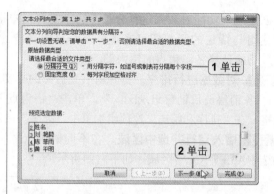

04 设置分隔符。

弹出"文本分列向导-第2步"对话框，在"分隔符号"选项组中勾选"Tab键"复选框和"空格"复选框，在"数据预览"区域中显示分列效果，如下图所示，单击"下一步"按钮。

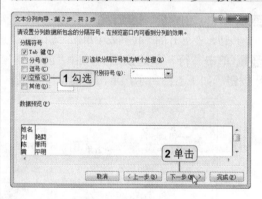

05 设置列数据格式及目标位置。

弹出"文本分列向导 - 第3步"对话框，单击"常规"单选按钮，在"目标区域"数值框中设置目标单元格引用地址，如下图所示，单击"完成"按钮。

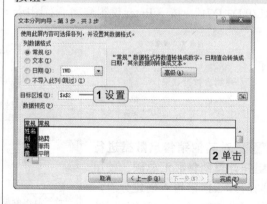

06 Microsoft Excel对话框提示。

弹出"Microsoft Excel"对话框，询问是否替换目标单元格内容，如果需要替换单击"确定"按钮，如下图所示。如果不需要替换目标单元格内容单击"取消"按钮。

07 显示分列单元格数据效果。

选中单元格列中的内容根据分隔符空格将其分为两列，得到如下图所示的数据，在两列的字段名处输入新的字段名称。

	A	B	C	D
1				来客登
2	姓氏	名字	单位	来访时间
3	刘	艳莫	楷瑞科技	2010/3/25 8:30 AM
4	陈	—分列单元格数据效果		2010/3/25 11:00 AM
5	黄	平明	戏渲科技	2010/3/26 2:00 PM
6	何	飞敏	迪精科技	2010/3/26 3:30 PM

11.5.2 设置数据的有效性

在单元格中输入固定的几项数据时，可以使用"设置数据有效性"功能来制定规则限制单元格中内容的输入，从而防止用户输入无效值，同时也可以使用该功能制作下拉列表进行数据的选择性输入。本例将使用数据有效性将"所属部门"列设置为下拉列表形式直接选取，另外设置员工各项考核成绩在0～10以内为有效数据。

01 选取单元格区域。

打开附书光盘中的"实例文件\第11章\原始文件\员工年度考核表.xlsx"，选中需要设置数据有效性的单元格，如下图所示。

	员工编号	员工姓名	所属部门	出勤考核	2单击
3	BC001	程铭	财务部	11	6
4	BC002	刘丽			
5	BC003	许波			
6	BC004	陈浩		1选中	
7	BC005	刘涛			
8	BC006	黄杰			

02 单击"数据有效性"选项。

在"数据工具"选项组中单击"数据有效性"下三角按钮，在展开的下拉列表中单击"数据有效性"选项，如下图所示。

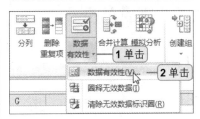

03 设置有效性条件。

弹出"数据有效性"对话框，在"设置"选项卡的"允许"下拉列表中选择"序列"选项，在"来源"文本框中输入序列，以英文逗号分隔，如下图所示，单击"确定"按钮。

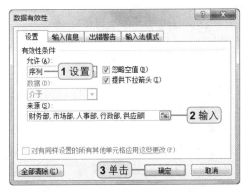

04 在已设置下拉列表中选择输入选项。

此时，单击选择单元格区域中任意单元格右侧的下三角按钮，即可在展开的下拉列表中选择需要的输入选项，如下图所示。

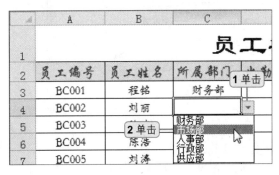

05 选中需要设置整数限制的单元格。

选中需要设置整数限制的D3:G14单元格区域，如下图所示。

06 单击"数据有效性"选项。

在"数据工具"选项组中，单击"数据有效性"下三角按钮，在展开的下拉列表中单击"数据有效性"选项，如下图所示。

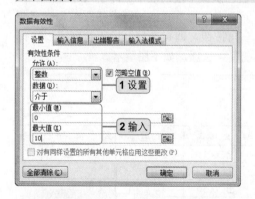

07 设置有效性条件。

弹出"数据有效性"对话框，在"设置"选项卡下设置"允许"为"整数"，设置"数据"为"介于"，"最小值"为0，"最大值"为10，如下图所示。

08 设置输入信息。

在"输入信息"选项卡下勾选"选定单元格时显示输入信息"复选框，在"标题"和"输入信息"文本框中输入提示信息，如下图所示。

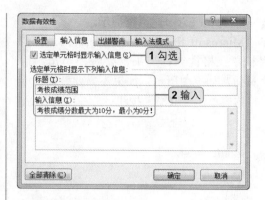

09 设置警告信息。

在"出错警告"选项卡下勾选"输入无效数据时显示出错警告"复选框，在"样式"下拉列表中选择需要的图标样式，在"标题"和"错误信息"文本框中输入提示信息，如下图所示，设置完成后单击"确定"按钮。

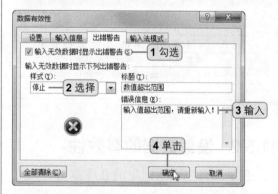

10 显示提示信息。

此时选中设置数据有效性单元格时显示输入提示信息，如下图所示。

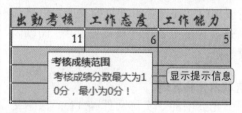

11 显示错误提示。

如果输入了无效数据，将弹出"数值超出范围"对话框，警告用户输入错误，如下图所示。

11.5.3 对数据进行合并计算

在Excel中提供了"合并计算"功能，可以将多个工作表中的数据同时进行计算汇总。在合并计算中，计算结果的工作表称为目标工作表，接受合并数据的区域称为源区域。合并计算的方法有两种，按位置进行合并计算和按分类合并计算。按照位置进行合并计算是常用的合并计算方法，它要求所有源区域中的数据相同排列，也就是每个工作表中的每一条记录名称和字段名称都在相同的位置，具体操作方法如下。

01 选择目标单元格区域。

打开附书光盘中的"实例文件\第11章\原始文件\合并计算各产品销售数据.xlsx"，在"总计"工作表中选择显示计算结果的单元格区域，如下图所示。

产品周销售统计					
产品编号	单位	第一周	第二周	第三周	第四周
PC001	箱				
PC002	箱				
PC003	箱				
PC004	箱				
PC005	箱				
PC006	箱				
PC007	箱	选中			
PC008	箱				
PC009	箱				
PC010	箱				
PC011	箱				

春熙店 / 科华店 / 朝阳店 \ 总计 /

02 单击"合并计算"按钮。

切换至"数据"选项卡在"数据工具"选项组中单击"合并计算"按钮，如下图所示。

03 设置合并计算函数与引用位置。

弹出"合并计算"对话框，在"函数"下拉列表中选择"求和"选项，在"引用位置"数值框中输入合并计算引用位置，如输入"春熙店!$C$3:$F$14"，如下图所示，单击"添加"按钮即可将其添加至"所有引用位置"列表框中。

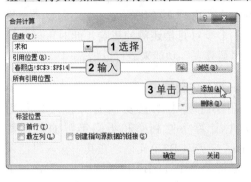

04 添加其他引用位置。

使用相同的方法添加合并计算时引用的其他工作表中的单元格区域地址，如下图所示，设置完成后单击"确定"按钮。

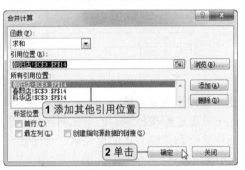

05 显示合并计算结果。

在单元格区域中显示计算结果，如下图所示。

产品周销售统计						
产品编号	单位	第一周	第二周	第三周	第四周	
PC001	箱	144	62	79	88	
PC002	箱	88	93	104	78	
PC003	箱	67	135	63	66	
PC004	箱	134	82	102	99	
PC005	箱	61	121	65	92	
PC006	箱	55	86	合并计算结果		
PC007	箱	116	83	79	85	
PC008	箱	54	91	54	86	
PC009	箱	52	124	86	114	
PC010	箱	132	64	64	88	
PC011	箱	103	116	101	107	
PC012	箱	84	70	83	117	

春熙店 / 科华店 / 朝阳店 \ 总计 /

11.5.4 使用"模拟运算表"模拟分析数据

在工作表中可以使用模拟运算测试公式中的一些值改变时对计算结果的影响，模拟运算是测试公式计算结果的一个简便方法。例如，贷款时在考虑利率变化的同时，还需要考虑贷款额的多少对月偿还额的影响，此时可以使用"模拟运算表"功能来进行分析。

01 计算月还款额。

打开附书光盘中的"实例文件\第11章\原始文件\计算不同利率和不同年限的月还偿额.xlsx"，选中B3单元格，在其中输入月偿还额计算公式"=PMT(B2/12,A2*12,B1)"，如下图所示，按下Enter键得到函数计算结果。

	A	B	C	D
1	贷款总额	320000	元	
2		10	2.75%	
3	月还款额	=pmt(B2/12,A2*12,B1)	← 输入	
4			2.75%	
5			3.00%	
6			3.25%	
7			3.50%	
8	利率		3.75%	

02 选中模拟运算单元格。

接着选中需要进行模拟运算的单元格区域，其中必须包括含有计算公式的单元格，如下图所示，选中B3:G12单元格区域。

	A	B	C	D
1	贷款总额	320000	元	
2		10	2.75%	
3	月还款额	¥-3,053.15	10	12
4			2.75%	
5			3.00%	← 选取
6			3.25%	
7			3.50%	
8	利率		3.75%	

03 单击"模拟运算表"选项。

在"数据工具"选项组中单击"模拟分析"按钮，在展开的下拉列表中单击"模拟运算表"选项，如下图所示。

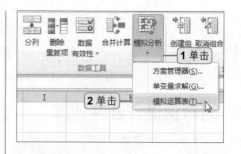

04 设置模拟运算表引用单元格。

弹出"模拟运算表"对话框，在"输入引用行的单元格"数值框中输入$A$2，在"输入引用列的单元格"数值框中输入$B$2，如下图所示，单击"确定"按钮。

05 显示模拟运算结果。

此时，在选中区域中显示了不同利率和不同年限的月偿还额，如下图所示。

	A	B	C	D	E	F	G
1	贷款总额	320000	元				
2		10	2.75%		年限		
3	月还款额	¥-3,053.15	10	12	15	20	25
4			2.75%	-3053.15	-2611.54	-2171.59	-1734.93	-1476.19
5			3.00%	-3089.94	-2648.92	-2209.86	-1774.71	-1517.48
6			3.25%	-3127.01	-2686.62	-2248.54	-1815.03	-1559.41
7			3.50%	-3164.35	-2724.65	-2287.62	-1855.87	-1602
8	利率		3.75%	-3201.96	-2763.01	-2327.1	-1897.24	-1645.22
9			4.00%	-3239.84	模拟运算结果		-1939.14	-1689.08
10			4.25%	-3278	-2840.7	-2407.29	-1981.55	-1733.56
11			4.50%	-3316.43	-2880.03	-2447.98	-2024.48	-1778.66
12			4.75%	-3355.13	-2919.68	-2489.06	-2067.92	-1824.38

TIP

使用方案管理器分析数据

在Excel中还可以使用"模拟分析"下拉列表中的"方案管理器"来创建方案分析数据。方案是一组称为可变单元格的输入值，并且按照用户指定的名字保存，每个可变单元格的集合代表一组假设分析的前提。使用它可以观察对模型其他部分的影响。"方案管理器"常用于预测工作表模型结果的一组数值。

实战
制作员工工资表并统计各部门发放工资额

　　本章主要介绍了使用条件格式突出显示特定的值、使用数据条、色阶和图标集分析数据，还介绍了数据的排序、筛选、分类汇总、对数据列进行分列、删除重复项、数据有效性设置、数据的合并计算以及模拟分析等知识，下面结合本章所学知识来制作员工工资表并统计各部分发放工资额。

01　选择需要设置数据有效性的单元格。

打开附书光盘中的"实例文件\第11章\原始文件\员工工资表.xlsx"，在工作表中已输入员工工资表的部分数据，选中"所属部门"字段所在列单元格，如下图所示。

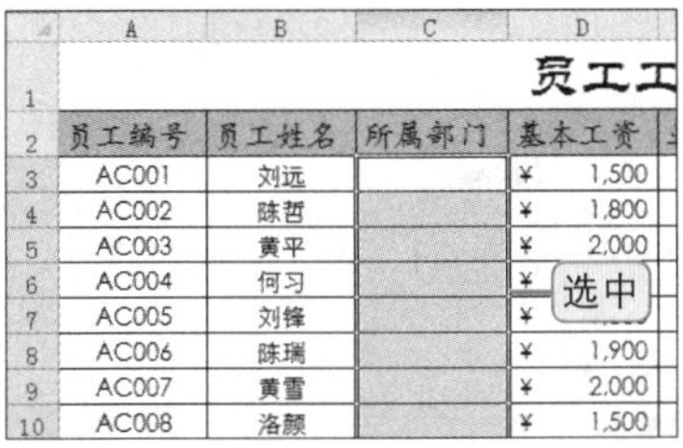

02　单击"数据有效性"选项。

切换至"数据"选项卡下，在"数据工具"选项组中单击"数据有效性"下三角按钮，在展开的下拉列表中单击"数据有效性"选项，如下图所示。

03　设置有效性条件。

弹出"数据有效性"对话框，在"设置"选项卡下设置"允许"为"序列"，在"来源"文本框中输入序列文本，如下图所示，设置完成后单击"确定"按钮。

04　显示下拉列表效果。

此时在"所属部门"列中单击单元格右侧的下三角按钮，在下拉列表中选择需要的部门选项，如下图所示，即可快速输入员工所属的部门。

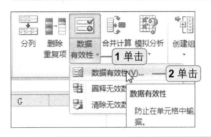
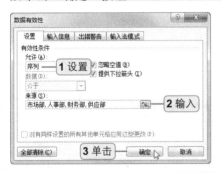

05　完成员工工资表数据录入。

使用相同的方法输入其他员工的所属部门，再根据实际情况输入员工的业绩奖金、缺勤扣款和社保扣款额，得到如右图所示的效果。

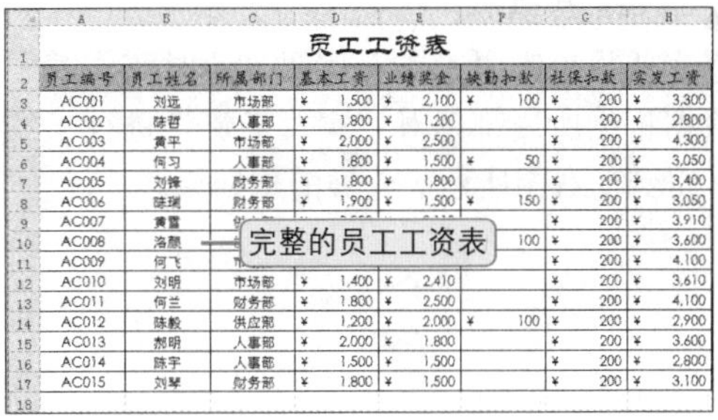

06 排序数据。

单击"所属部门"列的任意单元格，在"排序和筛选"选项组中单击"降序"按钮，如下图所示。

08 单击"分类汇总"按钮。

在排序后，单击"分级显示"选项组中的"分类汇总"按钮，如下图所示。

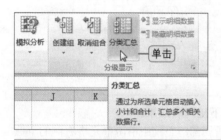

10 设置汇总方式。

单击"汇总方式"下拉列表框右侧的下三角按钮，单击"求和"选项，如下图所示。

07 显示排序结果。

此时工作表中的数据根据"所属部门"字段进行了降序排列，如下图所示。

09 设置分类字段。

弹出"分类汇总"对话框，单击"分类字段"下拉列表框右侧的下三角按钮，单击"所属部门"选项，如下图所示。

11 选定汇总项。

在"选定汇总项"列表框中勾选"实发工资"复选框，如下图所示。

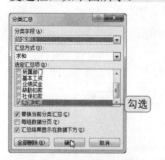

12 显示汇总结果。

设置完成后单击"确定"按钮，此时工作表中的数据根据所属部门对"实发工资"进行了统计，得到如右图所示的分类汇总结果。

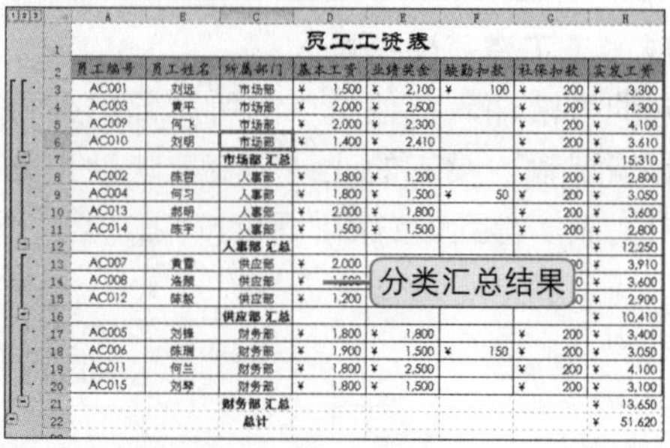

问答

更改默认排序方法·取消表格样式中的筛选功能·使用筛选功能快速删除空行·按照单元格颜色进行排序或筛选·利用单元格下拉列表快速输入数据

Q 如何更改默认的排序方法？

A 在Excel中默认文本的排序方法是按字母进行排序。如果需要将其更改为以笔划进行排序，只需打开"排序"对话框，单击"选项"按钮，如下左图所示。弹出"排序选项"对话框，在"方法"选项组中单击"笔划排序"单选按钮，如下右图所示再单击"确定"按钮即可。

Q 怎样取消表格样式中的筛选功能？

A 当工作表中的数据应用了表格样式或是在工作表中创建了表格时，Excel都会自动为表格添加筛选器按钮。如果需要取消表格中的筛选功能，只需选中表格中的任意单元格，如下左图所示，单击"排序和筛选"选项组中的"筛选"按钮，如下右图所示。

启用筛选功能的表格效果

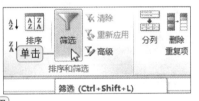

Q 使用筛选功能是否可以快速删除空行？

A 可以。单击工作表中的任意单元格，在"排序和筛选"选项组中单击"筛选"按钮，然后单击"姓名"字段右侧的下三角按钮，在展开的下拉列表中勾选"空白"选项，如下左图所示，即可筛选出空行。选择出的空行如下右图所示。

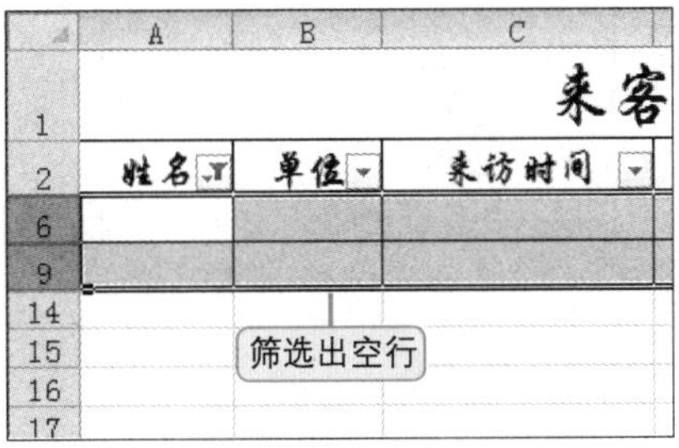

切换至"开始"选项卡，单击"单元格"选项组中的"删除单元格"按钮，如下左图所示，即可删除空行。清除工作表中的筛选，即可得到如下右图所示的数据结果。

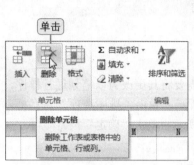

Q 如何按照单元格颜色进行排序或筛选？

A 除了常规的筛选方式，Excel还提供了按单元格颜色进行排序和筛选的功能。如果需要筛选红色的单元格数据，只需要单击数据区域中的任意单元格，然后单击"排序和筛选"选项组中的"筛选"按钮，如下左图所示。选中需要筛选颜色的单元格字段名称右侧的下三角按钮，在展开的下拉列表中指向"按颜色筛选"选项，在级联列表中单击"红色"选项即可，如下右图所示。

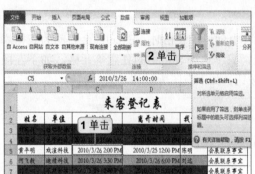

Q 如何利用单元格下拉列表快速输入数据？

A 前面介绍了使用"数据有效性"功能制作单元格下拉列表，除此之外还可以直接在单元格中输入文本。需要在单元格中输入现有数据时，右击已有数据下方的单元格，在弹出的快捷菜单中单击"从下拉列表中选择"选项，如下左图所示。此时在单元格下方显示下拉列表，如下右图所示，单击需要输入的数据选项即可。

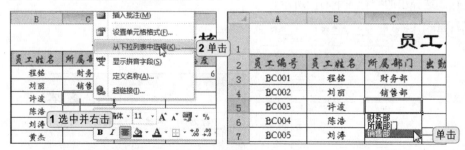

图表的应用

　　为了使数据更加直观，可以使用图表将数据间的关系表现出来，直观展示数据间一些不容易识别的对比或联系。本章将介绍常用图表的创建、图表类型的更改、图表源数据的修改、图表布局及位置的更改，还将介绍如何为图表添加标题、坐标轴标题等标签，如何设置图表背景、美化图表等知识，最后详细介绍迷你图的创建与更改。

 知识点

1. 创建及编辑图表　　3. 设置图表背景　　5. 插入迷你图
2. 为图表添加标签　　4. 美化图表　　　　6. 编辑与设置迷你图格式

建议学习时间：95分钟

学习内容	学习时间	学习内容	学习时间
认识图表	10分钟	美化图表	10分钟
创建图表	5分钟	插入迷你图	5分钟
编辑图表	15分钟	编辑与设置图表格式	10分钟
为图表添加标签	15分钟	观看视频教学并练习	20分钟
设置图表背景	5分钟		

重点实例

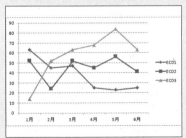
▲ 创建图表

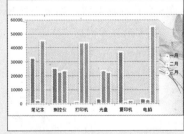
▲ 美化图表

星期五	走势图
11.23	
7.25	
8.32	

▲ 插入迷你图

入门必备

12.1 认识图表

Excel图表是根据工作表中的一些数据绘制出来的形象化图示，它能使数据表现得更加形象化，使数据分析更为直观。在Excel 2010中提供了11种图表类型，每一种图表类型又可分为几种子图表类型，并且有多种二维和三维图表类型可供选择。下面简单介绍常用的几种图表类型。

1. 柱形图

柱形图用于显示一段时间内数据变化或各项之间的比较情况，它主要包括簇状柱形图、堆积柱形图、百分比堆积柱形图、三维簇状柱形图、三维堆积柱形图、三维百分比堆积柱形图以及三维柱形图等19种子类型图表，如下左图所示为簇状柱形图。

2. 条形图

条形图可以看作是旋转90°的柱形图，是用来描绘各个项目之间数据差别情况的一种图表，它强调的是在特定的时间点上进行分类轴和数值的比较。条形图主要包括簇状条形图、堆积条形图、百分比堆积条形图、三维簇状条形图和三维堆积条形图等15种子图表类型，如下右图所示为簇状条形图。

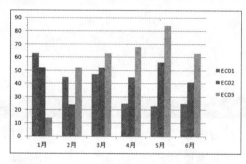 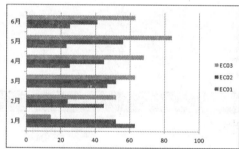

3. 折线图

折线图是将同一数据系列的数据点在图中用直线连接起来，以等间隔显示数据的变化趋势。折线图主要包括折线图、堆积折线图、百分比堆积折线图、带数据标记的折线图、带数据标记的堆积折线图、带数据标记的百分比堆积折线图和三维折线图7种子图表类型，如下左图所示为带数据标记的折线图。

4. XY散点图

XY散点图通常用于显示两个变量之间的关系，利用散点图可以绘制函数曲线。XY散点图主要包括仅带数据标记的散点图、带平滑线和数据标记的散点图、带平滑线的散点图、带直线和数据标记的散点图和带直线的线散点图5种子图表类型，如下右图所示为带平滑线的散点图。

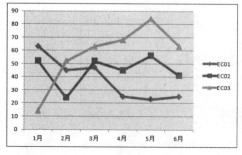 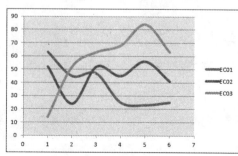

5. 饼图

饼图能够反映出统计数据中各项所占的百分比或是某个单项占总体的比例，使用该类图表便于查看整体与个体之间的关系。饼图主要包括饼图、三维饼图、复合饼图、分离型饼图、分离型三维饼图以及复合条饼图6种子图表类型，如下左图所示为三维饼图。

6. 面积图

面积图用于显示某个时间阶段总数与数据系列的关系。面积图主要包括面积图、堆积面积图、百分比堆积面积图、三维面积图、三维堆积面积图以及三维百分比堆积面积图6种子图表类型，如下右图所示为堆积面积图。

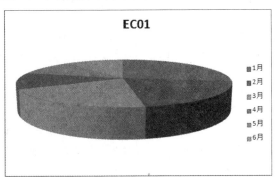
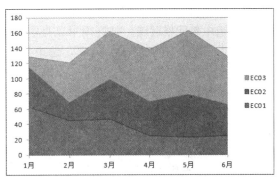

7. 圆环图

圆环图用来表示数据间的比例关系，它可以包括多个数据系列。圆环图主要包括圆环图和分离型圆环图两种子图表类型，如下左图所示为分离型圆环图。

8. 雷达图

雷达图用于显示数据中心点以及数据类别之间的变化趋势，也可以将覆盖的数据系列用不同的颜色显示出来。雷达图主要包括雷达图、带数据标记的雷达图和填充雷达图等3种子图表类型，如下右图所示为带数据标记的雷达图。

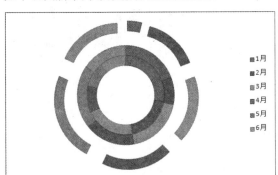
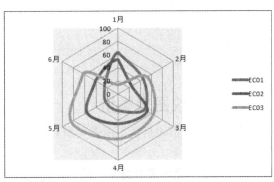

TIP

其余类型图表简介

除了上述介绍的8种图表外，另外3种图表分别为股价图、曲面图和气泡图。股价图常用于显示股价的波动，曲面图常用于表达两组数据之间的最佳组合，气泡图与XY散点图相似，用于显示两个变量之间的关系。

进阶实战

12.2 创建与更改图表

在Excel中创建专业外观的图表非常简单，只需要选择图表类型、图表布局和图表样式，就可以创建简易的具有专业效果的图表。本节将介绍创建图表，更改图表的类型、图表源数据及图表布局等知识。

12.2.1 创建图表

在Excel 2010中创建图表既快速又简便，只需要选择数据区域，然后在选项组中单击需要的图表类型即可。

步骤01 选中单元格区域。 打开附书光盘中的"实例文件\第12章\原始文件\上半年月销售统计.xlsx"，选中需要创建图表的单元格区域，如下左图所示。

步骤02 选择图表类型。 切换至"插入"选项卡下，单击"图表"选项组中的"折线图"按钮，在展开的下拉列表中单击"带数据标记的折线图"图标，如下右图所示。

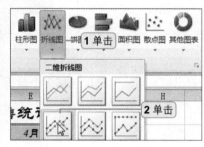

步骤03 显示插入的图表效果。 此时在工作表中根据选定的数据创建了与之对应的带有数据标记的折线图，如右图所示。

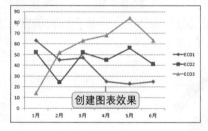

12.2.2 更改图表类型

如果在创建图表后觉得图表类型并不合适，可以更改图表类型，具体操作步骤如下。

步骤01 单击"更改图表类型"按钮。 在打开的工作表中，选中需要更改图表类型的图表，在"图表工具-设计"选项卡下的"类型"组中单击"更改图表类型"按钮，如右图所示。

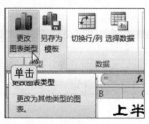

TIP

通过对话框创建图表

在创建图表时也可以使用"插入图表"对话框进行创建，具体操作步骤如下。

选中需要创建图表的数据区域，在"插入"选项卡下单击"图表"选项组的对话框启动器，如下图所示。

弹出"插入图表"对话框，选择图表类型后单击"确定"按钮，如下图所示。

在工作表中显示创建的图表，如下图所示。

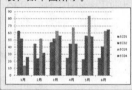

步骤02 **选择图表类型**。弹出"更改图表类型"对话框，重新选择需要的图表类型，如单击"簇状柱形图"图标，如下左图所示，然后单击"确定"按钮。

步骤03 **显示更改图表类型效果**。此时选中图表更改为簇状柱形图效果，得到如下右图所示的图表效果。

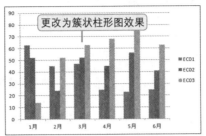

12.2.3 重新选择数据源

在图表创建完成后，还可以根据需要向图表中添加新的数据或者交换图表中的行与列数据。

1. 切换表格的行与列

创建图表后，如果发现图表中图例与分类轴的位置颠倒，可以对其进行调整，只需要在"数据"选项组中单击"切换行/列"按钮即可。

步骤01 **单击"切换行/列"按钮**。在打开的工作表中选中需要切换行与列的图表，在"图表工具-设计"选项卡下单击"数据"选项组中的"切换行/列"按钮，如下左图所示。

步骤02 **显示切换行/列后图表效果**。此时选中图表的图例与分类轴进行了交换，得到如下右图所示的图表效果。

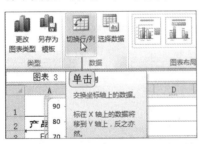
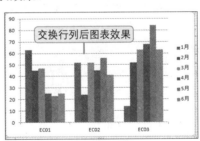

2. 更改图表引用的数据

如果用户需要在图表中新增数据，可以通过"选择数据源"对话框为图表重新选择数据或是只添加新增加的数据系列，在该对话框中还可以调整图表中数据系列之间的排列顺序等。在本例中，将在当前工作表中新建一个产品编号为EC004的产品月销售统计记录，并将其添加到图表中。

步骤01 **添加数据行**。紧接前面的操作在工作表中现有数据区域的下方添加一行产品销售记录，如下左图所示。

步骤02 **单击"选择数据"按钮**。选中图表，在"图表工具-设计"选项卡下单击"数据"选项组中的"选择数据"按钮，如下右图所示。

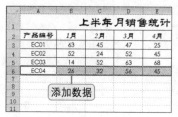
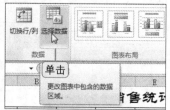

步骤03 **单击"切换行/列"按钮**。弹出"选择数据源"对话框，为了使图表按时间走向分析数据，单击"切换行/列"按钮，如下左图所示。

步骤04 **单击"添加"按钮**。在"图例项（系列）"列表框中单击"添加"按钮，如下右图所示。

步骤05 **编辑数据系列**。弹出"编辑数据系列"对话框，在"系列名称"数值框中输入"=Sheet1!$A$6"，在"系列值"数值框中输入"=Sheet1!$B$6:$G$6"，如下左图所示，单击"确定"按钮。

步骤06 **编辑水平（分类）轴**。返回"选择数据源"对话框，在"水平（分类）轴标签"列表框中单击"编辑"按钮，如下右图所示。

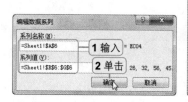

步骤07 **设置轴标签**。弹出"轴标签"对话框，在"轴标签区域"数值框中输入"= Sheet1!$B$2:$G$2"后单击"确定"按钮，如下左图所示。

步骤08 **显示图表效果**。此时图表中新增了数据系列，如下右图所示。

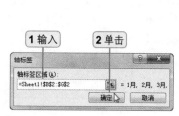
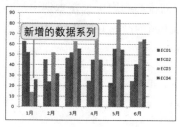

12.2.4 更改图表布局

一个图表包含多个组成部分，默认创建的图表只包含其中的几项，如数据系列、分类轴、数值轴、图例，而不包含图表标题、坐标轴标题等图表元素。如果希望图表已含更多的信息，更加美观，可以使用预设的图表布局快速更改图表的布局。

步骤01 **展开图表布局库**。如果需要更改图表布局，选中需要更改图表布局的图表，在"图表工具-设计"选项卡的"图表布局"选项组中单击快翻按钮，如下左图所示。

步骤02 **选择图表布局样式**。展开图表布局库，选择需要的布局样式，如单击"布局4"选项，如下右图所示。

更改图表的模式

在Excel 2010中新增了"草图"模式，可以将图表作为草图保存，具体操作步骤如下。

选中图表，在"图表工具-设计"选项卡的"模式"选项组中单击"草图"按钮，在展开的下拉列表中单击"草图模式"选项，如下图所示，即可将图表转换为草图模式。

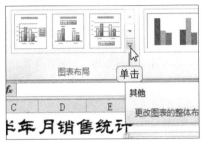

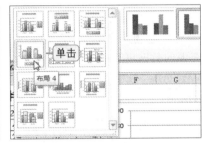

步骤03 **显示更改图表布局后效果**。此时选中的图表更改为指定的图表布局，如右图所示。

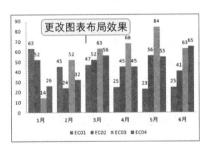

12.2.5 移动图表位置

在Excel中，创建图表会默认将其作为一个对象添加在当前工作表中，用户可以将创建好的图表移至图表工作表中或其他工作表中。

步骤01 **单击"移动图表"按钮**。在打开的工作簿中单击需要移动位置的图表，在"图表工具-设计"选项卡下单击"位置"选项组中的"移动图表"按钮，如下左图所示。

步骤02 **选择放置图表的位置**。弹出"移动图表"对话框，单击"新工作表"单选按钮，并在文本框中输入工作表名称，如下右图所示，单击"确定"按钮。

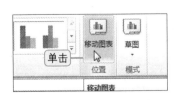

步骤03 **显示移动图表位置后效果。**
此时选中图表移动至"月销售情况
分析"图表工作表中，如右图所示。

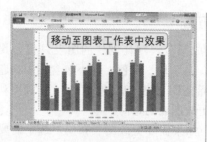

12.3 为图表添加标签

在Excel中，除了可以使用预定义的图表布局更改图表元素的布
局，还可以根据实际需要自行更改图表元素的位置，如在图表中添加
图表标题并设置其格式、显示与设置坐标轴标题、调整图例位置、显
示数据标签等，从而使图表表现的数据更清晰。

12.3.1 为图表添加标题

默认的图表布局样式不显示图表标题，用户可以根据需要为图表
添加标题，使图表一目了然地体现其主题。为图表添加标题并设置格
式的操作如下。

步骤01 **单击"居中覆盖标题"选项。** 打开附书光盘中的"实例文件\第
12章\原始文件\更改图表布局.xlsx"，选中需要添加标题的图表，在
"图表工具-布局"选项卡中单击"标签"选项组中的"图表标题"按
钮，在展开的下拉列表中单击"居中覆盖标题"选项，如下左图所示。

步骤02 **输入图表标题文本。** 此时在图表上方添加了图表标题文本
框，在其中输入图表标题文本，单击图表外的任意位置，得到如下右
图所示的图表标题效果。

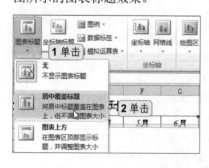

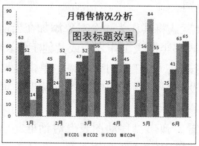

12.3.2 显示与设置坐标轴标题

为了使图表水平和垂直坐标的内容更加明确，还可以为图表的坐
标轴添加标题。坐标轴标题分为水平（分类）坐标轴和垂直（数值）
坐标轴，用户可以根据需要分别为其添加坐标轴标题。

显示图表网格线

创建完成的图表，在
默认情况下都会显示主要
横网格线，如果需要显示
其余网格线，可按如下步
骤操作。

选中图表，在"图表工具-
布局"选项卡中单击"坐标
轴"选项组中的"网格线"
按钮，在展开的下拉列表中
指向"主要纵网格线"选项，
在级联列表中单击"主要网
格线"选项，如下图所示，
即可为图表添加纵网格线。

步骤01 **单击"坐标轴下方标题"选项。** 选中需要添加坐标轴标题的图表，在"图表工具-布局"选项卡中单击"标签"选项组中的"坐标轴标题"按钮，在展开的下拉列表中指向"主要横坐标轴标题"选项，在级联列表中单击"坐标轴下方标题"选项，如下左图所示。

步骤02 **输入标题文本。** 此时，在图表下方添加了坐标轴标题文本框，在其中输入标题文本，得到如下右图所示的横坐标轴标题效果。

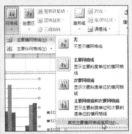

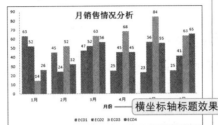

步骤03 **单击"竖排标题"选项。** 再次单击"坐标轴标题"按钮，展开下拉列表后指向"主要纵坐标轴标题"选项，在级联列表中单击"竖排标题"选项，如下左图所示。

步骤04 **输入标题文本。** 此时在图表纵坐标轴左侧添加了标题文本框，在其中输入标题文本，得到如下右图所示的纵坐标轴标题效果。

弹出"设置主要网格线格式"对话框，在"线条颜色"选项面板中设置线条颜色，如下图所示，设置完成后单击"确定"按钮即可更改网格的颜色。

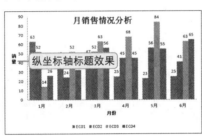

12.3.3　显示与设置图例

图例是用于体现数据系列表中现有的数据项名称的标识。默认情况下，创建的图表都显示图例且显示在图表的右侧。用户可以根据需要调整图例显示的位置，也可以隐藏图例。

步骤01 **选中图表。** 打开附书光盘中的"实例文件\第12章\原始文件\创建图表.xlsx"工作簿，选中需要调整图例位置的图表，如下左图所示。

步骤02 **单击"在底部显示图例"选项。** 在"图表工具-布局"选项卡下单击"标签"选项组中的"图例"按钮，在展开的下拉列表中单击"在底部显示图例"选项，如下右图所示。

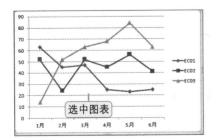

步骤03 ▶ **显示调整图例位置后效果。**
此时选中图表中的图例显示在图表
下方，如右图所示。

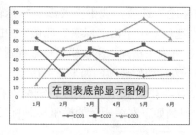

12.3.4 显示数据标签

数据标签是用于解释说明数据系列上的数据标记的。在数据系列
上显示数据标签，可以明确地显示出数据点值、百分比值、系列名称
或类别名称。

步骤01 ▶ **单击"其他数据标签选项"选项。** 选中图表，在"图表工具-
布局"选项卡中单击"标签"选项组中的"数据标签"按钮，在展开
的下拉列表中单击"其他数据标签选项"选项，如下左图所示。

步骤02 ▶ **设置标签包括内容。** 弹出"设置数据标签格式"对话框，在
"标签选项"选项面板的"标签包括"选项组中勾选"类别名称"和
"值"复选框，如下右图所示。

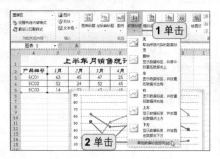

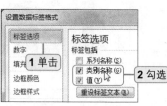

步骤03 ▶ **设置标签位置。** 在"标签位置"选项组中单击"居中"单选
按钮，如下左图所示，设置完成后单击"关闭"按钮，关闭对话框。

步骤04 ▶ **显示数据标签效果。** 此时，选中图表中的数据系列显示了数
据标签，包括类别名称和值，如下右图所示。

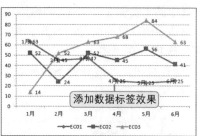

12.3.5 显示模拟运算表

图表中的模拟运算表就是创建图表的行和列数据表格，在图表中
显示数据表格，可以更好地表现图表中的数据。

设置数据标签数字格式
如果数据标签为货币
数据，在显示数据标签时，
可以将其设置为货币格式，
具体操作步骤如下。

选中图表，在"图表工具－
布局"选项卡下单击"标签"
选项组中的"数据标签"按
钮，在展开的下拉列表中单
击"其他数据标签选项"选
项，如下图所示。

弹出"设置数据标签格式"
对话框，在"数字"选项面
板中设置"类别"为"货币"，
如下图所示，设置完成后即
可将数字标签中的数字更改
为货币格式。

步骤01 单击"显示模拟运算表和图例项标示"选项。选中需要显示模拟运算表的图表,在"图表工具-布局"选项卡中单击"标签"选项组中的"模拟运算表"按钮,在展开的下拉列表中单击"显示模拟运算表和图例项标示"选项,如下左图所示。

步骤02 显示模拟运算表图表效果。此时在图表下方显示了模拟运算表和图例项标示,如下右图所示。

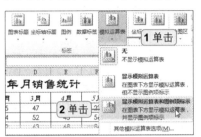
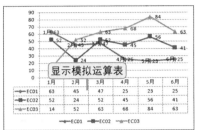

步骤03 删除图例。在"标签"选项组中单击"图例"按钮,在展开的下拉列表中单击"无"选项,如下左图所示。

步骤04 显示清除图例后效果。此时图表中的图例即被清除,得到如下右图所示的图表效果。

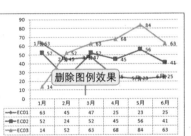

12.4 设置图表背景

如果希望使用背景色或图案装饰图表,可以通过"背景"选项组中的"绘图区"、"图表背景墙"、"图表基底"和"三维旋转"功能来设置图表背景。需要注意的是,"图表背景墙"、"图表基底"和"三维旋转"功能在默认情况下为不可用状态,只有图表类型为三维图表时才可对其进行设置。

12.4.1 填充图表背景墙

为了使三维图表的背景更加美观,可以为图表背景墙使用纯色、渐变色、图片或纹理进行填充,具体操作如下。

步骤01 创建并选中三维图表。打开附书光盘中的"实例文件\第12章\原始文件\上半年月销售统计.xlsx",选中数据区域,创建如右图所示的三维簇状柱形图。

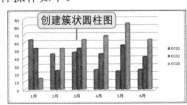

步骤02 单击“其他背景墙选项”选项。在“图表工具-布局”选项卡下单击“背景”选项组中的“图表背景墙”按钮，在展开的下拉列表中单击“其他背景墙选项”选项，如下左图所示。

步骤03 设置填充类型。弹出“设置背景墙格式”对话框，在“填充”选项面板中单击“渐变填充”单选按钮，然后单击“预设颜色”按钮，在展开的颜色样式库中选择需要的颜色样式，如下右图所示。

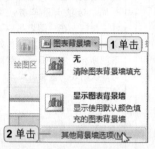

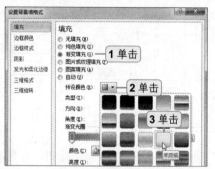

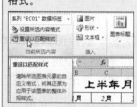

步骤04 设置填充属性。在“类型”下拉列表中选择“线性”选项，然后根据需要调整“渐变光圈”选项组中的选项，如“位置”、“亮度”、“透明度”等，如下左图所示。

步骤05 显示填充背景墙图表效果。此时以指定渐变颜色填充了图表的背景墙，如下右图所示。

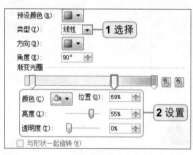

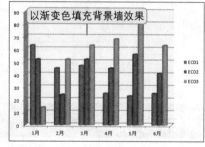

12.4.2 显示与设置图表基底

图表基底是指三维图表与水平（分类）坐标轴位置的图形，相当于图表的底座，用户也可以为图表基底设置格式，其设置方法与设置图表背景墙填充颜色相同，在此不再赘述。除此之外，还可以快速清除图表中的基底填充颜色，具体操作如下。

选中需要隐藏图表基底填充的图表，在“图表工具-布局”选项卡中单击“背景”选项组中的“图表基底”按钮，在展开的下拉列表中单击“无”选项，如右图所示，即可清除图表中基底的颜色。

TIP

重设图表样式

在Excel中，当图表的样式不符合要求时，可以清除所选图表元素的自定义格式，将其还原为应用于该图表的整体外观样式。具体操作如下。

选中要重新设置的图表，在“图表工具－布局”选项卡下，单击“当前所选内容”选项组中的“重设以匹配样式”按钮，如下图所示，即可清除图表中自定义的格式。

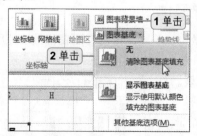

12.5 美化图表

对于已经完成的图表，可以设置图表中各种元素的格式来对其进行美化。在设置格式时可以直接套用预设的图表样式，也可以选择图表中的某一对象后手动设置其填充色、边框样式和形状效果等，为其添加自定义效果。

12.5.1 使用图片填充图表区

在图表中可以利用实物照片等标识性图片填充图表区，不仅可以使图表更加美观，具有个性化，而且还能更加明确地表现图表制作的目的。

01 选中图表区。

打开附书光盘中的"实例文件\第12章\原始文件\第一季度采购数据表.xlsx"，选中图表，在"图表工具-格式"选项卡下的"当前所选内容"选项组中单击"图表元素"下三角按钮，在下拉列表中单击"图表区"选项，如下图所示。

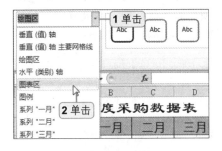

02 单击"图片"选项。

选中图表区后，在"形状样式"组中单击"形状填充"下三角按钮，在展开的下拉列表中单击"图片"选项，如下图所示。

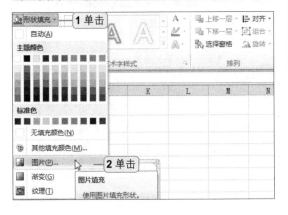

03 选择图片。

弹出"插入图片"对话框，选择图片文件保存的位置，然后单击选中要填充的图片，如下图所示，单击"插入"按钮。

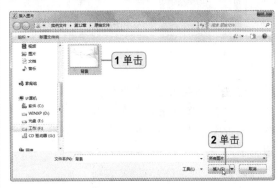

04 显示图片填充效果。

此时，图表的图表区以指定的图片填充，得到如下图所示的图表效果。

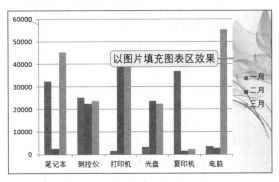

TIP

设置填充图片的透明度

在以图片填充图表区时，在"设置图表区格式"对话框的"填充"选项面板中可以拖动设置图片的透明度，使图片自然地融入图表中。

12.5.2 使用纯色填充绘图区

在使用图片填充图表区后，还可以设置以纯色填充绘图区，使图表中的数据系列与图表区、绘图区的内容更加协调。

01 单击"设置绘图区格式"命令。

单击选中图表中的绘图区并右击，在弹出的快捷菜单中单击"设置绘图区格式"选项，如下图所示。

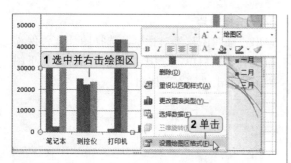

02 单击"纯色填充"单选按钮。

弹出"设置绘图区格式"对话框，在"填充"
选项面板中单击"纯色填充"单选按钮，如下
图所示。

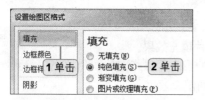

03 设置填充颜色。

在"填充颜色"选项组中单击"颜色"按钮，
在展开的颜色列表中选择需要颜色的图标，如
下图所示。

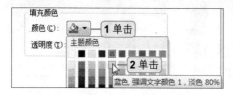

04 显示图表效果。

设置完成后单击"关闭"按钮，得到如下图所
示的图表效果。

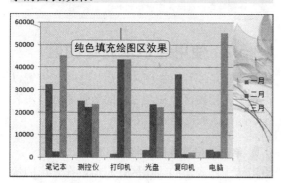

12.5.3 使用预设样式设置数据系列格式

在Excel中提供了预设的形状样式，可以用
于设置图表区、绘图区、数据系列、图例等图
表元素的形状样式及填充格式。在此介绍如何
使用预设形状样式设置数据系列的格式。

01 选中数据系列。

单击图表中需要更改格式的数据系列，如下图
所示。

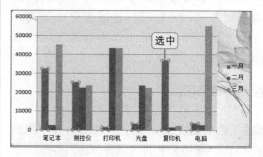

02 选择形状样式。

切换至"图表工具-格式"选项卡下，单击"形
状样式"选项组的快翻按钮，在展开的形状样
式库中选择需要的形状样式，如下图所示。

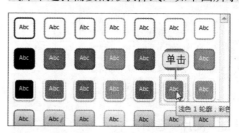

03 显示更改数据系列格式效果。

此时选中的数据系列应用了指定的形状样式，
使相同的方法设置其他数据系列的格式，得到
如下图所示的图表效果。

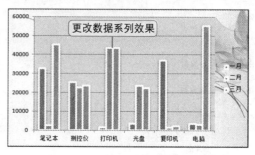

12.5.4 应用预设图表样式

在Excel中除了手动更改图表元素的格式外，还可以使用预定义的图表样式快速设置图表元素的样式，具体操作如下。

01 选中图表样式。
选中需要应用图表样式的图表，在"图表工具-设计"选项卡中单击"图表样式"组的快翻按钮，在展开的图表样式库中选择需要的图表样式，如下图所示。

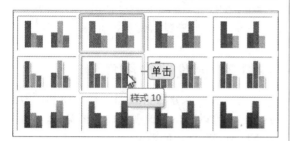

02 显示应用图表样式效果。
经过上述操作，选中图表即应用了选定的图表样式，得到如下图所示的图表效果。

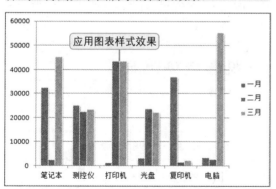

12.6 迷你图的使用

迷你图是Excel 2010 中的新增功能，它是工作表单元格中的一个微型图表，可提供数据的直观表示。使用迷你图可以显示数值系列中的趋势，如季节性增加或减少、经济周期等，或者可以突出显示最大值和最小值。在数据旁边放置迷你图可以十分直观地表现表格数据。

12.6.1 插入迷你图

虽然行或列中呈现的数据很有用，但很难一眼看出数据的分布形态。通过在数据旁边插入迷你图可以为这些数据提供直观的展示。迷你图可以通过清晰简明的图形表示方法显示相邻数据的趋势，而且迷你图只需占用少量空间。本例将为"股票走势"表插入迷你图，比较各支股票的走势。

01 单击"折线图"按钮。
打开附书光盘中的"实例文件\第12章\原始文件\股票走势记录.xlsx"，在"插入"选项卡下的"迷你图"选项组中单击"折线图"按钮，如下图所示。

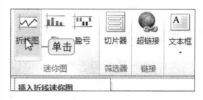

02 设置数据范围和位置范围。
弹出"创建迷你图"对话框，在"数据范围"数值框中输入"B3:F3"，在"位置范围"数值框中输入"$G$3"，如下图所示，单击"确定"按钮。

03 显示创建的迷你图。
此时在目标单元格中显示了创建的折线迷你图，如下图所示。

	A	B	C	D	E	F	G
1				股票走势记录			
2		星期一	星期二	星期三	星期四	星期五	走势图
3	凯乐科技	12.25	12.75	13.56	12.75	11.23	
4	东湖高新	8.63	9.2	8.35	7.98		折线迷你图效果
5	楚天中商	10.25	9.23	8.93	8.53	8.32	

高手速成

04 创建其他股票走势的迷你图。

使用相同的方法为"东湖高新"和"楚天中商"股票制作走势图，如下图所示。

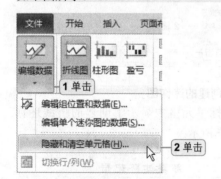

	A	B	C	D	E	F	G
1				股票走势记录			
2			星期一	星期二	星期三	星期四	星期五	走势图
3	凯乐科技		12.25	12.75	13.56	12.75	11.23	
4	东湖高新		8.63	创建其他数据迷你图		25	
5	楚天中商		10.25	9.23	8.93	8.53	8.32	
6							

知识点拨

迷你图与图表的区别

迷你图与图表是相似的，只是迷你图位于指定的单元格中，一般用于表示某一行或某一列数据的走势，它只有一个数据系列。而图表是工作表中的一个对象，它的位置不固定，可以随意调整。

12.6.2 更改迷你图数据

如果创建的迷你图数据不符合要求，可以更改现有迷你图的数据，例如将创建的迷你图走势图更改为三种股票同一天的对比数据，具体操作如下。

01 单击"编辑单个迷你图的数据"选项。

选中需要更改数据的迷你图单元格，在"迷你图工具-设计"选项卡下单击"迷你图"选项组中的"编辑数据"下三角按钮，在展开的下拉列表中单击"编辑单个迷你图的数据"选项，如下图所示。

02 更改源数据区域。

弹出"编辑迷你图数据"对话框，在"选择迷你图的源数据区域"数值框中重新输入源数据的单元格引用地址B3:B5，如下图所示，单击"确定"按钮。

03 显示更改源数据后的迷你图。

此时选中的迷你图更改为星期一三家股票走势的比较折线图，如下图所示。

E	F	G
	股票走势记录	
星期一	星期二	星期三	星期四	星期五	走势图
12.25	12.75	更改源数据后的迷你图			

12.6.3 更改迷你图类型

迷你图可以分为折线图、柱形图和盈亏3类，用户可以随意更改现有迷你图类型，使图表更好地表现指定的数据。

01 选中迷你图所在单元格。

打开"实例文件\第2章\原始文件\插入迷你图.xlsx"，单击选中需要更改迷你图类型的单元格，如下图所示。

C	D	E	F	G
	股票走势记录			
星期二	星期三	星期四	星期五	走势图
12.75	13.56	12.75	11.23	
9.2	8.35	7.98	7.25	单击
9.23	8.93	8.53	8.32	

02 单击"柱形图"按钮。

在"迷你图工具-设计"选项卡的"类型"选项组中单击"柱形图"按钮，如下图所示。

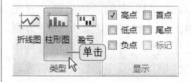

03 显示更改迷你图类型效果。

此时选中单元格中的折线迷你图更改为柱形迷你图，如下图所示。

C	D	E	F	G
星期二	星期三	星期四	星期五	走势图
12.75	13.56	12.75	11.23	
9.2	8.35	7.98	更改图表类型效果	
9.23	8.93	8.53	8.32	

04 **更改其他迷你图的类型。**

使用相同的方法，将其他单元格中的迷你图更改为柱形迷你图，如下图所示。

C	D	E	F	G
星期二	星期三	星期四	星期五	走势图
12.75	13.56	12.75	11.23	
9.2	8.3 更改其他图表类型 25			
9.23	8.93	8.53	8.32	

12.6.4 显示迷你图中不同的点

在迷你图中提供了显示"高点"、"低点"、"负点"、"首点"、"尾点"和"标记"等不同点的功能，使用这些选项可以快速在迷你图上标示出需要强调的数据值。

01 **勾选"高点"复选框。**

选中迷你图所在单元格，在"迷你图工具-设计"选项卡的"显示"选项组中勾选"高点"复选框，如下图所示。

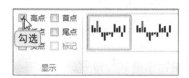

02 **显示高点效果。**

此时选中单元格中的迷你图将突出显示最高数据点，如下图所示。

星期三	星期四	星期五	走势图
13.56	12.75	11.23	
8.35	7.98	突显高点数据点	

12.6.5 设置迷你图样式

在Excel 2010中专门为迷你图提供了预定义的迷你图样式，使用它可以快速设置迷你图的外观格式，其操作方法与应用图表样式相同。

01 **选中迷你图所在单元格。**

单击选中需要应用迷你图样式的迷你图单元格，如下图所示。

星期四	星期五	走势图
12.75	11.23	单击
7.98	7.25	

02 **选择迷你图样式。**

在"迷你图工具－设计"选项卡下单击"样式"选项组的快翻按钮，在展开的迷你图样式库中选择需要的迷你图样式，如下图所示。

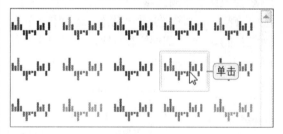

03 **显示应用迷你图样式效果。**

此时选中的迷你图应用了指定的样式，如下图所示。

星期三	星期四	星期五	走势图
1 应用迷你图样式效果 23			
8.35	7.98	7.25	

实战
制作2005-2010年人均工资差距分析图表

本章主要介绍了图表的类型及创建、图表类型的更改、图表源数据的调整、图表背景及图表元素的设置、图表美化以及迷你图的创建与编辑等知识。下面结合本章知识点制作2005-2010年人均工资差距分析图表。

01 创建图表。

打开附书光盘中的"实例文件\第12章\原始文件\2005-2010人均工资统计表.xlsx",选中需要的单元格区域,在"插入"选项卡下单击"图表"选项组中的"折线图"按钮,在展开的下拉列表中单击"带数据标记的折线图"选项,如下图所示。

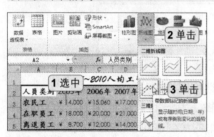

02 显示创建的折线图。

此时,根据所选数据创建了如下图所示的折线图。

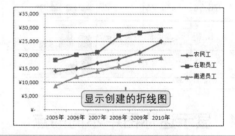

03 更改图表布局。

选中图表,在"图表工具-设计"选项卡下单击"图表布局"选项组的快翻按钮,在展开的图表布局库中选择需要的布局样式,如下图所示。

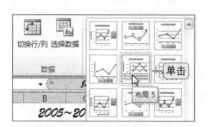

04 显示应用图表布局效果。

此时选中的图表应用了指定的图表布局样式,在图表标题和纵坐标轴标题文本框中输入标题文本,如下图所示。

05 更改图表样式。

单击"图表样式"选项组的快翻按钮,选择需要的图表样式,如下图所示。

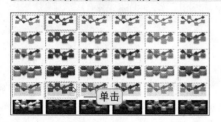

06 单击"设置坐标轴格式"命令。

右击纵坐标轴,在弹出的快捷菜单中单击"设置坐标轴格式"命令,如下图所示。

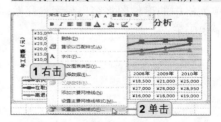

07 设置坐标轴选项。

弹出"设置坐标轴格式"对话框，在"坐标轴选项"选项面板中设置"最小值"为5000，"最大值"为30000，"主要刻度单位"为5000，"次要刻度单位"为"自动"，如下图所示。

08 显示更改坐标轴格式效果。

此时可以看到，图表的纵坐标轴刻度进行了更改，得到如下图所示的效果。

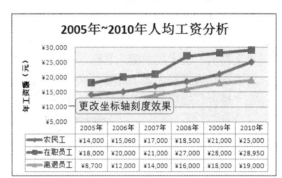

09 单击"设置数据系列格式"命令。

选中需要更改的数据系列并右击，在弹出的快捷菜单中单击"设置数据系列格式"命令，如下图所示。

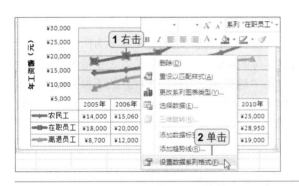

10 设置线型。

弹出"设置数据系列格式"对话框，在"线型"选项面板中勾选"平滑线"复选框，如下图所示。

11 显示更改数据系列线型效果。

此时选中数据系列的线型更改为平滑线，得到如下图所示的效果。

12 更改其他数据系列格式。

使用相同的方法设置其他数据系列的线型为平滑线，得到如下图所示的最终图表效果。

问答

将图表保存为模板·使用趋势线·在一个图表中使用两种类型图表·更改迷你图中负点、高点、标记的颜色·设置图表绘图区的透明度

Q 如何将编辑好的图表保存为模板并应用到其他图表中？

A 选中需要保存的图表。在"图表工具—设计"选项卡下单击"类型"选项组中的"另存为模板"按钮，如下左图所示。弹出"保存图表模板"对话框，设置图表模板文件的保存路径，在"文件名"文本框中输入名称，如下中图所示，单击"保存"按钮。经过以上操作即将选定的图表保存为模板，如果需要再次使用该模板，只需要在创建图表时打开"插入图表"对话框，在"模板"选项面板中选择自定义图表类型，如下右图所示，单击"确定"按钮。

Q 怎样使用趋势线？

A 趋势线用于以图形的方式显示数据的趋势并帮助分析预测问题，这种分析也称为回归分析。通过使用回归分析，可以在图表中将趋势线延伸至实际数据以外预测未来值。选中图表，在"图表工具—布局"选项卡下的"分析"选项组中单击"趋势线"按钮，在展开的下拉列表中单击"线性趋势线"选项，如下左图所示。弹出"添加趋势线"对话框，选择添加基于系列的趋势线，如下中图所示，单击"确定"按钮，可以看到为"农民工"数据系列添加了趋势线，如下右图所示。

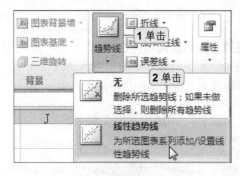

Q 在一个图表中如何使用两种图表类型？

A 在一个图表中使用两种图表类型，其实就是更改数据系列的图表类型。选中需要更改图表类型的数据系列并右击，在弹出的快捷菜单中单击"更改系列图表类型"命令，如下左图所示。弹出"更改图表类型"对话框，单击"带数据标记的折线图"图标，如下右图所示，单击"确定"按钮。

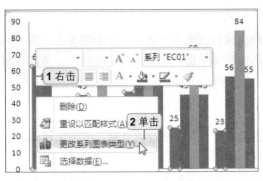

此时，选中数据系列的图表类型更改为带有数据标记的折线图，得到如下图所示的图表效果。

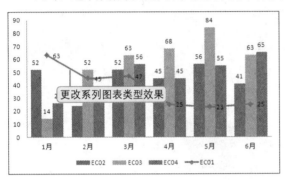

更改系列图表类型效果

Q 怎样更改迷你图中负点、标记、高点等的色彩？

A 更改负点、标记、高等的色彩其实就是更改迷你图标记颜色。假设在工作表中的迷你图中已显示高点、低点，如下左图所示。选中迷你图所在的单元格，在"迷你图工具－设计"选项卡下单击"样式"选项组中的"标记颜色"按钮，在展开的下拉列表中指向"低点"选项，在级联列表中单击"红色"选项，如下右图所示。

星期三	星期四	星期五	走势图
13.56	12.75	11.23	
8.35	7.98	7.25	
8.93	8.53	8.32	

此时，选中单元格中迷你图的低点更改为红色，如下左图所示，使用相同的方法可以设置迷你图高点的标记颜色为绿色，如下右图所示。

星期三	星期四	星期五	走势图
13.56	12.75	11.23	
8.35	7.98	更改低点颜色效果	
8.93	8.53	8.32	

星期三	星期四	星期五	走势图
13.56	12.75	11.23	
8.35	7.9	更改高点颜色效果	
8.93	8.53	8.32	

Q 如何设置图表绘图区的透明效果？

A 有时为了使图表与背景更加融合，可以将图表绘图区设置为透明效果。选中图表的绘图区，打开“设置绘图区格式”对话框，在“填充”选项面板中单击“无填充”单选按钮，即可将图表绘图区设置为透明效果。

Q 怎样使图表中的柱形或条形呈现悬浮效果？

A A如果要使图表中的柱形或条形悬浮，需要为图表添加一个辅助数据系列，将添加辅助系列的颜色设置为透明即可实现此效果。根据已知的数据添加一个数量合适的辅助数据，如下左图所示。然后为创建柱形图表，再将“辅助数据”系列的颜色设置为透明，即可得到如下右图所示的柱形悬浮效果。

产品季度增长额分析

	辅助数据	销量（吨）
第1季度	0	60
第2季度	60	35
第3季度	95	29
第4季度	124	33

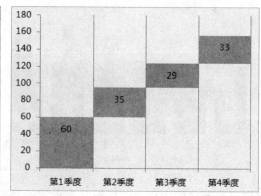

Q 如何制作具有左右对比效果的条形图？

A 在表现如不同部门男女比例等类似关系时，可以使用左右对比形式的条形图来表示。在创建图表前先将其中的一组数据更改为负数，如下左图所示。然后创建条形图表，将数据系列的重叠设置为0%，如下中图所示，即可得到如下右图所示的成对条形图。

C2 fx -55%

部门	男	女
销售部	45%	-55%
行政部	32%	-68%
人事部	71%	-29%
财务部	14%	-86%

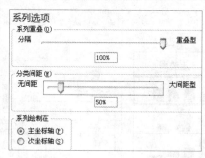

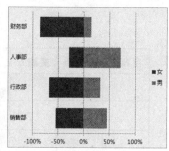

数据透视表与数据透视图的使用

CHAPTER 13

数据透视表是一种使用范围很广的分析性报告工具，它能对大量数据进行快速汇总并建立交叉列表，使用数据透视表可以汇总、分析、浏览和提供摘要数据。数据透视图以图形形式表示数据透视表中的数据，比数据透视表更加直观。本章将介绍如何使用数据透视表和数据透视图汇总和分析数据。

 知识点

1. 创建数据透视表	3. 更改汇总方式	5. 插入切片器
2. 更改透视表的数据源	4. 为透视表添加计算字段	6. 插入数据透视图

建议学习时间：105分钟

学习内容	学习时间	学习内容	学习时间
创建数据透视表	5分钟	为透视表应用样式设置	5分钟
添加字段	10分钟	插入切片器	15分钟
更改透视表的数据源	5分钟	插入数据透视图	10分钟
对透视表数据进行排序和筛选	10分钟	对数据透视图数据进行筛选	10分钟
更改汇总方式	5分钟	观看视频教学并练习	20分钟
为透视表添加计算字段	10分钟		

重点实例

▲ 创建并美化数据透视表

▲ 插入切片器查看数据

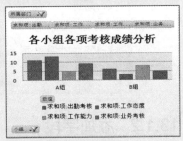

▲ 创建并美化数据透视图

13.1 使用数据透视表分析数据

使用数据透视表分析数据就是根据现有数据清单创建数据透视表，然后通过添加字段、更改透视表的数据源等操作，对数据进行排序、筛选从而得到结论，在Excel中还可以通过为数据透视表应用样式来装饰数据透视表。

13.1.1 创建数据透视表

数据透视表最大特点就是交互性，创建一个数据透视表后可以重新排列数据信息，还可能根据需要将数据进行分组，创建数据透视表的方法很简单。例如，创建"员工年度考核成绩"数据透视表。

步骤01 **单击选中数据区域中任意单元格。** 打开附书光盘中的"实例文件\第13章\原始文件\员工年度考核表.xlsx"，单击数据区域中的任意单元格，如下左图所示。

步骤02 **单击"数据透视表"选项。** 切换至"插入"选项卡下，单击"表"选项组中的"数据透视表"按钮，在展开的下拉列表中单击"数据透视表"选项，如下右图所示。

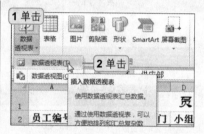

步骤03 **设置数据透视表源数据与位置。** 弹出"创建数据透视表"对话框，在"请选择要分析的数据"选项组中单击"选择一个表或区域"单选按钮，在"表/区域"数值框中设置源数据区域单元格引用地址，在"选择放置数据透视表的位置"选项组中单击"新工作表"单选按钮，如下左图所示。

步骤04 **显示创建的数据透视表模型。** 此时在工作簿中新建了一个工作表，在其中创建了空白数据透视表，并显示出"数据透视表工具"选项卡及"数据透视表字段列表"任务窗格，如下右图所示。

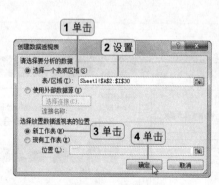

13.1.2 添加字段

创建空白数据透视表后，需要为数据透视表添加字段才能对数据进行分析，否则创建的空白数据透视表毫无意义。

步骤01 **勾选需要添加的字段**。单击空白数据透视表中的任意单元格，在"数据透视表字段列表"任务窗格中的"选择要添加到报表的字段"列表框中勾选需要添加的字段复选框，如"所属部门"、"小组"、"出勤考核"、"工作态度"、"工作能力"和"业务考核"复选框，如下左图所示。

步骤02 **移动字段**。单击需要移动的字段，在展开的下拉列表中单击"移动到报表筛选"选项，如下右图所示。

步骤03 **显示添加字段后数据透视表的效果**。此时，"所属部门"字段移至报表筛选区域，得到如下图所示的数据透视表效果。

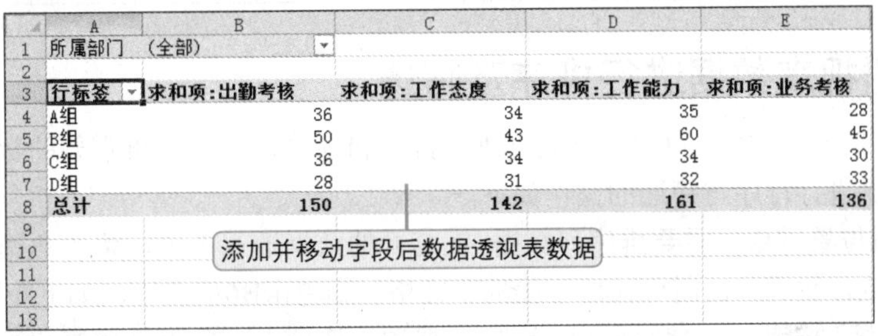

所属部门	(全部)			
行标签	求和项:出勤考核	求和项:工作态度	求和项:工作能力	求和项:业务考核
A组	36	34	35	28
B组	50	43	60	45
C组	36	34	34	30
D组	28	31	32	33
总计	150	142	161	136

添加并移动字段后数据透视表数据

13.1.3 更改透视表的数据源

在创建完成数据透视表后，如果在数据清单的末尾追加了数据，可以更改数据透视表的数据源，实现数据透视表的数据更新。

步骤01 **追加数据**。在打开的工作簿中切换至Sheet1工作表中，在数据区域下方追加如下左图所示的数据。

步骤02 **单击"更改数据源"选项**。切换至"Sheet4"工作表中，单击数据透视表中的任意单元格，在"数据透视表工具-选项"选项卡下单击"数据"选项组中的"更改数据源"按钮，在展开的下拉列表中单击"更改数据源"选项，如下图所示。

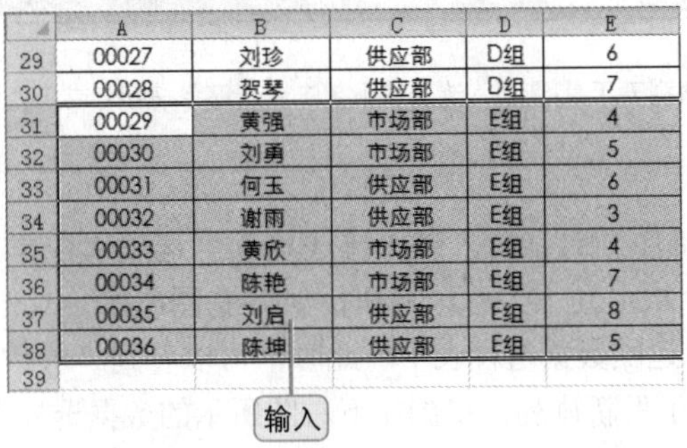

	A	B	C	D	E
29	00027	刘珍	供应部	D组	6
30	00028	贺琴	供应部	D组	7
31	00029	黄强	市场部	E组	4
32	00030	刘勇	市场部	E组	5
33	00031	何玉	供应部	E组	6
34	00032	谢雨	供应部	E组	3
35	00033	黄欣	市场部	E组	4
36	00034	陈艳	市场部	E组	7
37	00035	刘启	供应部	E组	8
38	00036	陈坤	供应部	E组	5
39					

输入

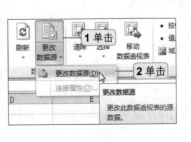

步骤03 **重新选择数据透视表源数据**。弹出"更改数据透视表数据源"对话框，单击"选择一个表或区域"单选按钮，然后单击"表/区域"数值框后的■按钮，重新选择数据透视表源数据，如下左图所示，单击"确定"按钮。

步骤04 **显示更改数据源效果**。此时数据透视表中的数据重新进行汇总，得到如下右图所示的数据透视表效果。

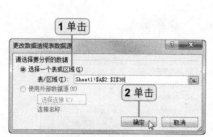

知识点拨

快速刷新数据透视表

如果用户在数据清单的数据区域中添加或更改了数据，可以选中数据透视表任意单元格，在"数据透视表工具-选项"选项卡下单击"数据"选项组中的"刷新"按钮，即可快速刷新数据透视表，得到最新的、准确的数据透视表。

13.1.4 对透视表数据进行排序及筛选

在数据透视表中可以非常简便地对数据进行排序和筛选，从而分析需要的数据之间的关系，对数据透视表数据进行排序与筛选的操作如下。

步骤01 **调整字段位置并单击需要排序列数据**。在打开的数据透视表中，将"所属部门"字段调整至"行标签"区域，然后单击需要排序字段的单元格，如单击B6单元格，如下左图所示。

步骤02 **单击"排序"按钮**。在"数据透视表工具-选项"选项卡下单击"排序和筛选"选项组中的"排序"按钮，如下右图所示。

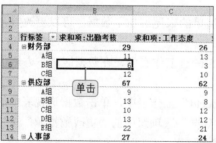
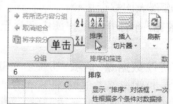

知识点拨

直接选择排序方式

当选择了需要排序的字段后，可直接在"数据透视表工具-选项"选项卡下单击"升序"按钮或"降序"按钮选择排序方式。

步骤03 **设置排序选项和方向**。弹出"按值排序"对话框，在"排序选项"选项组中单击"降序"单选按钮，在"排序方向"选项组中单击"从上到下"单选按钮，如下左图所示。

步骤04 **显示排序结果**。单击"确定"按钮后返回数据透视表中，此时，可以看到"求和项：出勤考核"数据已根据不同所属部门按照降序进行了重新排列，得到如下右图所示的数据透视表。

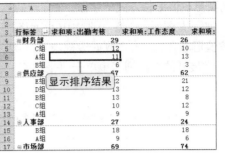

步骤05 **选择筛选字段。** 如果需要查看B组和C组人员的考核成绩，单击"行标签"右侧的下三角按钮，在展开的筛选列表框中单击"选择字段"右侧的下三角按钮，在展开的下拉列表中单击"小组"选项，如下左图所示。

步骤06 **设置筛选条件。** 接着在筛选字段列表框中取消勾选"全选"复选框。然后勾选"B组"和"C组"复选框，如下右图所示。

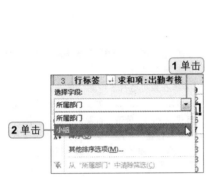

步骤07 **显示筛选结果。** 此时数据透视表中只显示B组和C组的考核成绩，得以如下图所示筛选结果。

行标签	求和项:出勤考核	求和项:工作态度	求和项:工作能力	求和项:业务考核
财务部	18	13	21	14
C组	12	10	13	9
B组	6	3	8	5
供应部	23	20	21	17
B组	13	8	12	9
C组	10	12	9	8
人事部	18	18	21	19
B组	18		21	19
市场部	27		31	25
C组	14	12	12	13
B组	13	14	19	12
总计	86	77	94	75

显示筛选结果

TIP

清除筛选结果

如果用户需要清除数据透视表中的筛选结果，可以选中数据透视表中的任意单元格，在"数据透视表工具-选项"选项卡下单击"操作"选项组中的"清除"按钮，在展开的下拉列表中单击"清除筛选"选项，即可将工作表中的筛选结果清除，显示数据透视表的所有明细数据。

13.1.5　更改汇总方式

在默认情况下，数据透视表中的计算字段是按照求和汇总方式进行计算的，在编辑数据透视表时可以根据需要将汇总方式更改为求平均值、最大值、最小值、计数等方式。

步骤01 **选择需要更改值汇总方式的字段**。在打开的数据透视表中单击需要更改值汇总方式字段中的任意单元格，如下左图所示，单击选中B6单元格。

步骤02 **更改按值汇总方式**。在"数据透视表工具-选项"选项卡下单击"计算"选项组中的"按值汇总"按钮，在展开的下拉列表中单击"平均值"选项，如下右图所示。

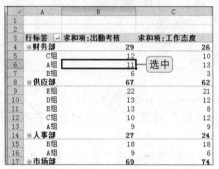

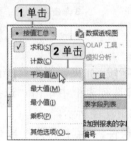

步骤03 **显示计算结果**。此时选中字段列中的汇总方式更改为求平均值，得出各组及各部门的出勤考核平均成绩，如下左图所示。

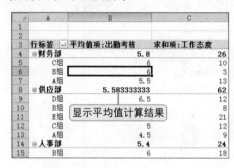

> **TIP**
>
> **更改值显示方式**
> 在数据透视表中除了更改值汇总方式外，还可以更改值的显示方式。选中需要更改值显示方式的字段，单击"计算"选项组中的"值显示方式"按钮，在展开的下拉列表中选择需要的值显示方式，如百分比、差异、指数等。

13.1.6　为透视表添加计算字段

在数据透视表中可以使用计算字段实现公式计算，从而得到新的字段。在本例中将要求取各考核成绩总和，可以使用"计算字段"功能新增一个求和字段。

步骤01 **单击"计算字段"选项**。选中数据透视表中的任意单元格，在"数据透视表工具-选项"选项卡下单击"计算"选项组中的"域、项目和集"按钮，在展开的下拉列表中单击"计算字段"选项，如下左图所示。

步骤02 **设置字段名称及插入字段**。弹出"插入计算字段"对话框，在"名称"文本框中输入新字段的名称，如"综合考核成绩"，在"字段"列表框中选择需要添加到公式中的字段，如单击"出勤考核"选项，然后单击"插入字段"按钮，如下右图所示。

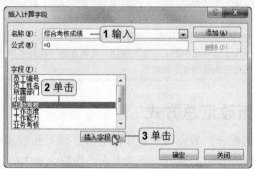

步骤03 **输入运算符。**此时在"公式"文本框中添加了选择的字段，接着输入运算符"+"，再在"字段"列表框中单击公式中下一个字段，如"工作态度"选项，如下左图所示，单击"插入字段"按钮。

步骤04 **完成计算字段添加。**使用相同的方法设置计算公式为"=出勤考核+工作态度+工作能力+业务考核"，如下右图所示，设置完成后单击"添加"按钮，将新增字段添加到"字段"列表框中。

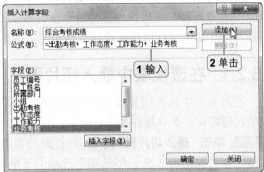

步骤05 **显示添加计算字段结果。**完成计算字段的添加后单击"确定"按钮关闭"插入计算字段"对话框，可以看到在数据透视表的右侧添加了"求和项：综合考核成绩"字段，并求各组及各部门的综合考核成绩和，如下左图所示。

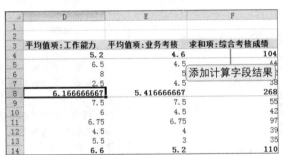

> **TIP**
> **列出计算字段公式**
> 选中数据透视表中的任意单元格，在"数据透视表工具-选项"选项卡下单击"计算"选项组中的"域、项目和集"按钮，在展开的下拉列表中单击"列出公式"选项，即可将新建工作表显示计算字段公式及分析说明文本。

13.1.7 为透视表应用样式设置

完成数据透视表的创建后，为了使数据透视表更加美观，可以使用Excel 2010系统提供的数据透视表样式对数据透视表进行美化。

步骤01 **选择数据透视表样式。**单击数据透视表中的任意单元格，在"数据透视表工具-设计"选项卡下单击"数据透视表样式"选项组的快翻按钮，在展开的数据透视表样式库中选择需要的数据透视表样式，如下左图所示。

步骤02 **显示应用数据透视表样式效果。**此时数据透视表应用了指定样式，如下右图所示。

进阶实战

13.2 使用切片器分析数据

切片器是Excel 2010中新增加的功能，它提供了一种可视性极强的筛选方法来筛选数据透视表中的数据。一旦插入切片器，用户就可以使用多个按钮对数据进行快速分段和筛选，仅显示所需数据。此外，对数据透视表应用多个筛选器之后，不再需要打开列表查看数据所应用的筛选器，这些筛选器会显示在屏幕上的切片中。本节将介绍插入切片器、通过切片器查看数据和美化切片器的具体操作。

13.2.1 在透视表中插入切片器

在透视表中插入切片器操作非常简单，只需要在选项组中单击相应的按钮即可，具体操作如下。

步骤01 单击"插入切片器"选项。 在打开的数据透视表中单击任意单元格，在"数据透视表工具-选项"选项卡下单击"排序与筛选"选项组中的"插入切片器"按钮，在展开的下拉列表中单击"插入切片器"选项，如下左图所示。

步骤02 勾选需要筛选的字段。 弹出"插入切片器"对话框，勾选需要进行筛选的字段，如勾选"所属部门"和"小组"复选框，如下右图所示。

步骤03 显示插入的切片器。 单击"确定"按钮，此时在数据透视表中自动插入了"所属部门"和"小组"两个切片器，如右图所示。

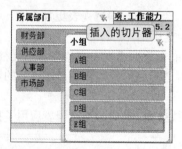

13.2.2 通过切换器查看数据表中数据

插入切片器是为了更简便、快捷地筛选数据透视表中的数据，下面将介绍如何利用切片器筛选数据。

步骤01 **单击要查看的部门。**在插入了切片器后，如果需要单独查看财务部门的考核数据，在"所属部门"切片器中单击"财务部"按钮，如下左图所示。

步骤02 **显示筛选结果。**此时在数据透视表中只显示了财务部员工的考核汇总数据，如下右图所示。

步骤03 **查看A组考核结果。**在"小组"切片器中单击需要查看的小组名称，如单击"A组"按钮，如下左图所示。

步骤04 **显示筛选结果。**此时在数据透视表中只显示了财务部A组的考核成绩，如右图所示。可以看到切片器查看与多条件筛选相同，其筛选条件是累加的。

13.2.3 美化切片器

在Excel 2010中也为切片器提供了预设的切片器样式，使用切片器样式可以快速更改切片器的外观，从而使切片器更突出、更美观。

步骤01 **选择切片器样式。**选中需要更改样式的切片器，这里单击选中"所属部门"切片器，在"切片器工具-选项"选项卡下单击"切片器样式"选项组的快翻按钮，在展开的样式库中选择所需切片器样式，如下左图所示。

步骤02 **显示应用样式的切片器效果。**此时选定的切片器应用了指定的样式，得到如下右图所示的效果。

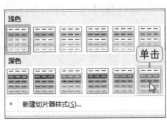

高手速成

13.3 数据透视图的使用

数据透视图是基于数据透视表创建的图表，它以形象的图形表现数据透视表中的数据，能更加形象化地体现出数据情况。本节将介绍如何创建数据透视图、如何对数据透视图中数据进行筛选以及如何设置透视图外观格式。

13.3.1 插入数据透视图

如果在工作簿中已创建数据透视表，可以直接通过"数据透视表工具-选项"选项卡下的"数据透视图"按钮直接创建，具体操作如下。

01 单击"数据透视图"按钮。
打开附书光盘中的"实例文件\第13章\最终文件\添加字段.xlsx"，单击数据透视表中的任意单元格，在"数据透视表工具-选项"选项卡下单击"工具"选项组中的"数据透视图"按钮，如下图所示。

02 选择图表类型。
弹出"插入图表"对话框，单击需要的图表类型，如单击"簇状柱形图"图标，如下图所示，设置完成后单击"确定"按钮。

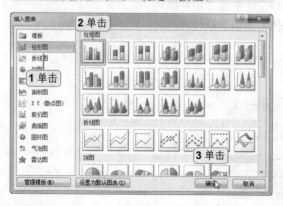

03 显示数据透视图效果。
此时根据现有数据透视表创建了如下图所示的数据透视图。

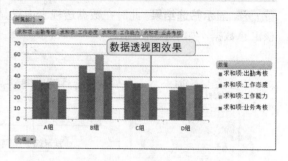

04 添加图表标题。
单击"数据透视图工具-布局"选项卡下"标签"选项组中的"图表标题"按钮，在展开的下拉列表中单击"图表上方"选项，如下图所示。

05 输入图表标题文本。
此时在图表上方添加了图表标题文本框，在其中输入图表标题文本，得到如下图所示图表。

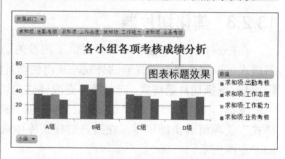

13.3.2 对透视图数据进行筛选

在数据透视图中也可以进行数据筛选，筛选后的结果可以立即以图形形式显示在图表中。在数据较多时使用数据透视图能清楚地分析某一组或某一类数据。

01 对所属部门进行筛选

选中前面创建的数据透视图，单击图表上的"所属部门"按钮，在展开的列表中勾选"选择多项"复选框，然后取消勾选"全部"复选框，再勾选"财务部"复选框，如下图所示，设置完成后单击"确定"按钮。

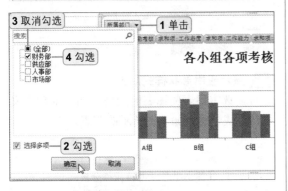

02 显示筛选结果。

此时数据透视图中显示了"财务部"各小组的考核成绩分析情况，如下图所示。

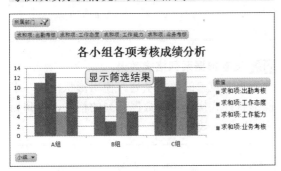

03 对小组进行筛选。

如果需要在图表中显示指定小组的考核情况，选中图表后单击"小组"按钮，在展开的列表中取消勾选"全选"复选框，然后勾选"A组"和"B组"复选框，最后单击"确定"按钮，如下图所示。

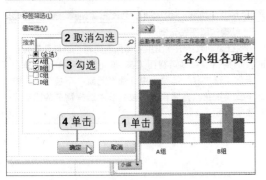

04 显示筛选结果。

此时在数据透视图中显示了财务部A组和B组考核成绩的分析图表，如下图所示。

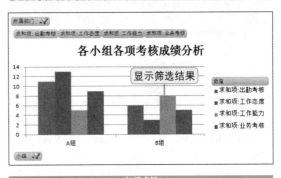

知识点拨

在数据透视图中插入切片器

用户除了可以通过在数据透视表中插入切片器对数据进行筛选外，还可以在数据透视图中插入切片器实现数据的筛选。选中数据透视图，在"数据透视图工具-分析"选项卡下单击"数据"选项组中的"插入切片器"按钮，在展开的下拉列表中单击"插入切片器"选项，即可在数据透视图中添加切片器。当用户需要对数据进行筛选时，只需要单击"切片器"中需要查看的项按钮，即可在图表中显示指定项的数据图形效果。

13.3.3 美化数据透视图

创建数据透视图后，为了得到具有专业水准的图表效果，可以使用Excel为用户提供的图表样式和形状样式对图表的外观进行设置，从而达到美化数据透视图的效果。

01 选取单元格区域。

选中数据透视图，在"数据透视图工具-设计"选项卡下单击"图表布局"选项组的快翻按钮，在展开的图表布局库中选择需要的布局样式，如下图所示。

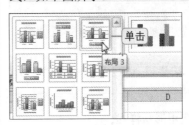

高手速成

02 显示应用图表布局样式后效果。

此时选定的图表应用了指定的图表布局，得到如下图所示的图表效果。

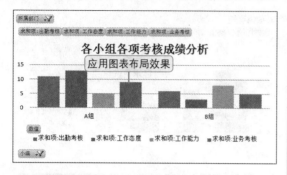

03 应用预定义图表样式。

单击"图表样式"选项组的快翻按钮，在展开的图表样式库中选择需要的图表样式，如下图所示。

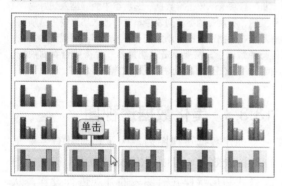

04 显示应用图表样式后效果。

此时选中的图表应用了指定的图表样式，得到如下图所示的图表效果。

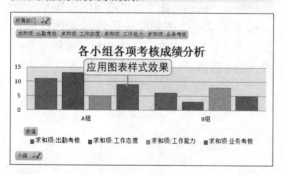

05 为图表区应用形状样式。

选中数据透视图中的图表区元素，在"数据透视图工具-格式"选项卡下单击"形状样式"选项组的快翻按钮，在展开的形状样式库中选择需要的形状样式，如下图所示。

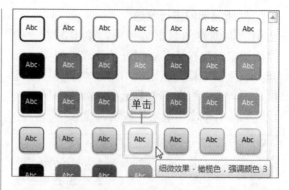

06 显示应用形状样式后效果。

此时，选中图表的图表区应用了指定的预定义形状样式，得到如下图所示的图表效果。

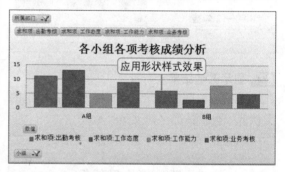

07 设置数据系列格式效果。

选中需要设置的数据系列，使用形状样式库中的形状样式快速设置数据系列的格式，得到如下图所示的效果。

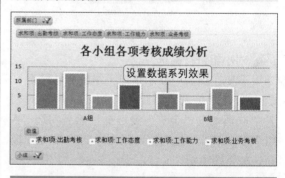

TIP

精确选取图表元素

在Excel数据透视图中，如果需要精确选取图表元素时，切换到"数据透视图工具-布局"选项卡下，单击"当前所选内容"选项组中"图表元素"下拉列表右侧的下三角按钮，在展开的下拉列表中选择需要的图表元素选项即可。

实战
使用数据透视图分析"员工资料"表

本章主要介绍了数据透视表的创建、字段添加、数据源更改、数据的排序与筛选、数据透视表中值的汇总方式更改、计算字段的添加和数据透视表样式的应用，此外还介绍了创建数据透视图的方法及数据透视图中数据的筛选等知识，下面结合本章所学知识，使用数据透视图分析"员工资料"表。

01 单击"数据透视图"选项。

打开附书光盘中的"实例文件\第13章\原始文件\员工资料表.xlsx"，单击数据区域中的任意单元格，在"插入"选项卡下单击"表格"选项组中"数据透视表"的下三角按钮，在展开的下拉列表中单击"数据透视图"选项，如下图的所示。

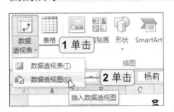

02 设置源数据及放置位置。

弹出"创建数据透视表及数据透视图"对话框，单击"选择一个表或区域"单选按钮，在"表/区域"数值框中输入单元格引用地址，单击"新工作表"单选按钮，如下图所示，单击"确定"按钮。

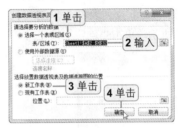

03 显示创建的透视表和透视图模型。

此时在工作簿中新建一个工作表，在其中创建空白数据透视表和透视图，并显示数据透视表工具和数据透视图工具选项卡，如下图所示。

创建的空白透视表与透视图

04 勾选添加字段。

在"数据透视表字段列表"任务窗格中勾选需要添加的字段，如勾选"性别"、"年龄"、"所属部门"和"学历"复选框，如下图所示。

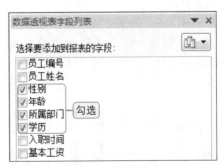

05 移动字段位置。

如果需要调整数据透视图中字段的位置，单击需要调整位置的字段，如"所属部门"字段，在展开的下拉列表中单击"移到图例字段"选项，如右图所示。

06 显示数据透视图效果。

此时在数据透视图中可以看到添加并调整字段后的数据透视图效果，如下图所示。

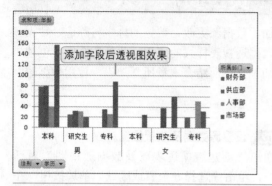

07 单击"值字段设置"选项。

在"值标签"区域中单击"求和项：年龄"按钮，在弹出的下拉列表中单击"值字段设置"选项，如下图所示。

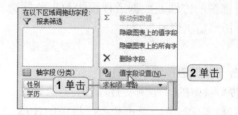

08 更改名称及值汇总方式。

弹出"值字段设置"对话框，在"自定义名称"文本框中输入"人数分布"，在"值汇总方式"选项卡的"计算类型"下拉列表框中单击"计数"选项，如下图所示，单击"确定"按钮。

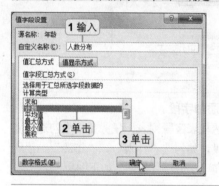

09 显示更改汇总方法图表效果。

此时数据透视图中的数据将根据值标签字段进行重新计算绘制，并在图表中显示新的字段名称，如下图所示。

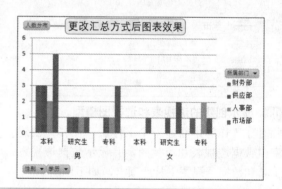

10 应用图表样式。

选中数据透视图，在"数据透视图工具-设计"选项卡下单击"图表样式"选项组的快翻按钮，在展开的图表样式库中选择需要的样式，如下图所示。

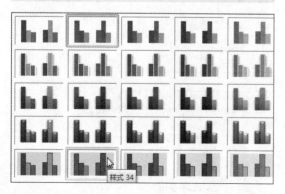

11 应用形状样式。

选中图表区，在"数据透视图工具-格式"选项卡下单击"形状样式"选项组的快翻按钮，在展开的形状样式库中选择需要的样式，如下图所示。

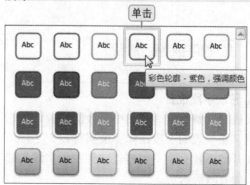

12 显示设置图表外观效果。

此时选中的图表应用了指定的图表样式，且图表区应用了指定的形状样式，得到如下图所示的效果。

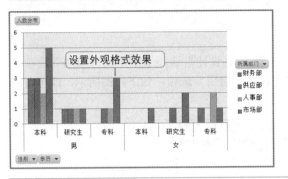

13 单击"插入切片器"选项。

选中图表，在"数据透视图工具-分析"选项卡下单击"数据"选项组中的"插入切片器"按钮，单击"插入切片器"选项，如下图所示。

14 选择创建切片器字段。

弹出"插入切片器"对话框，在列表框中勾选需要创建切片器的字段，这里勾选"所属部门"和"学历"复选框，如下图所示。

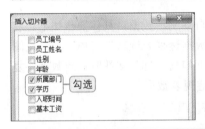

15 使用切片器筛选数据。

此时创建了"所属部门"和"学历"切片器，如果需要在图表中查看财务部数据，在"所属部门"切片器中单击"财务部"选项，如下图所示。

16 显示筛选结果。

此时，数据透视图中只显示了财务部各种学历的人数分布图，如下图所示。

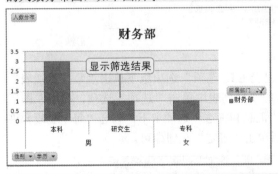

17 更改切片器外观。

选中切片器，在"切片器样式"选项组中单击快翻按钮，在展开的切片器样式库中选择需要的样式，如下图所示。

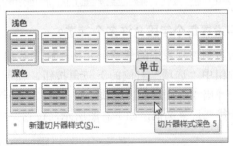

18 显示切片器外观效果。

此时所选切片器应用了指定的样式，如右图所示，完成对员工资料的数据分析。

问答

取消数据透视表中的总计·实现打开工作簿自动刷新数据透视表·设置每个字段允许多个
筛选

Q 如何取消透视表中行的总计？

A 单击数据透视表中的任意单元格，在"数据透视表工具-设计"选项卡中单击"布局"选项组中的"总计"按钮，在展开的下拉列表中单击"仅对列启用"选项，如下左图所示，即可自动清除数据透视表中对行的总计，如下右图所示。

Q 怎样实现打开工作簿自动刷新数据透视表？

A 设置数据透视表的自动更新时，可以将其设置为打开文件时自动刷新数据，具体操作如下。右击数据透视表中的任意单元格，在弹出的快捷菜单中单击"数据透视表选项"选项，如下左图所示。弹出"数据透视表选项"对话框，在"数据"选项卡下勾选"打开文件时刷新数据"复选框，如下右图所示，即可实现打开工作簿时自动刷新数据透视表数据。

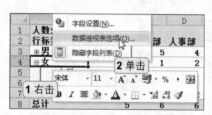
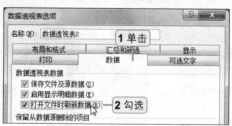

Q 如何设置每个字段允许多个筛选？

A 单击数据透视表中的任意单元格，在"数据透视表工具-选项"选项组下单击"数据透视表"选项组中"选项"右侧的下三角按钮，在展开的下拉列表中单击"选项"选项，如下左图所示。弹出"数据透视表选项"对话框，切换至"汇总和筛选"选项卡下，勾选"每个字段允许多个筛选"复选框，如下右图所示，设置完成后单击"确定"按钮即可。

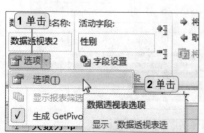
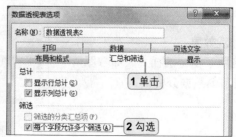

Excel 2010的高级应用

CHAPTER 14

本章将介绍在Excel中提高工作效率的方法，如链接外部数据、使用控件或宏使重复性操作自动化处理等，另外还将介绍打印工作表之前对表格进行相关设置的方法，从而帮助用户获得预期的工作表打印效果。

 知识点

1. 插入文件和网页链接　　3. 使用控件执行命令　　5. 工作表页面设置
2. 添加"开发工具"选项卡　4. 录制、执行与修改宏　6. 设置打印起始页码

建议学习时间：60分钟

学习内容	学习时间	学习内容	学习时间
插入文件和网页链接	10分钟	工作表页面设置	5分钟
添加"开发工具"选项卡	5分钟	打印工作表	10分钟
使用控件执行命令	15分钟	观看视频教学并练习	5分钟
录制与使用宏	10分钟		

重点实例

▲ 插入网页链接

▲ 使用控件执行命令结果

▲ 执行宏代码生成饼图

入门必备

14.1 超链接的应用

在工作表中应用超链接可以从一个工作簿或文件中快速地跳转到其他工作簿或文件中，当光标移动到含有超链接的文本或图片时，光标会变为手形，单击相应的文本或图片系统会自动跳转到链接目标文件所在的位置。

14.1.1 插入文本链接

在工作簿中，用户可以为单元格中的文本或插入的图片等对象添加超链接，单击超链接后使其自动切换至目标对象上。在本例中将使用超链接为各种商品添加相应的说明信息。

步骤01 单击需要插入超链接的单元格。 打开附书光盘中的"实例文件\第14章\原始文件\商品销售统计表.xlsx"，单击选中需要插入超链接的B3单元格，如下左图所示。

步骤02 单击"超链接"按钮。 切换至"插入"选项卡下，在"链接"选项组中单击"超链接"按钮，如下右图所示。

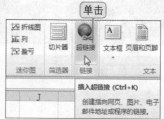

步骤03 设置超链接目标位置。 弹出"插入超链接"对话框，在"链接到"列表框中单击"原有文件或网页"图标，单击"当前文件夹"选项并选择需要的目标文件，如下左图所示，设置完成后单击"确定"按钮。

步骤04 显示插入超链接效果。 返回工作表中，将光标置于单元格上，此时光标呈手形，单击鼠标左键，如下右图所示。

步骤05 显示超链接目标对象内容。 此时系统自动打开链接到的目标文件，得到如下左图所示的表格。

> **TIP**
>
> **删除超链接**
>
> 如果不再需要创建的超链接，可以将其删除。单击添加超链接的单元格或对象，打开"编辑超链接"对话框，在其中单击"删除超链接"按钮即可删除指定对象上的超链接。

14.1.2 插入网页链接

在工作表中也可以创建一个超链接指定特定的网页，使用户在单击超链接时自动转到网页中，减少用户访问网页的操作步骤。

步骤01 **单击"超链接"命令。** 打开附书光盘中的"实例文件\第14章\原始文件\搜索网页目录.xlsx"，选中"百度"所在单元格并右击，在弹出的快捷菜单中单击"超链接"选项，如下左图所示。

步骤02 **单击"浏览Web"按钮。** 弹出"插入超链接"对话框，在"链接到"列表框中单击"原有文档或网页"图标，然后单击"浏览Web"按钮，如下右图所示。

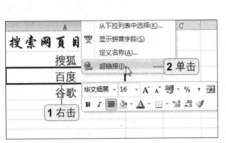 

步骤03 **输入地址。** 自动打开IE浏览器，在地址栏中输入"百度"的地址，并打开该搜索页面，如下左图所示。不关闭IE浏览器返回Excel 2010应用程序窗口。

步骤04 **单击"屏幕提示"按钮。** 此时，在"地址"文本框中自动添加了刚才输入的网页地址。如果需要为超链接添加屏幕提示，请单击"屏幕提示"按钮，如下右图所示。

步骤05 **输入屏幕提示文字。** 弹出"设置超链接屏幕提示"对话框，在"屏幕提示文字"文本框中输入提示文本，如下左图所示，单击"确定"按钮。

步骤06 **显示插入网页链接效果。** 返回工作表中，将光标置于添加超链接的对象上，光标呈手形并显示相应的屏幕提示文本，如下右图所示。

TIP

使用 HYPERLINK 函数创建超链接

在Excel中可能会使用HYPERLINK函数创建超链接，其语法结构为HYPERLINK(link_location,friendly_ name)，例如创建"百度"的网页超链接，只需选中"百度"所在单元格，在编辑栏中输入创建函数公式"=HYPERLINK("www.baidu.com","百度")"，按下Enter键即可为指定单元格创建超链接。

14.2 使用控件执行命令

控件即添加在窗体上的一些图形对象，具有显示或输入数据、执行特定操作、方便窗体阅读等功能，通常包括命令按钮、文本框、选项按钮、列表框等。这些控件主要为用户提供选项、命令按钮、执行预置的宏或一些脚本。在Excel 2010中有两种类型的控件，一种是ActiveX控件，另一种是表单控件。ActiveX控件常与VBA和Web脚本配合使用，而表单控件常与宏、用户窗体配合使用。

14.2.1 添加"开发工具"选项卡

在默认情况下，"开发工具"选项卡是不显示在选项区中的，如果用户需要使用"开发工具"选项卡下的命令，可以在选项区中添加"开发工具"选项卡，具体操作如下。

步骤01 **单击"选项"按钮。** 单击"文件"按钮，在弹出的菜单中单击"选项"按钮，如下左图所示。

步骤02 **单击"自定义功能区"选项。** 弹出"Excel选项"对话框，单击"自定义功能区"选项标签，如下右图所示。

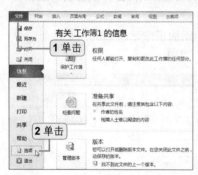
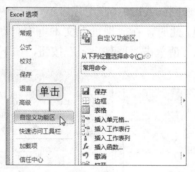

步骤03 **勾选"开发工具"复选框。** 在"自定义功能区"选项面板中的在"自定义功能区"列表框中勾选"开发工具"前的复选框，如下左图所示。

步骤04 **显示"开发工具"选项卡。** 单击"确定"按钮，此时在选项区中显示了"开发工具"选项卡，如下右图所示。

14.2.2 插入ActiveX控件对象

在"控件工具箱"里选择相应的控件，即可将Active X控件添加到工作表中。

在工作表中绘制表单控件

在工作表中还可以添加表单控件用于控件命令执行操作。

在"开发工具"选项卡下单击"控件"选项组中的"插入"按钮，然后单击"按钮（窗体控件）"图标，如下图所示。

在适当的位置按住鼠标左键拖动绘制按钮，弹出"指定宏"对话框，如果没有宏选项，在"宏名"文本框中输入文本，单击"录制"按钮，如下图所示。

弹出"录制新宏"对话框，设置宏基本信息后单击"确定"按钮，如下图所示，即可开始录制宏，当单击该表单控件按钮时，即执行对应的宏代码。

步骤01 **单击"命令按钮"图标。**打开附书光盘中的"实例文件\第14章\原始文件\物品借用记录卡.xlsx"，在"开发工具"选项卡下单击"控件"选项组中的"插入"按钮，在展开的下拉列表中单击"命令按钮（ActiveX控件）"图标，如下左图所示。

步骤02 **绘制控件。**此时光标呈十字形，在适当位置按住鼠标左键拖动绘制控件，如下右图所示，拖至适当大小后释放鼠标左键即可。

步骤03 **单击"属性"命令。**右击绘制的ActiveX控件，在弹出的快捷菜单中单击"属性"选项，如下左图所示。

步骤04 **更改Caption属性。**弹出"属性"窗口，在"按字母序"选项卡下的Caption文本框中输入"显示未归还物品"，如下右图所示。

步骤05 **单击Font右侧按钮。**单击Font右侧的按钮，如下左图所示。

步骤06 **设置字体格式。**弹出"字体"对话框，在"字体"列表框中单击"华文新魏"选项，在"字形"列表框中单击"常规"选项，在"大小"列表框中单击"16"选项，如下右图所示，设置完成后单击"确定"按钮。

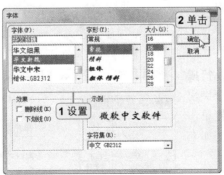

进阶实战

步骤07 显示更改属性后ActiveX控件效果。返回工作表中，得到如右图所示的ActiveX控件外观。

归还否
归还
归还
未归还
归还
归还
未归还
归还

显示更改属性后控件效果

显示未归还物品

14.2.3 对ActiveX控件执行的命令进行编辑

在绘制并设置ActiveX控件格式后，如果需要实现相应的操作，要为控件添加相应的命令过程代码，具体操作如下。

步骤01 单击"查看代码"命令。右击绘制的ActiveX控件，在弹出的快捷菜单中单击"查看代码"选项，如下左图所示。

步骤02 设计命令过程代码。弹出"插入ActiveX控件.xlsx-Sheet1(代码)"窗口，在其中输入如下右图所示的命令过程代码。

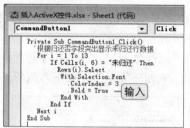

步骤03 执行"关闭并返回到Microsoft Excel"命令。在Microsoft Visual Basic for Applications窗口中执行"文件>关闭并返回Microsoft Excel"命令，如下左图所示。

步骤04 退出设计模式。编辑完成后单击"开发工具"选项卡下"控件"选项组中的"设计模式"按钮，如下右图所示，退出设计模式。

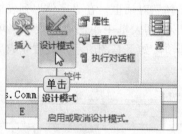

步骤05 单击ActiveX控件执行操作。返回工作表后，如果需要突出显示未归还记录，可以直接单击"显示未归还物品"按钮，如右图所示。

预计归还日期	归还否
2010/3/20	归还
2010/3/26	归还
2010/3/28	未归还
2010/4/6	归还
2010/4/6	归还
2010/4/6	未归还
2010/4/7	归还
2010/4/8	未归还
2010/4/11	归还

单击 显示未归还物品

TIP

双击打开控件对应代码窗口

除了使用右键菜单打开控件命令代码窗口外，还可以直接双击AcitveX控件，如下图所示。

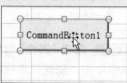

双击Actile X控件，将启动Visual Basic编辑器，并显示相应的触发命令，如下图所示。

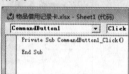

步骤06 **显示代码运行结果。** 自动运算控件对应的命令过程代码，得到如右图所示的运行结果。

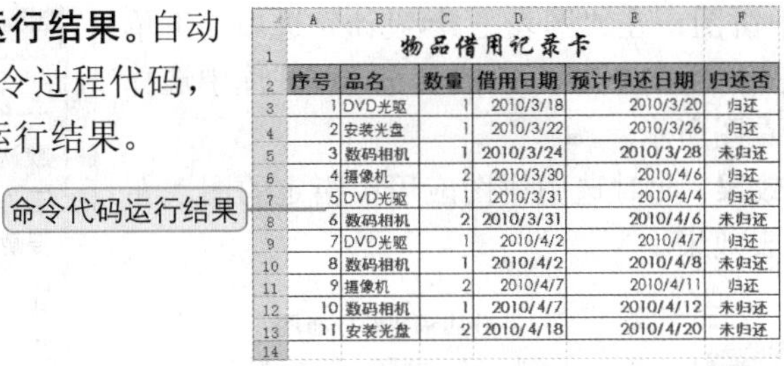

命令代码运行结果

14.3 宏的使用

如果需要在工作表中执行多次重复操作，可以使用宏功能间化操作，提高工作效率。宏是一系列存储在Visual Basic模块中的命令和函数，一旦编辑完成后可以随时调用，减少执行重复操作的时间。

14.3.1 录制宏

录制宏就是启用宏录制功能，然后按需要对工作表进行操作，将操作过程录制下来。在Excel 2010中新增了图表元素的宏录制功能，能将设置图表或其他对象的格式设置操作录制为代码，实现图表格式设置的自动化。

步骤01 **单击"录制宏"选项。** 打开附书光盘中的"实例文件\第14章\原始文件\各分店销售额统计.xlsx"，在"视图"选项卡下单击"宏"选项组中的"宏"下三角按钮，在展开的下拉列表中单击"录制宏"选项，如下左图所示。

步骤02 **设置宏名。** 弹出"录制新宏"对话框，在"宏名"文本框中输入宏的名称文本，如下右图所示，单击"确定"按钮。

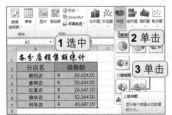

步骤03 **创建饼图。** 在"1月"工作表中选中需要创建饼图的数据区域，单击"饼图"按钮后再单击"三维饼图"选项，如下左图所示。

步骤04 **显示创建饼图并输入标题。** 此时根据选定数据创建三维饼图，并在图表标题文本框中输入标题文本，如下右图所示。

进阶实战

步骤05 **更改图表布局**。选中饼图，在"图表工具-设计"选项卡下单击"图表布局"选项组的快翻按钮，在展开的图表布局样式库中选择需要的图表布局样式，如下左图所示。

步骤06 **查看应用图表布局效果**。此时选中饼图应用了指定的图表布局，得到如下右图所示的图表效果。

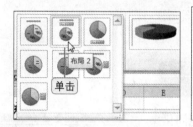

步骤07 **选中饼图中数据点**。选中图表，然后双击选中图表中需要设置格式的数据点，如下左图所示。

步骤08 **应用形状样式**。在"图表工具-格式"选项卡下单击"形状样式"选项组中的快翻按钮，在展开的形状样式库中选择需要的样式，如下右图所示。

步骤09 **显示更改数据点后格式效果**。此时选中数据点应用了指定的形状样式，使用相同方法设置其他数据点的格式，得到如下左图所示的效果。

步骤10 **停止宏录制**。完成饼图的创建及格式设置后，切换至"视图"选项卡，再次单击"宏"选项组中的"宏"按钮，在展开的下拉列表中单击"停止录制"选项，如下右图所示，即完成了宏的录制操作。

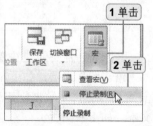

14.3.2 执行宏

在完成宏录制后，如果需要在工作表中执行相同的操作，此时就可以执行宏过程代码来自动完成图表的创建，减少重复制作图表的繁琐，从而节约工作时间。

知识加油站

设置宏的保存位置

在Excel中录制宏时，默认的宏保存位置为"当前工作簿"，用户可以根据需要更改宏的保存位置。

在"录制新宏"对话框中，单击"保存在"下拉列表右侧的下三角按钮，在展开的下拉列表中选择需要的保存位置选项即可，如下图所示。

步骤01 **选择"2月"工作表。**单击"2月"工作表标签，切换至"2月"工作表中，如下左图所示。

步骤02 **单击"查看宏"选项。**在"视图"选项卡下的"宏"选项组中单击"宏"按钮，在展开的下拉列表中单击"查看宏"选项，如下右图所示。

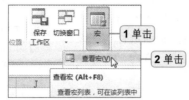

TIP

单步执行宏

在执行宏时，如果单击"单步执行"按钮，将进入Visual Basic编辑器窗口中，逐步执行每一条代码。

步骤03 **执行宏。**弹出"宏"对话框，在列表框中选择需要执行的宏，单击"执行"按钮，如下左图所示。

步骤04 **显示执行宏创建的图表。**自动运行宏代码，创建如下右图所示的2月各分店销售额分布饼图。

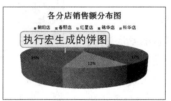

14.3.3 修改宏

录制宏有可能生成很多宏代码，用户可以在Visual Basic编辑器中将多余的代码清除，即修改宏，具体操作如下。

步骤01 **单击"编辑"按钮。**在"宏"对话框中选择需要修改的宏选项，单击"编辑"按钮，如下左图所示。

步骤02 **更改宏代码。**打开相应的模块代码窗口，在其中编辑代码，如更改图表类型，如下右图所示。

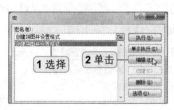

步骤03 **执行宏。**在Visual Basic编辑器窗口中执行"运行>运行子过程/用户窗体"命令，如下图所示。

步骤04 **显示执行修改宏效果。**此时创建了如下右图所示的折线图。

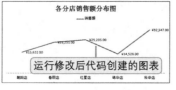

知识加油站

删除宏

对于一些不需要的宏，可以将其删除，具体操作如下。

打开"宏"对话框，在列表框中选择需要删除的宏选项，单击"删除"按钮，如下图所示。

弹出"Microsoft Excel"对话框，询问是否删除宏 创建饼图并设置格式？如果需要删除，单击"是"按钮，如下图所示，反之单击"否"按钮。

14.4 工作表的页面设置与打印

对于重要的表格数据，将其打印输出到纸张可以更有效地保存数据资料，避免电脑故障造成不必要的损失。对于要打印输出的工作表来说，需要在打印之前对其页面进行一些设置，如页边距调整、纸张大小、方向、打印标题、打印比例、打印起始页等。

14.4.1 调整工作表的页边距

页边距是指工作表中的数据与页面四周边界之间的距离。通过设置页边距，用户可以灵活设置表格打印到纸张上的具体位置。

01 单击"自定义边距"选项。

打开附书光盘中的"实例文件\第14章\原始文件\月生产计划表.xlsx"，在"页面布局"选项卡下单击"页面设置"选项组中的"页边距"按钮，在展开的下拉列表中单击"自定义边距"选项，如下图所示。

02 输入页边距值。

弹出"页面设置"对话框，在"页边距"选项卡下的"上"、"下"、"左"、"右"、"页眉"和"页脚"数值框中输入自定义的页边距值，如下图所示，设置完成后单击"确定"按钮即可。

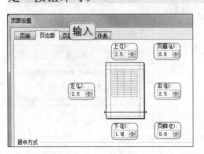

14.4.2 设置工作表的打印区域

如果只需要打印工作表中某个区域的数据，可以为其设置打印区域。在打印时，打印区域选定的数据将被输出到纸张上，其他数据将不会被打印。

01 选取单元格区域。

在打开的工作表中，拖动鼠标选中需要打印的A2:G13单元格区域，如下图所示。

02 单击"设置打印区域"选项。

在"页面布局"选项卡下单击"页面设置"选项组中的"打印区域"按钮，在展开的下拉列表中单击"设置打印区域"选项，如下图所示。

03 显示设置打印区域后效果。

此时选中的单元格区域即被设置为打印区域，其周围显示为虚线框，如下图所示。

TIP

通过"页面设置"对话框设置打印区域

在设置打印区域时，单击"页面设置"选项组的对话框启动器，弹出"页面设置"对话框。在"工作表"选项卡下单击"打印区域"数值框右侧的单元格引用按钮，选择需要的打印区域，即可设置工作表的打印区域。

14.4.3 添加打印标题

打印标题就是在每个打印页重复出现的行和列数据。使用"打印标题"功能可以使打印出来的每页中的数据更加清晰、准确。

01 **单击"打印标题"按钮。**

在"页面设置"选项组中单击"打印标题"按钮，如下图所示。

02 **添加顶端标题行。**

弹出"页面设置"对话框的"工作表"选项卡下单击"顶端标题行"数值框右侧的单元格引用按钮，如下右图所示。

03 **选择标题行。**

返回工作表中，光标变为向右的黑色箭头，选择第2至3行作为标题行，如下图所示。

04 **确认添加的标题行。**

再次单击单元格引用按钮，返回"页面设置"对话框中，此时在"顶端标题行"数值框中显示了添加的标题行区域，如下图所示。

14.4.4 设置工作表的缩放比例

在打印工作表之前需要查看数据输出效果，可以设置表格放大或缩小的打印比例。Excel 2010中允许用户将工作表缩小到正常大小的10%，放大到400%进行打印。"页面设置"对话框的"页面"选项卡下有一个"缩放"选项组，用户可以通过单击"缩放比例：100%正常尺寸"选项的微调按钮来调整工作表打印比例。还可以通过"页面布局"选项卡下"调整为合适大小"选项组中的"缩放比例"数值框来调整，本例将介绍使用两种方法设置表格按80%打印。

方法一 通过对话框设置打印缩放比例

单击"页面设置"选项组的对话框启动器，弹出"页面设置"对话框，在"页面"选项卡下单击"缩放比例"单选按钮，在其后的数值框中输入80，如下图所示，设置完成后单击"确定"按钮即可。

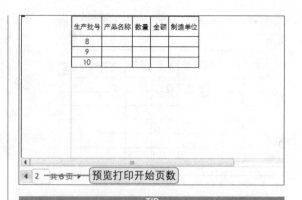

方法二　使用选项卡中命令设置打印缩放比例

切换至"页面布局"选项卡下，在"调整为合适大小"选项组中单击"缩放比例"数值框右侧的微调按钮，将缩放比例调整为80%，如下图所示，即可将工作表按正常尺寸的80%打印。

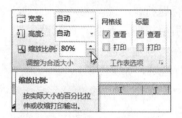

生产批号	产品名称	数量	金额	制造单位
8				
9				
10				

◀ 2 —共6页 ▶ ｜预览打印开始页数

TIP

设置纸张大小和方向

在打印工作表之前，还可以选择适合当前打印机的纸张类型，另外用户可以按纵向和横向两个方向来设置文件的打印方向。纵向是以纸的短边为水平位置打印；横向是以纸的长边水平位置打印。只需要"页面设置"选项组中单击"纸张方向"或"纸张大小"按钮进行设置即可。

14.4.5　设置工作表打印的起始页码

在打印大型工作表时，如果希望从第二页或其他页开始打印，可以设置工作表打印的起始页码，这样当打印时将从设置的起始页开始打印。

01　设置起始页码。

打开"页面设置"对话框，在"页面"选项卡的"起始页码"数值框中输入需要开始打印的页码，如下图所示。

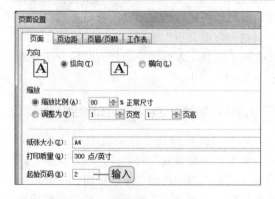

02　显示打印预览效果。

单击"打印预览"按钮进入预览状态，此时可以看到页脚处显示的页码是从"第2页"开始的，如下图所示。

14.4.6　打印工作表

进行了页面设置和打印预览后，如果对设置的效果满意即可开始打印。Excel除了可一次打印一张工作表外，还可以同时打印多份工作表，也可以设置打印工作表的范围。

01　单击"打印"选项。

打开需要打印的工作表，单击"文件"按钮，在弹出的菜单中单击"打印"选项，如下图所示。

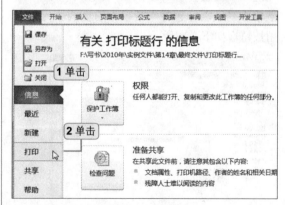

02　设置打印份数。

在"打印"选项组中的"副本"数值框中输入打印份数，如输入3，如下图所示，即将工作表打印3份。

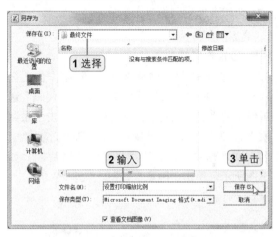

06 设置打印图表保存位置。

弹出"另存为"对话框,在"保存在"下拉列表中选择工作表图片保存的位置,在"文件名"和"保存类型"下拉列表中显示了工作表的名称及保存类型,如下图所示,设置完成后单击"保存"按钮,完成工作表的打印。

03 设置打印范围。

在"设置"选项组中的"页数"右侧的数值框中输入开始页码,在"至"右侧的数值框中输入结束页码,如下图所示。

07 显示保存的打印文件图片。

此时,在目标文件中保存了由打开工作表数据构成的图像文件,如下图所示。

04 单击"打印"图标。

经过上述打印属性设置后,在"打印"选项组中单击"打印"图标,如下图所示。

05 显示打印进度。

弹出"打印"对话框,显示正在Microsoft Office Document Image Write 在r上打印"设置打印缩放比例"文本,如下图所示,提示正在指定打印机上打印工作表。

> **TIP**
> 通过"页面设置"对话框打印文件
> 除了利用"文件"菜单中"打印"命令打印工作簿外,还可以在"页面设置"对话框中单击"打印"按钮,从而对工作簿进行打印。

实战
制作员工名片

本章主要对在工作表中插入文件链接、插入网页链接、添加ActiveX控件执行命令、录制宏、执行宏、编辑宏、工作表页面设置、打印设置等操作进行了介绍。下面结合本章所介绍的知识点批量制作员工名片。

01 设置宏属性。

打开"实例文件\第14章\原始文件\制作员工名片.xlsx",在"审阅"选项卡下单击"代码"选项组中的"宏"按钮,在下拉列表中单击"录制宏"选项。弹出"录制新宏"对话框,在"宏名"文本框中输入名称"自动创建名片",如下图所示,单击"确定"按钮。

02 复制工作表。

右击"名片模板"工作表标签,在快捷菜单中单击"移动或复制"命令,弹出"移动或复制工作表"对话框,在"下列选定工作表之前"列表框中单击Sheet3选项,勾选"建立副本"复选框,如下图所示,单击"确定"按钮。

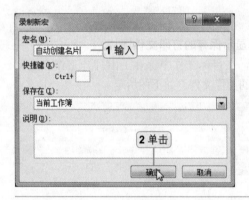

03 输入员工姓名。

选中D5单元格,并在其中输入员工姓名,注意员工姓名必须为员工资料中员工姓名,如下图所示。

04 输入公式引用称呼。

选中F5单元格,在其中输入公式"=IF(VLOOKUP(D5,员工资料!A2:G14,2,0)="男","先生","女士")",按下Enter键获取相应的称呼,如下图所示。

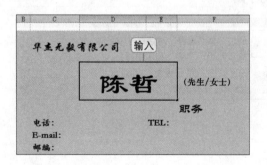

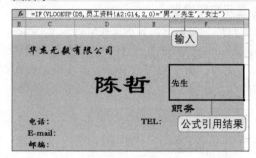

05 引用职称。

选中F6单元格，在其中输入公式"=VLOO-KUP(D5,员工资料!A2:G14,4,0)"，按下Enter键获取相应的职称，如下图所示。

06 获取电话号码。

选中D7单元格，在其中输入公式"=VLOO-KUP(D5,员工资料!A2:G14,5,0)"，按下Enter键计算出该员工的电话号码，如下图所示。

07 引用手机号码。

选中F7单元格，在其中输入公式"=VLOO-KUP(D5,员工资料!A2:G14,6,0)"，输入完成后按下Enter键获取该员工的手机号码，如下图所示。

08 引用员工E-mail。

在D8单元格中输入公式"=VLOOKUP(D5,员工资料!A2:G14,7,0)"，输入完成后按下Enter键计算出该员工的E-mail地址，如下图所示。

09 输入公司的地址及邮编号。

在D9和D10单元格中输入公司的邮编及地址，如下图所示，即完成了简单名片的制作。

10 停止宏录制。

单击"宏"下三角按钮，在展开的下拉列表中单击"停止录制"选项，如下图所示。

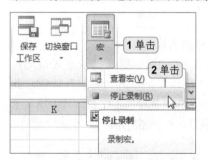

11 查看并编辑宏。

单击"宏"下三角按钮，在展开的下拉列表中单击"查看宏"选项，弹出"宏"对话框，选中"自动创建名片"选项，单击"编辑"按钮，如右图所示。

12 修改宏代码。

进入VBA编程环境，修改宏代码，如将"Active-Cell.FormulaR1C1 ="陈哲""修改为"ActiveCell.FormulaR1C1 = InputBox("请输入员工姓名（必须为员工资料中已有姓名)")"，并添加"ActiveSheet.Name = Range("D5")和ActiveSheet.PrintOut"语句，如下图所示。

13 返回Excel编辑窗口。

完成代码的修改后，执行"文件>关闭并返回到Microsoft Excel"命令，如下图所示。

14 选择控件。

切换至"开发工具"选项卡下，单击"控件"选项卡中的"插入"按钮，在展开的下拉列表中单击"按钮（窗体控件）"图标，如下图所示。

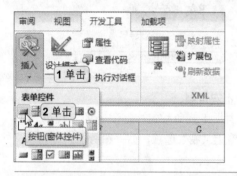

15 指定宏并修改控件文本。

在工作表中的适当位置绘制控件，完成后释放鼠标左键，弹出"指定宏"对话框，选择"自动创建名称"选项，如下图所示，然后单击"确定"按钮。将控件上的文本更改为"制作并打印名片"，单击该按钮。

16 显示制作的名片。

弹出Microsoft Excel对话框，提示输入员工姓名，如输入"黄珍"，单击"确定"按钮，此时在工作簿中新建"黄珍"工作表，其中填写了名片的详细信息，如下图所示。

17 显示打印进度。

弹出"打印"对话框提示名片打印的进度，如下图所示。

问答

使用图标程序链接文件·将宏指定给特定对象·设置安全性·对有错误的单元格打印显示
为空白·在工作表中显示网格线

Q 如何使用程序图标链接文件？

A 在工作表中可以使用"插入"选项卡下的"对象"功能插入文件，实现文本的链接。插入的对
象使用程序图标显示，双击程序图标即可打开相应的链接文件，具体操作如下。

打开需要插入文件的工作簿，切换至"插入"选项卡下，在"文本"选项组中单击"对象"
按钮，如下左图所示。弹出"对象"对话框，在"新建"选项卡下的"对象类型"列表框中单
击需要对象，如单击 Microsoft Word 文档选项，勾选"显示为图标"复选框，如下右图所示，
单击"确定"按钮。

此时系统自动新建"文档1.docx"，在其中可以输入文件的内容，如下左图所示。关闭
Word文档窗口返回Excel，可以看到插入的对象为程序图标，如下右图所示。双击程序图标，
即可打开插入的文档。

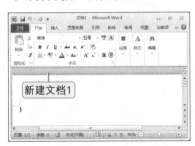
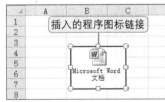

Q 怎样将宏指定给特定对象？

A 在Excel中可以将录制完成的宏指定给表单控件对象、文本、图片等对象，使宏的执行操作更
简单。具体操作为：打开附书光盘中的"实例文件\第14章\原始文件\格式化表格.xlsm"，在
Sheet2工作表中右击"格式化表格"文本框，在弹出的快捷菜单中单击"指定宏"选项，如下
左图所示。弹出"指定宏"对话框，单击需要的宏选项，如下右图所示，单击"确定"按钮。

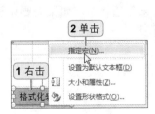

返回工作表中，将光标放置在"格式化表格"文本框上，当光标变为手形时，如下左图所示。单击对象即可运行相应的宏代码，运行完成后该工作表中的数据进行了格式化操作，得到如下右图所示的表格效果。

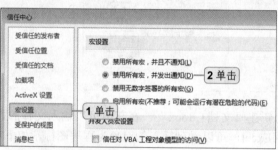

Q 如何设置安全性？

A 为了保证文件的安全，常常需要对宏进行安全设置，避免启用病毒性宏代码。在"开发工具"选项卡下单击"代码"选项组中的"宏安全性"按钮，如下左图所示。弹出"信任中心"对话框，在"宏设置"选项面板的"宏设置"选项组中单击需要的宏安全级别，如下右图所示，设置完成后单击"确定"按钮即可。

Q 对于有错误的单元格能不能打印时显示为空白？

A 能，只需打开"页面设置"对话框，切换至"工作表"选项卡，在"打印"选项组中单击"错误单元格打印为"右侧的下三角按钮，在展开的下拉列表中单击"<空白>"选项，如下图所示，即可将工作表中有错误的单元格打印为空白。

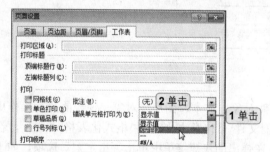

Q 为什么我的工作表中没有网格线？

A 因为"视图"选项卡下"显示"选项组中的"网格线"复选框处于未勾选状态。如果需要显示工作表中的网格线，只需要勾选"网格线"复选框即可，如下图所示。

综合案例——制作年销售报表

CHAPTER 15

经过对Excel的系统学习，用户已经可以掌握了在Excel 2010中的基础操作、公式与函数的应用、数据的分析对比、图表应用、数据透视表和数据透视图的使用以及超链接、控件、宏及页面设置与打印等操作。本章将结合Excel操作的各方面知识来制作年销售报表，对Excel 2010的各种操作进行回顾与拓展。

 知识点

1. 设置单元格格式　　3. 对数据进行组合　　5. 创建图表
2. 对数据进行运算　　4. 使用数据条分析数据　6. 将图表保存为模板并应用

建议学习时间：70分钟

学习内容	学习时间	学习内容	学习时间
编辑工作表并设置单元格格式	10分钟	使用数据条分析数据	5分钟
添加表格内容	10分钟	创建图表并编辑图表	10分钟
对表格数据进行求和计算	10分钟	将图表保存为模板并应用	5分钟
对数据进行组合	10分钟	观看视频教学并练习	10分钟

重点实例

▲ 制作销售报表模板

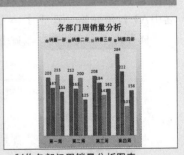

▲ 使用数据条表现各部门销售数据

▲ 制作各部门周销量分析图表

15.1 编辑工作表

销售年报表是对一年销售状况的记录和统计。记录销售数据，首先需要为其新建存放数据的表格，将其作为模板，快速复制生成其他月销售工作表。

15.1.1 制作1月销售报表模板

由于每个月的销售表格是相同的，因此可以将1月销售报表作为模板进行制作，在其中创建销售报表表格，并设置数据的字体格式、对齐方式、边框与底纹样式以及数字的显示格式等。

01 输入数据。

在空白工作簿中插入工作簿，使其包含12个工作表，分别对其以月份重命名在"1月"工作表中输入需要的表头数据，如下图所示。

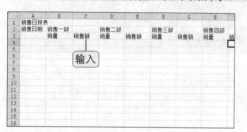

02 选择要合并的单元格。

选取需要合并的单元格A1:I1，如下图所示。

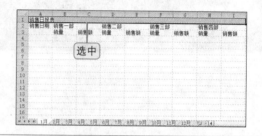

03 单击"合并后居中"选项。

在"对齐方式"选项组中单击"合并后居中"右侧的下三角按钮，在展开的下拉列表中单击"合并后居中"选项，如下图所示。

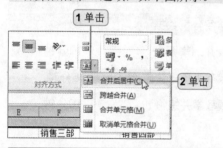

04 显示合并后居中效果。

选中单元格区域合并为一个单元格且单元格中的数据居中显示。使用相同的方法合并其他单元格，得到如下图所示的效果。

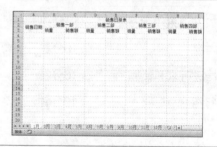

05 设置字体。

选中A1:I1单元格，在"字体"选项组中设置"字体"为"华文新魏"，如下图所示。

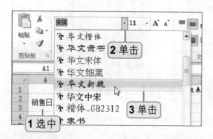

06 设置字号。

在"字体"选项组中设置"字号"为"22"，如下图所示。

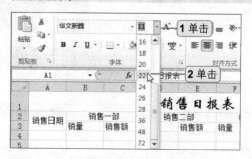

07 设置字段文本的字体格式。

选取A2:I3单元格区域，在"字体"选项组中单击"字体"下拉列表右侧的下三角按钮，在展开的下拉列表中单击"微软雅黑"选项，如下图所示。

08 单击"增大字号"按钮。

如果需要增加文本的字号，在"字体"选项组中单击"增大字号"按钮，如下图所示，可按比例增大文本字号。

09 设置单元格底纹颜色。

在"字体"选项组中单击"填充颜色"右侧的下三角按钮，在展开的颜色列表框中单击"紫色"图标，如下图所示。

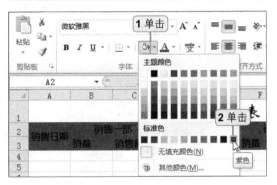

10 设置字体颜色。

在"字体"选项组中单击"字体颜色"右侧的下三角按钮，在展开的下拉列表中单击"白色"图标，如下图所示。

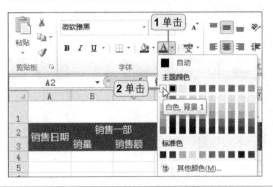

11 设置数据对齐方式。

选中需要设置对齐方式的B3:I3单元格区域，在"对齐方式"选项组中单击"居中"按钮，如下图所示。

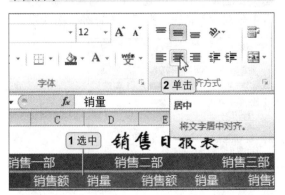

12 显示设置效果。

此时选中单元格中的数据居中对齐，字体、底纹、颜色都按照设置的选项设置，得到如下图所示的表头效果。

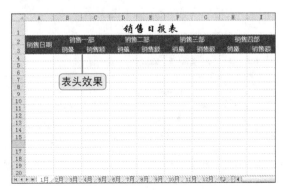

综合案例

13 设置日期格式。

选中A列，在"数字"选项组中单击"数字格式"下拉列表右侧的下三角按钮，在展开的下拉列表中单击"长日期"选项，如下图所示，将A列单元格设置为长日期格式。

14 设置货币格式。

单击C列，按住Ctrl键的同时选中E、G和I列单元格，在"数字"选项组中单击"会计数字格式"右侧的下三角按钮，单击"¥中文（中国）"选项，如下图所示，将选定列的数字格式设置为货币格式。

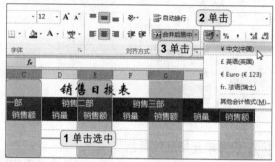

15 选中"销量"字段列。

选中B列，按住Ctrl键的同时单击D列、F列和H列，如下图所示，即可选中不相邻的多列数据。

16 单击"数据有效性"选项。

切换至"数据"选项卡下，单击"数据工具"选项组中"数据有效性"按钮的下三角按钮，在展开的下拉列表中单击"数据有效性"选项，如下图所示。

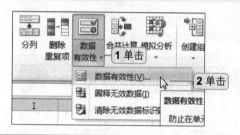

17 设置数据有效性条件。

弹出"数据有效性"对话框，在"设置"选项卡下的"允许"下拉列表中选择"整数"选项，在"数据"下拉列表中选择"大于"选项，在"最小值"数值框中输入0，如下图所示。

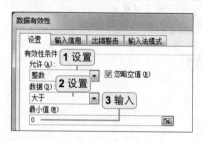

18 设置输入信息。

单击"输入信息"标签，切换至"输入信息"选项卡下，勾选"选定单元格时显示输入信息"复选框，在"标题"和"输入信息"文本框中分别输入相应的提示文本，如下图所示。

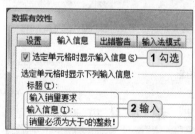

19 设置出错警告提示。

切换至"出错警告"选项卡下，勾选"输入无效数据时显示出错警告"复选框，在"样式"下拉列表中选择"停止"选项，在"标题"和"错误信息"文本框中输入相应的提示信息，如下图所示。

20 显示1月销售报表表格效果。

设置完成后单击"确定"按钮，单击设置有效性数据的任意单元格，即可显示相应的输入提示信息，如下图所示，完成1月销售报表的制作。

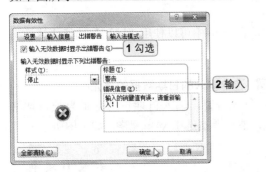

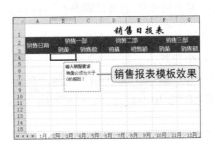

15.1.2 将报表模板复制到其他月销售工作表中

制作完成销售报表模板后，可以将制作完成的表格复制到其他月份的销售工作表，快速完成各月销售报表的创建。

01 选中表格。

在"1月"工作表中，单击左上角的"全选" 按钮，如下图所示。

02 单击"复制"按钮。

在"开始"选项卡的"剪贴板"选项组中单击"复制"按钮，如下图所示。

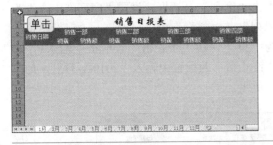

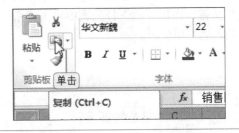

03 粘贴表格数据。

切换至"2月"工作表中，选中A1单元格，在"剪贴板"选项组中单击"粘贴"按钮，如下图所示。

04 显示2月工作表中的销售报表。

此时，在"2月"工作表中粘贴了与"1月"工作表完全相同的表格，如下图所示，继续将销售报表复制到其他月份工作表中。

15.2 添加表格内容

在创建完成销售报表后输入销售报表数据，如销售日期、销量、销售额等，还可以对销售数据进行计算。

15.2.1 以序列填充销售日期

销售日报表表格中的销售日期是按日进行记录的，在Excel中可以使用"序列"功能快速填充销售日期数据。

01 输入第一个日期。

切换至"1月"工作表中，选中A4单元格，在其中输入日期数据"2010-1-1"，如下图所示。

02 选中输入的日期数据的单元格。

按下Enter键，输入日期自动更正为长日期格式，然后单击选中A4单元格，如下图所示。

03 单击"系列"选项。

在"开始"选项卡下的"编辑"选项组中单击"填充"按钮，在展开的下拉列表中单击"系列"选项，如下图所示。

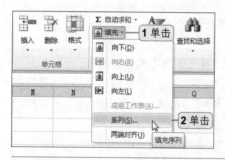

04 设置序列。

弹出"序列"对话框，设置"序列产生在"为"列"、"类型"为"日期"、"日期单位"为"日"，在"步长值"数值框中输入1，在"终止值"数值框中输入"2010-1-31"，如下图所示。

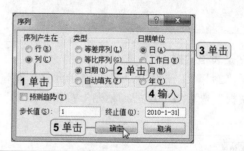

05 显示填充日期结果。

设置完成后单击"确定"按钮，在A列单元格中自动填充了1月的销售日期，如右图所示。

填充日期序列结果

15.2.2 在表格中进行求和运算

填充销售日期后根据实际的日期销量在销售报表中填充数据，假设单件商品的价格为2345元，需要计算出各部门的日销售额以及各部门的月销量及销售额。

01 输入销量值。

在"1月"工作表中根据实际日销量，输入各部门的日销量数值，如下图所示。

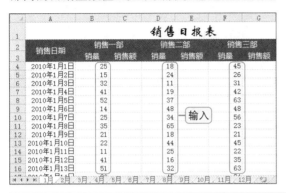

02 计算销售额。

由于销售额等于销量与单价的乘积，因此选中C4单元格，在其中输入计算公式"=B4*2345"，如下图所示。

03 显示计算结果。

公式输入完成后按下Enter键得到销售额数据，如下图所示。

04 复制公式计算其他销售额。

复制计算公式，计算出各部门的日销售额，如下图所示。

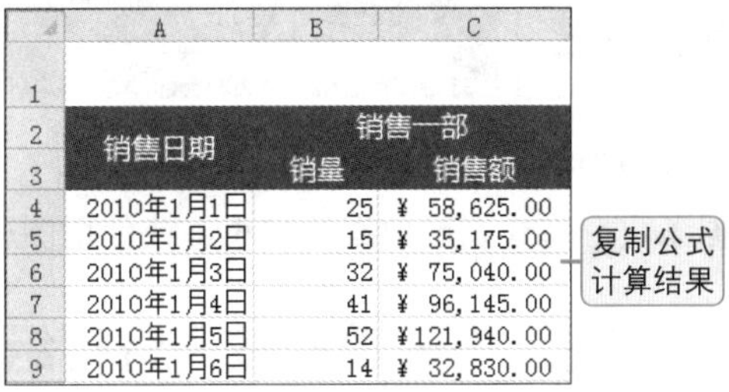

05 选中单元格。

在数据区域的下方A35单元格中输入"合计"字样，然后单击选中B35单元格，如下图所示。

06 单击"求和"选项。

在"公式"选项卡下单击"函数库"选项组中"自动求和"的下三角按钮，在展开的下拉列表中单击"求和"选项，如下图所示。

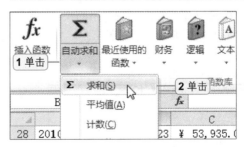

07 自动计算当前列的数据。

系统自动在B35单元格中插入函数公式"=SUM(B4:B34)",如下图所示,按下Enter键显示计算结果。

	A	B	C
	HYPERLINK	× ✓ fx	=SUM(B4:B34)
28	2010年1月25日	23	¥ 53,935.00
29	2010年1月26日	24	¥ 56,280.00
30	2010年1月27日	49	¥114,905.00
31	2010年1月28日	63	¥147,735.00
32	2010年1月29日	25	¥ 58,625.00
33	2010年1月30日	45	¥105,525.00
34	2010年1月31日	31	¥ 72,695.00
35	合计	=SUM(B4:B34)	自动插入函数计算公式
36		输入销量要求	

09 显示计算结果。

拖至目标单元格后释放鼠标左键,此时在光标经过的单元格中计算出各部门的销量与销售额合计,得到如右图所示的计算结果。

08 计算其他部门的销售额与销量合计。

选中B35单元格,拖动自动填充柄,向右复制求和函数公式,如下图所示。

	A	B	C	
25	2010年1月22日	62	¥145,390.00	66
26	2010年1月23日	45	¥105,525.00	34
27	2010年1月24日	21	¥ 49,245.00	74
28	2010年1月25日	23	¥ 53,935.00	55
29	2010年1月26日	24	¥ 56,280.00	26
30	2010年1月27日	49	¥114,905.00	45
31	2010年1月28日	63	¥147,735.00	85
32	2010年1月29日	25	¥ 58,625.00	24
33	2010年1月30日	45	¥105,525.00	57
34	2010年1月31日	31	¥ 72,695.00	56
35	合计	987		
36				
37		输入销量要求	销量必须为大于	拖动复制公式填充

	A	B	C	D	E
25	2010年1月22日	62	¥ 145,390.00	66	¥ 154,770.00
26	2010年1月23日	45	¥ 105,525.00	34	¥ 79,730.00
27	2010年1月24日	21	¥ 49,245.00	74	¥ 173,530.00
28	2010年1月25日	23	¥ 53,935.00	55	¥ 128,975.00
29	2010年1月26日	24	¥ 56,280.00	26	¥ 60,970.00
30	2010年1月27日	49	¥ 114,905.00	45	¥ 105,525.00
31	2010年1月28日	63	¥ 147,735.00	85	¥ 199,325.00
32	2010年1月29日	25	¥ 58,625.00	24	¥ 56,280.00
33	2010年1月30日	45	¥ 105,525.00	56	¥ 133,665.00
34	2010年1月31日	31	¥ 72,695.00	56	¥ 131,320.00
35	合计	987	¥ 2,314,515.00	1268	¥ 2,973,460.00
36					
37				计算结果	

1月 2月 3月 4月 9月 10月 11月 12月

15.3 分析数据

完成数据的录入与统计后,可以使用组合功能按周对各部门销量和销售额进行统计,然后使用数据条数据格式表现数据的大小,或使用图表对每周各部门的销量情况进行分析。

15.3.1 将工作表数据按周进行组合

假设每月的周数是从1日开始,每周按7天进行划分,可以使用组合与SUBTOTAL()函数计算每周各部门的销量及销售额。

01 单击"插入"命令。

第一周包括的日期为2010-1-1到2010-1-7日,因此,选中第11行并右击,在弹出的快捷菜单中单击"插入"选项,如下图所示。

02 选取要组合的单元格。

此时在选中行处插入了一空白行,然后选取需要组合的A2:I10单元格区域,如下图所示。

03 单击"创建组"选项。

在"数据"选项卡下单击"分级显示"选项组中"创建组"的下三角按钮，在展开的下拉列表中单击"创建组"选项，如下图所示。

04 单击"行"单选按钮。

弹出"创建组"对话框，单击"行"单选按钮，如下图所示，设置完成后单击"确定"按钮。

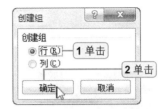

05 显示组合数据效果。

此时选中单元格按行进行组合，如下图所示，可以单击 ☐ 或 ☐ 按钮隐藏或显示组内的明细数据。

1 2		A	B		C	D
	1					
	2		销售一部			
	3	销售日期	销量		销售额	销量
	4	2010年1月1日	25	¥	58,625.00	18
	5	2010年1月2日	15	¥	35,175.00	24
	6	2010年1月3日	32	¥	75,040.00	11
	7	组合数据效果 41		¥	96,145.00	19
	8	2010年1月5日	52	¥	121,940.00	37
	9	2010年1月6日	14	¥	32,830.00	48
	10	2010年1月7日	25	¥	58,625.00	34
	11					
	12	2010年1月8日	35	¥	82,075.00	65

06 使用SUBTOTAL函数求分组和。

在A11单元格中输入"第一周"文本，在B11单元格中输入计算公式"=SUBTOTAL（9,B4:B10)"，如下图所示。

	2		销售一部			
	3	销售日期	销量		销售额	销量
	4	2010年1月1日	25	¥	58,625.00	18
	5	2010年1月2日	15	¥	35,175.00	24
	6	2010年1月3日	32	¥	75,040.00	11
	7	2010年1月4日	41	¥	96,145.00	19
	8	1 输入	2 输入	¥	121,940.00	37
	9		14	¥	32,830.00	48
	10	2010年1月7日	25	¥	58,625.00	34
	11	第一周	=SUBTOTAL(9,B4:B10)			
	12	2010年1月8日	输入销量要求		82,075.00	65
	13	2010年1月9日	销量必须为大于		49,245.00	18
	14	2010年1月10日	0的整数！		51,590.00	44
	15	2010年1月11日			25,795.00	25

07 显示计算结果。

输入完成后，按下Enter键计算出该数据列表的分类汇总结果，如下图所示。

08 计算其他周的销量及销售额。

复制公式计算出其他周的销量和销售额，单击分级显示列表中 ☐ 按钮显示汇总项数据，如下图所示。

1 2		A	B	C
		单击		
	1			
	2		销售一部	
	3	销售日期	销量	销售额
+	11	第一周	204	478380
+	19	第二周	201	471345
+	27	第三周	194	454930
+	35	第四周	287	673015
+	39	第五周	101	236845

15.3.2 应用数据条格式分析周销售数据

统计出每周各部门的销量及销额后，可以使用条件格式中的"数据条"功能形象地表现各部门分析周销量及销售额情况。

综合案例

01 选中应用数据条格式的单元格。

隐藏工作表中组合的明细数据，然后选中销售一部的周销量数据，如下图所示。

02 选择需要的数据条样式。

在"样式"选项组中单击"条件格式"按钮，在展开的下拉列表中指向"数据条"选项，在级联列表中单击"浅蓝色数据条"选项，如下图所示。

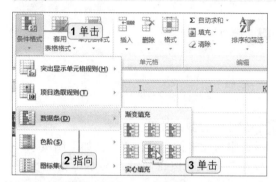

03 显示数据条效果。

此时选中单元格区域的数据应用了指定样式的数据条，以数据条的长短显示销量数据的大小，如下图所示。

04 使用数据条表现销售额等数据大小。

使用数据条分析其他部门的销量及销售额大小，得到如下图所示的结果。

15.3.3 按周统计数据为数据源创建并编辑图表

在按周统计各部门的销量和销售额后，可以根据统计结果创建柱形图分析各部门的周销售情况，下面介绍创建各部门周销量分析柱形图的具体操作方法。

01 选择单元格区域。

在工作表中拖动选中需要创建图表的源数据。如选中A11:B39单元格，按住Ctrl键的同时依次选中D11:D39，F11:F39，H11:H39单元格区域，如下图所示。

02 选择图表类型。

在"插入"选项卡下单击"图表"选项组中的"柱形图"按钮，在展开的下拉列表中单击"簇状柱形图"选项，如下图所示。

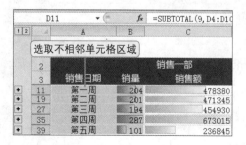

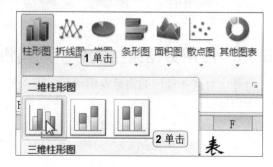

03 显示创建柱形图效果。

此时在工作表中根据选定的数据区域创建了如下图所示的簇状柱形图。

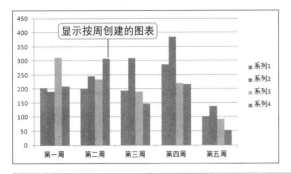

04 单击"选择数据"按钮。

选中图表，在"图表工具-设计"选项卡下单击"数据"选项组中的"选择数据"按钮，如下图所示。

05 编辑数据系列。

弹出"选择数据源"对话框，在"图例项"列表框中单击需要修改的数据系列，单击"编辑"按钮，如下图所示。

06 输入系列名称。

弹出"编辑数据系列"对话框，在"系列名称"文本框中输入"销售一部"，如下图所示，设置完成后单击"确定"按钮。

07 更改其他系列名称。

此时，选中数据系列的名称更改为指定的文本，使用相同的方法更改其他数据系列的名称，如下图所示。

08 更改图表布局。

选中图表，在"图表工具-设计"选项卡下单击"图表布局"选项组的快翻按钮，在展开的图表布局库中选择图表布局样式，如右图所示，将标题文本更改为"各部门周销量分析。"

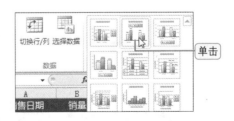

综合案例

09 应用图表样式。

选中图表，在"图表工具-设计"选项卡下单击"图表样式"选项组的快翻按钮，选择需要图表样式，如下图所示。

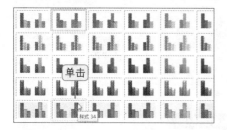

10 为图表区应用指定形状样式。

单击选中图表区，在"图表工具-格式"选项卡下单击"形状样式"选项组的快翻按钮，选择需要的形状样式，如下图所示。

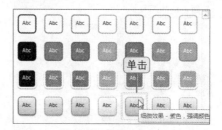

11 显示应用图表样式和形状样式效果图。

此时图表区应用了指定的形状样式，得到如下图所示的最终效果图表。

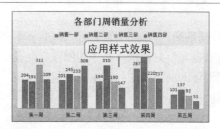

15.3.4 将编辑完成的图表保存为模板

如果希望其他月份的工作表中能够快速创建这样的图表，可以将该图表设置为模板，在以后创建图表时直接套用即可，这样可以减轻创建图表和设置图表格式的工作量。

01 单击"另存为模板"按钮。

选中需要保存为模板的图表，在"图表工具-设计"选项卡下单击"类型"选项组中的"另存为模板"按钮，如下图所示。

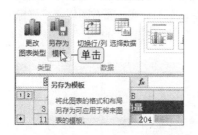

02 输入文件名。

弹出"保存图表模板"对话框，在"文件名"文本框中输入该模板的名称，如下图所示，单击"确定"按钮即可将图表保存为模板。

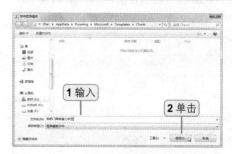

15.4 以1月销售报表为依据制作2月销售报表

制作完成1月销售报表后，可以根据它快速完成销售报表数据的录入、统计与分析操作。

15.4.1 输入数据内容

在制作2月销售报表时，可以将1月销售报表中的数据复制到2月销售报表中，清除表格中的数据，重新根据2月实际销量输入即可快速计算出销售额及每周的销售数据。

01 复制、粘贴后删除1月数据。

将1月销售报表整体复制粘贴到"2月"工作表中，删除1月份的数据，得到如下图所示的表格。

删除销售日期与销量数据

02 重新输入销售日期及销量。

使用自动填充分段输入销售日期，并在销量列中输入日销量，得到如下图所示的统计表格。

重新输入2月实际数据

03 查看各部门每周销量及销售额统计结果。

在左侧的"分级显示"列表框中单击①级别按钮，即可在工作表中显示汇总数据，如右图所示，完成2月销售数据的录入及统计操作。

查看周统计结果

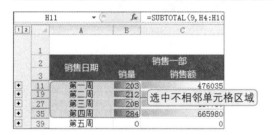

15.4.2　插入模板图表

如果需要使用图表分析2月的周销量，可以使用自定义的图表模板进行创建，它根据选定的数据创建与1月报表中"各部门周销量分析"图表相同格式和布局的图表，只需更改系列名名称和图表标题文本即可。

01 选取数据区域。

隐藏周销售明细数据，选中A11:B35单元格区域，按住Ctrl键的同时依次选中D11:D35、F11:F35、H11:H35单元格区域，如下图所示。

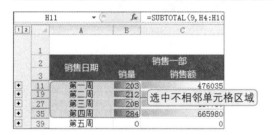

选中不相邻单元格区域

02 单击"图表"对话框启动器。

切换至"插入"选项卡下，单击"图表"选项组的对话框启动器，如下图所示。

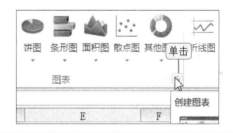

单击

创建图表

03 选择图表类型。

弹出"插入图表"对话框，单击"模板"选项标签，然后单击自定义的模板选项，如下图所示，单击"确定"按钮。

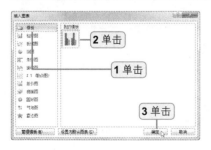

04 更改图表标题及系列名称。

此时根据模板图表创建了需要的图表，重新输入图表标题文本，使用"选择数据源"对话框更改系列名称，得到如下图所示的效果。

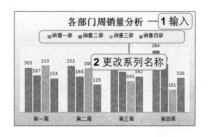

为幻灯片添加丰富内容

CHAPTER

16

PowerPoint 2010是Office 2010程序的一个重要组件，用于制作动态幻灯片，在幻灯片中可插入文本、图片、视频、音频等多种类型的对象。本章中就来对添加与更改幻灯片以及为幻灯片添加对象的操作进行介绍，为PowerPoint 2010的使用打下坚实的基础。

知识点

1. 添加与更改幻灯片
2. 为幻灯片添加对象
3. 对幻灯片进行分节处理
4. 添加与编辑视频文件
5. 音频文件的使用
6. 超链接的应用

建议学习时间：85分钟

学习内容	学习时间	学习内容	学习时间
添加与更改幻灯片	10分钟	为幻灯片添加音频文件	10分钟
为幻灯片添加图形类对象	10分钟	为幻灯片插入超链接	10分钟
对幻灯片进行分节处理	10分钟	观看视频教学并练习	20分钟
视频文件的添加与编辑	15分钟		

重点实例

▲ 插入与设置自选图形

▲ 对幻灯片进行分组

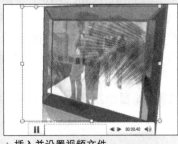

▲ 插入并设置视频文件

16.1 添加与更改幻灯片

在新建PowerPoint 文件时，程序会提示用户新建一张幻灯片，当用户需要使用更多幻灯片时，可以自己动手添加幻灯片，如果对新建幻灯片的版式不满意还可以进行更改。

16.1.1 新建幻灯片

新建幻灯片时，根据需要创建的幻灯片版式可以使用不同的创建方法，下面分别介绍新建默认版式幻灯片与新建不同版式幻灯片的操作。

1. 新建默认版式的幻灯片

当用户只需要新建幻灯片，而对幻灯片的版式没有任何要求时，可以通过快捷键执行新建操作，PowerPoint就会随机为文件添加一个幻灯片，下面来介绍插入第一张幻灯片以及使用快捷键新建幻灯片的操作。

步骤01 **添加第一张幻灯片。** 新建一个PowerPoint文件，在幻灯片编辑区内单击"单击此处添加第一张幻灯片"字样，如下左图所示。

步骤02 **添加第二张幻灯片。** 添加了第一张幻灯片后，按下快捷键Ctrl+M，PowerPoint 2010就会随机添加一张幻灯片，如下右图所示。

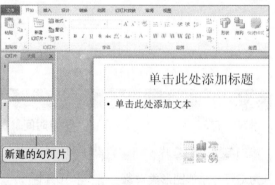

TIP

使用快捷菜单插入幻灯片

为程序添加随机幻灯片时，也可以通过快捷菜单完成操作，右击文稿中需要添加幻灯片位置上方的幻灯片，在弹出的快捷菜单中执行"新建幻灯片"命令，PowerPoint 就会随机添加一张幻灯片。

2. 新建不同版式的幻灯片

在PowerPoint 2010中预设了标题幻灯片、标题和内容、节标题、两栏内容等11种幻灯片版式，当用户需要新建某一版式的幻灯片时，可通过选项组中的"新建幻灯片"按钮来完成。

步骤01 **选择需要创建的幻灯片版式。** 新建一个PowerPoint 文件，单击"开始"选项卡下"幻灯片"选项组中"新建幻灯片"的下三角按钮，在展开的幻灯片版式库中单击"两栏内容"图标，如下左图所示。

步骤02 **显示新建幻灯片效果。** 经过以上操作，就完成了新建不同版式幻灯片的操作，如下右图所示。

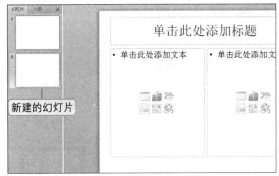

16.1.2 更改幻灯片版式

当PowerPoint 演示文稿中已添加了幻灯片，但是用户需要使用另一种版式的幻灯片时，可直接对幻灯片的版式进行更改。

步骤01 **选择需要更改的幻灯片版式。**打开附书光盘中的"实例文件\第16章\原始文件\更改幻灯片版式.pptx"，在"幻灯片"窗格中选中需要更改版式的幻灯片，单击"开始"选项卡下"幻灯片"选项组中的"版式"按钮，在展开的幻灯片版式库中单击"比较"图标，如下左图所示。

步骤02 **显示更改的幻灯片版式效果。**经过以上操作，就完成了更改幻灯片版式的操作，如下右图所示。

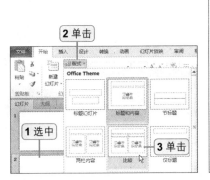

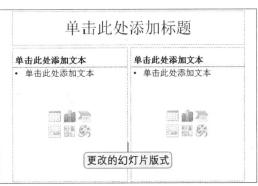

TIP

删除幻灯片

当演示文稿中出现多余的幻灯片时，可直接将其删除。右击需要删除的幻灯片，在弹出的快捷菜单中单击"删除幻灯片"命令，或选中需要删除的幻灯片后按下键盘中的Delete键，即可完成删除幻灯片的操作。

16.1.3 移动与复制幻灯片

移动幻灯片可对幻灯片的位置进行更改，复制幻灯片可以为演示文稿添加一张同样的幻灯片，其具体操作方法如下。

1. 移动幻灯片

移动幻灯片就是将幻灯片变换位置，移动幻灯片时最快捷的方法就是使用鼠标进行拖动，具体操作如下。

步骤01 **移动幻灯片的位置。**打开附书光盘中的"实例文件\第16章\原始文件\春季风向.pptx"，选中需要移动位置的第4张幻灯片，然后将其向第2张幻灯片下方拖动，如下左图所示。

步骤02 **显示移动幻灯片效果**。将幻灯片移动到目标位置后释放鼠标左键，这样即可完成幻灯片的移动操作，如下右图所示。

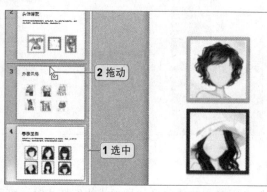
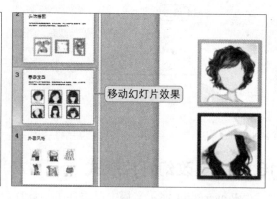

2. 复制幻灯片

复制幻灯片是将演示文稿中已有的幻灯片创建出一个副本，复制时可通过快捷菜单完成操作。

步骤01 **执行"复制幻灯片"命令**。继续上例中的操作，右击需要复制的幻灯片，在弹出的快捷菜单中单击"复制幻灯片"命令，如下左图所示。

步骤02 **显示复制幻灯片效果**。经过以上操作，就完成了复制幻灯片的操作，在执行"复制幻灯片"命令的幻灯片下方，就会显示出复制的幻灯片，如下右图所示。

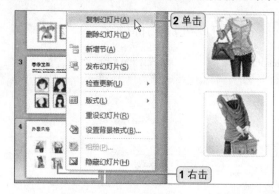

16.2 为幻灯片添加图形类对象

在PowerPoint 2010中添加的图形类对象包括图片、自选图形、表格以及图表，本节就来介绍以上对象的添加及编辑操作。

16.2.1 在幻灯片中插入与编辑图片

为幻灯片插入图片时，可以通过占位符插入，也可以通过选项组中的按钮完成操作。将图片插入到幻灯片后，为了让图片效果更加理想，还需要对图片进行一定的编辑操作。

1. 为幻灯片插入图片

在创建幻灯片时，有些幻灯片中预设了图片的占位符，插入图片时可直接通过占位符来完成操作。如果幻灯片中没有占位符，也可以通过选项组中的按钮完成操作。

✎ 方法一 通过占位符插入图片

步骤01 **单击图片占位符。**打开附书光盘中的"实例文件\第16章\原始文件\销售报告.pptx"，选中需要插入图片的幻灯片，然后单击幻灯片中的图片占位符，如下左图所示。

步骤02 **插入目标图片。**弹出"插入图片"对话框，进入目标图片所在路径，选中需要插入的图片，然后单击"插入"按钮，如下右图所示。

步骤03 **显示插入图片效果。**经过以上操作，就完成了为幻灯片插入图片的操作，返回幻灯片即可看到插入图片后的效果，如下左图所示。

> **TIP**
>
> **选择需要插入的图片类型**
> 打开"插入图片"对话框后，单击"所有图片"下拉列表框右侧的下三角按钮，在展开的下拉列表中选中需要插入的图片类型，就完成了选择图片类型的操作，此时"插入图片"对话框中将只显示该类型的图片。

✎ 方法二 通过选项组按钮插入图片

步骤01 **单击"图片"按钮。**继续上例的操作，选中需要插入图片的幻灯片，切换到"插入"选项卡，单击"图像"选项组中的"图片"按钮，如下左图所示。

步骤02 **插入目标图片。**弹出"插入图片"对话框，进入目标图片所在路径，按住Ctrl键不放依次单击需要插入的图片，单击"插入"按钮，如下右图所示，就完成了插入图片的操作。

2. 编辑图片

编辑图片时，可对图片的边框颜色、边框宽度、边框样式、阴影、映像、发光、柔化边缘、棱台、三维旋转的格式进行编辑，也可使用"图片样式"列表中预设的样式，在实际操作中可根据演示文稿的需要对图片进行编辑。

步骤01 **单击"图片样式"选项组的快翻按钮。** 打开附书光盘中的"实例文件\第16章\原始文件\销售报告1.pptx"，选中幻灯片中需要设置的图片，切换到"图片工具-格式"选项卡，单击"图片样式"选项组的快翻按钮，如下左图所示。

步骤02 **选择需要应用的样式。** 展开图片样式库后，单击需要使用的样式，这里单击"复杂框架，黑色"图标，如下右图所示。

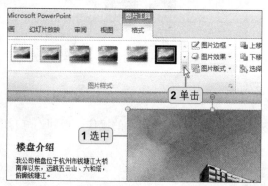 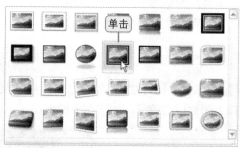

步骤03 **为图片添加映像效果。** 为图片应用样式后单击"图片效果"按钮，在展开的下拉列表中指向"映像"选项，在级联列表中单击"半映像，4pt偏移量"图标，如下左图所示。

步骤04 **显示设置的图片效果。** 经过以上操作，就完成了本例中对图片的编辑操作，效果如下右图所示。

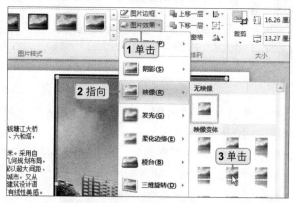 

16.2.2 插入与设置自选图形

在PowerPoint 2010中包括线条、矩形、基本形状、箭头总汇、公式形状、流程图、星与旗帜、标注、动作按钮9种类型的自选图形，为幻灯片插入了需要的图形后，可对图形的填充、轮廓、效果进行适当的设置。

步骤01 **选择需要插入的图形类型。** 打开附书光盘中的"实例文件\第16章\原始文件\阳光计划.pptx"，切换到"插入"选项卡，单击"插图"选项组中的"形状"按钮，在展开的形状库中单击"基本形状"组中的"太阳形"图标，如下左图所示。

步骤02 绘制形状图形。选择插入的形状图形后，在需要插入形状的幻灯片的编辑区内拖动鼠标，绘制大小合适的形状图形，如下右图所示。

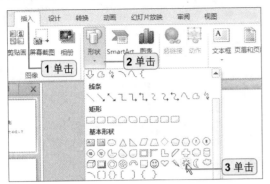

步骤03 单击"形状样式"选项组的快翻按钮。为幻灯片插入形状图形后，切换到"绘图工具-格式"选项卡，单击"形状样式"选项组中的快翻按钮，如下左图所示。

步骤04 选择需要应用的形状样式。展开形状样式库后，单击"中等效果－橙色，强调颜色6"图标，如下右图所示。

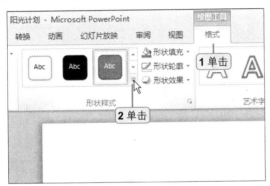
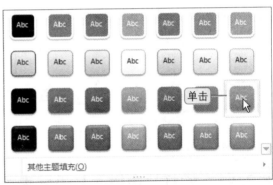

步骤05 打开"设置形状格式"对话框。为形状图形应用样式后，单击"形状样式"选项组的对话框启动器，如下左图所示。

步骤06 选择填充形状的渐变颜色。弹出"设置形状格式"对话框，在"填充"选项面板下选中"渐变填充"单选按钮，然后单击"预设颜色"右侧的下三角按钮，在展开的颜色库中单击"熊熊火焰"图标，如下右图所示。

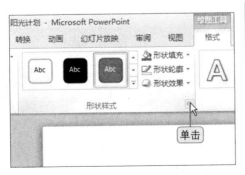
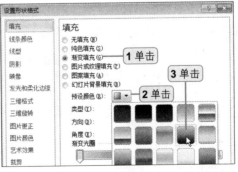

步骤07 取消图形轮廓。单击"线条颜色"选项，然后选中"无线条"单选按钮，如下左图所示。

步骤08 设置形状图形的发光颜色。单击"发光和柔化边缘"选项,然后单击"颜色"右侧的下三角按钮,在展开的颜色库中单击"标准色"组中的"黄色"图标,如下右图所示。

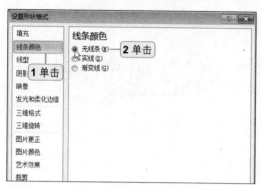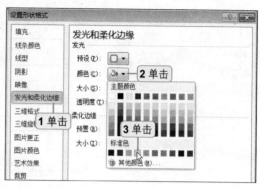

步骤09 设置大小和透明度。选择了发光的颜色后,拖动"大小"标尺中的滑块,将数值设置为"42磅"。按照同样的方法,将"透明度"设置为"24%",如下左图所示。

步骤10 显示设置的形状效果。设置好发光的参数后,关闭"设置形状格式"对话框,即可完成设置形状图形的操作,如下右图所示。

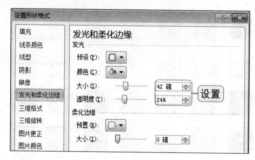

16.2.3 在幻灯片中插入与设置表格

下面介绍如何在幻灯片中插入表格并对其进行编辑。

步骤01 插入表格。打开附书光盘中的"实例文件\第16章\原始文件\销售报告2.pptx",选中第4张幻灯片,切换到"插入"选项卡,单击"表格"选项组中"表格"按钮,在展开的下拉列表中移动鼠标经过4列8行的表格,然后单击鼠标,如下左图所示。

步骤02 在表格中输入文字。插入表格后,将插入点定位在需要输入文字的单元格内,然后输入需要的内容,如下右图所示。

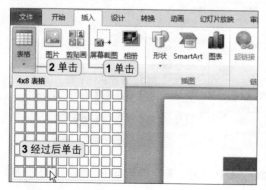

步骤03 选择需要应用的表格样式。编辑表格的内容后，切换到"表格工具－设计"选项卡，在"表格样式"选项组的列表框中单击需要使用的表格样式"中度样式2－强调3"图标，如下左图所示。

步骤04 显示设置的表格效果。经过以上操作，就完成了表格的插入与编辑操作，如下右图所示。

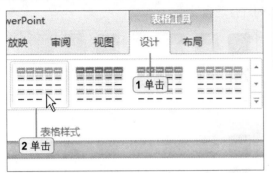

16.2.4 在幻灯片中插入与设置图表

为了将表格中的数据清晰地显示出来，可以为幻灯片插入图表，然后再对图表的格式进行适当设置。

步骤01 单击"图表"按钮。打开附书光盘中的"实例文件＼第16章＼原始文件＼销售报告3.pptx"，选中第5张幻灯片，切换到"插入"选项卡，单击"插图"选项组中的"图表"按钮，如下左图所示。

步骤02 选择插入的图表类型。弹出"插入图表"对话框，在"柱形图"选项面板中单击需要使用的图表类型"簇状圆柱图"，然后单击"确定"按钮，如下右图所示。

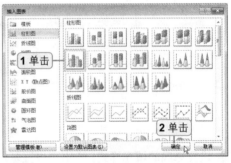

步骤03 设置图表引用的数据区域。弹出一个Excel 2010窗口，在单元格中输入需要引用的数据，然后拖动数据区域右下角的控制手柄，选择需要引用的数据，如下左图所示。

步骤04 选择需要设置的系列。选择图表引用数据的范围后，关闭Excel窗口返回文稿中，单击图表中的第一个系列，如下右图所示。

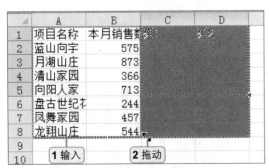
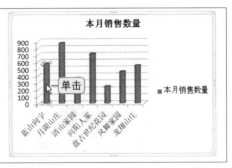

步骤05 **单击"形状样式"选项组的快翻按钮**。选中目标系列后，在"图表工具-格式"选项卡中单击"形状样式"选项组的快翻按钮，如下左图所示。

步骤06 **选择需要应用的形状样式**。在展开的形状样式库中单击"中等效果－水绿色，强调颜色5"图标，如下右图所示，按照类似方法对其他系列进行适当设置。

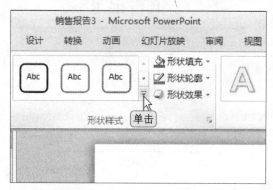

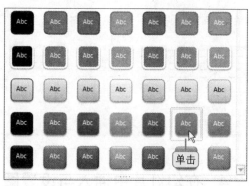

步骤07 **显示图表的数据标签**。切换到"图表工具-布局"选项卡，单击"标签"选项组中的"数据标签"按钮，在展开的下拉列表中单击"显示"选项，如下左图所示。

步骤08 **单击"其他基底选项"**。单击"背景"选项组中的"图表基底"按钮，在展开的下拉列表中单击"其他基底选项"，如下右图所示。

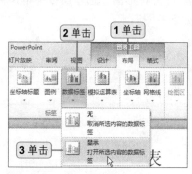

步骤09 **设置基底的填充样式**。弹出"设置基底格式"对话框，在"填充"选项面板下选中"渐变填充"单选按钮，然后单击"预设颜色"按钮，在展开的颜色库中单击"麦浪滚滚"图标，如下左图所示。

步骤10 **显示设置的图表效果**。经过以上操作，就完成了为幻灯片添加与设置图表的操作，最终效果如下右图所示。

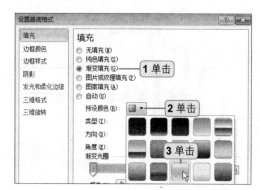

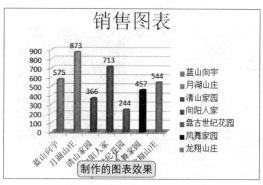

制作的图表效果

16.3 对幻灯片进行分节处理

当演示文稿中的内容较多，而一个内容需要几张幻灯片来说明时，为了便于内容的划分，可对文稿中的幻灯片进行分节。下面分别介绍新增节、重命名节以及删除节的操作。

16.3.1 新增节

为幻灯片增加节时，可通过快捷菜单完成操作，也可通过选项组中的按钮完成操作。

方法一 使用快捷菜单增加节

步骤01 **执行"新增节"命令。** 打开附书光盘中的"实例文件\第16章\原始文件\阳光计划1.pptx"，右击"幻灯片"窗格中要增加节的第一张幻灯片，在弹出的快捷菜单中单击"新增节"命令，如下左图所示。

步骤02 **显示"新增节"效果。** 经过以上操作，就完成了增加节的操作，所选择的幻灯片及其下方的所有幻灯片被划分为一节，如下右图所示。

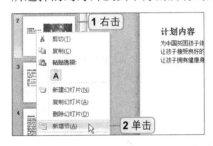

方法二 通过选项组增加节

步骤01 **选择目标幻灯片。** 继续上例中的操作，在"幻灯片"窗格中单击开始划分为一节的第一张幻灯片，如下左图所示。

步骤02 **执行增加节操作。** 在"开始"选项卡下单击"幻灯片"选项组中的"节"按钮，在展开的下拉列表中单击"新增节"选项，如下右图所示。

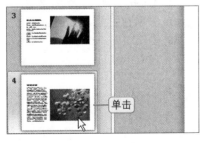

步骤03 **显示增加节效果。** 经过以上操作，就完成了增加节的操作，所选择的幻灯片及其下方的所有幻灯片被划分为一节，如右图所示。

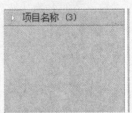

进阶实战·高手速成

16.3.2 重命名节

　　将幻灯片划分为若干节后，节的名称会默认显示为"无标题节"，为了方便幻灯片的管理，可对节重新命名。下面介绍使用快捷菜单的方法对节进行重命名。

步骤01 **执行"重命名节"命令。** 继续上例的操作，右击需要重命名的节名称，在弹出的快捷菜单中单击"重命名节"命令，如下左图所示。

步骤02 **输入节的名称。** 弹出"重命名节"对话框，在"节名称"文本框中输入节的名称，然后单击"重命名"按钮，如下右图所示。

步骤03 **显示重命名节效果。** 经过以上操作，就完成了对节重命名的操作。返回文稿中，即可看到节的命名效果，如右图所示。

16.3.3 删除节

　　对幻灯片进行分节后发现分节有误，不需要该节时可直接将节删除。下面以使用快捷菜单删除节为例来介绍删除节的操作。

步骤01 **执行"删除节"命令。** 继续上例的操作，右击需要删除的节名称，在弹出的快捷菜单中单击"删除节"命令，如下左图所示。

步骤02 **显示删除节效果。** 经过以上操作，就完成了删除节的操作，如下右图所示。

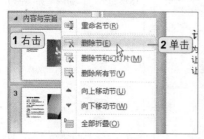

TIP

通过选项组对节进行重命名

选中需要重命名的节后，在"开始"选项卡下单击"幻灯片"选项组中的"节"按钮，在展开的下拉列表中单击"重命名节"选项，即可弹出"重命名节"对话框，在其中输入节的名称后单击"重命名"按钮，即可完成节的重命名操作。

知识加油站

一次性删除所有节

　　在删除节的操作中，如果用户需要一次性删除文稿中的所有节，可右击演示文稿中任意一个节名称，在弹出的快捷菜单中单击"删除所有节"命令，即可将文稿中的所有节删除。

TIP

通过选项组删除节

　　选中要删除的节后，在"开始"选项卡下单击"幻灯片"选项组中的"节"按钮，在展开的下拉列表中单击"删除节"选项，即可将该节删除。

16.4 视频文件的添加与编辑

为了丰富演示文稿的内容，可以为演示文稿添加视频文件；为了美化幻灯片，可以对插入的视频文件外形进行适当的设置。

16.4.1 为幻灯片插入视频文件

为幻灯片插入视频文件时，可以插入电脑中的视频文件，也可以插入剪贴画中的视频文件。本节中以插入电脑中的视频文件为例，介绍在幻灯片中插入视频文件的具体操作步骤。

01 执行插入视频操作。

打开附书光盘中的"实例文件\第16章\原始文件\春季风向1.pptx"，选择需要插入视频的幻灯片，然后在"插入"选项卡下单击"媒体"选项组中的"视频"下三角按钮，在展开的下拉列表中单击"文件中的视频"选项，如下图所示。

02 选择需要插入的视频文件。

弹出"插入视频文件"对话框，进入需要使用的文件所在路径，选中目标文件，然后单击"插入"按钮，如下图所示。

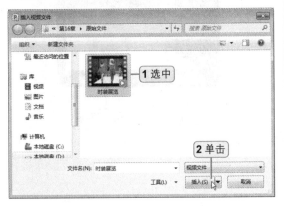

03 显示插入视频文件效果。

经过以上操作，就完成了为幻灯片插入视频文件的操作，如下图所示。

> **TIP**
>
> **插入剪贴画视频**
>
> 选中需要插入视频的幻灯片，在"插入"选项卡下单击"媒体"选项组中的"视频"下三角按钮，在下拉列表中单击"剪贴画视频"选项。弹出"剪贴画"任务窗格后程序中会自动显示搜索到的视频文件，单击需要插入的视频文件图标，即可完成插入剪贴画视频的操作。

16.4.2 调整视频文件画面效果

将视频文件插入到幻灯片后，为了适应演示文稿的风格、美化幻灯片，用户可以对视频文件的画面效果进行自定义设置。

1. 调整视频文件的封面

将视频文件插入到幻灯片后，所显示的画面为视频文件的第1帧画面，在编辑视频文件的过程中，用户可以重新选择电脑中的图片文件作为视频文件的封面。

01 选择需要更改初始画面的视频文件。

打开"实例文件\第16章\原始文件\春季风向2.pptx"，选择目标幻灯片，然后单击需要更改初始画面的视频文件，如下图所示。

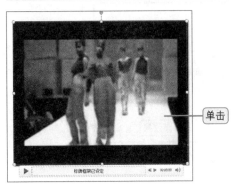

02 执行"标牌框架"操作。

切换到"视频工具-格式"选项卡，单击"调整"选项组中的"标牌框架"按钮，在展开的下拉列表中单击"文件中的图像"选项，如下图所示。

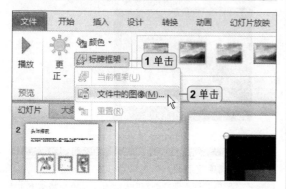

03 选择作为视频封面的图像文件。

弹出"插入图片"对话框，进入需要使用的图像文件所在路径，选中目标文件，然后单击"插入"按钮，如下图所示。

04 显示更改视频文件封面效果。

经过以上操作，就完成了为幻灯片中的视频文件更改封面的操作，返回演示文稿即可看到更改后的效果，如下图所示。

2. 调整视频文件画面色彩

在PowerPoint 2010中调整视频文件的色彩时，主要通过调整画面的亮度和对比度，以及对画面进行重新着色的方式完成。下面以调整图片亮度和对比度为例，介绍调整视频文件画面色彩的操作。

01 选择更正的效果。

继续上例中的操作，选中目标视频文件图标后，在"视频工具-格式"选项卡下单击"调整"选项组中的"更正"按钮，在展开的"亮度和对比度"库中单击"亮度：0%（正常）对比度：+20%"图标，如下图所示。

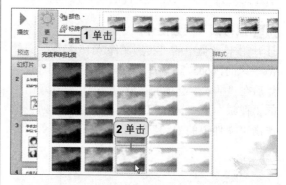

02 查看视频文件的色彩。

更改视频文件的亮度和对比度后，单击幻灯片中视频文件下方的"播放"按钮，对视频进行播放，即可看到更改了视频文件亮度和对比度的效果，如下图所示。用户可按照类似操作，对视频文件的画面进行重新着色的设置。

3.设置视频画面样式

在设置视频画面样式时，包括形状、边框、效果3方面的设置。可以自定义视频的画面样式，也可以直接应用程序中预设的视频画面样式，本节中以自定义为例来介绍具体设置视频画面样式的操作。

01 设置视频画面的形状。

继续上例中的操作，选中目标视频文件图标后，在"视频工具-格式"选项卡下单击"视频样式"选项组中的"视频形状"按钮，在展开的形状库中单击"棱台"图标，如下图所示。

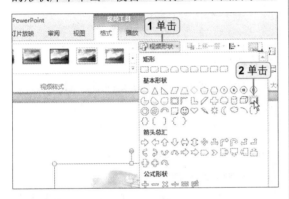

02 设置视频画面的边框颜色。

单击"视频样式"选项组中的"视频边框"按钮，在展开的下拉列表中单击"标准色"区域内的"浅蓝"图标，如下图所示。

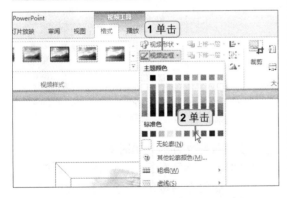

03 设置视频画面的边框宽度。

单击"视频样式"选项组中的"视频边框"按钮，在展开的下拉列表中指向"粗细"选项，在级联列表中单击"4.5磅"选项，如下图所示。

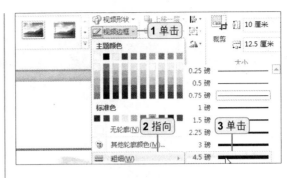

04 设置视频画面的映像效果。

单击"视频样式"选项组中的"视频效果"按钮，在展开的效果库中指向"映像"选项，在级联列表中单击"半映像－接触"选项，如下图所示。

05 设置视频画面的三维旋转效果。

单击"视频样式"选项组中的"视频效果"按钮，在展开的效果库中指向"三维旋转"选项，在级联列表中单击"极左极大透视"选项，如下图所示。

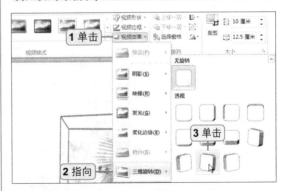

06 显示设置的视频画面样式效果。

经过以上操作，就完成了设置视频文件画面样式的操作，如下图所示。

设置效果

TIP

为视频文件应用预设的样式

打开目标文稿选中视频文件图标，切换到"视频工具-格式"选项卡，单击"视频样式"选项组的快翻按钮，在展开的样式库中单击需要应用的样式图标即可完成操作。

16.4.3 控制视频文件的播放

在演示文稿中将插入到幻灯片的视频文件外观设置完毕后，还可以对视频文件的播放内容进行控制。本节中将对视频文件的剪裁、淡入/淡出时间，以及视频文件播放方式的设置方法进行介绍。

1.播放视频文件

将视频文件插入到幻灯片之后，为了预览视频文件内容，可对视频文件进行播放，播放时可通过视频文件下方工具栏上的按钮完成，也可通过选项卡的选项组完成。

方法一　通过按钮播放视频文件

继续"春季风向2.pptx"中的操作，插入视频文件后，在视频文件的下方就会显示出一个工具栏，单击工具栏中的"播放"按钮，如下图所示，程序就会对视频文件进行播放。

单击

方法二　通过选项组播放视频文件

选中目标视频文件图标后，切换到"视频工具-格式"选项卡，单击"预览"选项组中的"播放"按钮，如下图所示，程序同样会对视频文件进行播放。

2.剪裁视频

为演示文稿插入视频文件后，如果用户只需要整个视频文件中的一部分内容，可在演示文稿中直接对视频文件进行剪裁。

01　执行"剪裁视频"命令。
继续上例中的操作，右击需要剪裁的视频文件图标，在弹出的快捷菜单中单击"剪裁视频"命令，如下图所示。

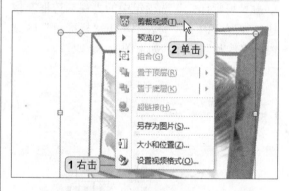

02　设置视频文件的开始时间。
弹出"剪裁视频"对话框，按住"开始时间"数值框右侧的上调按钮不放，随着时间的更改预览窗口中的画面也会进行相应的更改，当预览窗口中出现需要剪裁的画面后释放鼠标左键，如下图所示。

03 设置视频文件的结束时间。

将视频文件的开始时间设置完毕后，按住"结束时间"数值框右侧的下调按钮不放，如下图所示，当预览窗口中出现需要结束的画面后释放鼠标左键。

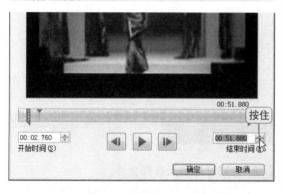

04 确定视频文件的剪裁。

将视频文件的开始时间与结束时间都设置完毕后，单击"确定"按钮，如下图所示，就完成了视频文件的剪裁操作。

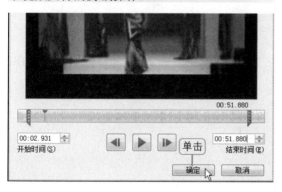

TIP

还原剪裁后的视频文件

将视频文件剪裁后，需要将其还原为未剪裁的长度时，可在打开"剪裁视频"对话框后，将光标指向预览窗口下方导览面板中的┃按钮，当光标变成┽┣形状时，向左拖动鼠标至文件的开始位置处，按照同样的方法，将结束时间的按钮移动到视频文件的结束位置处，最后单击"确定"按钮，即可将剪裁后的视频文件还原为原始效果。

3. 设置视频文件的淡入、淡出时间

淡入与淡出时间的作用是对播放视频文件与结束视频文件时的过渡，在默认情况下，插入到幻灯片中的视频文件是没有淡入与淡出时间的，用户可根据演示文稿的需要，对过渡的时间进行设置。

01 设置视频文件的淡入与淡出时间。

继续上例中的操作，选中目标视频文件图标后，切换到"视频工具-播放"选项卡，在"编辑"选项组的"淡入"与"淡出"数值框内分别输入需要设置的时间数值，如下图所示。

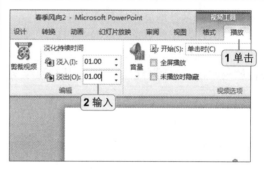

02 显示设置的淡入、淡出效果。

设置好淡入与淡出的时间后，单击幻灯片编辑区内的任意位置，然后单击"播放"按钮，对视频文件进行播放，即可看到设置的淡入、淡出效果，如下图所示。

4. 设置放映幻灯片时视频开始播放的方式

在放映幻灯片时，视频文件开始播放的方式有单击和自动两种，为了便于幻灯片的放映，可提前设置好文件的播放方式，这样在放映幻灯片时，程序就会根据设置对视频文件进行放映。

01 设置视频文件开始播放的方式。

继续上例中的操作，选中目标视频文件图标后，切换到"视频工具-播放"选项卡，单击"视频选项"选项组中"开始"下拉列表框右侧下三角按钮，在展开的列表中单击"自动"选项，如下图所示。

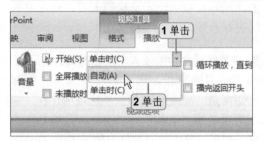

02 设置视频文件播放完毕后的动作。

设置视频文件开始播放的选项后，勾选"播完返回开头"复选框，如下图所示，对演示文稿进行放映时，程序就会根据设置情况对视频文件进行播放。

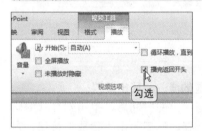

16.5 为幻灯片添加音频文件

为了渲染演示文稿的气氛，可以在幻灯片中插入一些背景音乐作为衬托，本节中将对幻灯片中音频文件的添加与设置的操作进行介绍。

16.5.1 为幻灯片插入剪贴画中的音频文件

为幻灯片插入音频文件时，可以插入电脑中的音频文件，也可以插入剪贴画中的音频文件，本节中以插入剪贴画中的音频文件为例，介绍具体操作步骤。

01 选择添加的音频文件类型。

打开附书光盘中的"实例文件\第16章\原始文件\美丽风景.pptx"，选择需要插入音频的幻灯片，在"插入"选项卡下单击"媒体"选项组中的"音频"下三角按钮，在展开的下拉列表中单击"剪贴画音频"选项，如下图所示。

02 为幻灯片插入音频文件。

弹出"剪贴画"任务窗格，在列表框中显示出程序搜索到的音频文件，单击需要插入到幻灯片中的音频文件图标，如下图所示。

03 显示插入音频文件的效果。
经过以上操作，就完成了为幻灯片插入音频文件的操作，如下图所示。

16.5.2 更改音频文件图标

为幻灯片插入音频文件后，会在幻灯片中显示一个喇叭图标，这就是音频文件的图标，为了让音频文件的图标更漂亮，可对该图标的外观进行更改。设置文件图标样式的操作与设置视频文件画面样式的操作类似，本节中就不多做介绍。

01 执行"更改图片"命令。
打开附书光盘中的"实例文件\第16章\原始文件\美丽风景1.pptx"，右击幻灯片中的音频文件图标，在弹出的快捷菜单中单击"更改图片"命令，如下图所示。

02 选择需要使用的图片。
弹出"插入图片"对话框，进入需要作为图标的图片文件所在路径，选中目标图片，然后单击"插入"按钮，如下图所示。

03 显示更改音频文件图标效果。
经过以上操作，就完成了为音频文件更改图标的操作，如下图所示。更改图标后，用户可根据需要对图标的边框、效果等内容进行适当的设置。

16.6 为幻灯片插入超链接

在PowerPoint中的超链接是指从一个目标指向另一个动作的链接关系，这个动作可以是切换幻灯片，也可以是新建幻灯片；而在演示文稿中用来超链接的目标，可以是一段文本或者是一个图片。

16.6.1 插入切换幻灯片的超链接

在放映幻灯片时，如果用户需要通过当前的文字链接到文稿中的其余幻灯片时，可将文本链接于本文档中，然后选择需要链接到的幻灯片。

01 选中需要设置链接的文本。
打开附书光盘中的"实例文件\第16章\原始文件\美丽风景2.pptx"，选中幻灯片中需要设置链接的文本，如下图所示。

02 执行插入超链接操作。

切换到"插入"选项卡，单击"链接"选项组中的"超链接"按钮，如下图所示。

03 选择链接位置。

弹出"插入超链接"对话框，在"链接到"列表框中单击"本文档中的位置"图标，在"请选择文档中的位置"列表框中单击需要链接到的目标选项后，单击"确定"按钮，如下图所示。

04 显示插入超链接效果。

经过以上操作，就完成了插入切换幻灯片的超链接操作，在所选文本下方会显示一条横线，如下图所示，在进行幻灯片的放映时，单击该链接就会切换到链接到的幻灯片中。

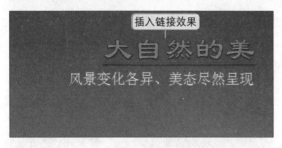

16.6.2 插入打开其他演示文稿的超链接

在放映幻灯片时，如果需要打开其他演示文稿来一起放映，可在文稿中预先插入打开其他文稿的超链接，在放映时需要打开其他文稿时，单击相应链接即可。

01 选中需要设置链接的图片。

打开附书光盘中的"实例文件\第16章\原始文件\菊花展.pptx"，选中幻灯片中需要设置链接的图片，如下图所示。

02 执行插入超链接操作。

切换到"插入"选项卡，单击"链接"选项组中的"超链接"按钮，如下图所示。

03 选择链接文件的查找范围。

弹出"插入超链接"对话框，在"链接到"列表框中单击"原有文件或网页"图标，在"查找范围"下拉列表框中选择"第16章"，然后在下方的列表框中双击需要链接的文件所在文件夹，如下图所示。

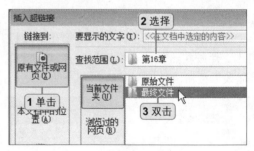

04 选择链接到的文件。

打开目标文件夹后，在"查找范围"下方的列表框中选中需要链接的文件，然后单击"确定"按钮，如下图所示。

05 执行链接操作。

经过以上操作后，在放映幻灯片时将鼠标光标指向设置了超链接的图片，当光标变成小手形状时单击鼠标，如下图所示。

06 显示打开链接到的文件效果。

单击链接内容后，程序就会打开所设置的链接文稿，并对其进行放映，如下图所示。

16.6.3 重新设置超链接动作

为幻灯片设置超链接后，可以对链接的动作重新设置。设置时主要包括单击鼠标时以及鼠标经过时两方面的设置。

01 定位插入点位置。

打开附书光盘中的"实例文件\第16章\原始文件\菊花展1.pptx"，将插入点定位在需要设置链接动作的段落内，如下图所示。

02 执行插入超链接操作。

切换到"插入"选项卡，单击"链接"选项组中的"动作"按钮，如下图所示。

03 设置鼠标移过的动作。

弹出"动作设置"对话框，切换到"鼠标移过"选项卡，单击"超链接到"下拉列表框右侧的下三角按钮，在展开的下拉列表框中单击需要链接到的幻灯片，如下图所示，最后单击"确定"按钮，即可完成重新设置超链接动作的操作。

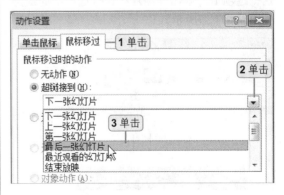

实战
制作相册"我的家乡"

本章中对在PowerPoint 2010中的一些基础操作进行了介绍，通过本章的学习可以掌握新建、移动以及复制幻灯片，为幻灯片添加与设置不同对象的操作，以及对幻灯片进行分节处理、为幻灯片插入超链接的操作，下面结合本章所介绍的知识来制作一个"我的家乡"电子相册。

01 为新建的演示文稿命名并将其打开。

在保存位置新建演示文稿后文件名称处于可编辑状态，直接输入名称，然后双击新建的演示文稿图标，如下图所示。

02 为幻灯片输入文本。

为演示文稿添加第一张幻灯片，在文本框中输入相关内容，如下图所示。

03 单击"图片"占位符。

插入新幻灯片，在标题文本框中输入相关内容，单击幻灯片中的图片占位符，如下图所示。

04 插入目标图片。

弹出"插入图片"对话框，选中需要插入的图片，然后单击"插入"按钮，如下图所示。

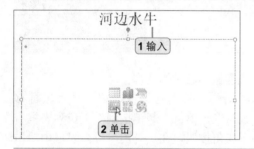

05 单击"图片样式"选项组的快翻按钮。

将图片调整到合适大小，切换到"图片工具-格式"选项卡，单击"图片样式"选项组的快翻按钮，如下图所示。

06 选择需要应用的图片样式。

展开图片样式库后，单击需要使用的样式"柔化边缘椭圆"图标，如下图所示。

07 设置图片效果。

单击"图片样式"选项组中的"图片效果"按钮，在展开的效果库中指向"预设"选项，在级联列表中单击"预设9"图标，如下图所示。

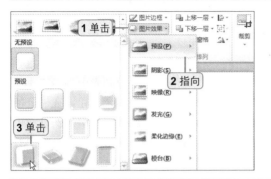

08 单击"艺术字样式"选项组的快翻按钮。

拖动鼠标选中文本框中的标题文本，切换到"绘图工具-格式"选项卡，单击"艺术字样式"选项组中的快翻按钮，如下图所示。

09 选择需要应用的艺术字样式。

展开艺术字样式库后，单击需要使用的样式"填充－蓝色，强调文字颜色1，内部阴影-强调文字颜色1"图标，如下图所示。

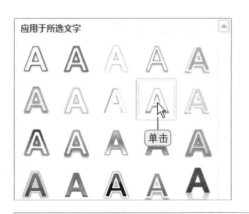

10 更改标题框形状。

新建幻灯片并添加内容后，切换到"绘图工具-格式"选项卡，单击"插入形状"选项组中的"编辑形状"按钮，在展开的下拉列表中指向"更改形状"选项，单击"云形"图标，如下图所示。

11 设置文本框的形状样式。

更改文本框的形状后，在"绘图工具-格式"选项卡下单击"形状样式"选项组列表框中的"细微效果－水绿色，强调颜色5"样式，如下图所示。

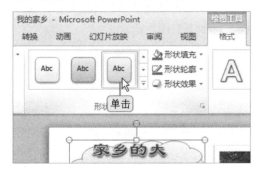

12 为相册添加其他内容。

设置形状图形的样式后，根据文本对图形大小进行调整，然后为相册插入其他内容，此时就完成了相册的创建，如下图所示。

问答

将其他文稿中的幻灯片添加到当前演示文稿·设置视频文件在不播放时隐藏·更改音频文件的图标样式

Q 可否将其他文稿中的幻灯片添加到当前演示文稿中？

A 需要将其他演示文稿中的幻灯片添加到当前演示文稿中时，在当前演示文稿中的"开始"选项卡下单击"幻灯片"选项组中的"新建幻灯片"下三角按钮，在展开的下拉列表中单击"重用幻灯片"选项，如下左图所示，弹出"重用幻灯片"任务窗格，单击"浏览"按钮，在展开的列表中单击"浏览文件"选项，如下右图所示，弹出"浏览"对话框，选择需要引用幻灯片的演示文稿，然后单击"打开"按钮。返回文稿中，在"重用幻灯片"任务窗格中可以看到所打开的演示文稿中的幻灯片，单击需要添加到当前文稿中的幻灯片，即可完成添加操作。

Q 在幻灯片中插入视频文件后，能否设置视频文件在不播放时隐藏？

A 需要将插入到幻灯片中的视频文件设置为不播放时隐藏的效果时，可在插入视频文件后切换到"视频工具-播放"选项卡下，勾选"视频选项"选项组中的"未播放时隐藏"复选框，如下图所示，即可完成设置。

Q 怎样对音频文件的图标样式进行更改？

A 需要对音频文件的图标样式进行设置时，可通过设置图标的边框、效果、颜色、更正等内容来完成设置，下面以更改图标颜色为例来介绍其操作步骤。

选中需要设置的音频文件图标后，在"音频工具-格式"选项卡下单击"调整"选项组中的"颜色"按钮，在展开的样式库中单击"重新着色"选项组中需要使用的颜色样式图标，如下左图所示。经过以上操作，就完成了更改图标颜色的操作，如下右图所示。

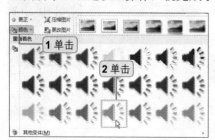 

统一演示文稿风格

为演示文稿添加了相关内容后，接下来可通过设置文稿的主题、幻灯片的背景等内容对演示文稿的风格进行统一。为演示文稿统一风格后，既可明确文稿的主旨，又对文稿进行了美化。

 知识点

1. 预设主题　　　3. 设置统一背景　　　5. 使用母版设置格式
2. 更改主题格式　4. 为当前幻灯片设置背景　6. 在母版中插入页眉和页脚

建议学习时间：70分钟

学习内容	学习时间	学习内容	学习时间
设置演示文稿的主题	15分钟	使用母版设置幻灯片格式	15分钟
为幻灯片设置背景效果	10分钟	观看视频教学并练习	20分钟
为幻灯片添加页眉和页脚	10分钟		

重点实例

▲ 为幻灯片应用主题

▲ 自定义幻灯片背景样式

▲ 为幻灯片插入页眉和页脚

17.1 设置演示文稿的主题

主题是展现演示文稿风格的主要因素，设置主题时，可通过主题样式、颜色、字体、效果几方面来完成，本节中将对以上内容的设置进行详细介绍。

17.1.1 选择需要使用的主题样式

在PowerPoint 2010中预设了暗香扑面、跋涉等43种主题样式，设置文稿主题时可根据文稿的内容选择适当的主题样式。

步骤01 单击"主题"选项组的快翻按钮。打开附书光盘中的"实例文件\第17章\原始文件\菊花展.pptx"，切换到"设计"选项卡，单击"主题"选项组的快翻按钮，如下左图所示。

步骤02 选择需要使用的主题。在展开的主题库中单击需要使用的主题样式"龙腾四海"图标，如下右图所示。

步骤03 显示应用主题效果。经过以上操作，就完成了为文稿选择需要使用的主题样式操作，如下图所示。

应用主题效果

17.1.2 更改主题颜色

在PowerPoint 2010中根据主题样式预设了44种主题颜色，为演示文稿应用主题后，还可根据需要对主题的颜色进行更改。

步骤01 选择需要更改的主题颜色。继续上例的操作，为演示文稿应用主题后，单击"主题"选项组中的"颜色"按钮，在展开的颜色样式库中单击"元素"选项，如下左图所示。

步骤02 显示更改主题颜色效果。经过以上操作，就完成了为文稿更改主题颜色的操作，如下右图所示。

17.1.3　更改主题字体

在主题字体中包括主标题与副标题两类文本的字体，主题字体的样式与主题样式是对应的，用户可根据需要对主题字体进行更改。

步骤01　**选择需要更改的主题颜色**。继续上例的操作，为演示文稿应用了主题后，单击"主题"选项组中的"字体"按钮，在展开的字体样式库中单击"行云流水"选项，如下左图所示。

步骤02　**显示更改主题字体效果**。经过以上操作，就完成了为文稿更改主题字体的操作，如下右图所示。

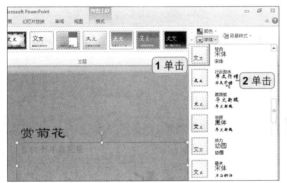

17.1.4　更改主题效果

主题效果主要体现在幻灯片四周，主题效果的样式与主题样式是对应的，但是在应用了主题样式后，可根据需要对主题效果进行更改。

步骤01　**选择需要更改的主题效果**。继续上例的操作，为演示文稿应用了主题后，单击"主题"选项组中的"效果"按钮，在展开的效果样式库中单击"顶峰"选项，如下左图所示。

步骤02　**显示更改主题效果**。经过以上操作，就完成了为文稿更改主题效果的操作，如下右图所示。

17.2 为幻灯片设置背景效果

为演示文稿应用了主题后，每个幻灯片的背景也应用了相应的设置，为了使幻灯片更加美观，用户可重新为幻灯片设置背景效果。

17.2.1 为当前幻灯片设置渐变背景

设置幻灯片的背景时，如果只为当前幻灯片设置背景，可通过"设置背景格式"对话框来完成操作。

步骤01 **执行"设置背景格式"命令。** 打开附书光盘中的"实例文件\第17章\原始文件\阳光计划.pptx"，在需要设置背景的幻灯片编辑区内任意位置右击，在弹出的快捷菜单中单击"设置背景格式"命令，如下左图所示。

步骤02 **选择需要使用的背景样式。** 弹出"设置背景格式"对话框，在"填充"选项面板下选中"渐变填充"单选按钮，然后单击"预设颜色"右侧的按钮，在展开的颜色下拉列表中单击"孔雀开屏"图标，如下右图所示。

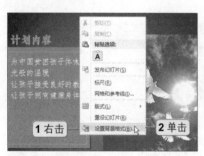 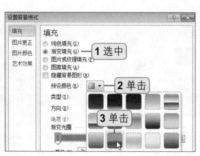

步骤03 **选择渐变方向。** 选择渐变颜色后，单击"方向"右侧的按钮，在展开的下拉列表中单击"线性对角－右上到左下"图标，如下左图所示。

步骤04 **显示设置的背景效果。** 设置好背景的填充效果后，单击"关闭"按钮返回演示文稿即可看到设置后的背景效果，如下右图所示。

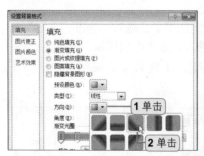 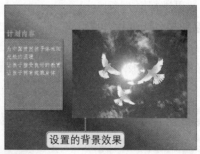

设置的背景效果

17.2.2 应用程序预设的背景样式

为文稿应用了主题后，PowerPoint 就预设了几种背景效果，需要更改幻灯片的背景时，可直接使用程序预设的背景样式。

步骤01 选择需要应用的背景样式。打开附书光盘中的"实例文件\第17章\原始文件\销售报告.pptx",在"设计"选项卡下单击"背景"选项组中的"背景样式"按钮,在展开的样式库中单击"样式6"图标,如下左图所示。

步骤02 显示应用背景样式效果。经过以上操作,就可以为文稿中的所有幻灯片应用该背景样式,如下右图所示。

> **TIP**
>
> **重置背景样式**
> 通过"设置背景格式"对话框对幻灯片的背景进行设置后,如果对设置后的效果不满意,单击对话框下方的"重置背景"按钮,即可将幻灯片的背景恢复为默认效果,然后再重新对背景样式进行设置。

17.2.3 自定义所有幻灯片的背景样式

设置所有幻灯片的背景样式时,也可以通过"设置背景格式"对话框进行自定义设置,其操作步骤如下。

步骤01 单击"设置背景格式"选项。打开附书光盘中的"实例文件\第17章\原始文件\我的家乡.pptx",在"设计"选项卡下单击"背景"选项组中的"背景样式"按钮,在展开的样式库中单击"设置背景格式"选项,如下左图所示。

步骤02 选择需要使用的图案。弹出"设置背景格式"对话框,在"填充"选项面板下选中"图案填充"单选按钮,然后单击图案列表框中的"大棋盘"图标,如下右图所示。

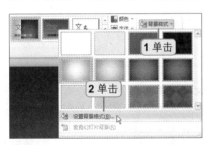

步骤03 为所有幻灯片应用设置好的背景样式。为幻灯片选择了图案填充效果后,单击"全部应用"按钮,如下左图所示。

步骤04 显示应用背景样式效果。经过以上操作,就可以为文稿中的所有幻灯片应用该背景样式,如下右图所示。

> **知识加油站**
>
> **为幻灯片的背景设置艺术效果**
>
> 设置幻灯片的背景效果时,对填充效果进行设置后,还可为其应用艺术效果。
>
> 在"设置背景格式"对话框中为幻灯片设置了填充效果后,切换到"艺术效果"选项面板,单击"艺术效果"按钮,在展开的效果库中单击需要使用的艺术效果,如下图所示,然后单击"关闭"按钮即可完成操作。
>
>

高手速成

17.3 使用母版设置幻灯片格式

母版中包括可出现在每一张幻灯片上的显示元素，通过母版可定义演示文稿中所有幻灯片或页面的格式，便于统一演示文稿的风格。

17.3.1 选择需要编辑的幻灯片版式

在使用母版设置幻灯片格式前，首先选择需要编辑的幻灯片版式。

01 单击"幻灯片母版"按钮。

打开"实例文件\第17章\原始文件\蜈之洲岛.pptx"，在"视图"选项卡下单击"母版视图"选项组中的"幻灯片母版"按钮，如下图所示。

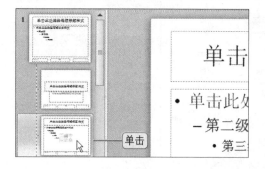

02 选择需要编辑的幻灯片版式。

在"幻灯片"任务窗格中单击需要编辑的幻灯片版式"标题和内容"图标，如下图所示。

17.3.2 更改幻灯片的标题格式

为了使幻灯片的风格统一，可以在母版中将同一版式的文本格式设置为一致效果。

01 选择需要更改格式的标题文本。

继续上例的操作，在母版视图下选择需要更改版式的幻灯片后，选中标题文本，如下图所示。

02 单击"艺术字样式"选项组的快翻按钮。

切换到"绘图工具-格式"选项卡，单击"艺术字样式"选项组的快翻按钮，如下图所示。

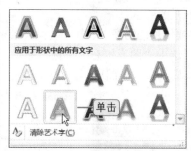

03 选择需要应用的艺术字样式。

展开艺术字样式库后，单击"填充—橙色，强调文字颜色6，暖色粗糙棱台"图标，如下图所示。

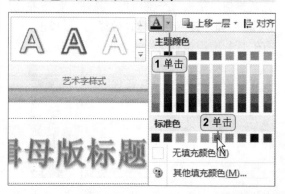

04 更改文本的填充颜色。

选择需要使用的艺术字样式后，单击"艺术字样式"选项组中的"文本填充"下三角按钮，在展开的颜色列表中单击"标准色"选项组中的"绿色"图标，如下图所示。

05 设置标题字体。

在"开始"选项卡下单击"字体"选项组中
"字体"右侧的下三角按钮，在下拉列表框中
单击"华文行楷"选项，如下图所示。

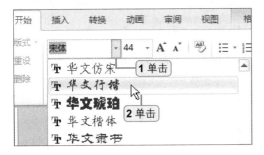

06 设置标题的段落对齐方式。

在"开始"选项卡下单击"段落"选项组中的
"文本左对齐"按钮，如下图所示。

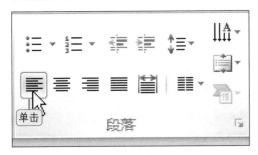

07 关闭母版视图。

在"幻灯片母版"选项卡下，单击"关闭"选项
组中的"关闭母版视图"按钮，如下图所示。

08 显示使用母版统一设置标题格式效果。

返回普通视图状态后，即可看到所有应用"标
题和内容"版式的幻灯片标题都应用了母版中
的设置效果，如下图所示。

17.3.3 为幻灯片插入占位符

占位符包括内容、文本、图片、图表、表
格、SmartArt图形、媒体、剪贴画8种类型，为
幻灯片插入占位符需要在母版下完成。

01 在母版下选择插入占位符的幻灯片。

打开"实例文件\第17章\原始文件\蜈之洲岛
1.pptx"，在"母版视图"下单击"幻灯片"
窗格中的"标题幻灯片"版式，如下图所示。

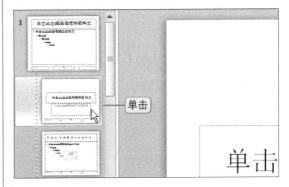

02 选择需要插入的占位符。

单击"插入占位符"下三角按钮，在下拉列表
中单击"图片"图标，如下图所示。

03 绘制占位符。

在编辑区内的适当位置处拖动鼠标，绘制需要的占位符，如下图所示。

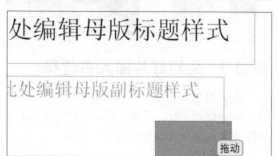

04 显示插入占位符效果。

将占位符绘制到合适大小后释放鼠标左键，就完成了插入占位符的操作，如下图所示。

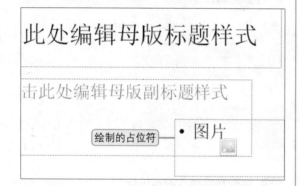

17.4 为幻灯片添加页眉和页脚

在PowerPoint中幻灯片的页眉包括日期和时间、编号，页脚的内容则可以自定义。

01 设置页眉日期格式。

打开"实例文件\第17章\原始文件\菊花展1.pptx"，单击"文本"选项组中的"页眉和页脚"按钮。弹出"页眉和页脚"对话框，单击"自动更新"的下三角按钮，在下拉列表中单击需要使用的日期格式，如下图所示。

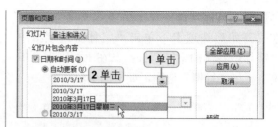

02 设置页眉和页脚的其他内容。

勾选"幻灯片编号"、"页脚"、"标题幻灯片中不显示"复选框，在"页脚"文本框中输入页脚内容，单击"全部应用"按钮，如下图所示。

03 选择需要编辑的页眉内容。

在幻灯片的下方即可看到插入的页眉与页脚内容，拖动鼠标选中页眉文本，设置"字号"为18，如下图所示。

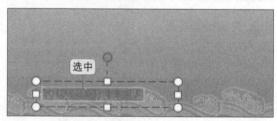

04 显示制作的页眉与页脚效果。

将页眉与页脚中的其他内容调整为同样效果，就完成了页眉与页脚的制作，如下图所示。

制作的页眉和页脚效果

实战
设置"新产品发布会"文稿外观样式

　　本章中对PowerPoint 2010演示文稿的风格设置进行了介绍，通过本章的学习可以掌握为演示文稿设置主题、背景、页眉和页脚，以及使用母版统一演示文稿风格等操作，下面结合本章所介绍的知识来对"新产品发布会"文稿的外观进行设置。

01　单击"主题"选项组的快翻按钮。

打开附书光盘中的"实例文件\第17章\原始文件\新产品发布会.pptx"，切换到"设计"选项卡，单击"主题"选项组的快翻按钮，如下图所示。

02　选择需要使用的主题。

展开主题库后，单击需要使用的主题样式"流畅"图标，如下图所示。

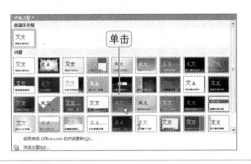

03　执行"设置背景格式"命令。

选择需要设置背景格式的幻灯片，右击编辑区内空白位置，在弹出的快捷菜单中单击"设置背景格式"命令，如下图所示。

04　选择需要使用的纹理。

弹出"设置背景格式"对话框，在"填充"选项面板下选中"图片或纹理填充"单选按钮，单击"纹理"按钮，在展开的纹理库中单击"水滴"图标，如下图所示。

05　设置透明度并确定背景设置。

选择需要使用的纹理后，在"透明度"数值框中输入"50%"，然后单击"关闭"按钮，如下图所示。

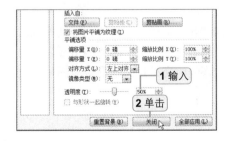

06　为其他幻灯片设置背景效果。

参照步骤3至步骤5的操作，为文稿中的其他幻灯片设置相应的效果，完成本例设置，如下图所示。

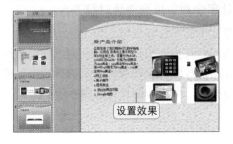

问答

分类显示演示文稿主题·更改幻灯片版式名称·备注母版的作用·更改幻灯片的大小·让多个对象排列绝对整齐

Q 如何分类显示演示文稿主题？

A 在演示文稿中打开幻灯片的主题库后，库中包括此演示文稿所应用的主题以及内置等内容类型，需要对库中的主题进行分类显示时，可在打开"主题"样式库后，单击库左上角的"所有主题"按钮，在展开的下拉列表中选择需要显示的类别，即可分类显示演示文稿主题。

Q 怎样更改幻灯片版式的名称？

A 更改幻灯片版式的名称需要在幻灯片母版下完成。进入幻灯片母版视图后，选中需要更改名称的幻灯片版式，然后单击"编辑母版"选项组中的"重命名"按钮，弹出"重命名版式"对话框，在"版式名称"文本框中重新输入版式的名称，再单击"重命名"按钮，如下左图所示。经过以上操作，关闭"母版视图"，切换到"开始"选项卡，在"幻灯片"选项组中单击"新建幻灯片"按钮，在展开的版式库中即可看到重新命名的版式已应用了新的名称。

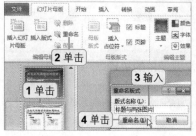
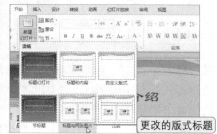

Q 备注母版有什么作用？

A 备注母版用于为演示文稿设置"备注"文本的默认样式。切换到"备注母版"视图，在幻灯片的下方就是备注区域，对备注区的标题、副标题设置了格式后，返回普通视图下，为演示文稿添加备注内容时，程序会自动为所添加的内容应用在备注母版下所设置的标题效果。

Q 怎样更改幻灯片的大小？

A 默认的幻灯片大小高为19.5厘米，宽为25.4厘米，当用户需要对幻灯片的大小进行更改时，可在母版视图下进行更改。切换到母版视图后，选中需要更改大小的幻灯片版式，单击"页面设置"选项组中的"页面设置"按钮，弹出"页面设置"对话框，在"宽度"与"高度"数值框内分别输入需要设置的大小数值，然后单击"确定"按钮，即可完成更改该版式幻灯片大小的操作。

Q 如何让多个对象排列得绝对整齐？

A 当幻灯片中的图片较多时，为了让幻灯片中的图片能够排列整齐，可借助网格线来辅助排列图片。为幻灯片插入图片后，切换到"视图"选项卡，勾选"显示"选项组中的"网格线"复选框，在幻灯片编辑区域就会显示出纵横排列的网格线，以网格线的交叉点为基准点对图片的位置进行排列，即可让图片对象整齐地排列。

设置演示文稿的动画效果

CHAPTER 18

演示文稿制作完毕后，想让文稿动起来，还需要对演示文稿中的幻灯片以及幻灯片中的对象设置动画效果。设置时，每张幻灯片有一种切换方式，而幻灯片中的各个对象则可同时应用进入、强调、退出以及动作路径4种动画方式，用户可根据文稿的需要，为其应用适当的动画效果。

 知识点

1. 选择切换方式　　3. 设置对象动画效果　　5. 编辑对象的动画效果
2. 设置切换方向　　4. 编辑对象动画　　　　6. 复制动画效果

建议学习时间：60分钟

学习内容	学习时间	学习内容	学习时间
设置幻灯片的自动切换效果	10分钟	使用动画刷快速复制动画效果	5分钟
设置幻灯片中各对象的动画效果	10分钟	观看视频教学并练习	20分钟
编辑对象的动画效果	15分钟		

重点实例

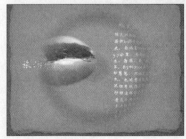

▲ 切换幻灯片效果

▲ 为对象设置动画效果

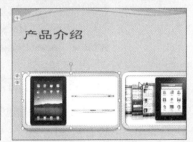

▲ 复制动画效果

入门必备

18.1 设置幻灯片的自动切换效果

在对幻灯片的切换效果进行设置时，包括切换方式、切换方向、切换声音以及换片方式四方面的设置，本节将进行详细介绍上述四方面的内容。

18.1.1 选择幻灯片的切换方式

在PowerPoint 2010中预设了细微型、华丽型、动态内容3种类型，包括切出、淡出、推进、擦除等34种切换方式，可为幻灯片选择适当的切换方式。

步骤01 **单击"切换到此幻灯片"选项组的快翻按钮**。打开附书光盘中的"实例文件\第18章\原始文件\蜈之洲岛.pptx"，单击需要设置切换方式的幻灯片，切换到"切换"选项卡，单击"切换到此幻灯片"选项组的快翻按钮，如下左图所示。

步骤02 **选择需要使用的切换方式**。展开切换方式库后，单击"华丽型"组中的"涟漪"图标，如下右图所示。

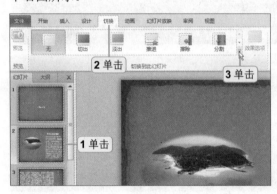

步骤03 **显示切换方式效果**。经过以上操作，就完成了为幻灯片选择切换方式的操作，程序会自动对切换方式进行预览，如下图所示，用户可按照类似的操作，为其他幻灯片应用适当的切换方式。

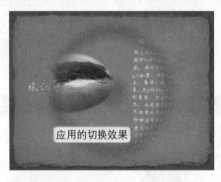
应用的切换效果

TIP

自己动手预览幻灯片的切换效果
为幻灯片选择切换方式后，如果用户想对切换方式多预览几次，需要单击"转换"选项卡下"预览"选项组中的"预览"按钮，程序就会对切换效果进行播放。

18.1.2 设置幻灯片切换的方向

幻灯片的每种切换方式都包括多种切换方向，为幻灯片应用了切换方式后，可根据需要对切换的运动方向进行更改。

步骤01 **选择更改的方向**。打开附书光盘中的"实例文件\第18章\原始文件\蜈之洲岛1.pptx"，选中需要设置切换方向的幻灯片，切换到"切换"选项卡，单击"切换到此幻灯片"选项组中的"效果选项"按钮，在展开的下拉列表中单击"中央向上下展开"选项，如下左图所示。

步骤02 **显示更改切换方向的效果**。经过以上操作，就完成了为幻灯片所应用的切换方式更改方向的操作，如下右图所示。

18.1.3 设置幻灯片转换时的声音并设置切换时间

为了让幻灯片切换时更有意境，可在幻灯片切换时为其配上声音。演示文稿中预设了爆炸、抽气、打字机等多种声音，用户可根据幻灯片的内容选择适当的声音。对于幻灯片切换时所用的时间也可根据需要进行更改。

步骤01 **设置幻灯片的切换声音**。继续上例的操作，选中需要设置切换声音的幻灯片，在"切换"选项卡下单击"计时"选项组中的"声音"下拉列表框右侧的下三角按钮，在展开的下拉列表中单击需要使用的声音选项，如下左图所示，程序会即时播放应用声音后的效果。

步骤02 **更改切换时间**。设置了切换时的声音效果后，在"计时"选项组中的"持续时间"数值框内输入需要设置的切换时间，如下右图所示，然后单击幻灯片中的任意位置，就完成了更改切换时间的操作。

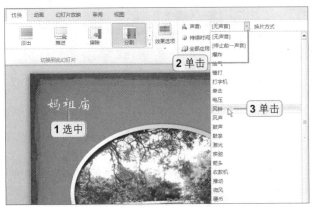
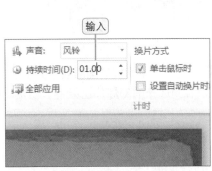

TIP

取消切换声音
为幻灯片设置了切换声音后，需要取消声音时，可单击"声音"下拉列表框右侧的下三角按钮，在展开的下拉列表中单击"无"选项即可。

18.1.4 设置幻灯片的换片方式

幻灯片的换片方式包括单击鼠标换片以及自动换片两种，程序在默认的情况下所使用的换片方式为单击鼠标，本节中就来介绍设置幻灯片的自动换片方式的操作。

步骤01 **选择需要设置换片方式的幻灯片。** 继续上例的操作，单击"幻灯片"任务窗格中的第2张幻灯片图标，如下左图所示。

步骤02 **选择自动换片方式。** 在"切换"选项卡下的"计时"选项组中取消勾选"单击鼠标时"复选框，勾选"设置自动换片时间"复选框，如下右图所示。

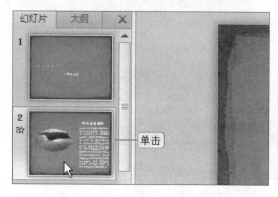 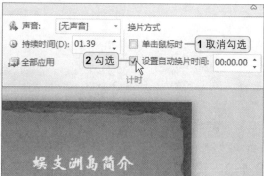

步骤03 **设置自动换片的时间。** 连续两次单击"设置自动换片时间"数值框右侧的上调按钮，将换片时间设置为2秒，如下左图所示。

步骤04 **为所有幻灯片应用当前幻灯片的换片设置。** 将当前幻灯片的切换动画、持续时间、换片方式与时间都设置完毕后，单击"计时"选项组中的"全部应用"按钮，如下右图所示。

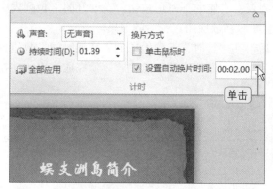 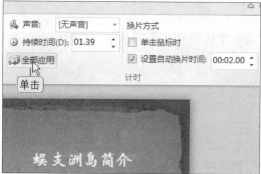

步骤05 **全部应用切换动画的效果。** 将换片方式全部应用后，选中其他幻灯片，在"计时"选项组中可以看到选择的幻灯片已应用了设置，如下图所示。

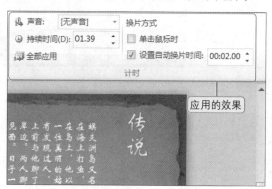

> **TIP**
> **将换片方式设置为两种方式**
> 为幻灯片设置换片方式时，如果用户需要使用两种换片方式，可分别勾选"计时"选项组中的"单击鼠标时"和"设置自动换片时间"两个复选框，然后再设置自动换片的时间间隔。

18.2 设置幻灯片中各对象的动画效果

在为幻灯片中的对象设置动画效果时，可分别对幻灯片设置进入、强调、退出以及动作路径的动画效果。在PowerPoint 2010中，可在"动画"样式库中选择需要使用的动画效果。

18.2.1 设置进入动画效果

PowerPoint 2010将一些常用的动画效果放置于"动画"库中，为对象设置动画效果时，可直接在库中选择，也可以在"添加进入效果"对话框中完成设置。

方法一 在动画库中选择动画效果

步骤01 **单击"动画"选项组的快翻按钮。**打开附书光盘中的"实例文件\第18章\原始文件\菊花展.pptx"，选中幻灯片中需要设置动画效果的对象，切换到"动画"选项卡，单击"动画"选项组中的快翻按钮，如下左图所示。

步骤02 **选择需要应用的动画效果。**展开动画库后，单击需要使用的动画效果"擦除"图标，如下右图所示。

步骤03 **显示应用动画的效果。**经过以上操作，就完成了为幻灯片中的对象设置动画效果的操作，如右图所示。

方法二 在"添加进入效果"对话框中选择动画效果

步骤01 **单击"更多进入效果"选项。**选中幻灯片中需要设置动画效果的对象，单击"动画"选项卡下的"高级动画"选项组中的"添加动画"按钮，在展开的下拉列表中单击"更多进入效果"选项，如右图所示。

取消应用的动画效果

为幻灯片中的对象应用了动画效果后，需要取消时，选中目标对象，单击"动画"选项卡下的"动画"选项组的列表框中的"无"图标，即可将应用的动画效果取消。

知识加油站

调整应用的动画效果顺序

为对象设置动画效果时，可设置进入、强调、退出及动作路径4种动画效果，应用了调整画效果后，可根据需要调整动画的顺序。

为对象应用了动画效果后，在对象左上角将显示出动画的序号，单击需要调整顺序的动画序号，如下图所示。

切换到"动画"选项卡，单击"计时"选项组的"对动画重新排序"下相应的动作按钮，如下图所示，即可完成设置。

步骤02 **选择需要使用的动画效果。**弹出"添加进入效果"对话框，在"华丽型"组中单击"空翻"图标，然后单击"确定"按钮，如下左图所示。

步骤03 **显示应用动画的效果。**经过以上操作，就完成了为幻灯片中的对象设置进入动画效果的操作，如下右图所示，用户可按照本例的操作，为幻灯片中其他对象设置进入动画效果。

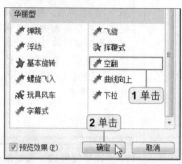

TIP

取消选择动画时对动画效果的预览

为幻灯片中的对象设置动画效果时，打开"更多进入效果"对话框后，选择需要应用的动画，文稿中就会对应用的动画效果进行播放，当用户不需要程序对将要使用的动画效果进行播放时，可取消勾选对话框下方的"预览效果"复选框，然后选择需要使用的动画效果，最后单击"确定"按钮即可。

18.2.2 设置强调动画效果

强调动画效果用于让对象突出，引人注目，所以在设置强调动画效果时，可选择一些较华丽的效果。

步骤01 **选择目标对象。**打开附书光盘中的"实例文件\第18章\原始文件\新产品发布会.pptx"，按住Ctrl键不放，依次单击需要设置强调动画效果的对象，如下左图所示。

步骤02 **选择需要应用的强调效果。**切换到"动画"选项卡，单击"高级动画"选项组中的"添加动画"按钮，在展开的下拉列表中单击"强调"组中的"陀螺旋"图标，如下右图所示。

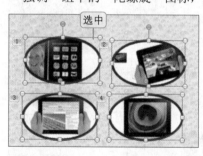

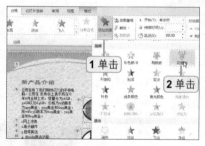

步骤03 **显示应用的强调动画效果。**经过以上操作，就完成了为幻灯片中的对象设置强调动画效果的操作，如右图所示。

TIP

选择更多强调动画效果

为幻灯片中的对象设置强调动画效果时，也可以有更多的选择。

选择了目标对象后，单击"动画"选项卡下的"高级动画"选项组中的"添加动画"按钮，在展开的下拉列表中单击"更多强调效果"选项，弹出"添加强调效果"对话框，在其中可选择更多强调动画效果。

18.2.3　设置退出动画效果

退出动画效果包括百叶窗、飞出、轮子、棋盘等多种效果，用户可根据需要进行设置。

步骤01 **选择需要使用的退出动画。**打开附书光盘中的"实例文件\第18章\原始文件\春季风向.pptx"，选中幻灯片中需要设置退出动画效果的对象，单击"动画"选项卡下的"高级动画"选项组中的"添加动画"按钮，在展开的下拉列表中单击"退出"组中的"淡出"图标，如下左图所示。

步骤02 **显示应用的退出动画的效果。**经过以上操作，就完成了为幻灯片中的对象设置退出动画效果的操作，如下右图所示。

18.2.4　设置动作路径动画效果

动作路径用于自定义动画运动的路线及方向，设置动作路径时，可使用程序中预设的路径，也可以自定义设置路径。

1. 使用程序中预设的路径

程序中预设了六边形、平行四边形等多种路径样式，为对象设置路径运动时，可直接使用预设样式。

步骤01 **单击"添加动画"按钮。**打开附书光盘中的"实例文件\第18章\原始文件\春季风向1.pptx"，选中幻灯片中需要设置动作路径动画效果的对象，单击"动画"选项卡下的"高级动画"选项组中的"添加动画"按钮，如下左图所示。

步骤02 **单击"其他动作路径"选项。**展开动画效果下拉列表，单击"其他动作路径"选项，如下右图所示。

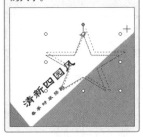

步骤03 **选择需要使用的动作路径。**弹出"添加动作路径"对话框，在"基本"组中单击"五角星"图标，如右图所示，然后单击"确定"按钮。

步骤04 显示应用的动作路径效果。
经过以上操作，就完成了为幻灯片中的对象设置动作路径，返回文稿中，对象右侧显示出动作的路径，如右图所示，对幻灯片进行放映时，所选择的对象也会按照该路径进行运动。

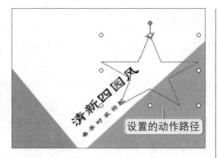

设置的动作路径

2. 自定义制作动作路径

除了程序中预设的动作路径，用户也可以自己动手制作不同形状、不同规则的动作路径。

步骤01 单击"添加动画"按钮。继续上例的操作，选中幻灯片中需要设置动作路径动画效果的对象，单击"动画"选项卡下的"高级动画"选项组中的"添加动画"按钮，如下左图所示。

步骤02 单击"自定义路径"按钮。展开动画效果下拉列表，单击"动作路径"组中的"自定义路径"图标，如下右图所示。

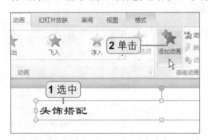

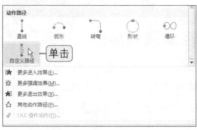

步骤03 手动绘制动作路径。执行了自定义路径的操作后，将光标指向需要绘制动作路径的位置，然后拖动鼠标，绘制出需要的路径，如下左图所示。

步骤04 显示制作的路径效果。路径绘制完毕后释放鼠标左键，就完成了动作路径的制作，如下右图所示。

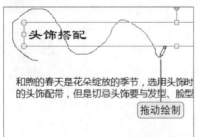

拖动绘制

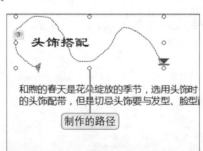

制作的路径

TIP

关闭未合并的路径
在绘制路径时，如果用户绘制完毕的路径并未合并，可通过快捷菜单关闭路径。右击绘制完毕的路径，在弹出的快捷菜单中单击"关闭路径"命令，即可将路径的首尾相连，关闭路径。

知识加油站

重新编辑路径顶点
对象的动作路径绘制完毕后，如果对路径不满意，可重新编辑路径的顶点。

右击需要编辑的路径，在弹出的快捷菜单中单击"编辑顶点"命令，如下图所示。

执行了以上命令后，在路径中就会出现一些黑色的编辑点，将光标指向路径中需要更改顶点的位置处，光标会变为四角星形状，拖动鼠标，即可更改该位置处的顶点，如下图所示，用户可根据需要对路径的顶点进行编辑。

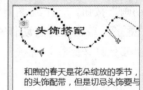

18.3 编辑对象的动画效果

为对象应用动画效果，只是应用了程序中默认的动作效果，对于动画的运行方式、动画声音、动画长度等内容都可以在应用了动画效果后重新进行编辑。通过以上的设置，可以让动画效果更加符合演示文稿的意图。

18.3.1 设置动画的运行方式

幻灯片中对象的运行方式包括单击时、与上一动画同时、上一动画之后3种方式，程序在默认的情况下使用单击时的方式，但是用户可以根据需要选择适当的运行方式。

01 选择需要设置的动画。

打开附书光盘中的"实例文件\第18章\原始文件\菊花展1.pptx"，切换到"动画"选项卡，单击幻灯片中目标对象左上角的动画序号，如下图所示。

02 选择动画的开始方式。

选择需要编辑的动画效果后，单击"计时"选项组中"开始"下拉列表框右侧的下三角按钮，在展开的下拉列表中单击"上一动画之后"选项，如下图所示，就完成了更改动画运行方式的操作。

18.3.2 重新对动画效果进行排序

为幻灯片中各对象设置了动画效果后，放映时，程序会根据用户所设置的动画顺序对各对象进行播放，在设置了动画效果后，可对动画顺序重新调整。

01 选择需要设置的动画。

继续上例的操作，选择需要编辑的幻灯片后，切换到"动画"选项卡，单击幻灯片中需要设置的对象左上角的动画序号，如下图所示。

02 向前移动动画排序。

选择需要编辑的动画效果后，单击"计时"选项组中"对动画重新排序"下的"向前移动"按钮，如下图所示。

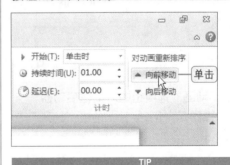

> **TIP**
>
> **向后移动播放顺序**
> 需要将动画效果的顺序向后移动时，选择目标动画后，单击"计时"选项组中的"向后移动"按钮即可。

03 显示移动动画顺序的效果。

经过以上操作，就完成了对动画顺序的移动，在幻灯片中即可看到所选择动画的播放顺序已移至第一位，如下图所示。

18.3.3　设置动画的声音效果

在为幻灯片中的对象设置动画效果时，也可以为其添加声音效果，并且在选择了需要使用的声音后，还可对音量大小进行调整。

01 选择需要设置的动画。

继续上例的操作，选择需要编辑的幻灯片，切换到"动画"选项卡，单击幻灯片中需要设置的对象左上角的动画序号，如下图所示。

02 单击"动画"选项组的对话框启动器。

选择需要编辑的动画序号后，单击"动画"选项组的对话框启动器，如下图所示。

03 为动画选择声音。

弹出"补色"对话框，在"效果"选项卡下单击"声音"右侧的下三角按钮，在展开的下拉列表框中单击需要使用的声音选项，如下图所示。

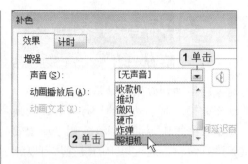

04 调整声音音量。

选择需要使用的声音后，单击"音量"图标，在弹出的音量标尺中，向上或向下拖动标尺上的滑块至合适音量后释放鼠标左键，如下图所示，最后单击"确定"按钮，就完成了为动画设置声音效果的操作。

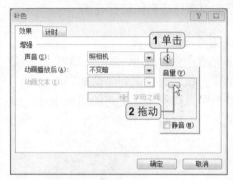

TIP

取消动画的声音效果

不需要动画的声音效果时，单击"动画"选项卡下"动画"选项组的对话框启动器，进入相应的动画效果对话框后，单击"声音"下拉列表框右侧的下三角按钮，在展开的下拉列表框中单击"无声音"选项，即可取消动画的声音效果。

18.3.4　设置动画效果运行的长度

在运行动画效果时，运行的时间长度包括非常快、快速、中速、慢速、非常慢5种方式，用户可根据需要选择合适的长度。

01 选择需要设置的动画。

继续上例的操作，选择需要编辑的幻灯片，切换到"动画"选项卡，按住Ctrl键不放，依次单击幻灯片中需要编辑动画长度的序号，然后单击"动画"选项组中的对话框启动器，如下图所示。

02 设置动画播放"期间"。

弹出"阶梯状"对话框，切换到"计时"选项卡，单击"期间"右侧的下三角按钮，在展开的下拉列表中单击"慢速（3秒）"选项，如下图所示，最后单击"确定"按钮，就完成了动画长度的设置。

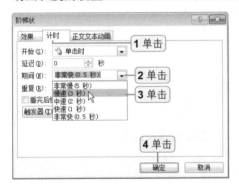

18.3.5 使用触发器控制动画效果

触发器可控制幻灯片中对象的播放，例如在网页中浏览照片时，单击"下一张"按钮，网页中的图片就会自动切换到下一张。

本节就来使用动作按钮制作触发器的应用效果，为了让用户能够详细了解触发器的使用，本例将从动作按钮的插入开始，详细进行介绍。

01 选择目标幻灯片。

打开附书光盘中的"实例文件\第18章\原始文件\新产品发布会1.pptx"，在"幻灯片"任务窗格中单击需要编辑的第2张幻灯片，如下图所示。

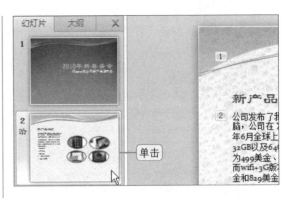

02 选择需要插入的动作按钮。

切换到"插入"选项卡，单击"插图"选项组中的"形状"按钮，在展开的下拉列表中单击"动作按钮"组中的"动作按钮：前进或下一项"图标，如下图所示。

03 绘制需要的形状图形。

选择需要使用的动作按钮后，在幻灯片中适当位置拖动鼠标，绘制出合适大小的动作按钮，如下图所示。

04 取消动作按钮的动作。

动作按钮绘制完毕后，弹出"动作设置"对话框，在"单击鼠标"选项卡下选中"无动作"单选按钮，如下图所示，然后单击"确定"按钮。

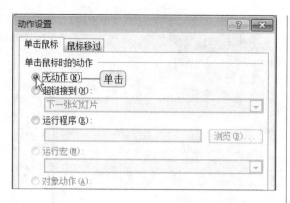

05 单击"形状样式"选项组的快翻按钮。

将动作按钮绘制完毕后，切换到"绘图工具-格式"选项卡，单击"形状样式"选项组的快翻按钮，如下图所示。

06 选择需要应用的形状样式。

在展开的形状样式库中，单击"强烈效果－青绿，强调颜色3"图标，如下图所示。

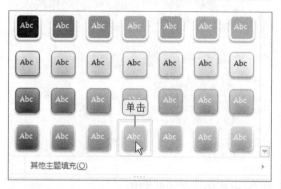

07 为动作按钮应用动画。

切换到"动画"选项卡，单击"动画"选项组列表框内的"淡出"图标，如下图所示，为其添加进入动画效果。

08 向前移动动画效果的顺序。

为动作按钮应用动画效果后，单击"计时"选项组中的"向前移动"按钮，如下图所示，将动作按钮的动画移到第8位。

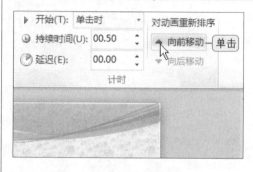

09 选择需要应用触发器的动画。

动画按钮设置完毕后，按住Ctrl键不放，依次单击幻灯片中需要应用触发器的动作序号，如下图所示。

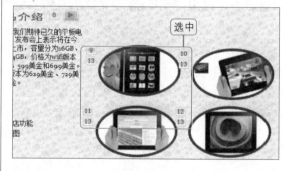

10 将动作按钮设置为触发器。

单击"高级动画"选项组中的"触发"按钮，在展开的下拉列表中指向"单击"选项，在级联列表中单击"动作按钮：前进或下一项8"选项，如下图所示。

高手速成

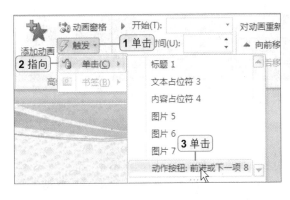

11 显示设置触发器的效果。

经过以上操作，就完成了触发器的设置操作，所选择的动作序号变为小手图标，表示以上动作使用了触发器，如下图所示。

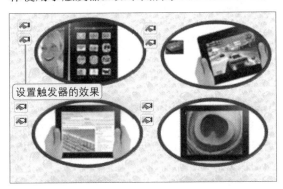

设置触发器的效果

12 应用触发器效果。

对幻灯片进行播放时，只有单击动作按钮，应用触发器的图片才会对动画效果进行播放，如下图所示。

知识加油站

动作按钮的类型

动作按钮是PowerPoint 特有的自选图形，在"插入"选项卡下单击"插图"选项组中的"形状"按钮，在"动作按钮"中包含种动作按钮，依次为"后退或前一项"、"前进或下一项"、"开始"、"结束"、"第一张"、"信息"、"上一张"、"影片"、"文档"、"声音"、"帮助"和"自定义"。

18.4 使用动画刷快速复制动画效果

动画刷可以将一个对象所应用的所有动画快速复制到另一个对象中，当用户需要为幻灯片中的对象重复应用一个系列的动画时，可借助动画刷快速完成设置。

01 单击"动画刷"按钮。

打开附书光盘中的"实例文件\第18章\原始文件\新产品发布会2.pptx"，切换到"动画"选项卡，单击幻灯片中的目标对象，然后单击"高级动画"选项组中的"动画刷"按钮，如下图所示。

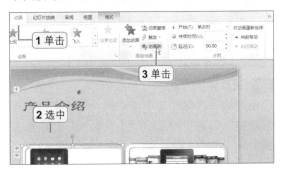

02 为对象复制动画效果。

单击"动画刷"按钮后，将光标指向需要应用动画设置的对象，当光标变为形状时单击鼠标，如下图所示，即可完成动画的复制。

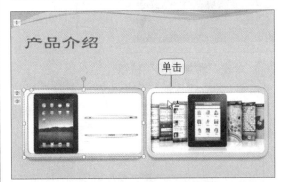

知识点拨

一次为多个对象复制动画

使用动画刷为对象复制动画时，如果需要一次为多个对象复制同样的动画效果，可在选中目标对象后双击"剪贴板"选项组中的"动画刷"按钮，然后依次单击需要复制动画的对象，取消复制时再次单击"动画刷"按钮即可。

实战
为"我的家乡"文稿中的对象设置动态效果

本章介绍了为幻灯片中各对象设置动画效果的操作，下面结合本章所介绍的知识来对"我的家乡"文稿中的对象设置动态效果。

01 单击"切换此幻灯片"选项组的快翻按钮。

打开"实例文件\第18章\原始文件\我的家乡.pptx"，在"切换"选项卡中单击"切换到此幻灯片"选项组的快翻按钮，如下图所示。

02 选择需要使用的切换效果。

展开切换幻灯片方式库后，单击"华丽型"组中的"立方体"图标，如下图所示。

03 更改切换方式。

取消勾选"计时"选项组中的"单击鼠标时"复选框，勾选"设置自动换片时间"复选框并将时间设置为2秒，单击"全部应用"按钮，如下图所示。

04 显示应用的切换效果。

为第2张幻灯片应用"平移"切换方式，效果如下图所示，按照同样方法为其余幻灯片设置相应的切换方式。

05 单击"添加动画"按钮。

单击第1张幻灯片的标题框，在"动画"选项卡中单击"高级动画"选项组中的"添加动画"按钮，单击"飞入"图标，如下图所示。

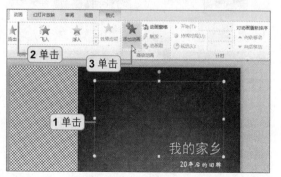

06 设置动画的进入方向。

单击"动画"选项组的对话框启动器，在"飞入"对话框中单击"方向"右侧的下三角按钮，在下拉列表中单击"自左上部"选项，如下图所示。

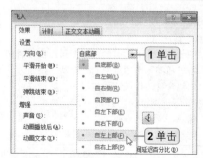

07 为动画添加声音。

单击"增强"选项组中"声音"右侧的下三角按钮，在展开的下拉列表中单击"风铃"选项，如下图所示，最后单击"确定"按钮。

08 为对象添加强调效果。

返回演示文稿，单击"高级动画"选项组中的"添加动画"按钮，在展开的下拉列表中单击"强调"组中的"加粗闪烁"图标，如下图所示。

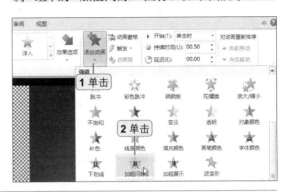

09 设置动画开始方式。

单击"计时"选项组中"开始"右侧的下三角按钮，在展开的下拉列表中单击"上一动画之后"选项，如下图所示。

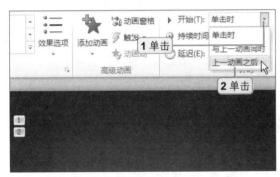

10 为对象添加第二个加强调效果。

单击"高级动画"选项组中的"添加动画"按钮，在展开的下拉列表中单击"强调"组中的"波浪形"图标，如下图所示。

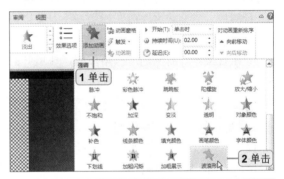

11 复制动画效果。

为对象添加动画效果后，选中该对象，双击"高级动画"选项组中的"动画刷"按钮，如下图所示。

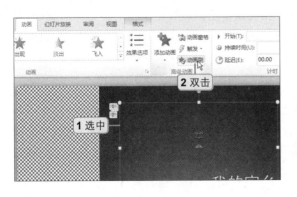

12 应用复制的动画效果。

将光标指向需要应用动画效果的对象，当光标变成 形状时单击鼠标，即可应用复制的动画效果，如下图所示，按照同样方法制作其余的幻灯片。

问答

添加"动画"选项卡·为几个对象设置同时开始同一动画效果·将多个段落作为一个对象
播放动画效果·显示演示文稿的"幻灯片"窗口·"动画窗格"的作用

Q 我的PowerPoint 2010中为何没有"动画"选项卡？

A 在PowerPoint 2010中，选项卡是可以进行自定义设置的，如果打开的PowerPoint2010中没有"动画"选项卡，可执行"文件>选项"命令，弹出"PowerPoint 选项"对话框，切换到"自定义功能区"选项面板，然后在"主选项卡"列表框中勾选"动画"复选框，最后单击"确定"按钮，返回文稿中即可看到"动画"选项卡已显示出来了。

Q 如何为几个对象设置同时开始同一动画效果？

A 需要为幻灯片中几个对象设置同时开始同一动画效果时，可先按住Ctrl键不放，依次将目标对象全部选中，然后为对象选择需要使用的动画效果，即可完成为多个对象设置同时开始同一动画的操作。

Q 在为文本框设置动画时，如何将多个段落作为一个对象播放动画效果？

A 在为文本框内的多个段落设置动画效果时，选择一个动画效果后，播放时，每个段落会依次进行播放。需要将多个段落作为一个对象进行播放时，可在选中目标对象后，单击"动画"选项组的对话框启动器，弹出相应的效果选项对话框后，切换到"正文文本动画"选项卡，单击"组合文本"右侧的下三角按钮，在展开的下拉列表中单击"所有段落同时"选项，如下左图所示，然后单击"确定"按钮，即可将多个段落作为一个对象应用动画效果，如下右图所示。

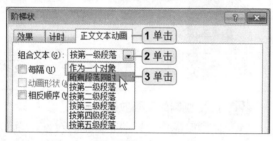
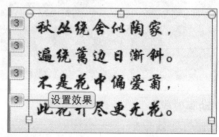

Q 演示文稿窗口的"幻灯片"窗格不见了，怎样找出来？

A 演示文稿的"幻灯片"窗格不见是由于用户单击了"幻灯片"窗格右上角的"关闭"按钮将窗格关闭的缘故，当需要显示该窗格时，可将光标指向窗口左侧边线处，当光标变成↔形状时向右拖动鼠标，根据用户需要拖动至适当位置后释放鼠标左键，即可将隐藏的"幻灯片"窗格显示出来。

Q "动画窗格"有什么作用？

A "动画窗格"用于显示当前幻灯片所应用的动画效果、顺序、长度等内容，并且可在其中对动画的开始时间、计时、删除动画等内容进行设置。打开目标文稿后，切换到"动画"选项卡，单击"高级动画"选项组中的"动画窗格"按钮，在演示文稿窗口右侧就会显示"动画窗格"，在其中可看到当前幻灯片所应用的动画效果。

幻灯片的放映与打包

CHAPTER
19

演示文稿制作完毕后，当需要观看幻灯片时，可根据需要对幻灯片的放映进行设置；当需要将幻灯片与更多人分享时，可将幻灯片共享。本章中就来对放映幻灯片的准备工作、放映操作以及演示文稿的共享操作进行介绍。

 知识点

1.录制幻灯片演示	3.播放过程中编辑幻灯片	5.共享幻灯片
2.设置放映方式	4.将演示文件制作为讲义	6.将演示文稿打包为CD

建议学习时间：55分钟

学习内容	学习时间	学习内容	学习时间
准备放映幻灯片	10分钟	共享幻灯片	15分钟
放映幻灯片	10分钟	观看视频教学并练习	10分钟
放映时编辑幻灯片	10分钟		

重点实例

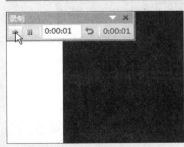

▲ 录制幻灯片演示

▲ 将演示文稿创建为讲义

▲ 将演示文稿创建为视频

19.1 准备放映幻灯片

在放映幻灯片前，一些准备工作是必不可少的，例如将不需要放映的幻灯片隐藏、对放映幻灯片进行演示以及设置幻灯片的放映方式等操作，本节将一一进行介绍。

19.1.1 隐藏幻灯片

在放映幻灯片前可以隐藏某些幻灯片，放映时程序将自动跳过该幻灯片。在隐藏幻灯片时可通过快捷菜单完成，也可以通过选项组中的按钮来完成操作。

方法一 通过快捷菜单隐藏幻灯片

步骤01 **执行"隐藏幻灯片"命令**。打开"实例文件\第19章\原始文件\美丽风景.pptx"，右击需要隐藏的幻灯片，在快捷菜单中单击"隐藏幻灯片"命令，如下左图所示。

步骤02 **显示隐藏幻灯片效果**。该幻灯片进行了隐藏，同时在幻灯片缩略图的左上角显示隐藏标记，如下右图所示，在放映幻灯片时PowerPoint将自动跳过该幻灯片，直接播放其他幻灯片。

方法二 通过选项组中的按钮隐藏幻灯片

步骤01 **选择需要隐藏的幻灯片**。在"幻灯片"窗格中单击需要隐藏的幻灯片，如下左图所示。

执行隐藏幻灯片操作。切换到"幻灯片放映"选项卡，单击"设置"选项组中的"隐藏幻灯片"

步骤02 按钮，如下右图所示，就完成了隐藏幻灯片的操作。

19.1.2 录制幻灯片演示

录制幻灯片的作用是对幻灯片的放映进行排练，对每个动画所使用的时间进行分配，录制时可以从头开始录制，也可以从当前幻灯片开始录制。

1. 从头开始录制

从头录制幻灯片演示时，无论当前所选中的是哪张幻灯片，PowerPoint都将跳到第1张幻灯片进行播放，播放时，可对每个动作的时间进行控制。

步骤01 单击"从头开始录制"选项。打开附书光盘中的"实例文件\第19章\原始文件\美丽风景1.pptx",切换到"幻灯片放映"选项卡,单击"设置"选项组中的"录制幻灯片演示"下三角按钮,在展开的下拉列表中单击"从头开始录制"选项,如下左图所示。

步骤02 选择需要录制的内容。弹出"录制幻灯片演示"对话框,勾选"幻灯片和动画计时"复选框,然后单击"开始录制"按钮,如下右图所示。

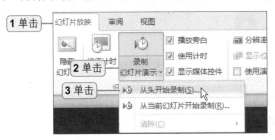

步骤03 播放下一项动画。进入录制状态后,系统自动对演示文稿进行放映,在窗口左上角显示"录制"工具栏,其中显示出幻灯片放映的时间,以及当前动作的时间,幻灯片切换完毕后,在需要播放下一动画时,单击"下一项"按钮,如下左图所示。

步骤04 完成幻灯片放映的录制。需要播放下一动画时单击"下一项"按钮,整个文稿播放完毕后弹出Microsoft PowerPoint 提示框,提示用户幻灯片放映总共所需的时间并询问是否保留排练时间,单击"是"按钮,如下右图所示。

步骤05 显示录制后的效果。经过以上操作,就完成了录制幻灯片演示的操作,返回演示文稿中,PowerPoint自动切换到"幻灯片浏览"视图下,并且在每个幻灯片下方显示出放映所需要的时间,如下图所示。

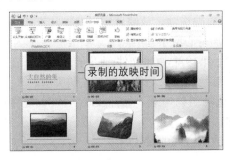

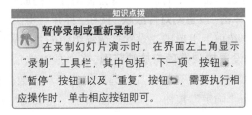

知识点拨

暂停录制或重新录制
在录制幻灯片演示时,在界面左上角显示"录制"工具栏,其中包括"下一项"按钮➡、"暂停"按钮❚❚以及"重复"按钮↩,需要执行相应操作时,单击相应按钮即可。

2. 从当前幻灯片开始录制

在使用"从当前幻灯片开始录制"功能时,可以有目标地选择演示文稿中录制的内容,以节约时间。

步骤01 选择开始录制的幻灯片。打开附书光盘中的"实例文件\第19章\原始文件\菊花展.pptx",单击"幻灯片"窗格内的第2张幻灯片,如下左图所示。

步骤02 单击"从当前幻灯片开始录制"选项。切换到"幻灯片放映"选项卡,单击"设置"选项组中的"录制幻灯片演示"下三角按钮,在展开的下拉列表中单击"从当前幻灯片开始录制"选项,如下右图所示。

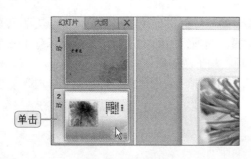

步骤03 **选择需要录制的内容。** 弹出"录制幻灯片演示"对话框，勾选"幻灯片和动画计时"复选框，然后单击"开始录制"按钮，如下左图所示。

步骤04 **播放下一项动画。** 进入录制状态后系统自动对演示文稿进行放映，在窗口左上角显示"录制"工具栏，幻灯片切换完毕需要播放下一动画时，单击"下一项"按钮，如下右图所示。

步骤05 **完成幻灯片放映的录制。** 按照步骤4的操作，在需要播放下一动画时，单击"下一项"按钮，将整个文稿播放完毕后，弹出Microsoft PowerPoint 提示框，提示用户幻灯片放映总共所需的时间，询问用户是否保留排练时间，单击"是"按钮，如下图所示，就完成了从当前幻灯片开始录制幻灯片演示的操作。

19.1.3 设置幻灯片的放映方式

在设置幻灯片的放映方式时，包括对放映类型、放映选项、放映范围以及换片方式等内容的设置，通过以上内容的设置，将会使幻灯片的放映更加得心应手。

步骤01 **单击"设置幻灯片放映"按钮。** 打开"实例文件\第19章\原始文件\菊花展.pptx"，在"幻灯片放映"选项卡下单击"设置"选项组中的"设置幻灯片放映"按钮，如下左图所示。

步骤02 **设置放映选项与放映范围。** 在"放映选项"选项组内勾选"循环放映，按Esc键终止"复选框，然后在"放映幻灯片"选项组的"从"数值框中输入"2"，"到"数值框中输入"5"，最后单击"确定"按钮，如下右图所示，完成幻灯片放映方式的设置。

19.2 放映幻灯片

放映幻灯片主要有3种方式，包括从头开始、从当前幻灯片开始以及自定义放映幻灯片，用户可根据需要选择适当的放映方式。

19.2.1 "从头开始"与"从当前幻灯片开始"放映幻灯片

"从头开始"与"从当前幻灯片开始"放映幻灯片时，程序都会按照演示文稿中幻灯片的顺序进行放映，下面分别来介绍这两种方法的使用。

1. "从头开始"放映幻灯片

在放映幻灯片时，执行了"从头开始"放映幻灯片后，无论当前选择的是哪张幻灯片，程序都会从第一张幻灯片开始放映。

步骤01 单击"从头开始"按钮。 打开附书光盘中的"实例文件\第19章\原始文件\菊花展.pptx"，切换到"幻灯片放映"选项卡，单击"开始放映幻灯片"选项组中的"从头开始"按钮，如下左图所示。

步骤02 显示放映效果。 执行放映操作，程序将会从第一张幻灯片开始对演示文稿进行全屏放映，如下右图所示。

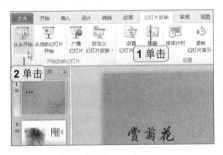

2. "从当前幻灯片开始"放映幻灯片

在使用"从当前幻灯片开始"放映幻灯片的方法时，需要选择首先要放映的幻灯片，然后再执行相应的操作。

步骤01 选择开始放映的幻灯片。 打开目标文稿，在"幻灯片"窗格中单击需要首先放映的幻灯片，如下左图所示。

步骤02 单击"从当前幻灯片开始"按钮。 切换到"幻灯片放映"选项卡，单击"开始放映幻灯片"选项组中的"从当前幻灯片开始"按钮，如下右图所示，程序就会从上一步选择的幻灯片开始放映演示文稿。

TIP

中途停止幻灯片的放映

执行了幻灯片放映操作后，在放映的过程中需要停止全屏放映时，可按下Esc键，演示文稿就会返回到普通视图中。

TIP

"从头开始"与"从当前幻灯片开始"放映的快捷键

在执行"从头开始"操作时，可在打开目标文稿后，直接按下F5键，此时程序就会执行"从头开始"放映幻灯片的操作。需要以"从当前幻灯片开始"方式放映幻灯片时，可直接按下快捷键Shift＋F5来实现。

知识加油站

查看"幻灯片放映帮助"

在放映幻灯片的过程中，如果用户想了解更多关于放映幻灯片的知识时，可在进入放映状态后，按下F1键，即可打开"幻灯片放映帮助"窗口，如下图所示。

进阶实践

19.2.2　自定义幻灯片放映

在自定义幻灯片放映时，可根据需要选择要放映的幻灯片，可跳跃选择，也可以对幻灯片的放映顺序重新进行排列，并可以对此次放映进行命名。

步骤01 执行 **"自定义放映"操作**。打开附书光盘中的"实例文件\第19章\原始文件\菊花展.pptx"，切换到"幻灯片放映"选项卡，单击"开始放映幻灯片"选项组中的"自定义幻灯片放映"按钮，在展开的下拉列表中单击"自定义放映"选项，如下左图所示。

步骤02 **单击"新建"按钮**。弹出"自定义放映"对话框，单击"新建"按钮，如下右图所示。

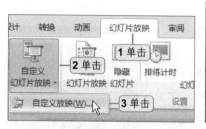

步骤03 **设置幻灯片放映名称并添加需要放映的幻灯片**。弹出"定义自定义放映"对话框，在"幻灯片放映名称"文本框中输入需要定义的名称，然后在"在演示文稿中的幻灯片"列表框中选中需要放映的幻灯片，最后单击"添加"按钮，如下左图所示，按照同样的操作，添加演示文稿中其余需要放映的幻灯片。

步骤04 **完成放映幻灯片的选择**。将需要放映的幻灯片选择完毕后，单击"确定"按钮，如下右图所示。

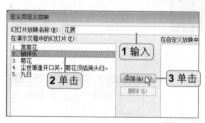

步骤05 **放映自定义放映的幻灯片**。返回"自定义放映"对话框，在"自定义放映"列表框中可以看到定义的内容，需要放映时，单击"放映"按钮，如下左图所示。

步骤06 **显示放映结果**。经过以上操作，就开始对定义的幻灯片执行放映操作，效果如下右图所示。

知识加油站

在"定义自定义放映"对话框中调整放映幻灯片的顺序

在"定义自定义放映"对话框中选择了要放映的幻灯片后，所选择的幻灯片会显示在"在自定义放映中的幻灯片"列表框内，如果需要对放映的顺序进行调整时，可在该列表框内选中目标幻灯片，然后单击列表框右侧的上调按钮或下调按钮，即可调整要放映的幻灯片的顺序。

TIP

重新编辑自定义放映

将自定义放映幻灯片编辑完毕，并返回"自定义放映"对话框，需要对放映内容进行重新编辑时，只需在"自定义放映"列表框内选中需要编辑的自定义放映选项，然后单击"编辑"按钮，再在弹出的"定义自定义放映"对话框中对放映内容重新进行编辑即可。

TIP

删除自定义放映

需要将制作好的自定义放映删除时，可以打开"自定义放映"对话框，在"自定义放映"列表框内选择需要删除的选项，然后单击"删除"按钮，最后单击"关闭"按钮，即可完成删除操作。

19.2.3 放映排练计时

　　为演示文稿录制了幻灯片演示后，也就等于制作了排练计时，PowerPoint会自动为演示文稿应用排练计时。如果演示文稿中已录制了幻灯片演示，却没有使用，可按以下步骤放映排练计时。

`步骤01` **选择 "使用计时"复选框**。打开附书光盘中的"实例文件\第19章\原始文件\菊花展1.pptx"，切换到"幻灯片放映"选项卡，勾选"设置"选项组中的"使用计时"复选框，如下左图所示。

`步骤02` **放映幻灯片**。选择了"使用计时"播放幻灯片后，单击"开始放映幻灯片"选项组中的"从头开始"按钮，如下右图所示，程序就会使用排练计时对演示文稿进行放映。

19.2.4 广播幻灯片

　　广播幻灯片，是使用Windows Live账户将演示文稿共享给远程的观众，这样在放映幻灯片时，用户可以对幻灯片进行操作，而远方的观众则可以通过网址链接和用户一起观看。

`步骤01` **单击 "广播幻灯片" 按钮**。打开附书光盘中的"实例文件\第19章\原始文件\菊花展.pptx"，切换到"幻灯片放映"选项卡，单击"开始放映幻灯片"选项组中的"广播幻灯片"按钮，如下左图所示。

`步骤02` **单击"启动广播"按钮**。弹出"广播幻灯片"对话框，单击"启动广播"按钮，如下右图所示。

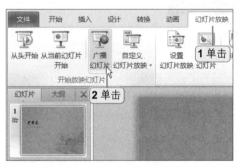 

`步骤03` **输入Windows Live ID**。弹出"Windows 安全"对话框，在其中输入Windows Live ID与密码，然后单击"确定"按钮，如右图所示。

进阶实践

步骤04 **复制查看链接并开始放映幻灯片**。输入Windows Live ID后，返回"广播幻灯片"对话框，在"与远程查看者共享此链接，然后开始放映幻灯片"列表框中显示出广播幻灯片的网址，将该网址复制给远方一起观看幻灯片放映的观众，等其打开网站后，单击"开始放映幻灯片"按钮，如下左图所示。

步骤05 **观看幻灯片放映**。执行放映操作后，程序就会对幻灯片进行放映，如下右图所示，并且远方的观众也会一起观看幻灯片。

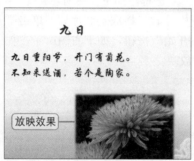

步骤06 **结束广播**。幻灯片放映完毕后，返回普通视图中，单击"广播"选项卡下方的"结束广播"按钮，如下左图所示。

步骤07 **确认结束广播**。弹出Microsoft PowerPoint 提示框，提示用户"若继续操作，所有远程查看器都将被断开，是否要结束此广播？"单击"结束广播"按钮，如下右图所示，结束广播幻灯片的操作。

TIP

使用快捷菜单定位幻灯片

在放映幻灯片时，需要对幻灯片进行定位操作时，通过快捷菜单也可以完成操作。

进入放映状态，右击幻灯片中任意位置，在弹出的快捷菜单中单击"定位至幻灯片"命令，在弹出的级联菜单中单击需要定位的幻灯片即可。

19.3 放映时编辑幻灯片

在放映幻灯片时如果需要查看其他幻灯片、对幻灯片进行标记或是更改屏幕颜色，可直接在放映幻灯的过程中进行编辑。

19.3.1 定位幻灯片

在放映幻灯片时，需要查看演示文稿中的某一特定幻灯片时，可通过定位幻灯片完成操作。

步骤01 **指向目标**。打开目标文稿后，对文稿进行放映，将光标指向画面左下角，程序就会将隐藏的按钮显示出来，单击"菜单"按钮，在弹出的菜单中单击"定位至幻灯片>菊花"命令，如右图所示。

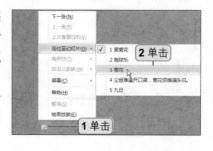

步骤02 显示定位幻灯片效果。 经过以上操作，屏幕中就会显示出文稿中的"菊花"幻灯片，如右图所示。

定位到的幻灯片

19.3.2　在放映过程中切换到其他程序

在放映幻灯片时，电脑会进行全屏播放，此时需要切换到其他程序时，可通过菜单完成操作。

步骤01 执行"切换程序"命令。 打开目标文稿后，对文稿进行放映，单击窗口左下角的"菜单"按钮 ，在弹出的菜单中执行"屏幕>切换程序"命令，如下左图所示。

步骤02 选择需要打开的程序。 执行了相应命令后，在窗口下方显示出桌面任务栏，单击需要打开的程序，如下右图所示。

步骤03 显示切换程序效果。 经过以上操作，就完成了在幻灯片放映过程中切换程序的操作，屏幕中就会显示出切换到的窗口，如右图所示。

切换到的窗口

19.3.3　使用墨迹对幻灯片进行标记

在放映幻灯片时，需要对幻灯片进行讲解时，可以直接使用墨迹对幻灯片中的内容进行标记，标记完毕后，可以根据需要，决定是否将标记的内容保存。

步骤01 选择荧光笔。 打开附书光盘中的"实例文件\第19章\原始文件\美丽风景2.pptx"，对文稿进行播放，然后单击画面左下角的"指针选项"按钮 ，在弹出的快捷菜单中执行"荧光笔"命令，如右图所示。

步骤02 **更改墨迹颜色**。选择了荧光笔类型后，再次单击"指针选项"按钮，在弹出的菜单中将鼠标指向"墨迹颜色"命令，弹出颜色列表，单击"标准色"组中的"浅蓝"图标，如下左图所示。

步骤03 **对幻灯片中的内容进行标记**。选择了标记用的笔以及笔的颜色后，在播放幻灯片的过程中，需要对内容进行标记时，拖动鼠标，进行圈释即可，如下右图所示。

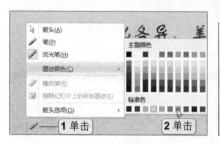

步骤04 **更改标记用的笔**。需要更改标记所用的笔时，再次单击"指针选项"按钮，在弹出的菜单中执行"笔"命令，如下左图所示。

步骤05 **对幻灯片中的内容进行标记**。选择了标记用的笔后拖动鼠标，对需要标记的内容进行圈释即可，如下右图所示。

步骤06 **保留墨迹注释**。将文稿标记完毕后，继续对幻灯片进行放映，结束放映时，会弹出Microsoft PowerPoint 提示框，询问用户是否保留墨迹注释，单击"保留"按钮，如下左图所示。

步骤07 **显示标记效果**。经过以上操作，就完成了为幻灯片进行标记的操作，返回普通视图中，在幻灯片中即可看到标记的效果，如下右图所示。

清除墨迹
在放映幻灯片的过程中，对幻灯片进行了标记后，需要清除标记时，可通过快捷菜单完成操作。

右击幻灯片中任意位置，在弹出的快捷菜单中单击"光标选项>擦除幻灯片上的所有墨迹"命令，如下图所示，即可将当前所绘制的墨迹全部清除干净。

TIP

不保存墨迹
对幻灯片进行标记后，结束幻灯片放映时，如果用户不需要对墨迹进行保留，只需在弹出的Microsoft PowerPoint 提示框中单击"放弃"按钮即可。

19.4 共享演示文稿

演示文稿制作完毕后，为了能够与更多的人一起分享，可通过使用电子邮件发送、创建讲义、打包为CD或创建为视频文件的方式达到共享的目的。

19.4.1 用电子邮件发送演示文稿

当用户需要将演示文稿发送给外地的同事或朋友时，可使用PowerPoint 2010中提供的电子邮件发送功能，使用电子邮件将演示文稿作为附件进行发送。如果用户是第一次发送电子邮件，还需要对Microsoft Outlook 的用户账户进行设置。

01 执行"控制面板"命令。
进入系统桌面后，单击任务栏中的"开始"按钮，在弹出的菜单中执行"控制面板"命令，如下图所示。

02 单击"用户账户和家庭安全"链接。
弹出"控制面板"窗口，单击"调整计算机的设置"选项组中的"用户账户和家庭安全"链接，如下图所示。

03 单击"邮件"链接。
"控制面板"窗口中显示出"用户账户和家庭安全"内容后，单击列表框中的"邮件"链接，如下图所示。

04 单击"添加"按钮。
弹出"邮件"对话框，单击"在此计算机上设置以下配置文件"列表框下方的"添加"按钮，如下图所示。

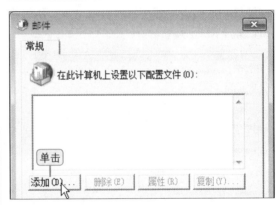

05 输入配置文件名称。
弹出"新建配置文件"对话框，在"配置文件名称"文本框中输入相关名称，然后单击"确定"按钮，如下图所示。

06　选择服务。

弹出"添加新账户"对话框，在"选择服务"区域内选中"Microsoft Exchang、POP3或IMAP"单选按钮，然后单击"下一步"按钮，如下图所示。

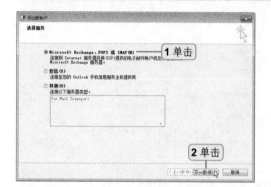

07　设置电子邮件账户。

窗口中显示出"自动账户设置"信息，在"电子邮件账户"选项组中输入用户名称、电子邮件地址、密码等内容，然后单击"下一步"按钮，如下图所示。

08　完成账户配置。

设置了账户信息后，程序自动对账户内容进行配置，配置完毕后，单击"完成"按钮，如下图所示。

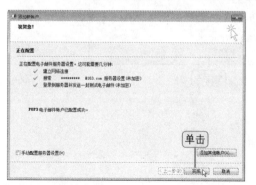

09　确定账户设置。

将账户信息设置完毕后，返回"邮件"对话框，单击"确定"按钮，如下图所示。

10　对文稿执行使用电子邮件发送操作。

打开需要使用电子邮件进行发送的文稿，执行"文件>保存并发送>使用电子邮件发送>作为附件发送"命令，如下图所示。

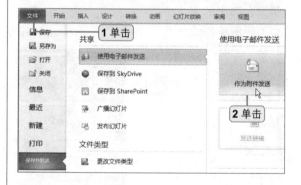

11　发送电子邮件。

弹出电子邮件窗口，程序已将打开的文稿添加到邮件的附件中，在"收件人"与正文文本框中输入相关内容，然后单击"发送"按钮，如下图所示，就完成了邮件的发送。

19.4.2 将演示文稿创建为讲义

讲义一般指文章的总体概述内容，在Power Point 2010中，为了方便演示文稿的讲解，可将演示文稿直接创建为讲义，操作步骤如下。

01 执行"创建讲义"命令。

打开附书光盘中的"实例文件\第19章\原始文件\美丽风景.pptx"，执行"文件>保存并发送>创建讲义"命令，弹出级联菜单后，单击"创建讲义"按钮，如下图所示。

02 选择需要使用的讲义版式。

弹出"发送到Microsoft Word"对话框，在"Microsoft Word使用的版式"选项组中选中"空行在幻灯片旁"单选按钮，然后单击"确定"按钮，如下图所示。

03 显示创建的讲义效果。

经过以上操作，弹出一个Microsoft Word窗口，其中显示出创建的讲义效果，如下图所示。

19.4.3 将演示文稿打包成CD

当用户需要将演示文稿刻录到CD中时，可以先将需要刻录的文稿打包保存到电脑中，需要时，再将打包的文件刻录到光盘中，轻松实现文稿从电脑到CD的转换。

01 执行"将演示文稿打包成CD"命令。

打开附书光盘中的"实例文件\第19章\原始文件\美丽风景.pptx"，执行"文件>保存并发送>将演示文稿打包成CD"命令，弹出级联菜单，单击"打包成CD"按钮，如下图所示。

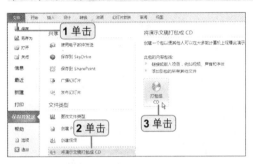

02 输入CD名称并单击"添加"按钮。

弹出"打包成CD"对话框，在"将CD命名为"文本框内输入需要创建的文件名称，然后单击"添加"按钮，如下图所示。

03 选择需要打包的文件。

弹出"添加文件"对话框，进入需要打包的文稿所在路径后，选中需要打包的文稿图标，如下图所示，然后单击"添加"按钮。

高手速成

04 单击"复制到文件夹"按钮。

返回"打包成CD"对话框，在"要复制的文件"列表框内可以看到添加的文件，单击"复制到文件夹"按钮，如下图所示。

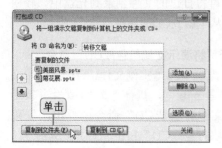

05 单击"浏览"按钮。

弹出"复制到文件夹"对话框，程序将打包的文件默认保存在C盘下，需要更改保存位置时，单击"位置"文本框右侧的"浏览"按钮，如下图所示。

06 选择打包的文件保存的位置。

弹出"选择位置"对话框，将打包的文件需要保存的位置选择好后，单击"选择"按钮，如下图所示，返回"复制到文件夹"对话框，单击"确定"按钮。

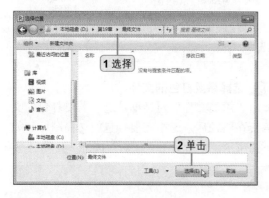

07 将链接包含到文件中。

弹出Microsoft PowerPoint 提示框，提示用户选择打包的演示文稿中有链接，询问用户是否要在包中包含链接文件，单击"是"按钮，如下图所示。

08 显示打包效果。

打包完毕后，弹出打包的文件夹，在其中可以看到CD包中的相关内容，如下图所示，最后关闭"打包成CD"对话框即可完成操作。

TIP

对打包的文件进行密码保护

在将文件打包成CD时，为了确保文件的安全，可以对其进行密码保护。打开"打包成CD"对话框后，选择需要复制的内容，单击"选项"按钮，弹出"选项"对话框，在"增强安全性和隐私保护"选项组中相应的文本框中输入需要设置的密码，然后单击"确定"按钮，弹出"确认密码"对话框，重新输入密码进行确认，返回"打包成CD"对话框，继续打包文件即可。

19.4.4 将演示文稿创建为视频

为了使演示文稿能够在更多的媒体文件中播放，在幻灯片制作完成后可以将其创建为视频文件，在PowerPoint 2010中可以创建wmv格式的视频。

知识加油站

中途取消影片的创建

在创建视频文件的过程中，如果需要中途取消文件的创建，可以按下键盘中的ESC键，PowerPoint就会执行取消操作。

01 设置每张幻灯片的放映时间。

打开"实例文件\第19章\原始文件\蜈之洲岛.pptx"，执行"文件>保存并发送>创建视频"命令，在级联菜单中的"放映每张幻灯片的秒数"数值框内输入数值，如下图所示。

创建进度

正在制作视频 蜈之洲岛.wmv 64%

02 单击"创建视频"按钮。

设置好每张幻灯片的放映时间后，单击"创建视频"按钮，如下图所示。

03 设置创建视频文件的名称。

弹出"另存为"对话框，设置好视频文件的保存路径，在"文件名"文本框中输入视频文件的保存名称，单击"保存"按钮，如下图所示。

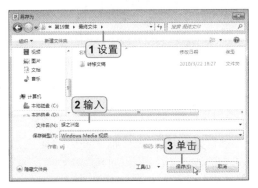

04 显示创建视频进度。

设置了文件的保存路径后，程序就开始创建视频文件，在演示文稿下方显示出创建的进度，如下图所示。

05 查看创建的视频文件。

视频文件创建完毕后，通过"计算机"窗口进入视频文件保存的路径，就可以看到创建的文件，如下图所示。

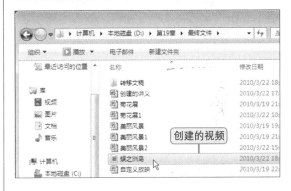

创建的视频

06 播放创建的视频文件。

双击创建的视频文件，即可对其进行播放，如下图所示。

播放效果

实战
自定义"新产品发布会"幻灯片的放映方式
并使用邮件将其发送给同事

本章对为幻灯片的放映与共享进行了介绍，下面结合本章所学知识对"新产品发布会"幻灯片的放映进行设置，然后再将其发送给远方的同事。

01 单击"自定义放映"选项。

打开附书光盘中的"实例文件\第19章\原始文件\新产品发布会.pptx"，切换到"幻灯片放映"选项卡，单击"开始放映幻灯片"选项组中的"自定义幻灯片放映"按钮，在展开的下拉列表中单击"自定义放映"选项，如右图所示。

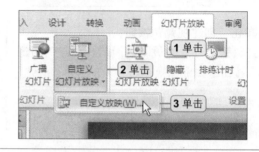

02 单击"新建"按钮。

执行了自定义放映操作，弹出"自定义放映"对话框，直接单击"新建"按钮，如下图所示。

03 定义放映名称并添加幻灯片。

弹出"定义自定义放映"对话框，在"幻灯片放映名称"文本框中输入产品的放映名称，在"在演示文稿中的幻灯片"列表框中选中需要放映的幻灯片，然后单击"添加"按钮，如下图所示。

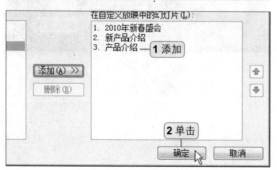

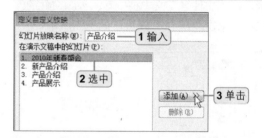

04 确定自定义放映。

按照步骤3的操作，将放映的幻灯片全部添加到"在自定义放映中的幻灯片"列表框内，然后单击"确定"按钮，如下图所示。

05 新建自定义放映。

返回"自定义放映"对话框，在"自定义放映"列表框中即可看到定义的放映内容，再次单击"新建"按钮，如下图所示。

06 定义放映内容。

弹出"定义自定义放映"对话框，在"幻灯片放映名称"文本框中输入放映的名称，然后将演示文稿中第1张与第4张幻灯片添加到"在自定义放映中的幻灯片"列表框内，单击"确定"按钮，如下图所示。

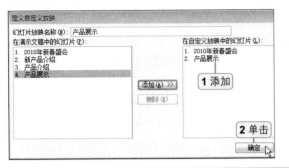

07 关闭"自定义放映"对话框。

返回"自定义放映"对话框，在"自定义放映"列表框内可以看到设置的放映内容，单击"关闭"按钮，如下图所示，完成演示文稿的自定义放映。

08 放映自定义的幻灯片。

返回演示文稿中，单击"开始放映幻灯片"选项组中的"自定义幻灯片放映"按钮，在展开的下拉列表中单击需要放映的选项，如下图所示。

09 显示放映效果。

经过以上操作，程序就会对自定义的幻灯片执行放映操作，如下图所示，需要结束放映时，按下Esc键。

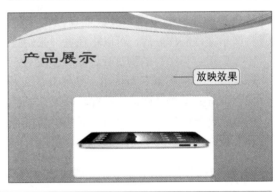

10 执行"使用电子邮件发送"命令。

返回演示文稿中，执行"文件>保存并发送"命令，在弹出的级联菜单中单击"使用电子邮件发送>作为附件发送"命令，如下图所示。

11 为动画添加声音。

弹出电子邮件窗口，程序已将打开的文稿添加到了邮件的附件中，在"收件人"与正文文本框中输入相关内容，然后单击"发送"按钮，如下图所示，就完成了邮件的发送。

问答

幻灯片4种视图方式的作用·将文稿保存为网页·将单张幻灯片保存为图片·取消幻灯片放
映结束时的黑幻灯片效果·使用激光笔

Q 幻灯片的4种视图方式各有什么作用？

A 幻灯片的4种视图方式分别是：普通视图、幻灯片浏览视图、备注页视图、幻灯片放映视图。其中"普通视图"为系统默认视图方式，该视图方式下包括幻灯片栏、大纲栏、编辑区、备注栏4个区域，主要用于幻灯片的编辑操作。"幻灯片浏览视图"以最小化的形式显示演示文稿中的所有幻灯片，在该视图下可以调整幻灯片顺序、动画设计等。在"备注页视图"下，将会显示出文稿的备注栏，在其中可以对演示文稿的备注内容进行显示与编辑。"幻灯片放映视图"用于对已设计好的演示文稿进行放映，观看制作效果。

Q 怎样将文稿保存为网页？

A 在PowerPoint 2010中，可以将演示文稿保存为XML格式的网页。打开目标文稿，执行"文件>另存为"命令，打开"另存为"对话框，单击"保存类型"右侧的下三角按钮，在展开的下拉列表中单击"PowerPoint XML演示文稿"选项，然后对保存位置、保存名称进行设置，设置完毕后，单击"保存"按钮，即可完成将文稿保存为网页的操作。

Q 可否将制作好的单张幻灯片保存为图片？

A 将演示文稿制作好后，可以将任意一张幻灯片以图片的格式保存到电脑中。打开目标文稿，选中需要保存为图片的幻灯片，执行"文件>另存为"命令，打开"另存为"对话框，单击"保存类型"右侧的下三角按钮，在展开的下拉列表中单击"JPEG文件交换格式"选项，然后对保存位置、保存名称进行设置，设置完毕后，单击"保存"按钮，弹出Microsoft PowerPoint 提示框，询问用户想要导出演示文稿中的所有幻灯片还是只导出当前幻灯片，单击"仅当前幻灯片"按钮，就完成了将单张幻灯片保存为图片的操作。

Q 如何取消幻灯片结束放映时的黑幻灯片效果？

A 需要取消幻灯片在放映结束后显示的黑幻灯片效果时，可在打开目标文稿后，执行"文件>选项"命令，弹出"PowerPoint 选项"窗口，切换到"高级"选项面板，然后在"幻灯片放映"选项组内取消勾选"以黑幻灯片结束"复选框，最后单击"确定"按钮，即可完成操作。

Q 如何使用激光笔？

A 在PowerPoint 2010中放映幻灯片时，还提供了激光笔功能，在进入幻灯片放映状态后，按住Ctrl键不放，然后单击鼠标左键，此时屏幕中的光标就变为激光笔，需要移动激光笔时，移动鼠标即可，如下图所示。

为499美金、599美金和699美金。
而wifi+3G版本为629美金、729美金和829美金。

●—— 显示的激光笔

综合案例——制作城市宣传片

CHAPTER 20

经过前4章的学习，可以掌握在PowerPoint 2010中新建幻灯片、为演示文稿添加内容、设置幻灯片主题、设置动画效果以及放映幻灯片的操作，本章中结合前面几章的知识来制作一个城市宣传片，对PowerPoint 2010的使用进行回顾与拓展。

 知识点

1. 插入幻灯片　　　　3. 设置文稿主题与背景　　　5. 录制幻灯片放映
2. 编辑内容　　　　　4. 设置动画效果　　　　　　6. 为幻灯片排练计时

建议学习时间：50分钟

学习内容	学习时间	学习内容	学习时间
编辑幻灯片	10分钟	放映与保存幻灯片	10分钟
美化幻灯片	10分钟	观看视频教学并练习	10分钟
设置幻灯片的动画效果	10分钟		

重点实例

▲ 美化幻灯片

▲ 为对象设置动画效果

▲ 将文稿创建为视频

20.1 编辑幻灯片

制作城市宣传片的演示文稿时，由于要起到宣传的作用，所以需要为文稿插入不同类型的幻灯片，然后为每张幻灯片添加相应的文字、图片等内容。

20.1.1 插入不同版式的幻灯片

新建一个演示文稿，文稿中只有一张标题幻灯片，为了让文稿的内容更丰富，首先需要为演示文稿创建出相应版式的幻灯片。

01 **新建演示文稿并添加第一张幻灯片。**

新建一个PowerPoint 2010演示文稿，打开后，单击编辑区域内"单击此处添加第一张幻灯片"文本，如下图所示。

02 **为演示文稿插入第二张幻灯片。**

在"开始"选项卡下单击"幻灯片"选项组中的"新建幻灯片"下三角按钮，在展开的幻灯片库中单击"内容与标题"图标，如下图所示。

03 **为演示文稿插入第三张幻灯片。**

再次单击"幻灯片"选项组中的"新建幻灯片"下三角按钮，在展开的幻灯片库中单击"比较"图标，如下图所示。

04 **为演示文稿添加其他张幻灯片。**

按照同样的操作，依次为演示文稿添加1张比较幻灯片、10张图片与标题幻灯片、1张标题和竖排文字版式的幻灯片，如下图所示。

20.1.2 为幻灯片添加与设置对象

将需要的幻灯片创建完毕后，接下来就可以为其添加文本或图片等对象了，将对象添加完毕后，根据幻灯片的内容对幻灯片进行分组。经过本节的编辑，宣传片的演示文稿将初具雏形。

01 为标题幻灯片添加内容。

单击"幻灯片"窗格中的第1张幻灯片，然后在标题框与副标题框中输入相应的文本，如下图所示。

02 单击第2张幻灯片的图片占位符。

按照步骤1的操作，在第2张幻灯片的标题与正文文本框中输入相关内容，然后单击幻灯片右侧的图片占位符，如下图所示。

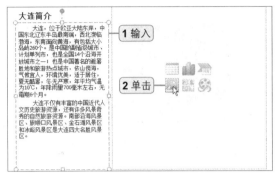

03 选择需要插入的图片。

弹出"插入图片"对话框，进入目标文件所在路径，选中目标图片，然后单击"插入"按钮，如下图所示，完成图片的插入。

04 为所有幻灯片添加内容。

按照步骤1至步骤3的操作，为演示文稿中所有幻灯片添加需要的内容，如下图所示。

05 移动幻灯片中标题框的内容。

为所有幻灯片添加了需要的内容后，选中第5张幻灯片，向上拖动该幻灯片中的标题框，如下图所示，拖至页面左上角适当位置处释放鼠标左键，将标题框移动至该处。

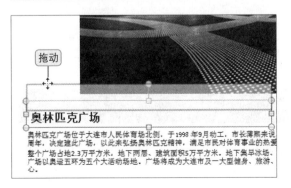

06 调整正文框的大小。

将光标指向该幻灯片中正文文本框上方的控制手柄，当光标变成双箭头形状时，向上拖动鼠标，如下图所示，将文本框调整到适当大小，文本框内的文字大小也会进行相应的变化。

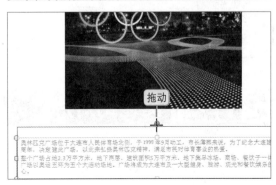

07 显示第5张幻灯片的调整效果。

经过以上操作，就完成了第5张幻灯片页面布局的调整，如下图所示。

08 调整第6至第14张幻灯片布局。

参照步骤5与步骤6的操作，将演示文稿中第6至第14张幻灯片的布局也进行适当调整，如下图所示。

09 执行"新增节"命令。

右击"幻灯片"窗格中的第2张幻灯片，在弹出的快捷菜单中单击"新增节"命令，如下图所示。

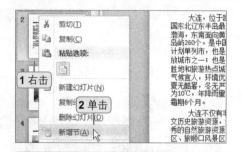

10 执行"重命名节"命令。

为幻灯片添加了节后，右击窗格中节的名称，在弹出快捷菜单中单击"重命名节"命令，如下图所示。

11 对节进行重命名。

弹出"重命名节"对话框，在"节名称"文本框中输入节的名称，然后单击"重命名"按钮，如下图所示。

12 为演示文稿添加其他节。

参照步骤9至步骤11的操作，将演示文稿中第5至第13张幻灯片归为一节并重命名，如下图所示。

20.2 美化幻灯片

美化幻灯片是制作演示文稿必不可少的一步，本节中的美化操作包括为文稿设置主题、背景以及幻灯片中的内容格式。

20.2.1 为文稿选择主题

为宣传片选择主题时，可以选择一些浅色、具有清丽效果的主题，但是在不同的主题中，幻灯片版式的布局会有所不同，所以为幻灯片选择了主题后，还需要对各幻灯片中的内容进行适当的调整。

01 单击"主题"选项组的快翻按钮。
切换到"设计"选项卡，单击"主题"选项组的快翻按钮，如下图所示。

02 选择需要使用的主题。
展开主题库后，单击"气流"图标，如下图所示。

03 显示应用的主题效果。
经过以上操作，就完成了为演示文稿选择主题的操作，如右图所示，根据幻灯片的需要，对各幻灯片中的内容位置进行适当调整。

20.2.2 设置幻灯片的背景

为演示文稿应用了主题后，每张幻灯片的背景都是统一的效果，为了让演示文稿更加漂亮，可分别对每张幻灯片的背景进行设置。

01 执行"设置背景格式"命令。
选中文稿中第2张幻灯片，右击幻灯片的背景区域，在弹出的快捷菜单中单击"设置背景格式"命令，如右图所示。

Office 2010中文版办公专家从入门到精通

综合案例

02 设置渐变色的第1种颜色。

弹出"设置背景格式"对话框，程序默认选择"渐变填充"方式，单击"颜色"右侧的下三角按钮，在弹出的颜色列表中单击"浅蓝，背景2，深色25%"图标，如下图所示。

03 设置渐变色的第2种颜色。

在"渐变光圈"组中单击颜色标尺中的第2个滑块，然后单击"颜色"按钮，在弹出的颜色列表中单击"标准色"组中的"黄色"图标，如下图所示。

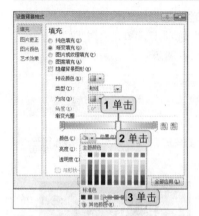

04 选择填充方向。

选择了渐变的颜色后，单击"方向"按钮，在弹出的样式库中单击"中心辐射"图标，如下图所示，最后单击"关闭"按钮。

05 调整其他幻灯片背景。

参照步骤1至步骤4的操作，为第3张、第4张幻灯片的背景也进行相应的设置，最终效果如下图所示。

20.2.3 设置幻灯片内容的格式

本文稿中的幻灯片主要包括文本、文本框、图片3种内容，将演示文稿的主要风格确定下来后，接下来就可以对幻灯片中的对象格式进行适当设置了。

01 选择需要编辑的对象。

选中演示文稿中的第1张幻灯片，然后选中幻灯片中的标题框，如右图所示。

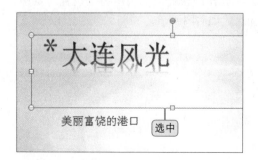

02 单击"艺术字样式"选项组对话框启动器。

选择目标对象后，切换到"绘图工具—格式"选项卡，单击"艺术字样式"选项组的对话框启动器，如下图所示。

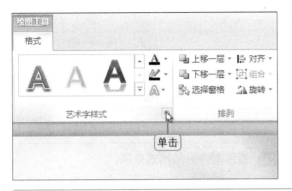

03 选择文本的填充颜色。

弹出"设置文本效果格式"对话框，单击"文本填充"选项，然后单击"预设颜色"按钮，在弹出的颜色库中单击"熊熊火焰"图标，如下图所示，然后单击"关闭"按钮。

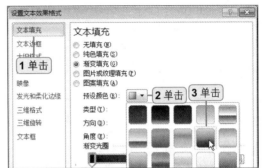

04 设置文本转换角度。

返回文稿中，单击"艺术字样式"选项组中的"文本效果"按钮，在展开的下拉列表中指向"转换"选项，弹出样式库后单击"波形1"图标，如下图所示。

05 单击"形状样式"选项组的快翻按钮。

选中幻灯片中的副标题文本框，然后单击"形状样式"选项组中的快翻按钮，如下图所示。

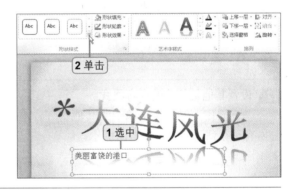

06 选择需要使用的形状样式。

展开形状样式库后，单击"彩色填充—青绿，强调颜色2"图标，如下图所示。

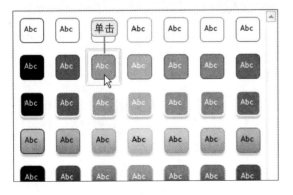

07 更改文本框形状。

单击"插入形状"选项组中的"编辑形状"按钮，在展开的下拉列表中指向"更改形状"选项，弹出形状库后，单击"星与旗帜"组中的"横卷形"图标，如下图所示。

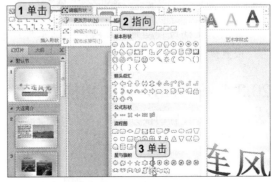

08 设置副标题的字体形状。

设置了副标题文本框的格式后，选中副标题文本，然后在"开始"选项卡下设置"字体"为"华文行楷"，"字号"为"32"，如下图所示。

09 单击"艺术字样式"选项组的快翻按钮。

切换到"绘图工具—格式"选项卡，单击"艺术字样式"选项组中的快翻按钮，如下图所示。

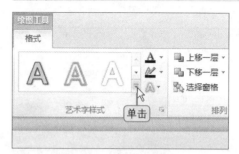

10 选择需要使用的艺术字样式。

展开艺术字样式库后，单击"填充-蓝色，强调文字颜色1，内部阴影-强调文字颜色1"图标，如下图所示。

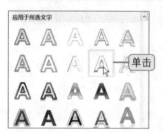

11 显示制作好的格式效果。

经过以上操作后，就完成了第1张幻灯片的设置操作，如下图所示。

12 设置其他幻灯片的内容格式。

参照以上操作，对演示文稿中的其他幻灯片中的内容进行适当设置，如右图所示。

20.3 设置幻灯片的动画效果

为演示文稿设置动画效果时，包括幻灯片的切换方式与幻灯片中各对象的动画效果两方面内容，设置操作如下。

20.3.1 设置幻灯片的切换方式

为宣传片设置切换方式时，为了方便放映，会将所有幻灯片的切换方式设置为自动，然后再对各幻灯片的切换效果进行设置。

01 设置幻灯片切换的换片方式。

切换到"切换"选项卡，在"计时"选项组中取消勾选"单击鼠标时"复选框，勾选"设置自动换片时间"复选框，如下图所示。

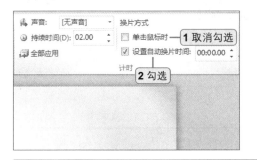

02 设置自动换片间隔。

在"设置自动换片时间"数值框中将时间设置为2秒，然后单击"全部应用"按钮，如下图所示。

03 单击"切换到此幻灯片"选项组快翻按钮。

单击"切换到此幻灯片"选项组中的快翻按钮，如下图所示。

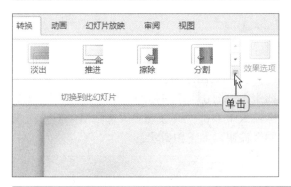

04 选择需要使用的换片动画。

展开换片动画库后，单击"细微型"组中的"擦除"图标，如下图所示。

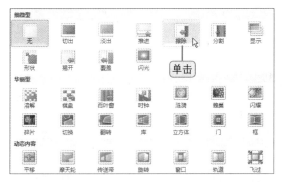

05 显示应用的换片效果。

经过以上操作，就完成了为第1张幻灯片设置动画效果的操作，返回文档中，程序会自动对所应用的换片动画进行预览，如下图所示。

06 为第2张幻灯片设置切换动画。

选中第2张幻灯片，打开动画效果库，然后单击"华丽型"组中的"立方体"图标，如下图所示，按照类似操作为其他幻灯片设置切换动画。

20.3.2　设置幻灯片中各对象的动画效果

　　设置了幻灯片的切换动画后，接下来为每张幻灯片中的对象设置动画效果，设置时，对于重复应用的动画效果可以使用格式刷进行复制。

01　为第1张幻灯片的标题添加进入动画。

选中第1张幻灯片，单击标题框，切换到"动画"选项卡，单击"高级动画"选项组中的"添加动画"按钮，在展开的动画库中单击"进入"组中的"浮入"图标，如下图所示。

02　为第1张幻灯片的标题添加强调动画。

再次单击"添加动画"按钮，在展开的动画库中单击"强调"组中的"放大/缩小"图标，如下图所示。

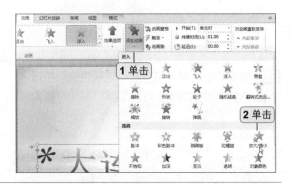

03　显示设置效果。

经过以上操作，就完成了第1张幻灯片中标题动画的设置，如下图所示，参照步骤1与步骤2的操作，为其他对象设置相应的动画效果。

04　复制动画效果。

选中第2张幻灯片的标题文本框，在"动画"选项卡下双击"高级动画"选项组中的"动画刷"按钮，如下图所示。

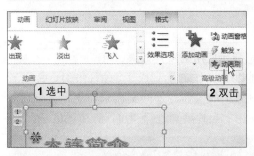

05　显示应用复制的动画的效果。

对象应用复制的动画的效果如下图所示，按照类似操作，将该动画应用到其余幻灯片的标题框中。

06　设置动画的声音效果。

弹出"效果选项"对话框，在"效果"选项卡下单击"声音"右侧的下三角按钮，在展开的下拉列表中单击"鼓声"选项，如下图所示。

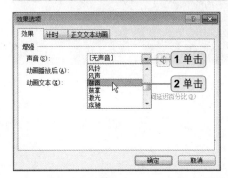

07 设置动画期间。

在"计时"选项卡中单击"期间"的下三角
按钮，在下拉列表中单击"中速（2秒）"选
项，如下图所示，然后单击"确定"按钮。

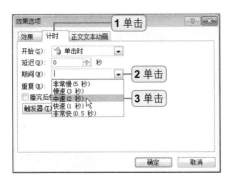

08 设置副标题动画的效果选项。

选中第1张幻灯片内的副标题框，单击"动
画"选项组中的"效果选项"按钮，在下拉列
表中单击"菱形"选项，如下图所示。

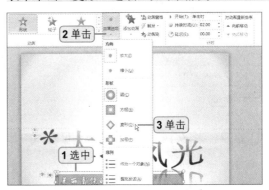

09 显示设置动画效果选项后的效果。

经过以上操作，就完成了第1张幻灯片内动画
效果选项的设置，如右图所示，参照本节的操
作，将演示文稿中其余对象的动画效果进行适
当设置。

20.4 放映与保存幻灯片

接下来介绍演示文稿的放映与保存的操作。

20.4.1 为幻灯片排练计时

为了保证在放映幻灯片时，能够准确掌握放映的时间，可提前对幻灯片的放映进行录制，统
计好排练计时。

01 执行录制幻灯片演示操作。

单击"设置"选项组中的"录制幻灯片演示"
下三角按钮，在展开的下拉列表中单击"从头
开始录制"选项，如下图所示。

02 单击"开始录制"按钮。

弹出"录制幻灯片演示"对话框，勾选"幻灯
片和动画计时"复选框，然后单击"开始录
制"按钮，如下图所示。

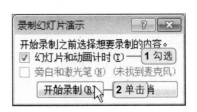

综合案例

03 录制幻灯片的放映。

幻灯片放映后在左上角显示出"录制"工具栏，需要播放下一动画时单击"下一项"按钮，如下图所示，对整个幻灯片的放映进行录制。

04 保留幻灯片的排练时间。

幻灯片放映录制完毕后弹出Microsoft PowerPoint 提示框，提示放映需要的时间并询问是否对幻灯片排练时间进行保留，单击"是"按钮，如下图所示。

20.4.2 将幻灯片创建为视频文件

为了便于观看文件，本例中在保存演示文稿时，将幻灯片保存为视频文件，这样即使在没有安装PowerPoint 2010的电脑中，也可以对制作好的文件进行观看。

01 执行"创建视频"命令。

执行"文件>保存并发送>创建视频"命令，如下图所示。

02 设置每张幻灯片放映的秒数。

在"放映每张幻灯片的秒数"数值框内输入"06.00"，单击"创建视频"按钮，如下图所示。

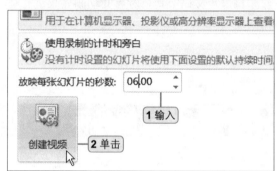

03 设置视频文件保存的路径与名称。

弹出"另存为"对话框，设置文件的保存路径，在"文件名"文本框中输入文件的名称，然后单击"保存"按钮，如下图所示。

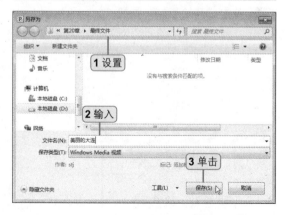

04 显示制作的视频文件效果。

执行了保存操作，程序就会对视频文件进行创建，在PowerPoint窗口状态栏中显示出创建的进度，创建完毕后，进入视频文件的保存路径，即可看到目标文件，如下图所示。

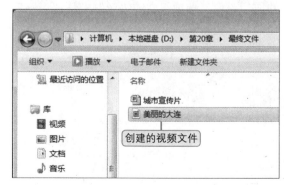